Die Queen von Manhattan

Jane Christo

JC Thomas

Die Queen von Manhattan
Jane Christo
1. Auflage Februar 2017

Impressum
Lektorat: Kerstin Thieme
Covergestaltung: © by OrangeShell

Calle Sierra des Maria, Cuidad Quesada, Spain
ISBN-13: 978-1542561310
ISBN-10: 1542561310

heartbeat-books.blogspot.com

„I'm a kind person.
I'm kind to everyone,
but if you are unkind to me,
then kindness is not
what you'll remember me for.“

Al Capone

Prolog

Cesare Jackson strich das weiße Haar zurück und blickte auf die Uhr. Trotz seiner dreiundsechzig Jahre hatte er noch dichtes, volles Haar wie sein Vater. Er stammte aus einer Familie, in der die Männer bis zum Ende fit waren und ein gesegnetes Alter erreichten. Sein Großvater Massimo, der in seinem ganzen Leben keinen Tag krank war, starb an seinem einundneunzigsten Geburtstag, während ihm seine vierzig Jahre jüngere Geliebte den Schwanz lutschte.

Sein Vater Claudio lebte mit siebenundachtzig Jahren auf Sizilien, pflanzte Tomaten und steckte seine Nase immer noch in Cesares Angelegenheiten. Er wünschte, dass Claudio sich wie sein Großvater eine Geliebte anschaffen würde. Oder zwei. Kein Mann sollte in diesem hohen Alter einen derartigen Drang haben, sich in die Geschäfte einzumischen, das war nicht normal. Aber was war in seiner *Famiglia* schon normal?

Was sein Vater zu viel hatte, hatten seine Söhne zu wenig. Ihnen fehlte die Hingabe für ihre Arbeit und der Hunger, neue Felder zu erschließen. Sie hatten keine Vision. Alles, wofür sie sich interessierten, waren schnelle Autos, Partys und sein hart erarbeitetes Geld in Huren zu investieren.

Bei Gott, er hatte Fehler gemacht. Er war zu selten zu Hause gewesen, um sich mit seinen Söhnen zu beschäftigen. Und seine Frau war zu weich. Maria hatte ihnen zu viel durchgehen lassen und nun waren sie verwöhnt und launisch. Wollten alles, und das sofort, ohne dafür zu arbeiten. Sie glaubten, sie müssten nur mit den Fingern schnippen und die Welt würde ihnen zu Füßen liegen.

Doch in der Welt, in der Cesare lebte, bekam niemand etwas mit einem Fingerschnippen. Alles hatte seinen Preis.

Ungeduldig warf er abermals einen Blick auf die Uhr. Er schätzte es nicht, wenn man ihn warten ließ und der Russe war zu spät.

Für dieses Treffen hatten sie ein neutrales Gebiet gewählt, ein Steakhaus in Texas. Keine Männer, keine Bodyguards. Nur die Bosse.

Das Restaurant lag im Transitbereich des Flughafens, auf diese Weise konnten sie sicherstellen, dass niemand bewaffnet war. Der Flughafen garantierte zudem eine schnelle Flucht, denn sie waren im Nu zurück in ihren Jets und über den Wolken.

Innerlich schüttelte er den Kopf. Er war zu alt für diesen Scheiß. Cesare war mit Söhnen gesegnet, einer von ihnen hätte heute an seiner Stelle hier sitzen müssen. Doch David starb im großen Krieg vor mehr als fünfzehn Jahren und Guido wurde so schwer verletzt, dass er der Consigliere der *Famiglia* wurde. Ein lausiger Consigliere, aber immerhin. Blieben noch Alessandro und Tizian. Letzterer war mit neunundzwanzig zu jung, um die Führung von Chicago zu übernehmen. Außerdem war er ein Spieler mit zu viel Gefühl und zu wenig Verstand.

Alessandro dagegen war trotz seiner Wildheit reif, wenn man bedachte, dass er gerade mal dreiunddreißig war. Der Junge brauchte eine Frau, die ihn zähmte und ihm die Flausen austrieb. Natürlich musste sie aus der richtigen Familie stammen und ihren Platz kennen.

Cesare hatte bereits vor Jahren die Richtige gewählt, jedoch wollte er sie mit dem falschen Sohn verheiraten. Skyler Rossi war keine Frau für Tizian. Aber sie war perfekt für

Alessandro, das sah er jetzt ein. Er hatte sie falsch eingeschätzt, diesen Fehler würde er korrigieren.

Skyler hatte im Alleingang den Untergang ihres Vaters geplant. Einem Vater, der sie zwei Jahrzehnte wie eine Leibeigene behandelt hatte, statt der Prinzessin, die sie war. Hätte Cesare eine Tochter wie Skyler, hätte er sie auf Händen getragen, mit Geschmeide und Geschenken überschüttet und sie, wenn die Zeit reif war, mit dem Mafiaadel vermählt. Nur der Beste der Besten wäre gut genug für seine Tochter gewesen.

Doch er hatte kein Mädchen, sondern vier Jungen. Vier! Und Silvio, dieser Cretin, hielt diesen Schatz in Händen und hatte ihn weggeworfen. Statt eine Königin großzuziehen, hatte er eine Gangsterbraut aus ihr gemacht, die sich gründlich für die jahrelangen Demütigungen revanchiert hatte.

Skyler Rossi hatte das Potenzial für etwas wahrhaft Großes. Sie hatte das Feuer, das seinen Söhnen fehlte.

Cesare nahm einen Schluck Wasser und unterdrückte ein Lächeln. Das Mädchen hatte sich wie ein Profi an ihrem Vater gerächt. Zuerst hatte sie ihn vor seinen Partnern blamiert, indem sie der arrangierten Hochzeit entkommen war. Danach hatte sie ihn an der Nase herumgeführt und Spuren auf fünf Kontinenten gestreut, um ihn am Ende leer ausgehen zu lassen. Zum Schluss hatte sie ihm den Todesstoß gegeben und sein Vermögen geraubt. Dabei war sie fokussiert vorgegangen, war unter dem

Radar geblieben und hatte einen Virus geschrieben, den jeder Hacker mit Tränen in den Augen als absolut perfekt beschrieb.

Mit einem Schlag hatte sie der italienischen Mafia die Mittel entzogen und an karitative Einrichtungen geschickt. Auf diese Weise hatte sie über Nacht mehr als fünf Milliarden Dollar vernichtet. Eine unerhörte Leistung, die bis dahin unerreicht war.

Glücklicherweise hatte Cesare sein Geld im Ausland angelegt, in Kunst, Hotels, Schiffen, Laboren, Pharmakonzernen und anderen Firmen, die das Mädchen nicht angerührt hatte. Ansonsten wäre er wie der Rest seiner Partner grandios untergegangen.

Natürlich hatte er Verluste. Enorme Verluste, um präzise zu sein. Doch sobald er das Mädchen in seiner Obhut hätte, wäre seine Zukunft – die Zukunft der *Famiglia* – gesichert. Am Ende war es nur Geld.

Was Silvio nie verstanden hatte war, dass Skyler Macht bedeutete. Ihre Herkunft, verbunden mit ihren unschätzbaren Talenten, machte sie zu einem kostbaren Gut. Doch Rossi benutzte ihr Können für gefälschte Zolldokumente und Papiere, statt sich Skylers Hackerqualitäten zunutze zu machen.

Sie war loyal, bis ihr Vater sie verraten hatte. Er hatte ihr die Hochzeit wie einen Termin beim Zahnarzt verordnet und war dabei so sensibel vorgegangen wie der Despot, der er war.

Cesare hatte für die Verlobung ein informelles Dinner vorgeschlagen. Damals hatte er Tizian für Rossis Tochter vorgesehen, da er ihr altersmäßig näher stand als Alessandro. Doch am Ende wäre es Skylers Wahl gewesen und eben das hatte er vermitteln wollen.

Silvio hatte seine eigene Methode gewählt – Gewalt. Kein Wunder, dass das Mädchen untergetaucht war. Rossi hatte sie förmlich in die Hände der Russen getrieben, was der Grund dafür war, warum er jetzt hier saß.

Erneut blickte er auf die Uhr und stieß hörbar den Atem aus. Er war müde. Es wurde Zeit, dass die Jüngeren das Ruder übernahmen und er sich ausruhen konnte.

Andrej Petrow gehörte mit Ende fünfzig noch nicht zu den Auslaufmodellen, doch auch er musste seine Nachfolge regeln. Das war vermutlich der Grund, dass er sich auf dieses Treffen eingelassen hatte. Silvio hatte eine Tochter verloren und sein gesamtes Vermögen. Andrej Petrow war sein Neffe abhanden gekommen und damit sein Nachfolger, denn Petrow hatte keine Kinder.

Es hatte Cesare einige Mühe gekostet herauszufinden, dass der Russe noch einen Bruder hatte, Mica Petrow, der nach dem Krieg vor fünfzehn Jahren zurück nach Russland gegangen und eine große Nummer in Moskau war. Mica hatte das Massaker überlebt. Julins Vater hatte nicht so viel Glück.

„Entschuldigen Sie die Verspätung", riss ihn eine Stimme mit russischem Akzent aus den Gedanken. „Wir hatten den ganzen Flug Gegenwind."

Mit Gegenwind kannte er sich aus. Cesare machte Anstalten, sich zu erheben, doch Andrej hob eine Hand. „Bitte behalten Sie Platz, Cesare. Ich hoffe, Sie haben schon bestellt."

„Selbstverständlich nicht."

„Dann lassen Sie uns das nachholen, ich habe einen Bärenhunger."

Cesare musterte den Mann, den er heute zum ersten Mal live und in Farbe sah. Andrej Petrow war nicht groß, maximal eins fünfundsiebzig. Für einen Mann seines Alters wirkte er erstaunlich gut in Form und füllte den grauen Anzug von Zegna bestens aus.

Cesare achtete immer zuerst auf die Hände. Andrejs waren kräftig und gepflegt. Nicht so, als würde er jeden Tag eine Maniküre bekommen wie Danilo Cross. Ihr ehemaliger Partner hatte die Annehmlichkeiten, die ihm seine Position in Las Vegas brachte, in vollen Zügen genossen: Showgirls, Partys, Massagen – wöchentliche Maniküren.

Nach dem Skyler-Desaster hatten sie diesen verweichlichten Emporkömmling mit einem Kopfschuss erledigt. Eine viel zu milde Strafe, wenn man ihn fragte. Doch nachdem der Virus sein grausiges Werk vollbracht hatte, gab es so viel aufzuräumen, dass ihnen die Muße fehlte, Danilo anständig zu foltern wie in den guten alten Zeiten.

Andrejs Hände waren nicht weibisch wie die von Cross. Sie waren sauber mit kurzen Nägeln und sahen aus, als würden sie zupacken können – so wie Männerhände aussehen sollten. Das aschblonde Haar hatte er zurückgekämmt, die hellen grauen Augen auf ihn gerichtet, während er Platz nahm und die Serviette ausschüttelte.

Anders als Andrej wusste Cesare erst seit wenigen Wochen, dass Skyler für den Untergang der Italiener verantwortlich war. Die ganze Zeit hatten sie Cross hinter ihrem finanziellen Ruin vermutet. Doch der ehemalige Boss aus Vegas hatte weder die Disziplin für diesen Coup noch das Talent.

Erst nachdem sie den Virus auseinandergenommen hatten und seine Struktur identifizieren konnten, kamen sie an einen Hacker, der die Signatur kannte. Jemand namens *Gemma* aka *BytMe* hatte ihn kreiert – Skylers Namen im Darknet, wie sie Wochen später herausfinden sollten.

Ein zwölfköpfiges Team hatte anderthalb Jahre gebraucht, den Virus zu isolieren und anschließend zu sezieren. Drei weitere Monate brauchten sie, um Skyler mit dem Virus in Verbindung zu bringen.

Nachdem feststand, wer die Italiener gestürzt hatte, war Silvio zu einer *persona non grata* deklariert worden. Nicht nur war er nicht mehr willkommen in der *Famiglia*, er war dem Tode geweiht. Sie würden ihn wie Cross mit einem Schuss in den Kopf erledigen, so starben Verräter in ihrem Milieu. Doch vorher mussten sie den Killer ausschalten, den Silvio bezahlt hatte, um seine Tochter zu eliminieren, um seine Ehre wieder herzustellen.

Für Letzteres war es zu spät, Silvios Ehre war nicht mehr herstellbar. Er musste sterben, der Rest seines Vermögens würde eingezogen werden. Viel war es nicht, Skyler hatte ihm kaum etwas gelassen. Er besaß noch seine Immobilien und ein Stück Land in Neapel.

Skyler würde nicht sterben. Sie würde Alessandro heiraten und seinen Sohn das Fürchten lehren. Bei dieser Vorstellung lächelte er.

„Wie ich sehe, sind Sie zuversichtlich", kommentierte Petrow seine Miene. Der Kellner hatte Wein gebracht und die Bestellung aufgenommen.

„Ich bin alt, Andrej. Zuversicht ist meine Religion."

Darauf lächelte der Russe. Doch es war ein kaltes Lächeln, das seine Augen nicht erreichte. Er erhob sein Glas. „Auf was trinken wir, Cesare? Auf Skyler Rossis Untergang?“

Ihm war klar, warum Andrej das Mädchen loswerden wollte. Er glaubte, dass sie Julin von ihm entfremdet hatte. Der Junge war Hals über Kopf aus der Russenmafia ausgestiegen, als wäre das ein Fitnessclub, bei dem man die Mitgliedschaft kündigte. Andrej hatte keinen Zugriff mehr auf seinen Neffen und schuld daran war Silvios Tochter. Das zumindest wollte der Russe glauben. Für Cesare sah es danach aus, dass der Junge schon länger seinen Ausstieg geplant hatte. Skyler war nur eine Gelegenheit, ihn zu vollziehen.

„Ich will sie lebend“, gab er zu bedenken und erhob ebenfalls sein Glas.

„Sorgen Sie dafür, dass das Mädchen nicht mehr in die Nähe meines Neffen kommt, dann erledige ich den Killer“, sagte Andrej.

„Wie?“

Die Mundwinkel des Russen zuckten. „Sagen wir einfach, dass ich einen Kopfgeldjäger habe, der motiviert ist.“

Cesare hatte keine Ahnung, was er damit meinte, dennoch nickte er.

„Und was ist mit Julin?“

„Um den werde ich mich kümmern.“

„Wie wollen Sie ihn von Skyler trennen?“

Andrej ließ das Glas sinken und beugte sich vor.

„Mein Lieber, ich habe sie bereits getrennt.“

Wie war das? „Getrennt?“

„Sehr richtig.“

„Die beiden reisen immer zusammen.“

„Jetzt nicht mehr.“

Cesare musterte das Gesicht des Russen. Es war sein Ernst.

„Und Skyler?“

Andrej lehnte sich ins Rückenpolster zurück und musterte ihn mit sibirischem Blick. „Ich habe sie kaltgestellt. Ich hätte sie erledigt.“ Er verzog das Gesicht und fluchte leise. „Möglicherweise war das meine einzige Gelegenheit. Aber Julin wird nie ins Geschäft zurückkommen, wenn sie tot ist. Sie muss leben – doch die beiden dürfen sich nicht mehr sehen.“

„Dafür garantiere ich.“

„Dann trinken wir darauf.“

Ihre Gläser klirrten leise gegeneinander und sie prosteten sich zu.

„Auf gute Geschäfte.“

„Auf gute Geschäfte“, wiederholte Cesare. Im Stillen fragte er sich, ob er gerade einen Pakt mit dem Teufel geschlossen hatte. Dann erinnerte er sich, dass *er* der Teufel war und nahm lächelnd einen Schluck Wein.

Kapitel 1
SKYLER

Wir Rossis sind stark, so weit nichts Neues. Aber wir haben auch Temperament. Mein Vater hat mir seinen Jähzorn Tag für Tag vorgelebt. Und da ich vom Meister gelernt habe, muss ich mich zusammenreißen, diesen Flachwichsern, die mich hier seit gut einer Woche festhalten, nicht den Arsch aufzureißen.

Geduld war noch nie meine Stärke.

Mit einem oder zweien hätte ich es aufnehmen können, vielleicht auch mit dreien. Aber das sind keine Amateure, sondern ausgebildete Soldaten der Russenmafia. Weiß der Geier, woher die so plötzlich gekommen sind, das wurmt mich am allermeisten.

An einem Tag schlägt Julin vor, nach Sankt Petersburg zu jetten, und ich denke, oh, toll, endlich zeigt er mir die Stadt, in der er aufgewachsen ist – wie romantisch. Vierundzwanzig Stunden später lässt er mich in seiner Prunkvilla zurück, weil er *etwas erledigen muss*.

Etwas erledigen? Am Arsch! Das Ganze war abgekartet und ich habe keinen Schimmer, wer mich reingelegt hat, die Russen oder die Italiener. Julin war keine fünf Sekunden in der Luft, als die Wachen ausgetauscht wurden. Meine Räume wurden auf den Kopf gestellt, die ganze verdammte Hütte. Und das meine ich wörtlich. Sie haben mir meine Waffen abgenommen, Munition, Messer, selbst die verfluchte Nagelschere!

Danach haben sie die elektronischen Geräte einkassiert, meine Handys (alle vier!), die Laptops (alle drei!), selbst meinen alten iPod – alles weg. Zu meiner eigenen Sicherheit versteht sich, weil es eine „Situation“ gegeben hat.

Klar hat es eine Situation gegeben, ich wurde verarscht!

Zwei Jahre hatte ich meinen Vater auf dem Monitor. Von Chicago über Vegas und Miami bis nach New York habe ich die Italiener beobachtet. Mir ihre Bemühungen angesehen, wieder auf die Füße zu kommen. Ihre armseligen Versuche herauszufinden, was passiert ist und wer dafür verantwortlich ist.

Zwei Jahre habe ich meine Deckung hochgehalten. Es gab nicht den kleinsten Hinweis, dass die wissen, wer sie ausgenommen hat. Was diese Vollidioten zu sagen hatten, hätte aus dem Skript des Paten 1-3 stammen können.

Erst haben alle nach Vergeltung geschrien. Köpfe sollten rollen, Blut fließen. Doch da war nur Danilo Cross und der hatte nicht den Grips, so einen Coup durchzuziehen. Also haben sie nach einem anderen Schuldigen gesucht. Als der ebenfalls ausblieb, wollten sie einen Sündenbock. Irgendwen, an dem sie ein Exempel statuieren konnten. Doch da war niemand.

In den letzten Wochen und Monaten wurde es immer leiser, bis ich schließlich nichts mehr gehört habe. Das hätte mich misstrauisch machen sollen, doch ich war nicht mehr zu hundert Prozent bei der Sache. Warum auch? Es war klar, dass die Jungs im Dunkeln tappten, und das würde sich nicht ändern.

Um kein unnötiges Risiko einzugehen, war ich nicht mal mehr im Darknet. Selbst als ich noch aktiv war, habe ich den Ball flach gehalten. Klar, *BytMe* ist dort ein Name, doch nur wenige kennen meine wahre Identität. Das ließ sich nicht vermeiden. Bei dem Ding, das ich durchgezogen habe, sichern sich die Jungs ab, um später ihre Hintern zu retten, falls der Schuss nach hinten losgehen sollte. Nun ist irgendwas nach hinten losgegangen, sonst würde ich nicht hier festsitzen.

Aber nicht mehr lang, denn diese Typen haben Handy Nummer fünf übersehen. Blöderweise haben sie für diesen Fall einen Störsender aufgestellt, sodass ich nicht raustelefonieren kann. Gar nicht so dämlich.

Vor drei Tagen ist es mir gelungen, Kontakt mit der Außenwelt aufzunehmen. Dank des Innenlebens der internen Gegensprechanlage (jep, daran haben die nicht gedacht), eines Patchkabels und einer Verbindung, die ich mit Hilfe von Kaugummi und Büroklammern zwischen dem Patch und dem USB-Ladekabel zusammengefriemelt habe, komme ich endlich ins Netz. Seitdem weiß ich, dass ich in der Scheiße sitze.

Achtzehn Monate habe ich mich in Sicherheit gewiegt, nur um jetzt herauszufinden, dass ich diejenige bin, die getäuscht wurde. Ich war niemals in Sicherheit.

„Noch vier Minuten", murmelt eine bekannte Stimme in meinen In-Ear-Kopfhörern. Die gehörten zu meinem iPod, jetzt sind sie mein Earpiece bei dem bevorstehenden Höllenritt.

„Bist du so weit?"

„Gleich." Keine Ahnung, warum ich flüstere, die Wände sind schalldicht.

„Du weißt schon, dass Timing alles ist, ja?"

„Geh mir nicht auf den Zeiger, *Dialer!*"

„Dann mach keine Zicken."

„Du hast mir besser gefallen, als du mich noch bewundert hast."

„Ich hatte einen Harten für dich, seit du im Deep Web nach Sprengstoff gesucht hast."

„Hast du nicht gesagt, du dachtest, ich wäre ein Kerl?"

„Na und?"

Ich weiß, dass er mich bloß ablenken will. Oliver Parker aka *Dialer* steht nicht auf mich, wir sind Freunde. Dennoch hilft mir das Geplänkel, meine Nerven zu beruhigen, also mache ich mit.

„Musst du mich mit deinen Schwanzgeschichten vollquatschen?"

„Solang du nicht auf deiner Position bist, ja. Außerdem ist die Euphorie von Klein-Dialer verpufft, nachdem ich dich kennengelernt habe."

„Gut zu wissen." Pause. „Und sag nicht Klein-Dialer, das ist so was von Highschool."

„Wo du recht hast … Mein letzter BJ hat ihn *Godzilla* genannt."

Ich kann den Humor in seiner Stimme hören und muss schmunzeln. „Keine Blowjob-Geschichten, sonst kommt mein Essen hoch."

„Drei Minuten dreißig. Schwing deinen Arsch aufs Dach!"

„Ja doch!"

Ich überprüfe noch einmal alles. Jetzt bloß keinen Fehler machen. Wenn diese Aktion in die Hose geht, braucht es eine Armee, mich hier rauszuholen. Oder einen Lastkran, bei dem was wir vorhaben. Ich habe weder eine Armee noch einen Kran, ich hab nur Oliver, Matteo und mich. Das ist die einzige Chance, meinem Gefängnis zu entkommen. Ich weiß nicht mal, was mit Julin ist. Ob ihn jemand hopsgenommen oder kaltgemacht hat.

„Drei Minuten. Raus jetzt!"

„Ist ja gut, ich bin unterwegs."

Ein letztes Mal gehe ich mein spärliches Equipment durch. Ich bin ganz in Schwarz: schwarzes Thermoshirt, schwarze Cargos, schwarze Sneaker. Auf diese Weise kann ich bestens mit der Nacht verschmelzen. Das Earpiece funktioniert störungsfrei, seit Oliver den Jammer mit seinem neuen Spielzeug unterlaufen und die Frequenzen unterwandert hat. Über mein Smartphone kann Oliver mich orten. Die Fernbedienung ist in der Außentasche, sie ist aktuell meine gefährlichste Waffe.

Ich hab ein bisschen mit dem Ding rumgespielt und das Teil umgepolt. Sie ist immer noch eine Fernbedienung, allerdings hat das nichts mehr mit Musik zu tun, sondern wird eine Menge Krach verursachen. Ich habe eine ungefähre Vorstellung von der Anzahl der Männer, es müssen zwischen fünfzehn und zwanzig sein. Eine ganze Menge, wenn man bedenkt, dass sie gekommen sind, um eine Frau festzusetzen.

Wer immer sie beauftragt hat, wusste wer ich bin und wollte kein Risiko eingehen.

Ich habe in den letzten Jahren wie eine Besessene trainiert, doch diese Männer wissen, was sie tun. Sie gehen systematisch vor und halten sich an einen Plan, von dem ich keinen Schimmer habe. Sie haben jeden im Haus umgebracht, angefangen von Julins Männern, die er zu meiner Sicherheit zurückgelassen hat, über den Koch, die Küchenhilfe bis zu den Hausmädchen. Alle tot. Und sie haben dafür gesorgt, dass ich es sehe, damit ich keine Mätzchen mache.

Die Botschaft ist angekommen. Ich hab keine Mätzchen gemacht. Stattdessen hab ich mich wehrlos gegeben, hab schicke Kleider angezogen und die Entsetzte gespielt. Die Typen müssen sich mittlerweile hundertmal gefragt haben, wozu der ganze Aufwand gut sein soll. Die Manpower und die starke Bewaffnung, wenn sie es mit einer weinerlichen Pudelmütze zu tun haben, die ständig nach ihrem Julin fragt.

Der Plan war, sie in Sicherheit zu wiegen, in der Hoffnung, dass sie schlampig werden. Sich langweilen und anfangen Fehler zu machen, während ich den richtigen Moment abwarte, diese Wichser kaltzumachen. Und dieser Moment ist jetzt.

„Zwei Minuten dreißig. Wo bist du?"

Sie haben von Anfang an Fehler gemacht. Nicht viele, aber immerhin. Wenn man jemanden unschädlich machen will, der für solche Situationen trainiert ist, muss man ihn unter Drogen setzen. Es müssen zudem immer Leute im selben Raum sein.

Das mit der Leibgarde war in den ersten Tagen auch der Fall. Irgendwann haben sie mich als Nervensäge abgehakt, sich im Rest des Hauses breitgemacht und nur noch sporadisch nach mir gesehen. Zum Beispiel, wenn es Essen gab oder sie das Zeug wieder abgeholt haben. So konnte ich vor drei Tagen im Schutz der Nacht an der Außenfassade runterklettern und die Lage peilen. Darum weiß ich, dass sich ein halbes Dutzend Männer im Haus befindet, der Rest ist um das Gebäude platziert oder durchkämmt das umliegende Gelände.

Julins Villa liegt in der Stadt, darum ist die Auffahrt weder lang noch imposant. Das heißt aber nicht, dass das

Grundstück nicht gesichert ist. Elektrozäune, Kameras und Wachleute mit Schäferhunden sorgen dafür, dass Julin nachts ruhig schlafen kann. Vom Boden aus zu fliehen fällt also flach.

Auf meinem nächsten Trip an der Außenfassade war ich mit Tesa, Kabel, Draht und einem Handy bewaffnet, das ich einer meiner Wachen geklaut habe. Das ist eines mit richtigen Tasten, ohne Screen. Den Zünder zu installieren hat mich die halbe Nacht gekostet – ob er funktioniert, werden wir nachher sehen.

Das war nicht mein erster selbstgemachter Zünder, den ich mit einem Zitronendrops und Spucke gebastelt habe. Aber ohne das passende Werkzeug und ohne Licht ist das eine ekelhafte Arbeit.

„Skyler!"

„Bin draußen, reg dich ab."

„Noch zwei Minuten."

„Okidoki."

Ich spiele nur die Coole. Mein Herz rast und ich habe Angst, eine falsche Bewegung zu machen. Oder etwas vergessen zu haben. Oder etwas passiert, womit ich nicht gerechnet habe, wie ein ungeplanter Wachwechsel, ein Besucher oder was weiß ich. Irgendwas geht immer schief. Pläne, die glattlaufen, gibt es nicht.

Doch sobald ich an der Außenwand klebe, fällt die Unsicherheit wie ein Mantel von mir ab. Das ist nicht mein erster Ritt über dem Abgrund. Ich bin in der Hölle aufgewachsen, darum weiß ich, wie man mit dem Feuer spielt, ohne sich zu verbrennen.

Ich schließe für einen Augenblick die Augen und atme die frische Nachtluft ein. Für April ist es in diesem Breitengrad erstaunlich schattig. Doch die kühle Brise tut mir gut, sie klärt meinen Geist und fegt den Bullshit aus meinem Hirn. Die Zweifel und Sorgen sowie die Frage, wo zum Henker Julin steckt. Er hätte mich niemals zurückgelassen, hätte er geahnt, dass ich hier nicht sicher bin. Etwas muss passiert sein – muss *ihm* passiert sein, wie zum Beispiel die Italiener oder die Russen.

Wenn die Italiener ihn haben, werden sie ihn gegen mich eintauschen wollen. Das würde erklären, warum ich noch lebe. Sie verhandeln noch und solange sie feilschen, atme ich.

„Eine Minute dreißig. Alles klar bei dir?"

„Jep."

„Wo bist du?"

„Zweite Etage."

„Fuck, Skyler, da bist du doch rausgegangen!"

„Halt die Klappe."

Ich höre ihn leise fluchen und das lässt mich lächeln. Wenigstens bin ich nicht die Einzige, die nervös ist. Oder zumindest war. Hier draußen fühle ich mich in meinem Element, frei und ungebunden. Hier kann ich ich selbst sein und muss mich nicht verstecken.

Ich bin wie der Wind, den niemand kommen hört, das Feuer, das keiner gelegt hat. Das Wasser, deren Quelle niemand gesehen hat und die Erde, die sich auftut, um die zu verschlingen, die mich vernichten wollen.

Ich bin Skyler De Luca, wer sich mit mir anlegt, kann sich warm anziehen. Das zumindest ist mein Mantra, bis ich auf dem Dach bin.

„Position."

„Drittes Stockwerk. Bin gleich oben."

Plötzlich höre ich Stimmen unter mir, die lauter werden, bis jemand etwas ruft. Das Fenster auf der zweiten Etage fliegt auf und russische Flüche wehen mir entgegen. Doch dabei bleibt es nicht, denn im nächsten Moment folgen Schüsse.

War ja klar, dass der Plan nicht glatt über die Bühne geht. Nur gut, dass sie mich in meiner dunklen Kluft nicht ausmachen können. Als hätte ich das Schicksal allein mit diesem Gedanken herausgefordert, wird ein 2000 Watt Scheinwerfer auf mich gerichtet, der in ein Fußballstadion gehört.

Echt jetzt?

Ich klettere schneller, erreiche die Dachrinne und ziehe mich hoch. Doch damit ist das Problem nicht gelöst.

„Eine Minute, Sky, du musst den Zünder aktivieren!"

Ich rolle mich auf den Bauch, ziehe die Fernbedienung aus der Seitentasche meiner Cargos und drücke auf Play, als sich vor mir eine Dachluke öffnet. Nicht gut. Die ist vermint und ich bin zu nah dran. Also rolle ich zurück, springe auf die Beine und fange an zu rennen. Einen Herzschlag später fliegt die Luke in die Luft.

In L.A. habe ich neben Informatik und Psychologie auch Architektur studiert. Ich habe mich schon immer für Gebäude interessiert, besonders für die alten aus der Jahrhundertwende. Julins Villa ist aus 1914, deshalb habe ich mir als Erstes ihren Grundriss vorgenommen. Julin hat am Tag unserer Ankunft eine Führung mit mir gemacht. Darum weiß ich, in welchem Keller die Schinken von der Decke hängen, wo sich der Wein befindet und wo Waffen, Sprengstoff und Munition gelagert werden. Jeder halbwegs vernünftige Kriminelle hätte diesen Raum geleert, versiegelt oder zumindest Wachen davorgestellt. Das scheint denen auch gerade klarzuwerden, doch für Reue ist es jetzt zu spät.

Ein paarmal rutsche ich aus, kann mich jedoch rechtzeitig fangen. Das hier ist kein Flachdach, sondern eines mit Ziegeln, Kaminen und nochmals Kaminen. Die gute Nachricht ist, dass das Dach sachte ansteigt, darum laufe ich außen herum und nicht quer über den Giebel. Doch der Außenweg ist länger und es hilft auch nicht wirklich, dass Oliver mir die ganze Zeit ins Ohr brüllt.

„Noch zwanzig Sekunden, du musst springen!"

Ich bin fast da, stolpere abermals, rutsche und falle diesmal beinah vom Dach.

Shit, das war knapp. Ich klammere mich an einen der Kamine und werfe einen Blick nach unten. Die Ziegel sind an dieser Stelle mit Moos bewachsen, das habe ich bei meinem Kontrollgang gestern Nacht übersehen. Jetzt zahle ich einen hohen Preis dafür, denn ich verliere wertvolle Sekunden. Für das, was ich vorhabe, muss ich Anlauf nehmen und soeben habe ich mich um meinen Schwung gebracht. Also rapple ich mich auf, greife mir die Haken, an denen nun keine Schinken mehr hängen, gehe ein paar Schritte zurück und fange an zu rennen.

Olivers Geschrei nervt, darum ziehe ich die Stöpsel aus den Ohren und laufe um mein Leben.

Ich spüre die Explosion, bevor ich sie höre. Die Grundmauern des mehr als hundert Jahre alten Gebäudes vibrieren, dann fliegt das Kellergewölbe in die Luft. Mit Bedauern denke ich an die meterlangen Reihen Rotwein, Portwein und Whiskey, der dort in Fässern gelagert ist und den Julin vermutlich mit großem Stolz gesammelt hat. Oder sein Vater. Oder Großvater. Hätte ich eine Wahl gehabt, hätte ich die Villa verschont. Blöderweise konnte ich meine Alternativen an zwei Fingern abzählen und beide haben mir nicht gefallen.

Am Ende des Giebels halte ich nicht an, sondern stoße mich vom Rand ab und springe, bevor das Dach unter mir nachgibt.

Und dann fliege ich.

Kapitel 2

Fragt mich nicht, was hinter mir passiert, mein Blick ist nach vorn gerichtet, auf den Strommast. Durch die Detonation ist der Himmel über mir erleuchtet, so sehe ich die Kabel klar und deutlich, ich stürze praktisch auf sie zu.

Statt mich an ihnen festzukrallen, hänge ich die Haken ein. Dabei verliere ich den rechten, doch der linke hält. Glück gehabt. Ich gleite am Kabel entlang, bis ich die Container des Nachbarhauses erreicht habe, dann lasse ich los und falle rücklings in den Müllberg.

Der Hof ist mit Mauerteilen, Holz und Asche bedeckt, die Luft so dick, dass man sie schneiden kann. Ich schmecke Blut und Staub auf der Zunge und hätte Angst einen Geschmack, würde ich ihn als dunkel, pelzig und bitter beschreiben. Ich hab schon einige Stunts gebracht, aber das hier toppt alles.

Von Julins Haus ist nichts weiter übrig als ein qualmender Haufen alter Steine und ein paar zerbrochene Dachziegel. Alarmanlagen kreischen und in der Ferne höre ich Sirenen jaulen, während mein Herz schmerzhaft in der Brust pocht.

Auch wenn der Staub das Atmen erschwert, bietet er einen idealen Schutz. Ich umrunde das Haus und öffne die Garage des Nachbarn. Sie ist unverschlossen, die Schlüssel der Luxuskarossen hängen in einer Reihe am Schlüsselbrett, als hätten sie dort auf mich gewartet.

Nur Kriminelle fühlen sich so sicher, dass sie nichts verriegeln. Sie sind davon überzeugt, dass ihnen nichts passieren kann, weil es in ihrer Vorstellung niemand wagen würde, sie zu beklauen.

Okay, wahrscheinlich spielt auch die Tatsache eine Rolle, dass ihre Grundstücke in der Regel hermetisch abgeriegelt sind. Das muss mich allerdings nicht besonders stören, denn der Porsche, den ich mir für meine Flucht ausgesucht habe, hat sowohl für die Garage eine Fernbedienung als auch fürs Haupttor. Auf diese Weise komme ich unbehelligt vom Grundstück und von dort aus auf die Hauptstraße Richtung Flughafen. Laut GPS brauche ich eine halbe Stunde, doch es ist zwei Uhr morgens, da ist der Verkehr überschaubar.

Oliver brüllt irgendwas, darum stecke ich mir einen Kopfhörer zurück ins Ohr.

„Status!“

„Ich bin in zwanzig Minuten bei dir“, sage ich ruhiger, als ich mich fühle. Ich bin voller Adrenalin. Meine Hände zittern wie verrückt und mein Puls geht durch die Decke. Es gibt noch tausend Dinge, die schiefgehen können. Während ich sie im Geiste aufzähle, brettere ich mit zweihundertfünfzig Sachen über die A-118 und folge blind dem Navi.

Ich hab keine Ahnung, wie weit der Arm der Mafia in Sankt Petersburg reicht. Nach meinem letzten Stand regiert jedoch nicht Putin dieses Land, sondern verschiedene russische Syndikate, die Russland in fünf Teile gegliedert haben. Von daher gehe ich davon aus, dass der Arm lang und stark ist. Also gebe ich Gas und beschleunige die Kiste auf zweihundertsiebzig, bevor der Flughafen dichtgemacht wird.

Als ich den *Pulkovo Airport* erreiche, wartet der Jet mit laufenden Motoren auf mich. Wir haben alle geschmiert, denn ohne Zaster läuft in Russland null Komma gar nichts. Die Wachleute haben ein paar Scheine bekommen, die Lotsen, das Bodenpersonal sowie die Sicherheitsleute, die den Namen nicht verdienen.

Kaum habe ich die Gulfstream betreten, fährt die Treppe hoch. Das Personal schließt die Tür und die Turbinen drehen auf. Dank der großzügigen Bestechungsgelder haben wir Priorität vor den großen Airlines, wie Delta und Aeroflot, und rollen an allen vorbei auf die erste Startposition.

Als ich aus dem Fenster blicke, sehe ich Blaulicht gefolgt von drei schwarzen Range Rover, die auf der A-118 Richtung Flughafen brettern.

Zu spät, Jungs. Wir rasen über das holprige Rollfeld und sind in der Luft, bevor die Kolonne den *Pulkovo Airport* erreicht.

Verdammt, das war knapp.

***

MATTEO

Ginny war feucht wie Moos nach einer feuchtklaren Nacht. Andererseits – Ginny war immer feucht. Sie war eine der Clubschlampen, Groupies, die sich einen der Biker angeln wollten. Das wollten sie alle. Hinter ihrem Mann auf der Harley sitzen und zum Club gehören. Letzteres war auch Matteos Traum, irgendwo dazugehören.

Der *Black Hawks* MC war seine Heimat geworden, nachdem er New York den Rücken gekehrt hatte. Der Motorclub nannte sich nicht so, um sein Bad Ass-Image zu unterstreichen. Ihr Clubhaus befand sich in Black Hawk, einem winzigen Ort in den Colorado Mountains in der Nähe von Denver.

Wenn er abgefüllt war, so wie heute, vergnügte er sich mit einem der Mädchen, die rund um die Uhr im Clubhaus abhingen. Aber er war nie zu besoffen, sie ohne Gummi zu vögeln. Seine Devise war einfach und kannte keine Ausnahme: No glove, no love. Dabei ging es weniger darum, dass ihm eine Schwangerschaft untergejubelt werden konnte. Er hatte keinen Bock, dass ihm in ein paar Jahren der Schwanz abfiel, weil er sich bei Ginny und ihren Schwestern, die neunzig Prozent ihrer Zeit auf dem Rücken verbrachten, mit der Pest infiziert hatte.

Er war clean und das sollte auch so bleiben.

„Baby, ich komme gleich", keuchte Ginny. Da hatte sie es besser als er. Matteo stand nicht auf die Wanderpokale des Clubs. Er bevorzugte Frauen unter sich, die nicht schon für seine Brüder die Beine breit gemacht hatten. Exklusivität war das Stichwort, doch das war ein Konzept, das Ginny nie verstanden hatte. Keiner seiner Brüder würde sie auf seinem Bike mitnehmen und eine Old Lady aus ihr machen. Nicht, wenn sie sich in diesem Tempo durch den MC vögelte.

Dabei sah sie gar nicht übel aus und hätte eine reale Chance, wenn sie sich festlegen und nicht dauernd nach etwas Besserem Ausschau halten würde. Sie hatte große babyblaue Augen, aschblondes Haar, das sie bleichte, eine

Stupsnase und einen niedlichen Schmollmund, den sie in diesem Moment öffnete und laut stöhnte.

„Fuuuuck, Matt, ich komme gleich!"

Shit. Er war noch nie so weit von seinem Höhepunkt entfernt gewesen und das lag nicht am Alk, sondern an Ginny. Er wollte einen schnellen Fick hinterm Clubhaus. Bevor er wusste, wie sie es angestellt hatte, waren sie in seinem Bett und er balancierte Ginny auf seinem Schwanz, die dramatisch den Kopf in den Nacken warf und eine pornoreife Show ablieferte. Doch er wusste es besser. Ginnys Stöhnen war so falsch wie ihre Möpse.

Also schloss er die Augen und dachte an … Claire. Ihren Knackarsch, den er in letzter Zeit öfter zu sehen bekam, als ihm lieb war. Allerdings immer in Jeans, was ein Jammer war. Er dachte an ihre Titten, die dank der engen Klamotten, die sie anscheinend in der Kinderabteilung besorgte, wenig der Fantasie überließen. Rund und fest und groß genug, dass sie in seine Hände passen würden.

Und ihr Mund! Claires Lippen waren eine Verheißung. Voll und rosa mit einem sinnlichen Schwung. Wenn er sich vorstellte, wie sie sich um seinen Schwanz schlossen, könnte er … Shit!

Matteo biss die Zähne zusammen und vergrub sich in Ginny, während er sich vorstellte, dass Claire unter ihm lag und seinen Namen stöhnte. Nicht Matt, wie er unter seinen Brüdern hieß, sondern Matteo.

„Baby, ich …"

„Sei still", grollte er, zog sich aus ihr zurück und drehte sie um, damit er ihr Gesicht nicht sehen musste. Er spreizte ihre Beine mit den Knien und versenkte seinen Schwanz bis zur Wurzel in ihrer Pussy. Ginny keuchte erschrocken auf und gab einen heiseren Ton von sich, doch das war ihm egal. Sie wusste, was sie erwartete, wenn sie sich auf ihn einließ. Er mochte es schnell und hart und band seine Mädchen auch gern mal ans Bett oder knebelte sie, wenn sie zu viel quatschten. Das würde er das nächste Mal mit Ginny machen.

Sie war blond, wie Claire, und wenn sie auf den Knien war, so wie jetzt, Gesicht im Kissen, Arsch in der Luft, war es leichter sich vorzustellen, dass Claire sich stöhnend unter ihm wand und kurz vor dem Höhepunkt stand.

Er hob ihr Becken an, um tiefer in sie einzudringen, gab ihrem Hintern einen festen Klaps, dann noch einen, woraufhin Ginny explodierte.

„Aahhhhhhh …“

Und endlich konnte auch er loslassen. Matteo machte ein Geräusch, das einem Grunzen ähnelte, und spürte wie sich sein Samen in Ginny ergoss. Er fiel nach vorn und begrub das Mädchen unter sich, das ein „Umpfhhhh“ von sich gab.

Fuck.

Warum zur Hölle war er mit seinen Gedanken bei Claire? Solange er denken konnte, wollte er Sky. Er schloss die Augen, dachte an die Jahre mit ihr, die zahllosen Stunden, die sie zusammen verbracht hatten. Ihre Hartnäckigkeit, ihn für sich zu gewinnen, obwohl er sich ihr gegenüber wie ein Arsch verhalten hatte. Sie war acht Jahre alt gewesen, er zwölf.

Er wusste nicht mehr, wann er sich in sie verliebt hatte. Irgendwann füllte sie sein ganzes Denken aus. Er wachte morgens mit ihr auf und bevor er ins Bett fiel, war sie sein letzter klarer Gedanke. Oft mit einer Hand um seinen Schwanz.

Dummerweise war Sky tabu.

All die Jahre, in denen sie miteinander aufgewachsen waren, dachte er, sie wäre seine Halbschwester. Dann stellte sich heraus, dass Silvio sie verarscht hatte, dass er gar nicht sein Vater war. Nachdem Matteo den ersten Schock verdaut hatte, fühlte er sich seltsam erleichtert. Er hätte stinksauer sein müssen, doch er war wie von einer Last befreit. Er hasste den Mann und zu wissen, dass sie nichts gemeinsam hatten, war wie Weihnachten und Silvester an einem Tag.

Davon abgesehen war der Weg zu Sky frei. Sky, der Engel, der ihn aus der Hölle seiner Kindheit gerettet hatte. Das Mädchen, das ihn von seinen Albträumen befreit und ihm uneingeschränkte Zuneigung entgegengebracht hatte.

Doch dann hatte Silvio abermals zugeschlagen. Matteo war mit seiner Crew gerade in Vegas eingetroffen, als er von der geplanten Verbindung mit Chicago erfuhr. Sky sollte Tizian Jackson heiraten, Cesares jüngsten Sohn. Keine Verlobung, keine große Feier. Die Hochzeit sollte zwei Wochen nach der Ankündigung stattfinden. Silvio hatte gewartet, bis Matteo aus New York verschwunden war, um die Bombe platzen zu lassen. Er war zehn Bundesstaaten von New York entfernt – zu weit, um Sky beizustehen und sie vor Silvio zu schützen. Als er es schließlich zurück in den Big Apple geschafft hatte, war Sky untergetaucht und erst ein Jahr später an der Oberfläche erschienen. Mit neuer Identität und Racheplänen im Gepäck, die die italienische Mafia in die Knie zwingen sollten. Und einem neuen Mann an ihrer Seite, der sie bis vor wenigen Tagen nicht aus den Augen gelassen hatte.

Julin Fuckhead Petrow.

Ginny unter ihm gab einen erstickten Laut von sich, darum rollte er sich auf den Rücken und gab sie frei. Statt dem ungeschriebenen Gesetz zu folgen, aufzustehen und sich anzuziehen, drehte sich Ginny zur Seite und strich sein Haar zurück.

„Baby, das war fantastisch", flüsterte sie. Das Traurige war, dass sie das wirklich glaubte. Doch Sex mit ihr war alles andere als fantastisch. Das war ein Pityfuck und er hasste sich dafür.

„Bist du heute Abend im Club?", fragte sie, nachdem er schwieg.

„Ich werde in den nächsten Wochen beschäftigt sein." Was die Untertreibung des Jahres war.

„Darf ich bei dir vorbeikommen?"

„Du kennst die Regeln."

Huren blieben im Clubhaus.

„Ich will aber bei dir sein."

Das war ungewöhnlich beharrlich für Ginny, darum wandte er sich ihr zu.

„Du willst nicht bei mir sein."

„Doch, ich …", setzte sie an, dann biss sie sich auf die Unterlippe. Matteo betrachtete sie. Ginny konnte nicht älter als zweiundzwanzig sein. Doch das Rauchen, Trinken und zu viel Make-up ließen sie schneller altern. Noch war sie hübsch, aber spätestens in zehn Jahren wäre sie bitter und verblüht.

„Was willst du wirklich?", fragte er und stützte den Kopf auf einer Hand ab.

„Was jeder will."

„Und das wäre?"

„Ein Haus mit Garten. Einen Mann, zwei Komma fünf Kinder und einen begehbaren Kleiderschrank."

Matteo grinste, dann lachte er leise. Ginny stimmte kichernd mit ein. Das musste er der Kleinen lassen, sie hatte Humor.

„Weißt du überhaupt, was du willst?", hakte er nach.

„Dich."

„Heute, Kleines. Morgen willst du Blues oder Dex und übermorgen Devil. So läuft das seit Jahren."

Ginny zog eine Schnute, schwieg jedoch. Ihm gefiel nicht, dass sie den Blick senkte, darum hob er ihr Kinn mit zwei Fingern an und sah ihr fest in die Augen.

„Was erwartest du vom Leben, Ginny?"

„Ich will glücklich sein." Das kam als Flüstern raus und klang, als würde sie sich davor fürchten, es laut auszusprechen.

„Hier findest du kein Glück."

„Ich weiß." Wieder Flüstern.

„Was machst du dann im Club, Kleines?"

Sie hob eine Schulter. „Ich weiß nicht, wohin ich sonst gehen kann."

„Wenn du etwas erreichen willst, musst du dafür kämpfen. Nichts fällt dir in den Schoß. Wer etwas anderes behauptet, ist ein Lügner."

„Ich weiß", flüsterte sie abermals. Sie schluckte hörbar und er konnte Tränen in ihren Augen sehen, die sie hastig wegblinzelte.

„Hattest du nicht mal einen Traum, Ginny?"

Sie zögerte einen Moment, dann sagte sie leise: „I-ich heiße eigentlich gar nicht Ginny."

Er sah sie an, schwieg jedoch, bis sie unsicher ergänzte: „Sandra."

„Sandra", wiederholte er langsam, wie um den Namen zu testen, und fand, dass er zu ihr passte. Sie war eher eine Sandra als eine Ginny.

„Also, Sandra, wovon hast du geträumt, als du noch Träume hattest?"

Sie schüttelte leicht den Kopf. „Du wirst es albern finden." Ihre Stimme war jetzt so leise, dass er sie kaum verstand.

Aus einem Impuls heraus zog er sie an sich, legte einen Arm um ihren viel zu mageren Körper und wisperte: „Verrate mir deinen Traum, Sandra."

Sie erschauderte, dann atmete sie tief durch. „Ich wollte immer ein Nagelstudio eröffnen."

Endlich etwas, womit er arbeiten konnte.

„A-aber die Ausbildung dauert ein halbes Jahr. Und man muss eine Prüfung bestehen."

„Du bist nicht dumm."

„In der Schule war ich gar nicht so übel", gab sie nach kurzem Zögern zu. „Außer in Mathe."

Matteo schmunzelte und drückte sie kurz. „Niemand ist gut in Mathe, Kleines."

Sie schloss die Augen und lehnte den Kopf an seine Schulter. Er ließ sie.

„Ich schlage dir einen Deal vor", sagte er nach einer Weile. Er hatte keinen blassen Schimmer, warum er das tat. In wenigen Stunden würde Sky in den Staaten landen. Er hatte sie eine Ewigkeit nicht mehr gesehen und wenn er an den Dreck dachte, mit dem er in den letzten Monaten zu tun hatte, fühlte er sich selbst wie Dreck.

Dank Devil, ihrem Präsidenten, war der Club auf dem besten Weg, in den Fokus des FBI zu geraten. Black Hawk war ein ruhiger Ort, an dem die Superreichen ihre Kohle verzockten. Die Casinos waren exklusiv und nicht mit dem Disneyland zu vergleichen, zu dem Vegas sich entwickelt hatte. Hier ging es um hohe Einsätze, nicht ums Rahmenprogramm für die lieben Kinder, während Daddy die Kohle für ihre Ausbildung verspielte.

Black Hawk war ein Geheimtipp für die Reichen und Schönen, die in ihrem Privatjet einflogen, Hunderttausende verprassten, darüber lachten und sich anschließend im Spa verwöhnen ließen.

Die Casinos standen unter dem Schutz der *Black Hawk Motorcycle Gang*, die nicht nur für die Sicherheit in den Casinos zuständig waren. Ihr Club bekam fünf Prozent der Casinogewinne, was sie zu einem reichen Haufen Bastarde machte. Darüber hinaus hatte Matteo letztes Jahr zwei Stripclubs eröffnet. Das waren keine versifften Kneipen mit Pole Dance Stangen und ausrangierten Straßennutten. Seine Läden hatten Stil. First-Class-Service, beste Spirituosen, kleine Bühnen, Lichtshows, Nischen mit Ledersitzen und Privaträume. Er stellte nur Klassefrauen ein und bezahlte sie fürstlich. Die Mädchen in seinen Clubs machten zwischen fünfhundert und tausendfünfhundert pro Nacht, nur dafür, dass sie mit ihrem Hintern wackelten und ihre Titten an die frische Luft ließen. Sie hatten ein gutes Leben, fuhren teure Autos und ihre Kids gingen auf Privatschulen. Es war für alle eine Win-Win-Situation, zumal Matteo dafür sorgte, dass sie sicher waren und nicht angemacht wurden.

Doch Devil war das nicht genug. Er wollte den casinoeigenen Escort-Service übernehmen und einen Puff aufmachen. Damit würden sie es sich nicht nur mit den Casinobossen verscherzen, die sich nach so einer Aktion nach alternativen Sicherheitskräften umsehen würden, sondern auch mit den großen Hotels, die eigene Dienste anboten. Sie hatten schon so genug zu tun, sich die Konkurrenz vom Hals zu halten. Sie brauchten keinen Nebenkriegsschauplatz mit Leuten, die ihre Partner waren. Die ihnen gute Jobs besorgten und ein angenehmes Leben ermöglichten mit einem fetten Polster für schlechte Zeiten.

Da Devil ein Hitzkopf war, der nur deswegen den Club leitete, weil sein Dad ihn gegründet hatte, zogen es die Casinobosse vor, das Geschäftliche mit Matteo zu regeln. Er zog es ebenfalls vor.

Devil verfügte weder über den Verstand, ein Projekt von A bis Z durchzuziehen, noch den Fokus oder die Disziplin. Das wurde allmählich zum Problem. Doch die Biker an Devils Seite waren Old School. Das bedeutete Treue bis in den Tod, selbst wenn ihr Anführer ein kompletter Idiot ohne Impulskontrolle war.

Als Matteo hierhergekommen war, hatte er eine kleine Werkstatt übernommen, um dort Bikes zu reparieren und zu bauen. Er war auf Harleys spezialisiert, aber solange es Räder hatte, brachte er es zum Fahren. Nach einem Jahr musste er die Werkstatt vergrößern und zwei zusätzliche Männer anstellen, da ihn die Hotels das ganze Jahr mit

Fahrzeugen der Angestellten versorgten, die er zu einem Spezialpreis flottmachte.

Sein Traum waren Sonderanfertigungen, sogenannte *Custom Made Bikes*. Doch bei dem aktuellen Arbeitspensum kam er nicht dazu, diesen Traum zu verwirklichen. Auch das war etwas, das ihn wurmte.

Matteos Talent sprach sich schnell herum. Dank seiner Verbindungen zu Vegas sowie der Tatsache, dass er ausgezeichnet in dem war, was er tat, hatte er es schnell zum Vize der *Black Hawks* gebracht. Dabei war es hilfreich, dass er Manpower in den Club eingebracht hatte, denn ein Dutzend seiner Brüder war ihm hierher gefolgt. Ihr Sicherheits-Know-how hatte den Club innerhalb von zwei Jahren in die Position gebracht, in der er heute war. Und Devil war dabei, das alles zu zerstören. Das FBI stand weder auf Drogen noch Menschenhandel.

Matteo durfte keine Aufmerksamkeit auf sich ziehen. Wie Sky hatte er eine neue Identität angenommen, um dem Zorn der Italiener zu entgehen. Er hatte sowohl Chicago als auch New York den Rücken gekehrt und hier in den Bergen neu angefangen. Weit weg von seiner Mafia-Vergangenheit. Während Sky den Mädchennamen ihrer Mutter, *De Luca*, angenommen hatte, änderte er seinen Namen in Matt Johnson.

Überhaupt hatte sich einiges verändert. Er war ruhiger geworden, nicht mehr voller Hass auf diese Welt, der ihn wie ein Krebsgeschwür zerfressen hatte. Colorado tat ihm gut. Er hätte nie geglaubt, dass er in den Bergen leben könnte, abseits der Großstadt. Doch in den Colorado Mountains hatte er das gefunden, was er in New York nie hatte. Frieden und ein Zuhause. Einen Platz im Leben, den würde er sich nicht von Devil nehmen lassen.

Doch als Nummer zwei des Clubs war er für die Drecksarbeit zuständig, auch davon hatte er allmählich die Nase voll. Er wollte einen Club ohne Arschlöcher wie Devil und seine Blindgänger, die mehr störten, als dass sie den MC weiterbrachten. Natürlich könnte er seine Brüder nehmen und einen eigenen Club gründen. Dann würde er allerdings die Aufträge mitnehmen, denn es war klar, dass seine Partner ihm folgen würden. Damit würde er Devil von den Einnahmen abschneiden, was einer Kriegserklärung gleichkam. Und eine Auseinandersetzung brauchte er zu diesem Zeitpunkt so dringend wie die Aufmerksamkeit, die dieser Mist auf ihn und das kleine Nest lenken würde, das er sich als Unterschlupf gewählt hatte. Und in dem er sich erstaunlich wohlfühlte.

„Was für einen Deal?", fragte Ginny aka Sandra mit dünner Stimme und riss ihn aus seinen Gedanken. Matteo suchte in ihren Augen, testete ihren Willen, ihre Stärke. Und fand Furcht. Wahrscheinlich nahm sie an, er wollte sie als Bordsteinschwalbe benutzen, um für ihn anzuschaffen. Das würde Devil ihr vorschlagen.

„Du bleibst sauber, machst die Ausbildung zur Nageldesignerin und fickst nicht durch die Gegend."

Sandra blinzelte. „Hast du eine Ahnung, was das kostet?", wisperte sie.

„Ich besorge dir einen Job hinter der Bar."

„W-was?"

„Wenn du das durchziehst und dein Diplom machst, helfe ich dir, deinen eigenen Laden zu finden und aufzubauen."

„M-matt …"

„Vielleicht in einem der Hotels. Weder das *Lady Luck* noch das *Lodge* haben eine Beautyabteilung."

Was zum Henker war in ihn gefahren? Zugegeben, er mochte Ginny-Sandra, aber das? Er war ihr zu nichts verpflichtet.

Dennoch.

„O mein Gott!"

Da sie aufschluchzte, drückte er sie kurz und wischte ihr mit dem Daumen die Tränen fort, die feuchte Bahnen über ihre Wangen zogen. Doch sie kamen immer schneller, darum schlug sie die Hände vors Gesicht und schluchzte leise.

Fuck. Er hasste es, wenn Babes weinten.

Matteo hielt sie noch einen Augenblick, dann küsste er ihre Schläfe und rollte sich aus dem Bett. Sie durfte keinen falschen Eindruck bekommen. Das war ein Geschäft. Er wäre für einige Monate ihr Sponsor, aber er war nicht ihr Sugardaddy.

Kaum hatte er die Jeans hochgezogen, meldete sich sein Smartphone. Diesen Klingelton hatte nur eine Person und sein Herz setzte einen Schlag aus, während er den Screen anstarrte.

Schließlich nahm er das Gespräch an und presste das Teil gegen sein Ohr.

„Matteo." Nur seinen Namen, mehr sagte sie nicht. Dennoch schlug Skys sanfte Stimme wie eine Welle gegen ihn und ließ ihn einen Schritt zurücktreten. Von Parker wusste er, dass sie es geschafft hatten und auf dem Weg nach Hause waren. Aber Mann, was war es für ein Unterschied, sie hier und jetzt zu hören. Zu wissen, dass sein Mädchen gesund und munter war.

„Shit, es tut gut, deine Stimme zu hören."

„Wir sind in der Luft."

„Wurde auch Zeit."

„Hast du noch ein Zimmer frei?"

Seine Mundwinkel zuckten.

„Kleines, für dich habe ich ein halbes Dutzend Zimmer frei."

„Gut. Möglicherweise werden wir die brauchen."

Darauf lachte er leise.

„Du wirst dich nie ändern, oder?"

„Nope. Wozu auch?"

„Ist das eine Fangfrage?"

Jetzt war sie diejenige, die lachte.

„Mach dich bereit, Großer, in sechs Stunden landen wir."

„Das ist gut."

Und das war es. Sky kam zurück. Seine Sonne, seine Freude, sein Leben.

Jetzt musste er nur noch diesen Petrow loswerden.

Kapitel 3
SKYLER

„Also schön, was hab ich während meines Zwangsurlaubs verpasst?“ Nachdem ich erst Matteo und dann meine Großmutter, Esther De Luca, auf einer sicheren Leitung angerufen und ihnen versichert habe, dass es mir gut geht, haben Oliver und ich uns im Konferenzbereich der Gulfstream breitgemacht, damit er mich auf den aktuellen Stand der Dinge bringt. Der Jet gehört Julin und ist das Neuste auf dem Markt. Schick und geräumig und doch schlank mit einer hervorragenden Ausstattung. Die Möbel sind aus Mahagoni, die Polster aus cremefarbenem Leder, was den himmlischen Duft in der Kabine erklärt.

„Sieht ziemlich übel aus“, sagt Oliver und fläzt sich in seinem Sessel. Die Hände hat er hinterm Kopf verschränkt, die Füße liegen auf dem polierten Tisch.

Oliver sieht wie ein Surfer aus, nicht wie ein Nerd. Er hat braunes Haar, haselnussfarbene Augen und einen Bizeps, der sich sehen lassen kann. Von seinem Knackarsch fange ich gar nicht erst an. Nicht, dass er mir aufgefallen wäre, aber Jeans und T-Shirt kleben wie eine zweite Haut an ihm, da entgeht einem so was nicht. Da er sich seit unserem Start ungefähr eine Trilliarde Mal mit den Händen durchs Haar gefahren ist, steht es in alle Himmelsrichtungen ab, was echt zum Brüllen aussieht. Darum erzähle ich es ihm nicht. Es würde ihn ohnehin nicht stören, denn Oliver hat diese lässige Scheißegal-Haltung, die er wie seine Chucks trägt, offen und ohne Schnickschnack. Seine Art wird ihm oft als Arroganz vorgeworfen, aber wenn man ihn näher kennenlernt, merkt man schnell, dass er sich zu wenig ernst nimmt, um auf andere herabzublicken.

„Wie übel auf einer Skala von eins bis zehn?", hake ich nach.

„Fünfzehn", sagt er ohne zu zögern.

Das ist übel. Ich lege den Kopf in den Nacken und schließe die Augen. „Wen muss ich vögeln, um einen Espresso zu bekommen?"

„Das wäre dann wohl ich", sagt eine Stimme hinter mir. Als ich mich umwende, sehe ich Marco, unseren Flugbegleiter, der aussieht, als hätte er Ricky Martin das Schwulsein mit einem Zungenkuss rausgesaugt. Interessanterweise hat er sogar eine erstaunliche Ähnlichkeit mit Ricky. Ein südamerikanischer Rumba-Tänzer, mit Brustpelz und Goldkettchen. Fehlt nur noch das Glitterkostüm.

„Aber darauf verzichte ich, Schätzchen. Den Espresso bringe ich dir pronto." Sein Blick landet auf Oliver. „Aber wenn das Sahneschnittchen hier Lust auf ein heißes Nümmerchen hat, sag ich nicht Nein." Marco beugt sich tiefer, bis er auf Augenhöhe mit Oliver ist. „Was darf ich meinem Sweetie bringen?"

Ich habe das Vergnügen mit anzusehen, wie Oliver rot anläuft, und er läuft nie rot an. Er drückt sich tiefer in den Sessel, als würde er befürchten, dass unser Flugbegleiter ihn jeden Moment auf dem Konferenztisch vernascht.

Tatsächlich sieht der gute Marco so aus, als würde er eben das mit größtem Vergnügen tun. Fehlt nur noch, dass er sich die Lippen … okay, Shit, er hat sich echt die Lippen geleckt.

„Ähm …“, setzt Oliver an, räuspert sich und versucht es noch mal. „Cola?“

„Kommt sofort, Honey.“ Marco zwinkert ihm zu und verlässt das Konferenzzimmer mit einem Hüftschwung, um den Shakira ihn beneiden würde.

„Heilige Scheiße“, flüstert Oliver, nachdem sich die Tür geschlossen hat. „Wie bist du denn zu dem gekommen?“

„Den hab ich Julin aufs Auge gedrückt. Seine Flugbegleiterinnen waren mir zu …“ Ich zögere einen Moment auf der Suche nach dem richtigen Wort. „Freundlich.“

„Sie haben ihn angemacht.“

„Während ich auf seinem Schoß saß.“

„Oh-oh.“ Oliver zieht eine Grimasse. „Gab es Überlebende?“

Bei der Erinnerung, wie ich das Gesicht von Miss Übereifrig gegen die Scheibe des Fliegers gedrückt habe, muss ich lächeln. Ich hab ihr klargemacht, dass sie frühzeitig aussteigt, wenn sie Julin noch einmal zu nahe kommt.

„Ich habe sie gefragt, ob sie einen Fallschirm dabeihat, danach hat Julin die Personalfrage überdacht und mich die Crew auswählen lassen.“

„Er weiß eben, was gut für ihn ist.“ Oliver grinst, doch mein Lächeln verblasst.

Mann, ich weiß nicht mal, wo Julin ist. Ob er noch atmet oder mit einem Paar Zementschuhen im Hudson River steckt.

„Was ist passiert?“, frage ich und lehne mich vor. Oliver setzt sich auf. Er stützt die Unterarme auf den Tisch und hält einen Finger in die Höhe.

„Wir wissen, dass Julin in Seattle gelandet ist.“ Dem ersten Finger folgt ein zweiter. „Wir wissen auch, dass er am Flughafen von seinem Onkel abgeholt wurde.“

„Andrej.“

Oliver nickt. „Was passiert ist, nachdem er Andrejs Haus betreten hat, ist unklar. In der Villa ist er jedenfalls nicht. Ob er je dort angekommen ist und falls ja, wie er sie verlassen hat, kann ich nicht sagen.“

Mist.

„Lebt er noch?“

„Er ist einer der letzten Petrows, die übrig sind. Warum sollte sein Onkel ihn töten?“

Auch wieder wahr, ist aber keine Antwort auf meine Frage.

„War das der Zuckerguss?“

„Jep.“

„Was zum Geier ist schiefgelaufen?“

„Ich fürchte, die Katze ist aus dem Sack.“

„Wie meinst du das?“

Das Seufzen das darauf folgt ist lang und tief.

„Spuck’s aus!“

„Irgendwie haben die Italiener herausgefunden, dass du noch lebst und für ihren Zusammenbruch verantwortlich bist.“

Na toll.

„Die gute Nachricht ist, dass der alte Jackson dich lebend will.“

Kann ich mir vorstellen. Wenn sie ein Exempel statuieren wollen, müssen sie mich öffentlich kaltmachen, nicht im stillen Kämmerchen.

„Dein Vater … nicht.“

Auch das ist keine Überraschung. Oliver beugt sich vor und ergreift meine Hand. Er ist eigentlich nicht der touchy-feely-Typ, darum überrascht mich diese Geste.

„Er hat einen Profikiller auf dich angesetzt, der Beste, den man für Geld bekommen kann."

Ja, mein Vater war nie subtil, wenn es darum ging, seine Gefühle auszudrücken.

„Und wie viel bin ich Cesare lebend wert?"

„Das Kopfgeld beträgt fünf Millionen Dollar, aber nur, wenn du noch atmest. Bist du tot, beträgt das Kopfgeld fünf Mio für deinen Mörder."

Hm. Ich schürze die Lippen und lehne mich in meinem Sessel zurück. Das ist interessant.

„Da ist noch etwas."

Was denn noch? Julin ist verschwunden und ich werde wieder mal gejagt. Von meinem Vater, der mich wie einen räudigen Köter abknallen will und Cesare, der mir seine Bluthunde auf den Hals gehetzt hat. Im Moment ist niemand in meiner Nähe in Sicher … Oh Shit!

„Claire!"

„Wir haben sie, keine Bange."

Ich schließe kurz die Augen und stoße den Atem aus.

„Sie ist der Grund, warum Matteo nicht mitgekommen ist. Er musste …"

Marco wählt diesen Moment, um in die Kabine zu schweben.

„So meine Täubchen, ein Espresso für Miss Bad Ass und Cola für Sugar." Abermals zwinkert er Oliver zu und zockelt mit wackelndem Hintern aus der Kabine.

„Ich bin Bad Ass und du Sugar. Das gefällt mir."

Oliver, der abermals bis zu den Ohrenspitzen rot anläuft, beäugt die Cola misstrauisch.

„Ob da Roofies drin sind?"

„Wenn er dich betäubt, versohle ich ihm den Arsch. Ich brauch dich noch."

„Gut zu wissen", murmelt er und nimmt einen Schluck.

„War das alles?"

„Ähm, nein." Oliver nimmt einen tiefen Atemzug. „Wir waren in den letzten Wochen blind, weil die Italiener einen neuen Weg gefunden haben, sich auszutauschen."

„Das verstehe ich nicht."

„Hätten sie übers Netz miteinander kommuniziert, hätten wir es bemerkt." Er schüttelt den Kopf. „Ich weiß noch nicht, wie sie es machen, ich weiß nur, dass sie einen Hacker beauftragt haben." Er nimmt einen weiteren Schluck, dann stellt er das Glas ab. „Von dem Typen habe ich noch nie gehört. Wenn er früher schon aktiv war – wovon ich ausgehe, denn niemand, der so gut ist, bleibt in der Szene unbekannt – muss er ein Chamäleon sein, das regelmäßig seine Identität ändert."

„Wie nennt er sich aktuell?"

„Slim."

Nie von dem gehört.

„Was genau ist sein Job?"

„Cesare sucht dich verzweifelt. Wir wissen, dass er einen Kopfgeldjäger auf dich angesetzt hat, doch für den Fall, dass der versagt, soll Slim dich finden. Und zwar vor deinem Vater."

„Ist das alles?"

„Letzte Woche hat Slim die Lücken, die wir in ihr System gerissen haben, geschlossen und deren Firewall hochgezogen. Es ist so gut wie unmöglich, da durchzukommen."

„Nachdem sie wissen, wie anfällig ihr System ist, bezweifle ich, dass sie je wieder einem Programmierer trauen werden."

„Sehe ich auch so. Ich glaube nicht, dass sie sich auf elektronischem Wege austauschen."

„Handy?"

Er schüttelt den Kopf. „Zu riskant. Wie du weißt, sind die Dinger nicht abhörsicher."

„Wie dann, mit Brieftauben?" Das sollte ein Witz sein, doch Oliver lacht nicht. „Wenn alle Kommunikationswege dicht sind – woher weißt du dann von diesem Slim?"

„Der Flurfunk im Deep Web funktioniert immer noch ganz gut."

„Pass nur auf, dass die dich nicht verarschen. Sie könnten die Gerüchte nutzen, uns mit falschen Infos zu füttern. Wenn mein Vater aufgewacht ist und endlich die Macht des Netzes erkannt hat, wird er vor nichts zurückschrecken, bis er mich gefunden hat."

Darauf schweigen wir. Schließlich erhebt Oliver sich und versucht ein Lächeln.

„Es sind noch ein paar Stunden, bis wir landen. Am besten du haust dich aufs Ohr und ruhst dich aus."

Gute Idee. Ich fühle mich, als könnte ich im Stehen schlafen. An der Tür dreht er sich noch mal um. „Und keine Sorge wegen der Italiener. Wir werden herausfinden, wie sie miteinander kommunizieren."

Ich nicke, schweige jedoch. Ich muss das alles erst mal verdauen. Vor allem aber muss ich mich fokussieren. Immer eins nach dem anderen. Blöderweise weiß ich diesmal nicht, wo ich anfangen soll. Es kommt mir vor, als müsste ich an allen Fronten gleichzeitig kämpfen. Ich muss Julin finden, einen Killer ausschalten, einen Kopfgeldjäger mit leeren Händen nach Hause schicken, auf meine Leute aufpassen und darf dabei nicht mein Leben verlieren. Allein die Tatsache, dass ich zu Matteo fliege, bringt ihn und seine Leute in Gefahr. Nur gut, dass meine Großeltern auf einem Anwesen leben, das ich höchstpersönlich verkabelt und gesichert habe. Da fliegt keine Mücke ungebeten rein, ohne dass Großalarm ausgelöst wird.

Ich ziehe eine Decke aus dem Schrank, dimme das Licht und mach mich auf der Bank lang. Doch kaum schließe ich die Augen, sehe ich Julin, wie er in den Wagen steigt, der ihn zum Flughafen gebracht hat. Warum habe ich nicht auf mein Bauchgefühl gehört und bin mit ihm geflogen?

In den letzten beiden Jahren haben wir abwechselnd in L.A. und in London bei Esther und Gerald gewohnt. Julins Geschäfte sind in den Staaten, er muss sich regelmäßig um seine Bars, die Clubs und die Restaurants kümmern. Dann ist da noch der Gym, sein Hobby und heimliche Geliebte – die einzige, die er haben kann, ohne seine Eier zu verlieren.

Julin liebt das Kämpfen, das liegt ihm im Blut. Darum würde ich nie etwas unternehmen, ihn davon abzubringen, im Gegenteil. Ich bin selbst ein Fighter und habe mich in den vergangenen Monaten fit gehalten. Als Julin mir nichts Neues beibringen konnte, hat er mir einen Trainer zum Geburtstag geschenkt. Wenn wir in L.A. sind, trainiere ich dreimal die Woche mit Aki, einem kleinen, drahtigen Japaner, der sich einen Spaß daraus macht, mich regelmäßig zu vermöbeln. Mit Akis Hilfe bin ich schneller, wendiger und härter im Nehmen geworden. Er hat mir Disziplin beigebracht und den Willen, es besser zu machen.

Wenn man sich für unschlagbar hält und plötzlich jemand, der kaum eins sechzig ist, mit dir den Boden wischt, kommt man ins Grübeln.

Da Aki kleiner ist als ich, hat er kein Problem damit, mir dreimal die Woche in den Arsch zu treten. Erst nachdem ich kapiert habe, dass ich gegen den Giftzwerg keine Chance habe, hab ich mit den dreckigen Tricks angefangen. Das schien Aki zu gefallen, denn vor einem Jahr hat er mich mehr und mehr an seiner Kampfkunst teilhaben lassen. Inzwischen bin ich richtig gut geworden.

Aber zurück zu Julin.

Die vergangenen Monate haben uns einander näher gebracht. Ich war mir nicht sicher, wie ich damit umgehe, wenn wir plötzlich so viel Zeit zusammen verbringen. Ich bin eine Einzelgängerin und Nähe nicht gewohnt. Doch wie so oft habe ich Julin unterschätzt. Er hat mir die Freiheit gegeben, die ich brauche, aber nicht so viel, dass ich mich abschotten kann. Während er seinem Business nachgegangen ist, hab ich meinen Abschluss an der Uni gemacht – via Fernstudium. Meine Programme habe ich quasi nebenher geschrieben und neue Kunden dazugewonnen. Doch der Security-Kram wurde mir auf Dauer zu öde, darum hab ich vor einem knappen Jahr etwas Neues ausprobiert, das mich in den letzten Monaten beschäftigt hat.

Aber das ist ein anderes Thema.

In Europa sind wir viel gereist. In Frankreich und Italien hat Julin sich Weingüter angesehen. Manchmal haben Esther und Gerald uns begleitet, ein anderes Mal Claire.

Damit er seinen Titel als Champ der *Underground Combat League* behält, musste Julin ein paarmal in den Ring und hat jedes Mal die Scheiße aus seinem Gegner geprügelt. Derzeit haben sie Schwierigkeiten, einen adäquaten Gegner für ihn zu finden, aber das ist zum Glück nicht mein Problem.

Was ich damit sagen will ist, dass wir beide zwar zusammen sind, aber trotzdem unser Ding machen. Wir lassen dem anderen Raum zum Atmen, sich auszuprobieren und Neues zu entdecken. Ich liebe das. Und ich liebe Julin, auch wenn er manchmal ein Arsch ist. Er verstellt sich nicht, ist immer er selbst und spielt keine Spielchen.

Aus diesem Grund kann ich nicht nachvollziehen, wie ich nicht mitbekommen konnte, dass etwas nicht stimmt. Hätte ich nicht spüren müssen, dass er Dinge vor mir verbirgt? Auf der anderen Seite war ich ziemlich aus dem Häuschen wegen der ganzen Sankt Petersburg-Nummer. Ich meine, er ist dort geboren worden! Ich dachte, es hätte etwas zu bedeuten, dass er mich dorthin bringt.

Okay, es hatte etwas zu bedeuten, allerdings war ich in einem ganz anderen Film. Jetzt wollte ich einmal romantisch sein und das ist dabei rausgekommen.

Julins Onkel Andrej habe ich in all den Monaten nur zweimal gesehen und beide Male war das keine angenehme Erfahrung, denn im Gegensatz zu Julin kann Andrej Petro*wichser* sich bestens verstellen. War Julin dabei, war er scheißfreundlich. Hat Julin den Raum verlassen, haben sich Eisblumen an den Fenstern gebildet, so sehr ist die Temperatur im Raum gesunken.

Sein Onkel hasst mich auf eine Art, die ein eigenes Gen braucht, sie liegt ihm im Blut. Die Rossis zu hassen ist so etwas wie sein Lebenssinn geworden. Das Julin rüberzubringen habe ich nicht übers Herz gebracht. Andrej ist wie ein Vater für ihn, also habe ich ihm das durchgehen lassen.

Julins Onkel mag versuchen, einen Keil zwischen uns zu treiben. Doch am Ende wird er nichts erreichen, denn Julin gehört mir und ich gehöre ihm. Sein Bullshit wird daran nichts ändern.

Das dachte ich zumindest.

Was, wenn Andrej seinen Neffen lieber tot sehen will als zusammen mit dem Feind – also mir. Was, wenn dieser Hass auf Julin übergegangen ist, weil er die Familie verlassen hat, um mit mir zusammen zu sein?

Julin hat nicht nur der Russenmafia den Rücken gekehrt. Er hat seine Familie vor den Kopf gestoßen und ihre Zukunft gefährdet. Wer soll die Geschäfte weiterführen, wenn Andrej nicht mehr ist?

In den letzten Jahren hat Julin sich ein Leben neben der Mafia aufgebaut, hat Firmen eröffnet, die profitabel sind und ihm ein gutes Leben ermöglichen. In unseren Kreisen ist es üblich, legale Geschäfte zu betreiben, um das Blutgeld von der Straße zu waschen. Mit seinem Ausstieg hat Julin seinem Onkel eine Möglichkeit entzogen, sein Drogengeld über legitime Kanäle zu waschen, was mich zum nächsten Punkt bringt.

Was, wenn Julin mich verladen hat? Wenn er mich im Glauben gelassen hat, dass er aus der Mafia ausgestiegen ist, um in Wahrheit hinter meinem Rücken gemeinsame Sache mit seinem Onkel zu machen?

Es fällt mir schwer, das zu glauben. Auch wenn wir unserem eigenen Kram nachgehen, waren wir doch die meiste Zeit zusammen. Davon abgesehen habe ich am Anfang unserer Beziehung Julins Messenger gecheckt, die Mails und was ich sonst so auf seinen Rechnern und Smartphones finden konnte. Alte Gewohnheit. Nachdem ich jedoch nur stinklangweiliges Zeug auf den Geräten gefunden habe, hab ich es mehr und mehr eingestellt, bis ich es schließlich gelassen habe.

Womöglich war das ein Fehler.

Ich presse die Lider zusammen und rolle mich auf den Rücken. Ist es möglich, dass Julin sich die ganze Zeit verstellt hat?

Keine Chance. Dennoch habe ich etwas übersehen.

Etwas Wichtiges. Die Frage lautet, was.

Kapitel 4
CLAIRE

Claire fragte sich, wann ihr Leben so kompliziert geworden war. Als sie noch zur Uni ging, musste sie sich gegen eine Horde Mädels wehren, die sie hassten, weil sie Angst hatten, dass Claire mit ihren Freunden schlief. Was sie nicht kapierten war, dass ihre Freunde Claire nachjagten, nicht umgekehrt. Damals war ihr größtes Problem, dass sie nicht Nein sagen konnte.

Dann war Kylie in ihr Leben getreten und alles änderte sich.

Ihre Feindinnen fürchteten ihre neue Freundin und trampelten nicht länger auf ihr herum. Bis sie erfuhr, dass Kylie in Wahrheit Skyler hieß und die Tochter eines der mächtigsten Paten von New York war. Wie in dem Film mit Al Pacino. Es störte sie nicht, dass Skylers Familie durchgeknallt war, ihre war nicht viel besser. Okay, ohne den Teil mit der Schutzgelderpressung, den Drogen und den Morden. Davon abgesehen waren ihre Familien gar nicht so unterschiedlich. Wenigstens hatte Skyler tolle Großeltern in London. Und sie hatte Matteo und damit fingen Claires Probleme an.

Als sie Matteo das erste Mal sah, war es, als wäre der Blitz eingeschlagen, ihr Herz setzte buchstäblich einen Schlag aus. Wäre ihr Leben ein Cartoon, wären über ihr tausend kleine Herzchen aufgepoppt – es hatte sie voll erwischt. Sie konnte sich nicht erinnern, wann sie je so empfunden hatte.

Matteo war der Prototyp eines heißen Bikers. Er sah wie Chris Hemsworth in *Thor* aus, zumindest war er wie

Thor gebaut. Allerdings die dunkelhaarige Version mit Dreitagebart und Lederjacke. Heiß!

Es störte sie nicht, dass er die meiste Zeit angepisst wirkte. Skyler hatte ihr versichert, dass das normal wäre. Sie wusste nicht, ob das zutraf, dafür sahen sie sich zu selten. Doch wenn sie ihn sah, hatte sie ihre Zunge verschluckt und verhielt sich wie ein Trottel. Normalerweise stolperte sie nicht über ihre eigenen Beine und gab unartikulierte Sätze von sich. In Matteos Gegenwart passierte jedoch genau das. Wann immer er in der Nähe war, kam sie sich wie eine alberne Comicfigur vor. Fehlte bloß noch der Holzhammer, den sie sich über die Rübe zog.

Das Schlimmste war, dass er ihre Gefühle nicht erwiderte. Er behandelte sie wie Skylers kleine Schwester und das obwohl sie älter war! Claire war jedoch nicht entgangen, wie er Skyler betrachtete, wenn er glaubte, dass es niemand bemerkte. Für ihn war sie keine Schwester, sondern sehr viel mehr. Sie war sein *Kleines*, seine *Süße*, sein *Liebes*. All das wollte Claire für ihn sein, doch er nannte sie nur, nun ja, Claire.

Als sie schon glaubte, dass es nicht schlimmer werden könnte, war die Sache mit dem Feuer passiert. Vor drei Wochen hatte jemand Molotow-Cocktails in den Flur ihres Apartments geworfen. Dass es Brandbomben waren, erfuhr sie später. Als es geschah, hörte sie nur das Zerbersten der Flaschen und danach die Mini-Explosion. Das Gebäude war alt und stand innerhalb von Minuten in Flammen.

Es war drei Uhr morgens, als das Feuer ausbrach, also mitten in der Nacht, wenn die meisten Leute schliefen.

Doch Claire war eine Nachteule, dann war der Lärmpegel in New York erträglich. Die Zeit der Kreativen.

Bereits während des Studiums in Los Angeles hatte sie angefangen, mit Ton zu arbeiten. Es hatte als Therapie begonnen, sie geerdet und ruhiger werden lassen. Etwas mit den Händen zu erschaffen, es nach ihrem Willen zu formen, bis sie aus einem Klumpen Lehm etwas kreiert hatte, das sie berührte, war jedes Mal wie ein kleines Wunder für sie. Manchmal kam eine Skulptur dabei heraus, meistens wurden es Vasen oder Schalen, die sie mit anderen Materialien kombinierte, wie Glas, Steine, Federn oder rostige Metalle.

Was sie an den Gefäßen anzog, war die Idee der Leere. Eine Schale war bloß eine Schale. Es lag am jeweiligen Besitzer, sie zu füllen und ihr einen Sinn zu geben. War sie Deko oder erfüllte sie einen Zweck? Kamen Blumen hinein oder Zweige? Würde sie Platz in einem Regal finden oder auf einem Tisch?

Claire liebte diese Kleinigkeiten. Sie achtete immer auf den Kontext ihrer Arbeiten, den andere oft übersahen. Sie erschuf keine Kunst um ihrer selbst willen, sogenannte *l'art pour l'art*, sondern gestaltete sie für Menschen.

Beim jährlichen *Student Creative Day* hatte sie Gelegenheit, ihre Werke auszustellen und prompt die Aufmerksamkeit von zwei Galeristen auf sich gezogen, die sie ein halbes Jahr später unter Vertrag nahmen. Eine Galerie kam aus New York, die andere aus Boston. Das war der eigentliche Grund, warum sie ihr Studium ein Jahr früher beendet hatte, um an die Ostküste zu ziehen. Skyler war ohnehin ständig unterwegs und hatte das Unileben gegen ein Fernstudium eingetauscht.

Als sie das Detonieren der Brandsätze hörte, arbeitete sie gerade an einer Serie. Sie hatte versucht aus der Wohnung zu fliehen, doch der Flur war ein flammendes Inferno. Als Nächstes versuchte sie den Notruf zu alarmieren, doch das Netz war gestört, sie hatte keinen Empfang.

Als sie schon befürchtete, lebendig gegrillt zu werden, erschien Matteo plötzlich vor ihr. Sie stand kurz vor dem Hyperventilieren, doch den Anblick, wie er auf sie zukam – die dunklen Augen auf sie gerichtet, die vollen Lippen zu einer Linie zusammengepresst – würde sie nie vergessen.

Er war größer, als sie ihn in Erinnerung hatte, doch das konnte auch an ihrer Panik gelegen haben. Matteo war dagegen die Ruhe selbst. Und Mann, er sah gut aus. Das dunkle Haar hatte er wachsen lassen, er trug jetzt einen Man Bun, der ihm fantastisch stand. Der Dreitagebart war einem Wochenbart gewichen und nahm seinem kantigen Gesicht ein wenig die Schärfe.

Er legte ihr ein feuchtes Tuch über Mund und Nase, das erleichterte ihr das Atmen. Danach hob er sie auf, als würde sie nichts wiegen und trug sie ins Bad. Dort warf er ihre Duschtücher in die Badewanne, ließ sie voll Wasser laufen und wrang sie anschließend aus.

„Feuerleiter“, war das Einzige, das sie in ihrem paralysierten Zustand rausbekam.

„Die haben sie auch angesteckt“, knurrte er. Das war der Moment, als sie begriff, dass sie möglicherweise sterben würde. Sie konnte sich nicht vorstellen, wie sie hier lebend rauskommen sollten. Wie war Matteo überhaupt in ihr Apartment gekommen, wenn nicht über die Außentreppe?

Bevor sie eine Frage formulieren konnte, legte er ihr die feuchten Handtücher um und packte sie wie eine Mumie ein. Sich selbst schlang er ebenfalls ein Badetuch um Kopf und Schultern. Dann hob er sie abermals hoch, diesmal Brust gegen Brust.

„Gut festhalten, Augen geschlossen lassen", murmelte er. Das musste er ihr nicht zweimal sagen. Sie klammerte sich wie ein Pandababy an ihn, die Arme in seinem Nacken verschränkt, die Beine um seine Taille.

Als er sie in ihr Schlafzimmer trug, war sie verwirrt, bis sie neben ihrem Bett ein Loch mit rauen Bruchkanten entdeckte, das zur Nachbarwohnung führte. Er hatte einen Durchgang von Miss Hughes' Apartment in ihre Wohnung geschaffen! Die Axt auf dem Boden sah wie eines der Beile aus, die auf jeder Etage angebracht waren. Die hatten einen roten Griff und hingen in einem Glaskasten. Jetzt wusste sie, wozu die Dinger gut waren.

Der Qualm wurde unerträglich, zum Glück war er bei Miss Hughes nicht ganz so dicht. Die Haustür stand offen, daraus schloss sie, dass sie mit ihrer Katze in Sicherheit war. Dennoch tat es Claire um ihre hübsche Wohnung leid. Sie wusste, wie lang Miss Hughes daran gearbeitet hatte. Wochenlang hatte sie Trödelmärkte auf der Suche nach passenden Möbeln durchkämmt und die Sachen dann selbst aufgearbeitet. Für so was hatte sie ein Händchen.

Wie seltsam, dass sie ausgerechnet jetzt an Kommoden und Trödelmärkte dachte, wenn um sie herum alles lichterloh in Flammen stand. Das musste am Schock liegen, anders konnte sie sich ihre schrägen Gedankengänge nicht erklären.

An der Tür nahm Matteo sie abermals auf und trug sie aus dem brennenden Haus, als hätte er das schon hundertmal getan. Als sie den Kopf gegen seine Schulter legte, dachte sie nicht an Miss Hughes. Sie atmete Matteos Duft nach Leder, Motoröl und, nun ja, Rauch ein, spürte die Muskeln unter ihren Händen und die effizienten Bewegungen, mit denen er jedes Hindernis zur Seite trat, sei es ein Mülleimer oder eine Tür.

Wenn sie vorher schon in ihn verliebt war, war sie ihm danach hoffnungslos verfallen. Mit der Betonung auf hoffnungslos. Matteo hatte ihr in dieser Nacht zweifellos das Leben gerettet. Später, als die Schockstarre nachließ und Claire die Erkenntnis traf, dass sie beinah verbrannt wäre, hielt er sie im Arm, während sie weinte.

Danach fuhr er mit ihr in seinem zerbeulten Pick-up die zweitausend Meilen von New York City nach Black Hawk.

Obwohl sie tagelang unterwegs waren und in billigen Motels abstiegen, war der Trip für sie der pure Luxus. Allein die Nähe zu Matteo war Balsam für sie und half ihr die Tatsache zu verdauen, dass jemand versucht hatte, sie bei lebendigem Leib zu grillen. Sie lebte, doch all ihre Sachen waren Opfer des Feuers geworden, inklusive ihrer Kunst! Nachdem diese Erkenntnis in sie eingedrungen war, weinte sie ein bisschen mehr, bis Matteo rechts ranfuhr und sie abermals in den Armen hielt. Vielleicht hatte sie das ein wenig ausgenutzt und länger geheult, als ihr zumute war. Aber Mann, sie hatte alles verloren, sie hatte ein Recht auf die Tränen.

Während der restlichen Fahrt redeten sie. Matteo weihte sie in die aktuelle Situation ein und so erfuhr sie, dass Skylers Vater hinter dem Anschlag steckte. Er hatte versucht sie abzumurksen, um seine Tochter zu treffen.

Was für ein Freak.

Mit Matteo zu reden half ihr, besser mit ihrer Lage klarzukommen. *Matteo* half ihr, besser mit ihrer Lage klarzukommen. Seine Nähe, die Ruhe, die er ausstrahlte und seine tiefe Stimme, die ihr versprach, dass sie jetzt in Sicherheit war. Dass er nicht zulassen würde, dass ihr etwas geschah.

Claire glaubte ihm. Er hatte sie aus einem brennenden Gebäude getragen, in das er vorher mit einer Axt eingedrungen war. Niemand rannte in ein brennendes Haus! Matteo hatte es getan. Für sie.

Okay, vermutlich hatte er es für Skyler getan, aber vielleicht auch ein kleines bisschen ihretwegen.

Als sie nach drei Tagen auf der Straße Denver passierten und schließlich in Black Hawk eintrafen, war sie überrascht von Matteos Zuhause. Das war nicht das Haus eines Mannes, der eine kleine Werkstatt unterhielt und einen zerbeulten Pick-up fuhr, mit Roststellen so groß, dass man eine Faust durchstecken konnte.

Matteos Haus war ein großzügig geschnittenes, fünfhundert Quadratmeter Luxusanwesen im Bauhaus-Stil, das er auf einem Felsvorsprung errichtet hatte, mit einem fantastischen Blick auf die Wälder der Colorado Mountains. Das Haus erstreckte sich über zwei Etagen mit einer verglasten Süd-Ost-Seite und einem weitläufigen Balkon, der einmal ums Gebäude verlief. Die Außenfront war aus Schiefer, das Dach mit Moos und Gräsern bewachsen, wodurch es sich perfekt in die Landschaft einfügte. Es sah ein bisschen wie eines dieser Hobbit-Häuser aus, nur weniger knuddelig, dafür stylischer.

Innen war es so modern wie außen, mit offenem Grundriss, viel Glas, das den ganzen Tag über Sonne hineinließ und Dielenböden. Die Küche war ein Traum aus Edelstahl mit einer Kücheninsel aus Holz, einer Frühstückstheke und einem zweitürigen Sub-Zero. Die Fenster zur Nordseite waren wie Schießscharten in die Wand eingelassen, die das Tageslicht fächerten, das bis in den Essbereich fiel. Vermutlich um den kühlen Wind abzuwehren, von dem Matteo ihr während der Fahrt erzählt hatte. Die Winter in Black Hawk waren lang und dunkel, hatte er gesagt und manchmal kam es vor, dass man hier oben eingeschneit wurde. Jetzt, wo sie das lichtdurchflutete Haus sah und seine Wärme spürte, konnte sie sich Schlimmeres vorstellen, als hier ein paar Monate eingeschneit zu sein, zumal sich im Wohnzimmer eine riesige Feuerstelle befand.

Das Gästezimmer lag in der zweiten Etage. Tageslicht fiel durch die Terrassentür, die zu einem Dachgarten führte. Aber es gab auch andere Lichtquellen, wie die runden Luken, die wie Bullaugen in die Decke über dem riesigen Doppelbett eingelassen waren. Wie cool! Auf diese Weise könnte man in einer klaren Nacht in den Himmel blicken und die Milchstraße betrachten. Oder was auch immer man da oben sehen würde.

Das war der schönste Raum, in dem sie je schlafen durfte und das sollte was heißen. Claire war Luxus gewohnt, doch das hier ging über Reichtum hinaus. Dies war *Luxus*, im reinsten Sinne des Wortes, denn er hatte nichts mit Geld zu tun.

Das hier war kein Haus. Das war ein Rückzugsort und Matteo hatte sie hierher gebracht, in seine Höhle. Sie wusste intuitiv, dass er nicht viele Menschen einlud, dazu waren die Zimmer zu ordentlich, der Kühlschrank zu leer – die Gegend zu still. An diesem Ort wurden keine wilden Partys gefeiert, das Haus war Matteos Refugium. Und sie war nun ein Teil davon.

Sie wünschte, sie wäre auch ein Teil von Matteo.

Kapitel 5
SKYLER

Matteos Bude ist der Hammer – Rockstar trifft Holzfäller. Ich liebe die Weitläufigkeit, den spektakulären Blick auf die Berge und wie das Licht in die Räume fällt. Und ich liebe die Tatsache, dass meine Freunde hier sind, zumal ich keine Ahnung hatte, dass ich Claire antreffen würde. Als Oliver mir sagte, dass sie in Sicherheit ist, dachte ich, dass Matteo sie nach L.A. gebracht hat. Aber es macht Sinn. Warum sollte er sie aus den Augen lassen, wenn ihr in Los Angeles das Gleiche blühen kann wie in Upper Manhattan. Hier kann Matteo sie zumindest im Auge behalten.

Zu meiner Überraschung ist Claire nicht am Boden zerstört – sie sieht großartig aus. Als hätte sie einen Glimmer-Zaubertrank geschluckt, der ihr ein inneres Leuchten verleiht. Sie sieht ein bisschen wie Malibu-Barbie aus, groß, schlank, langes blondes Haar. Doch anders als Barbie hat sie kein Spatzenhirn, sonst hätte sie ihr Designstudium nicht ein Jahr vor ihren Kommilitonen abschließen und eine Karriere als Künstlerin starten können.

Da Julin und ich im letzten Jahr viel unterwegs waren, sind Claire und ich über RetroShare in Kontakt geblieben. Darum weiß ich, dass sie mit der Kohle, die sie mit ihrem Ton-Kram scheffelt, ein Condo in Manhattan unterhalten kann. Nicht, dass sie den Zaster bräuchte, Claire ist ein Trust-Fund-Baby. Ihr Vater ist Don Jennings, ein Erdgas-Mogul, darum hat ihre Mutter versucht, ihn bei der Scheidung wie eine Kuh zu melken. Doch sie hatte die Rechnung ohne Dons Anwälte gemacht. Am Ende hat sie sich auf die Unterhaltszahlung für Claire eingeschossen und rausgeholt, was rauszuholen war. Damit war allerdings nach Claires achtzehntem Geburtstag Schluss. Seitdem hat sie nichts mehr von ihrer Mutter gehört.

Glücklicherweise hat sie seit ihrem einundzwanzigsten Lebensjahr Zugriff auf ihren Treuhandfond und der ist fünfzig Millionen Dollar schwer, kein Scherz. Ich weiß das deswegen so genau, weil ich Claires Umfeld unter die Lupe genommen habe, nachdem sie anfing mir nachzulaufen. Dass sie mich mochte und bloß meine Freundin sein wollte, darauf wäre ich nie gekommen.

Irgendwas muss sie in mir gesehen haben, auch wenn ich keinen Schimmer habe, was. Nach unserem ersten Zusammentreffen bin ich sie jedenfalls nicht mehr losgeworden, was sich als Glücksfall erwiesen hat. Claire ist die beste Freundin, die man sich wünschen kann. Sie ist liebenswert, ein richtiger Sonnenschein. Außerdem ist sie loyal und würde mit mir über brennende Kohlen rennen und hat ein Herz so groß wie Texas.

Matteos Herz ist nicht so groß wie Texas, wahrscheinlich nicht mal wie Rhode Island. Doch wie Claire ist er mein Fels in der Brandung und gehört zu den wenigen Freunden, die ich noch habe. Er ist mein Vertrauter, meine Zuflucht – mein Bruder.

Die vergangenen Jahre haben ihn verändert. Er war schon früher hart, jetzt ist er Granit. Ich hab ihn das letzte Mal an Weihnachten gesehen, das war vor vier Monaten. Seitdem hat er das Haar wachsen lassen und es in einer Art Dutt hochgebunden. Hätte nie gedacht, dass ihm das stehen würde, aber überraschenderweise passt der Look zu ihm, als wäre er für ihn erfunden worden.

Alles an ihm ist dunkel und wirkt zornig, wie der Blick, den er mir zuwirft, als ich aus dem Wagen steige. Er hat allen Grund finster dreinzublicken. Uns blieb nicht viel Zeit, meine Flucht akribisch zu planen, darum gab es eine Tonne Fehlerquellen in meinem Vorhaben, den Laden in die Luft zu jagen. Allen voran die Frage, wie das Gebäude explodieren würde, nach oben oder zur Seite. Ich konnte das C4 schließlich nicht gleichmäßig im Haus verteilen, geschweige denn in die Wände bohren. Das Zeug lag in einem Kellerraum, ich hatte nur einen Zünder und bloß einen Versuch, den Kram zu sprengen.

Von meinem Stunt mal abgesehen hatte Matteo sein eigenes Rodeo, wie ich seit wenigen Stunden weiß. Auf dem Rückflug in die Staaten habe ich von Oliver erfahren, dass mein Vater Claires Apartment in Brand gesetzt hat – während sie darin war. Typisch Silvio, er war schon immer ein hinterhältiger Wichser.

Wie Matteo davon erfahren hat oder ob es bloß ein Bauchgefühl war, das ihn nach New York getrieben hat, weiß ich nicht. Aber niemand fährt auf gut Glück quer durch die Staaten, weil er ein Zucken im Arsch hat, richtig?

Matteo wusste etwas und er hat mich nicht umgehend informiert. Er hat mich auch nicht später eingeschaltet, nachdem es vorbei war und er meine Freundin in Sicherheit gebracht hatte.

Ich habe allerdings die Vermutung, dass er auf Julin zugegangen ist und mich bewusst rausgehalten hat. Matteo hat einen starken Beschützerinstinkt, doch er hat nie kapiert, dass der bei mir komplett fehl am Platz ist. Ich brauche keinen Beschützer, ich brauche Leute, auf die ich mich verlassen und denen ich vertrauen kann.

Dass er mir diese Sache verheimlicht hat, nehme ich ihm übel, darum erwidere ich seinen düsteren Blick, der in einem Stare Down endet.

„Du hast vielleicht Nerven“, zische ich schließlich und kicke ihm die Beine weg. Da er mich kennt, hat er irgendeine Sauerei erwartet und rollt sich wie ein Profi ab. Dabei nimmt er mich mit, sodass wir am Ende beide im Dreck landen.

„Kleines, geh mir nicht auf den Sack – nicht nach dieser Woche“, brummt er und als sich diesmal unsere Blicke treffen, sehe ich hinter die Dunkelheit seiner Augen. Erkenne die Sorge zahlreicher schlafloser Nächte darin.

Nach diesem stummen Austausch puste ich eine lose Strähne aus meinem Gesicht und versuche ein Lächeln. „Ich bin okay“, flüstere ich.

„Das sehe ich“, murmelt er, kommt auf die Beine und zieht mich mit sich, um mich gegen seinen festen Körper zu drücken.

„Skyler!“ Claire unterbricht den Moment und wirft sich in meinen Rücken, sodass ich zwischen ihr und Matteo eingequetscht bin. Oliver räuspert sich, breitet dramatisch die Arme aus und ruft:

„Matteo! Claire!“

Darauf prusten wir los und landen einmal mehr als kichernder Haufen auf dem Boden in Matteos Einfahrt. Also, Claire und ich giggeln. Matteo hebt eine Braue und Oliver grinst von Ohr zu Ohr. Bevor ich Claire kennengelernt habe, fand ich mich zu cool, um zu giggeln. Heute hab ich kein Problem damit und ich hoffe inständig, dass Matteo langsam mal lockerer wird. Noch ein paar Wochen mit Claire, dann hat er hoffentlich den Dreh raus und weiß, wie man lacht.

Nach der Begrüßung in Matteos Einfahrt folgt eine Hausführung, der eine heiße Dusche folgt, der ein Essen folgt. Matteo, Claire, Oliver und ich sitzen am Esstisch und stopfen uns mit Spaghetti voll, die Claire in der super-duper Küche zubereitet hat. Ich wusste nicht mal, dass sie kochen kann.

Wir sind hier, um Kriegsrat zu halten, doch ich muss gestehen, dass ich keinen blassen Schimmer habe, was ich tun soll. Mein Ziel war, lebend aus Russland zu kommen und herauszufinden, was mit Julin passiert ist. Doch jetzt, da ich hier bin, weiß ich nicht, wo ich anfangen soll.

„Hat überhaupt jemand eine Ahnung, wo Julin sein könnte?“, frage ich in die Runde.

Matteo rubbelt sich mit einer Hand durchs Gesicht, das werte ich als Nein.

„Bist du wirklich sicher, dass er gekidnappt wurde?“, fragt er schließlich und mein Herz sinkt.

Ich gebe zu, dass ich Zweifel habe, doch ich spreche sie nicht aus. Es ist nicht so, dass ich glaube, dass Julin mich verraten hat. Aber wer mit mir zusammen ist, wird niemals sicher sein. Das ist einer der Gründe, warum ich so viel reise und meine Freunde nur sporadisch sehe. Es wäre zu gefährlich, sich regelmäßig mit ihnen zu treffen. Darum werde ich nächstes Jahr Weihnachten die Familie ausfliegen lassen und meine Großeltern zum Skifahren in den Engadin einladen. Weihnachten im Schnee hatte ich noch nie.

Doch zurück zu Julin. Bevor ich in sein Leben geplatzt bin, hatte er eine Zukunft bei der Russenmafia. Nicht irgendeine. Er sollte ihr Anführer werden. Im Grunde war er es bereits, denn so wie ich das verstanden habe, war sein Onkel im Begriff sich zurückzuziehen.

Dann bin ich Julin über den Weg gelaufen und plötzlich hieß es *Hasta la vista, Mafia*!

Klar, dass sein Onkel darüber nicht happy ist. Aber Julin hat sich entschieden, was kann er schon groß machen?

Während meiner Gefangenschaft habe ich die Zwangspause genutzt, um in mich zu gehen. In meinem Leben scheint es nie genug Zeit zu geben, mich den unangenehmen Fragen zu stellen. Davon hatte ich in den letzten beiden Wochen reichlich. Sowohl Zeit als auch Fragen. Zum Beispiel der, dass Julin nach all den Monaten endlich darauf gekommen ist, dass ich den Aufwand nicht wert bin. Meinetwegen hat er sich mit seinem Onkel überworfen, seiner Familie! Blut ist dicker als Wasser und so weiter, das weiß doch jeder.

Na ja, in meinem Fall nicht. Ich hasse meinen Vater mit einer Intensität, die ganze Städte ausradieren könnte. Aber Julin hat seine eigene Geschichte und ich weiß, dass er seinen Onkel liebt. Andrej war wie ein Vater für ihn, so was wirft man nicht einfach fort. Und dann komme ich daher, noch dazu der Feind, und alles bricht auseinander. Julin hat sein ganzes Leben für mich umgekrempelt, ich habe mich immer gefragt, wann er es bereuen würde. Nicht ob, sondern wann.

Vielleicht ist ihm schließlich klar geworden, dass er einen Fehler gemacht hat und ist nach Seattle gejettet, um die Konditionen für seine Rückkehr auszuhandeln. Und ich sitze hier und weiß einen Scheiß.

„Wenn ich wüsste, was passiert ist, wäre ich jetzt nicht in Colorado und würde Spaghetti futtern, sondern in Sankt Petersburg, im Bett mit Julin, wo wir es wie die Seeotter treiben würden."

„Musstest du mir dieses Bild einpflanzen?", fragt Oliver, lehnt sich zurück und zieht eine Grimasse.

Matteo dagegen verzieht keinen Muskel. Ich habe die Frage nicht beantwortet und sein Blick verrät mir, dass er darüber nicht glücklich ist. Gleichzeitig hat er verstanden, dass das meine Art ist ihm mitzuteilen, dass ich mir nicht sicher bin, was Julin angeht. Er muss es wissen, er hat die Wahrheit verdient. Immerhin setzt er sein Leben aufs Spiel, wenn er mir hilft – hat es bereits mehr als einmal getan. Zwischen uns gibt es weder Lügen noch Geheimnisse. Das war immer so und das wird sich auch nicht ändern.

Er ist taktvoll genug, das Thema vor den anderen nicht weiter anzusprechen, was bedeutet, dass wir uns nachher hinter verschlossenen Türen unterhalten werden. Toll, ich kann es kaum erwarten.

„Wir wissen, dass er nicht in Petrows Villa ist", meldet Oliver sich zu Wort. „Es gibt auch keine auffälligen Transaktionen auf seinen Konten, da ist alles ruhig."

„Was ist mit Julins Leuten?"

„In Sankt Petersburg hat niemand überlebt."

Shit.

„Und in L.A.?"

Julin hat Geschäftsführer für seine Clubs, Bars, Hotels und was weiß ich. Einer davon ist Sascha aus der *Skybar*, ein anderer Milan, der Julins Boxhalle managt.

„Die meisten haben noch gar nicht mitbekommen, dass Julin verschwunden ist“, sagt Oliver. „Seine Geschäfte sind eine gut geölte Maschine, die laufen auch ein paar Wochen ohne ihn. Obwohl …“ Seine Brauen ziehen sich zusammen. „Jetzt, wo du's erwähnst, sie können diesen Jim nicht finden. Sascha und Lew haben deswegen ein paarmal telefoniert. Sie erreichen ihn nicht, in seiner Wohnung ist er auch nicht.“

Doppelshit. Jim ist Julins Sicherheitschef. Wenn er untergetaucht ist, stecken wir so richtig in der Scheiße. Möglicherweise hat er sich abgesetzt. Er ist allerdings nicht der Typ, der sich vom Acker macht, wenn der Boden heiß wird. Ich glaube auch nicht, dass er geködert wurde. So weit ich das beurteilen kann, standen er und Julin sich nahe. Was die Vermutung nahelegt, dass Jim entweder tot ist oder gefangen wurde. Stellt sich die Frage, warum sie – wer immer das ist – ihn leben lassen sollten. In der Mafia-Branche braucht man weder Zeugen noch lose Enden. Was bedeutet, dass er wahrscheinlich irgendwann an der Küste angespült wird.

„Okay Leute, mir ist egal, wie ihr es anstellt, unsere erste Prio ist herauszufinden, wo Julin steckt. Vielleicht hat er die Gefahr erkannt und sich irgendwo verkrochen.“

Der Gedanke, dass Julin ganz allein da draußen ist, quetscht mir das Herz zusammen. Wenn er auf der Flucht ist, wird er nicht wissen, wer ihn verarscht hat und wem er trauen kann. Gut möglich, dass er auf der Suche nach den Verrätern ist.

Wäre ich an seiner Stelle, würde ich mir einen Unterschlupf suchen, Pläne schmieden und meine Ressourcen zusammenziehen. Ich bin sicher, dass Julin für den Fall, dass er untertauchen muss, irgendwo ein Haus, ein Apartment oder eine Halle angemietet hat. Ein Schließfach mit genügend Bargeld, falschen Pässen und Kreditkarten. Irgendwas. Nicht, dass wir je darüber gesprochen haben. Ich weiß das deswegen so genau, weil ich selbst so einen Ort habe. Ein Condo in Pittsburgh, in der Nähe des Flughafens und eine Wohnung in San Diego. Das sind Städte, die nichts mit meiner Vergangenheit zu tun haben und die viertausend Kilometer voneinander entfernt sind. Beide haben eine gute Infrastruktur und sind sowohl mit dem Flieger als auch der Bahn leicht zu erreichen.

Julin muss so einen Ort haben. Während ich darüber nachdenke, kann ich nicht fassen, dass wir nie davon gesprochen haben. Was wir tun, wenn wir untertauchen müssen. Wohin wir gehen, wo wir uns treffen, welche Vorsichtsmaßnahmen wir beachten müssen. Ich meine, Julin hat mir Meister Aki besorgt, ein Genie in Sachen Kampfkunst und Co. Er wollte, dass ich sicher bin, richtig? Aber wie konnten wir nie darauf zu sprechen kommen, wie wir uns verhalten, falls wir getrennt werden?

Bedeutet das, dass er mir nicht vertraut? Oder dass er seinen Abgang von langer Hand geplant hat, damit ich wie ein Idiot dastehe, so wie jetzt.

Alles in mir sträubt sich dagegen, doch ich kann nicht mehr unterscheiden, ob mein Herz protestiert oder mein Bauchgefühl – oder beides. Ich will nicht glauben, dass Julin mich nach Sankt Petersburg geschleppt hat, um mich seinem Onkel zum Fraß vorzuwerfen. Wir waren zwei Jahre zusammen, ich kenne ihn. Das würde er niemals tun.

Wie von selbst ballen sich meine Hände zu Fäusten. Als ich Matteos Blick bemerke, entkrampfe ich meine Hände und lege sie flach auf den Tisch.

Ich weiß, dass Julin mich nicht betrügen würde. Er ist kein Feigling, sondern ein Kämpfer.

„Solange wir seinen Aufenthaltsort nicht kennen, fliegen wir blind", sage ich ruhiger, als ich bin. Jetzt ist nicht der Zeitpunkt, meine Beziehung mit Julin aufzudröseln. Ich muss rational denken. Ich weiß nicht mal, gegen wen ich kämpfe. Julin wurde irgendwohin gerufen und dann ist er verpufft.

„Im Moment wissen wir nicht mal, wer ihn hat, die Russen oder die Italiener."

Ich blicke in die Runde und sehe in die Gesichter meiner Freunde. „Findet ihn", sage ich leise und lege mein ganzes Herz in diese beiden Worte. „Findet Julin."

Danach zieht Oliver sich mit seinem Mac in den Konferenzraum zurück. Matteo murmelt irgendwas von seiner Werkstatt und macht sich ebenfalls vom Acker. Claire bereitet sich einen Chai-Tea-Latte und mir einen Cappuccino. Danach entzündet sie die Feuerstelle im Salon und zieht mich auf die Couch davor, die mit mehreren Lammfellen bedeckt ist. Kuschlig.

Die Wärme tut gut. Während ich den Cappuccino schlürfe und ins Feuer starre, entspanne ich mich mehr und mehr und seufze schließlich leise. Claire sieht nicht ins Feuer, ihr Blick liegt auf mir. Ich stelle die Tasse auf den Couchtisch und strecke ihr einen Arm entgegen.

Claire lächelt, setzt ihren Tee ab und rutscht zu mir in den Arm. Ich drücke sie an mich, die Nase auf ihrem Haar. Sie duftet nach Chai-Tea und Lilien.

Seit meiner Landung haben wir nur von Julin gesprochen. Dass sie selbst knapp mit dem Leben davongekommen ist, was sie durchgemacht hat, ist in der ganzen Aufregung unter den Tisch gefallen.

Wie kann jemand nur daran denken, einem Juwel wie ihr ein Haar zu krümmen? Das ist, als würde man Welpen kicken. Instinktiv drücke ich sie fester an mich, als könnte ich damit das Unrecht auslöschen, das mein Vater ihr angetan hat.

Claire erwidert meine Umarmung und beweist damit einmal mehr, wie groß ihr Herz ist. Sie nimmt es mir nicht übel, dass ihre Wohnung abgefackelt wurde. Wenn es mich nicht gäbe, hätte sie jetzt noch all ihre Sachen und müsste nicht in der Pampa sitzen mit einem Kick-Ass-Biker, der zum Lachen in den Keller geht.

„Bist du okay?“, frage ich nach einer Weile.

„M-hm.“

Eine kurze Pause entsteht, in der ich nach den richtigen Worten suche. Doch egal, wie ich es drehe und wende, es klingt alles belanglos.

„Es tut mir leid“, bringe ich schließlich hervor. „Es gibt keine Entschuldigung für das, was Silvio dir angetan hat.“

„Du bist nicht dein Vater“, gibt sie leise zurück, die Wange an meiner Schulter, den Blick auf die Holzscheite gerichtet.

„Du hättest dabei draufgehen können.“

„Bin ich aber nicht“, murmelt sie, als wäre damit alles gesagt.

Abermals entsteht eine Pause. „Ich könnte mir nie verzeihen, wenn dir etwas zustoßen würde.“

Etwas an meinem Ton erregt ihre Aufmerksamkeit. Sie setzt sich auf, kniet sich aufs Sofa, die Füße unter ihrem Hintern, und wendet sich mir zu.

„Mir ist aber nichts passiert, Skyler und weißt du auch warum?“ Sie beugt sich vor und ergreift meine Hände. „Weil du die allerbeste Freundin bist, die ich je hatte, und du auf mich aufpasst.“

„Ich war siebentausend Kilometer von deinem Condo entfernt, als es in Flammen aufging.“

„Aber Matteo nicht.“

Das ist nicht der Punkt und das weiß sie.

„Du kannst nichts für deinen Vater, so wie ich nichts für meine Mutter kann“, fährt sie fort.

Claires Mutter ist die Königin aller Miststücke und hat kein Herz, von dem ich wüsste. Woher Claire ihre Warmherzigkeit hat, ist mir ein Rätsel. Von Bitch Jennings jedenfalls nicht.

„Wenigstens legt deine Mutter niemanden um“, brumme ich und verziehe den Mund.

„Ich weiß nicht.“ Claires Blick wird unfokussiert und wandert zurück in die Flammen, die sich durch das Holz fressen. „Sie ist wie ein Vampir, der jeden aussaugt und blutleer zurücklässt.“ Ich kann sehen, wie sie schluckt. „Bei meinem Vater war es das Geld. Sie hat jeden Cent aus ihm rausgeholt, war sich für nichts zu schade und hat gelogen, bis sich die Balken bogen. Wie es mir dabei ging, war ihr schnurzegal.“ Ihre Augen füllen sich mit Tränen, doch sie blinzelt sie hastig fort.

„Nachdem sie mit Dad fertig war, hat sie mir die Energie rausgesaugt.“ Sie schüttelt den Kopf und beißt sich auf die Unterlippe. „Als ich endlich alt genug war, sie zu verlassen, war ich mir nicht sicher, ob ich die Kraft dazu habe. Sie hat mir alles genommen, meine Zuversicht, meine Pläne – selbst den Glauben an mich selbst.“

Bitch. Ich wusste, dass Cassandra ein Aas ist, aber ich hatte keine Ahnung, dass es so schlimm war. Wenn das hier vorbei ist, werde ich die Gute unter die Lupe nehmen und sehen, was ich über sie finden kann. Jeder hat Dreck am Stecken, man muss nur tief genug graben.

Claire sieht mich an und drückt meine Hand. „Du bist jetzt meine Familie. Du und Esther und Gerald, Matteo und Oliver.“

Apropos.

„Was läuft da zwischen dir und Matteo?“ Ich hasse es, das Leuchten in ihren Augen verschwinden zu sehen. Mist. Shit. Fuck!

„Ich bring ihn um“, grolle ich. „Was hat dieser Mistsack getan?“

„Nichts!“

So wie sie das sagt, klingt das fast bedauernd. Hm.

„Gar nichts“, wiederholt sie. Sie löst sich von mir, dreht sich zum Feuer und starrt in die Flammen.

„Und das ist schlecht, weil …“, ich zögere kurz, „du gern hättest, dass er etwas tun würde.“

„Vielleicht. Ich weiß nicht.“ Sie beugt sich vor, greift sich ihre Tasse und nimmt einen Schluck ihres Gesöffs, das mittlerweile vermutlich kalt ist.

„Aha.“ Verdammt, ich bin nicht gut in so was. Ich bin sogar ziemlich mies in diesen Dingen. Braucht sie jetzt

Empathie? Soll ich ihr Händchen tätscheln oder wäre 'ne Gardinenpredigt angesagt? Nach dem Motto: ‚Wenn du etwas willst, musst du es dir holen, Baby! Umsonst ist nur der Tod' und der ganze Quark.

Das Blöde ist, ich kenne Matteo. Seine Weibergeschichten gehen nie gut aus, er wird es grandios versauen. Wenn er was mit Claire anfängt, wird er ihr Marshmallow-Herz in den Mixer werfen und auf Feinpürieren stellen. Und dann muss ich ihn kastrieren und das will ich nicht, weil ich Blut und den ganzen Scheiß hasse. Aber mir wird nichts anderes übrig bleiben. Puh, Freunde zu haben ist echt anstrengend, doch ich möchte auf diese Motherfucker nicht verzichten.

Was Claire angeht, entscheide ich mich authentisch zu sein, sie hat die Wahrheit verdient. Mitgefühl kann sie hinterher haben, wenn der Käse den Berg runterrollt.

„Matteo ist ein Arsch, was siehst du nur in ihm?"

Anscheinend war meine Wahl richtig. Claire presst die Lippen zusammen, doch sie kann das Lächeln nicht unterdrücken. Dann fängt sie an zu giggeln, sieht mich an, kichert, und wir fangen beide an zu lachen.

Na also, geht doch.

Kapitel 6
MATTEO

Fuck, es tat gut Sky wiederzusehen. Jedes Mal, wenn sie sich trafen, wusste Matteo nie, wie sie aussehen würde, da sie ständig die Frisur wechselte. Aktuell trug sie ihr Haar schulterlang und hatte es kastanienfarben gefärbt, mit kupferfarbenen Akzenten. Das dunkle Haar bildete einen starken Kontrast zu ihrer hellen Haut, die wie Porzellan wirkte. Sie sah älter als ihre dreiundzwanzig Jahre aus – und auch wieder nicht.

Sky besaß ein ausdrucksstarkes Gesicht, das man nicht so schnell vergaß. Die Jahre mit ihrem Vater hatten sie schneller reifen lassen, darum verfügte sie über eine Ernsthaftigkeit, die man bei Mädchen ihres Alters vergeblich suchte. In anderer Hinsicht war sie wiederum vollkommen naiv, zum Beispiel, wenn es um Männer ging. Kein Wunder. Bis zu ihrem zwanzigsten Lebensjahr hatte sie in einem goldenen Käfig gelebt, darum fehlte ihr Erfahrung. Sonst hätte sie Julin mit einem Blick als das erkannt, was er war: ein Verlierer, der sie fallenlassen würde, sobald er sie satthatte. Möglicherweise war das gerade der Fall.

Doch Matteo musste vorsichtig sein. Ging er zu offensiv vor, würde Sky ihre Mauern hochziehen und dichtmachen. Davon abgesehen ging es um ihre Sicherheit. Selbst wenn Petrow sie nicht abserviert hatte, hatte er sie in akute Gefahr gebracht. Allein dafür würde er diesem Wichser den Absatz in den Arsch rammen. Er würde …

Sky schnippte mit zwei Fingern vor seiner Nase.

„Erde an Matteo!“

Nur mit Mühe unterdrückte er ein Lächeln. Fuck, selbst diese Geste war sexy. Sky hatte das Gesicht eines Engels, mit hohen Wangenknochen, einer Stupsnase und der hellen Haut ihrer Mutter. Von ihrer Großmutter hatte sie den Schmollmund und die grüngrauen Augen.

Er runzelte die Stirn, als sie ihre Arme betrachtete. Obwohl sie durch ihr tägliches Work-out gut in Form war, hatte die letzte Aktion Spuren hinterlassen. Sie hatte Prellungen an beiden Armen, auch ihre Hände hatten ein paar Schrammen abbekommen. Zudem war sie blasser als üblich und hatte violette Ringe unter den Augen.

„Wann hast du das letzte Mal geschlafen?“

„Im Flieger.“

„Kein Schwein kann im Flugzeug schlafen.“

„Ich schon.“

Darauf hob er eine Braue und sah sie herausfordernd an. Schließlich stieß sie die Luft aus und verdrehte die Augen. „Keine Ahnung, ist schon ’ne Weile her.“

So sah sie auch aus. Trotz ihrer Erschöpfung schimmerte Kampfgeist in ihren Augen, die in diesem Moment mehr grün als grau waren.

„Wenn wir hier fertig sind, haust du dich in deinem Zimmer aufs Ohr.“

„Ich hab ein Zimmer?“

Er trat einen Schritt auf sie zu und strich ihr eine Strähne hinters Ohr. „Kleines, bei mir wirst du immer ein Zuhause haben.“ Er hatte das Vergnügen zu beobachten, wie ihre Züge weicher wurden und das taffe Miststück in den Hintergrund trat.

„Da ist ja mein Mädchen“, flüsterte er, nahm sie in den Arm und küsste ihre Stirn.

Nachdem er aus dem Club zurückgekommen war, hatten sie sich zum Essen an den Tisch gesetzt und eine sinnlose Diskussion darüber geführt, was wer wann wie tun sollte. Danach hatten er und Sky sich in sein Büro zurückgezogen. Es war verdammt selten geworden, dass er sein Mädchen für sich allein hatte. Entweder war Julin an ihrer Seite oder Dex an seiner.

Dex war Matteos rechte Hand im Club und seit Jahren sein bester Freund. Er hatte ihn im Clubhaus gelassen, damit er dort Augen und Ohren für ihn offen hielt. Die Situation im MC war seit Wochen angespannt und dass Devil immer unberechenbarer wurde, machte es nicht besser.

Das Letzte, das er in der aktuellen Situation gebrauchen konnte, war, dass der Konflikt eskalierte, weil sein Präz einen Weitpinkelwettbewerb startete. Dieser Mist musste warten. Zuerst brauchte Sky seine Hilfe, also teilte Matteo seine Kräfte auf, damit er seiner Kleinen dabei helfen konnte, den Russen zu finden. Auch wenn er diesen Wichser lieber auf dem Grund des Coral Creek sehen wollte als in der Nähe seines Mädchens. Doch Sky würde es ihm übel nehmen, wenn er Julin kaltmachte. Es wäre besser, wenn sie ihn verließ. Mit etwas Glück hätte Andrej ihr die Entscheidung bereits abgenommen.

„Du hast dir ein schönes Zuhause geschaffen“, murmelte sie in seine Schulter. „Das Haus ist fantastisch.“

„Es ist auch dein Zuhause, Liebes.“

Und das war es. Im Grunde war sein Zuhause dort, wo Sky war, doch das behielt er für sich.

„Du kennst mich, ich bin ein Nomade."

Ja, dachte er und presste die Lippen zusammen. Weil ihr Bastard von einem Vater sie zwanzig Jahre eingesperrt hatte. Auch das sprach er nicht aus.

Sky löste sich mit einem Seufzer und ließ sich auf die abgewetzte Wildledercouch gegenüber dem Schreibtisch fallen.

Sie hatte sich verändert, auch wenn er nicht sagen konnte wie. Die Ernsthaftigkeit hatte sie schon als Kind. Sie wurde ein Teil von ihr, nachdem ihre Mutter ermordet wurde. Danach vertraute sie nur noch ihm und Antonio, Skys Bodyguard und Vertrauter, der sie viele Jahre beschützt hatte. Und das nicht nur vor Feinden.

Doch da war eine neue Tiefe, die er nicht greifen konnte. War es Verletzlichkeit? Das war ihm Weihnachten schon aufgefallen, doch jetzt, da ihr die Erschöpfung ins Gesicht geschrieben stand, fehlten ihr die Ressourcen, ihre Gefühle hinter Schloss und Riegel zu halten. Verwundbar war sie schon immer, aber es kam selten vor, dass sie es jemanden sehen ließ.

Hatte Julin sie dahin gebracht, sich mehr zu öffnen? Matteo würde es hassen, dem Russen was zu schulden, besonders für etwas, das ihm selbst nie gelungen war: Dass Sky sich sicher genug fühlte, ihren Schutzschild zu senken und sie selbst zu sein.

Auch ihre Kleidung war anders. Wie es aussah, musste sie sich nicht mehr beweisen, dass sie ein Hard-Ass war. Das Schwarz war aus ihrer Garderobe gewichen, stattdessen trug sie Skinny Jeans, ein dunkelgraues *The Cure*-Shirt mit tiefem V-Ausschnitt und Sneaker mit Goldpailletten. *Goldpailletten!* Die Klamotten hatte sie sich von Claire geliehen, die in den vergangenen Wochen mehr shoppen war als Matteo in den letzten zwanzig Jahren – wenn das mal hinkam. Dennoch. Vor zwei Jahren wäre sie eher barfuß gegangen, als etwas anzuziehen, das im Dunkeln glitzerte.

„Wie läuft die Werkstatt?“, holte sie ihn aus seinen Überlegungen.

„Bin so ausgebucht, dass ich eine Warteliste habe.“

Das zauberte ein Lächeln in ihre Züge.

„Und der Club?“

Er zog eine Grimasse, setzte sich auf die Kante des Schreibtischs und kreuzte die Arme vor der Brust.

„So mies?“

„Jep.“

„Immer noch Devil?“

Darauf nickte er.

„Kannst du ihn nicht herausfordern und das Problem so lösen?“

„Er ist unser Präz. Vor ihm war sein Vater Präz.“ Er zuckte mit den Schultern.

„Präz?“

„Präsident.“

„Oh.“

Matteo fuhr sich mit einer Hand über den kurzen Bart.

„Er muss den ersten Schritt machen. Wenn ich ihn herausfordere, ohne provoziert worden zu sein, halten mich meine Brüder für machtgeil und folgen mir unter Umständen nicht.“

„Jeder kann sehen, dass Devil ein Vollpfosten ist.“

„Als Außenstehende fällt es dir leichter, diese Dinge zu sehen, Kleines. Aber wenn es um deinen Bruder geht, siehst du die Dinge ein bisschen anders.“

***

SKYLER

Okay, ich nehme alles zurück, Matteo hat sich verändert. Als er sich mit achtzehn einer Biker-Gang in Brooklyn angeschlossen hatte, dachte ich, das wäre eine Aktion, um Silvio den virtuellen Stinkefinger zu zeigen. Damals hatte er ihn von einem Meeting ausgeschlossen, das war der Tropfen, der das Fass zum Bersten brachte. Oder war es Überlaufen? Egal.

Jedenfalls haben wir Matteo danach zwei Wochen nicht gesehen. Niemand wusste, wo er steckte. Als er wieder aufkreuzte, fuhr er eine Harley und sprach nur noch von seinen Biker-Buddys. Ich dachte, das wäre eine Phase, aus der er herauswachsen würde. Für mich waren das bloß ein Haufen Jungs, die im Clubhaus abhingen, um leichten Zugriff auf leichte Mädchen zu haben. Aber so, wie Matteo von seinen *Brüdern* redet, sind das nicht irgendwelche Kumpel, mit denen er sich regelmäßig besäuft.

Warum ist mir früher nie aufgefallen, wie ernst es ihm damit ist? Ich habe diese ganze Harley-Nummer eher als sein Hobby gesehen, nicht als Lebenseinstellung. Wenn man es genau betrachtet, macht es sogar Sinn.

Silvio hat Matteo nie in die *Famiglia* gelassen. Kein Wunder, dass er losgezogen ist, sich seine eigene Familie zu suchen. Ich war damals so mit meinen Problemen beschäftigt, dass ich nie darüber nachgedacht habe. Vermutlich hat Julin seinen Gym aus den gleichen Gründen eröffnet. Seine Box-Buddys sind seine Familie und Milan, dieser ätzende Stinkstiefel, ist die Oberhenne. Ich schätze mal, dass sich Claire deswegen an mich gehalten hat. Sie hatte ebenfalls niemanden und ich war zur richtigen Zeit am richtigen Ort.

Wo wir gerade beim Thema sind.

„Was läuft eigentlich zwischen dir und Claire?" Der Themenwechsel erwischt ihn kalt, was der Zweck der Übung ist. Ich möchte seine Reaktion sehen, wenn ich diese Frage stelle, und was ich in seinem Gesicht lese, verschlägt mir für einen Augenblick die Sprache.

Heilige Scheiße, hat es Matteo endlich erwischt? Ich weiß mit Sicherheit, dass Claire in ihn verschossen ist, war mir bei Matteo aber nicht sicher.

„Sie ist eine ziemliche Nervensäge", brummt er mit einiger Verspätung. Er ist so was von aufgeflogen! Er mag sie. Den Beweis bekomme ich, als er sich am Ohrläppchen zupft – er ist nervös! „Und ein Shopaholic. Seit sie hier ist, hat sie halb Denver leergekauft. Dagegen solltest du mal was unternehmen", fährt er fort, ohne mir in die Augen zu sehen.

Ha!

„Und dann lässt sie sich von Dex zum Cardealer fahren und kommt mit einem Cayenne zurück."

Darauf pfeife ich anerkennend. „Sie hat einen Porsche gekauft?"

„Ohne mit der Wimper zu zucken", sagt er kopfschüttelnd, doch der Humor in seiner Stimme verrät ihn. Er ist weniger empört als amüsiert.

„Na ja, sie hat ihren ganzen Krempel im Feuer verloren."

„Und sie war verdammt gut versichert." Diesmal schwingt Anerkennung in seinem Ton.

Er mag Claire, das steht mal fest. Stellt sich die Frage, wie sehr. Aber da ist noch etwas anderes, das mir unter den Nägeln brennt.

„Wie hast du von dem Anschlag auf sie erfahren?" Woher wusste er, dass Silvio Claire im Visier hatte?

„Fuck, ich hatte keine Ahnung."

Wie war das? Er schüttelt den Kopf, als könnte er es selbst nicht glauben.

„Ich hab Silvio nie getraut und hatte kein gutes Gefühl dabei, sie ohne Schutz in New York zu lassen. Ich wusste nicht mal, was ich tun würde, wenn ich bei ihr wäre."

Hm. Offensichtlich gab es die Anziehung länger. Er hat sich Sorgen um Claire gemacht.

„Ich konnte die ganze Nacht nicht schlafen. Gegen fünf dachte ich, scheiß drauf, hab mich in den Chevi gesetzt und bin zu ihr."

„Einfach so."

Er hebt die Schultern. „Ich brauchte ohnehin einen Tapetenwechsel."

Schöne Scheiße. Wäre Matteo seinem Impuls nicht gefolgt, wäre Claire jetzt Geschichte. Ich kann nicht fassen, wie knapp das war und für einen Moment wird mir übel. Nach ein paar tiefen Atemzügen geht es wieder und ich wechsle das Thema.

„Was ist mit ihrem Tongedöns?"

„Fang gar nicht erst an!“ Matteo stößt sich vom Schreibtisch ab und lässt sich ans andere Ende des Sofas fallen, die Füße auf dem Couchtisch.

„In der ersten Woche war sie fix und fertig, weil sie nicht arbeiten konnte. Lag mir in den Ohren mit ihren Deadlines, Vorbestellungen und Kundenanfragen.“ Er fährt sich mit einer Hand über den Kopf. „Wusstest du, dass sie fünfhundert Dollar für eine Obstschale bekommt? Wer braucht schon eine Schale für Obst, kommt das nicht in Körbe?“

Ich kann mir nicht helfen, das lässt mich kichern.

„Du lachst, aber sie verkauft zehn Stück von den Dingern – im Monat! Und da reden wir noch nicht von den Vasen und seltsamen Skulpturen, die wie die Klumpen aussehen, die man beim Bleigießen bekommt. Man kann nicht mal erkennen, was das sein soll, ist alles abstrakt!“

Er nimmt die Füße vom Tisch und setzt sich auf. „Wer bei Verstand zahlt fünfhundert Mäuse für eine Schüssel, die er nicht in die Spülmaschine stellen kann?“

Ich grinse und zucke mit den Schultern. „Obstliebhaber?“

Darauf schüttelt er den Kopf.

„Damit sie endlich die Klappe hält, habe ich ihr den Kram besorgt, den sie so dringend braucht, um aus Matsch ein Vermögen zu machen.“

„Du hast ihr Ton gekauft?“ Ich kann nicht verhindern, dass mein Grinsen breiter wird.

„Das, eine Töpferscheibe und den Brenner“, murmelt er.

Jetzt setze ich mich ebenfalls auf. „Das war sehr, ähm, aufmerksam von dir", sage ich und bohre ihm spielerisch den Ellbogen in die Seite.

„Du hättest sie sehen sollen." Er blickt auf seine Hände. „Erst flippt sie aus, hüpft auf und ab und fällt mir um den Hals. Im nächsten Moment bricht sie in Tränen aus."

„Na ja, sie ist Künstlerin, die sind sensibel."

„Aber warum heult sie?"

„Matteo, sie hat alles verloren. Es muss ihr sehr viel bedeuten, dass sie hier einen Platz gefunden hat und jemanden, dem sie nicht scheißegal ist. Ihre Eltern ignorieren sie seit Jahren – warum glaubst du feiert sie Weihnachten mit uns?"

„Motherfucker", brummt er.

Da kann ich ihm nur beipflichten. Wenn man den Begriff bei Wiki eingibt, sind dort Fotos von Claires Sippe abgebildet.

„Letzte Woche hab ich ihr ein Studio neben ihrem Zimmer eingerichtet", sagt er leise. „Wollte sie überraschen, als sie von ihrem Shoppingtrip zurückkam." Ich kann nur sein Profil sehen, doch sein Lächeln entgeht mir nicht.

„Dex, Blues und Ben haben geholfen, den Krempel aus Denver hierher zu schaffen und aufzubauen. Wir haben zwei Pick-ups mit dem Zeug vollgeladen."

„Ohne Scheiß?"

„Mann, du hast ja keine Ahnung, was man braucht, um eine beschissene Obstschale herzustellen. Es gibt fünfzig verschiedene Tonarten in hundert unterschiedlichen Farben und Schattierungen."

Oh boy.

„Dann braucht man eine ganze Garage voll Werkzeug, mit Namen, die ich nicht mal aussprechen kann."

Ich drücke meinen Handrücken gegen die Lippen, um nicht erneut zu kichern.

„Weißt du, was eine Modellierschlinge ist?"

„Eine was?"

Er nickt, als hätte er nichts anderes erwartet. „Die gibt es aus Metall und Holz. Dann sind da noch zig Messer, Graviersets, Zirkel und Zangen …" Er rubbelt sich mit einer Hand über die Stirn. „Und da sprechen wir noch nicht von der Glasur. Shit, ich hatte keinen Schimmer, wie viele Arten es gibt. Matt, glänzend, körnig …"

„Okay, ich glaub, ich hab's kapiert."

Endlich sieht er mich an.

„Denkst du, ich bin verrückt? Dex meint, ich hätte den Verstand verloren."

Den Verstand nicht. Was er verloren hat, sitzt in seiner Brust. Ich bedecke seine Hand mit meiner und drücke sie leicht. „Du bist einfach ein guter Freund, Matteo. Freunde sind füreinander da, richtig?"

Seine Mundwinkel wandern in die Höhe, dann nickt er knapp.

„Ja, Baby, Freunde sind füreinander da." Er drückt meine Finger zurück und sieht mir fest in die Augen.

„Ich habe dir nie für das Geld gedankt", sagt er leise. „Das hat mir den Neustart enorm erleichtert."

Er spielt auf die Kohle an, um die ich Silvio – und die anderen Paten – erleichtert und auf fünfhundert Konten von Hilfsorganisationen, Kinder- und Tierheimen transferiert habe. Nicht zu vergessen den Rentenfond der New Yorker Polizei. An Matteo gingen fünf Millionen, als

Wiedergutmachung für zehn Jahre Hölle mit meinem Vater. Zehn Jahre Verletzungen, Schläge, Demütigungen und Herabwürdigungen. Mir ist klar, dass das eine schwache Entschädigung ist, aber es war auch eher symbolisch gedacht. Außerdem war es Blutgeld, denn die Kohle stammt von Drogen- und Waffendeals, Erpressung, Prostitution, Menschenhandel und was weiß ich noch alles.

Zwei der fünf Millionen hat Matteo in Casinos in Atlantic City gesteckt, eine weitere in verschiedene Fonds. Unter seinen Brüdern hat er ebenfalls Geld für einen Neuanfang in Colorado verteilt. Dass sie ihm hierher gefolgt sind, wollte er honorieren. Vom Rest hat er dieses Haus gebaut und eine marode Werkstatt übernommen, die er in ein florierendes Unternehmen verwandelt hat. Da er sein Geld gut angelegt hat, hat er es innerhalb von zwei Jahren beinah verdoppelt und angefangen, das Blutgeld anonym an Krankenhäuser und Forschungslabore zu spenden. Auf diese Weise hat er bereits zwei Millionen unter die Leute gebracht. Nicht, dass er mir das gesteckt hätte. Ich war nur neugierig, was er mit dem Zaster angestellt hat.

„Das war nicht mein Geld."

„Dennoch hat es mir geholfen."

„Und jetzt hilfst du anderen."

Er sieht zu mir und schenkt mir eines seiner Herzensbrecherlächeln.

„Wie ich sehe, steckst du deine Nase immer noch in fremde Angelegenheiten."

„Deine Angelegenheiten sind auch meine", ist alles, was ich dazu sage. Ich meine, hallo, er kennt mich! Ich werde immer auf ihn aufpassen, so wie er auf mich.

„Ja, Baby, das sind sie." Seine Stimme ist weich, beinah zärtlich.

Dabei fällt mir ein … Mist, das hätte ich fast vergessen. Ich drehe mich zu ihm und lächle.

„Wenn du Claire wehtust, schneide ich dir die Eier ab und stopfe sie dir in den Hals. Und während ich meinen Espresso schlürfe, werde ich dabei zusehen, wie du an ihnen erstickst."

Er blinzelt, ich schätze der Themenwechsel war ein bisschen abrupt. Dann lehnt er sich zurück und lacht aus vollem Hals.

Nicht die Reaktion, die ich erwartet habe, darum lege ich nach.

„Sie hat genug Scheiß mit Macho-Ärschen erlebt. Wenn du bloß deinen Spaß mit ihr willst, beende es sofort."

„Sachte, Kleines, es hat noch nicht mal begonnen."

„Bist du blind? Sie himmelt dich an, als wärst du ihre Sonne und der Mond!"

Für einen Moment sieht er mich an, als hätte ich ihm eine verpasst.

„Ist das dein Ernst?"

„Was glaubst du wohl!"

„Shit", murmelt er, schließt die Augen und beugt sich vor, die Unterarme auf den Knien.

„Ich warne dich, Matteo. Du hast selbst gesagt, dass sie flennt, nur weil du ihr einen Haufen Schlamm besorgt hast. Was glaubst du ist los, wenn du ihr das Herz rausreißt?"

„Fuck!" Er steht auf und geht zum Schreibtisch. Er hat mir den Rücken zugewandt, die Hände auf der Tischfläche.

Ich bin ebenfalls auf den Beinen und stelle mich an seine Seite, eine Hand auf seiner Schulter.

„Versprich mir wenigstens, dass du nichts mit ihr anfängst, solang du dir nicht sicher bist, ob du eine Zukunft mit ihr willst.“

„Sky, ich …“

„Bis dahin lässt du die Finger von ihr. Claire hat was Besseres verdient als Typen, die nicht wissen was sie wollen, noch was sie an ihr haben.“

Ich kann hören, wie er tief durchatmet.

„Was das angeht, musst du dir keine Sorgen machen.“

Keine Ahnung, was ich davon halten soll. Muss ich mir keine Sorgen machen, weil er nicht weiß, was er will und das Thema damit gegessen ist? Oder weil er weiß, was er an ihr hat und sie sich deswegen angeln will?

Fragen über Fragen.

Kapitel 7
CLAIRE

Seit Matteo sie hergebracht hatte, fühlte Claire sich nutzlos. Das wurde mit Skylers Ankunft nicht besser, im Gegenteil. Jeder im Haus schien auf seinem Gebiet ein Ass zu sein, während sie Ton dabei half, eine neue Form anzunehmen. Damit gewann man keine Schlachten. Dennoch wollte sie ihren Beitrag leisten, also kochte sie Kaffee, bereitete Essen und versuchte ansonsten unsichtbar zu sein, um niemandem im Weg zu stehen.

Nach ihrem Gespräch wäre Skyler fast auf der Couch eingeschlafen. Claire hatte ihr aufs Zimmer geholfen, wo sie wie ein Sack Kartoffeln aufs Bett gefallen war und sich nicht mehr gerührt hatte. Sie hatte ihr die Sneaker abgestreift und sie mit der Tagesdecke zugedeckt. Anschließend setzte sie sich auf die freie Seite des Kingsize Bettes, lehnte den Rücken gegen das Kopfende und dachte nach.

Skyler hatte gesagt, es wäre ihr egal, wie sie es anstellten, Hauptsache, sie fänden Julin. Dabei konnte sie ihr vielleicht helfen.

Als ihre Eltern sich getrennt hatten, war Claire zehn Jahre alt gewesen. Ihr Vater hatte ihre Mutter geliebt, doch Cassandra hatte nur einen Geldesel in Don gesehen. Damit hatte sie ihm so gründlich das Herz gebrochen, dass er Claire nach der Scheidung auf Armeslänge entfernt hielt, vermutlich, da sie das Abbild ihrer Mutter war. Er würde nie über Cassandras Betrug hinwegkommen und Claire zahlte den Preis dafür.

Obwohl sie ihre Mutter zutiefst verabscheute, hatte sie etwas von ihr gelernt und das war ihre Gründlichkeit. Sie konnte sich gut daran erinnern, dass ihre Mom den besten Privat-schnüffler engagiert hatte, den man für Geld bekommen konnte, um Dad irgendwas anzuhängen. Aus jedem Barbesuch, aus jeder Frau in seiner Nähe hatte sie einen Ehebruch konstruiert. Jeder Anruf, jedes Wort, alles, was Dad je gesagt hatte, wurde so lang verdreht, bis er vor dem Richter wie ein Halunke dastand.

Diese Schlammschlacht hatte ein Mann ermöglicht, Jack McConnally. Cassandra hat ihn später noch für andere Schweinereien benutzt, darum hatte sich ihr der Name eingeprägt. Davon abgesehen war dieser Typ jemand, den man nicht so schnell vergaß.

Claire zog das Handy aus der Hosentasche und googelte ihn. Der Toptreffer war eine Kanzlei namens *McConnally, Wilson & Forbes*. Anwälte und Detektei. Claire scrollte zu den Kontakten und sah sich das aktuelle Foto von McConnally an. Er hatte ein wenig zugenommen, doch das stand ihm gut. Außerdem trug er jetzt eine Brille, wahrscheinlich um seriöser rüberzukommen. Es funktionierte nicht. Der Mann sah immer noch wie jemand aus, der durch Schlüssellöcher lugte und Kameras in Schlafzimmern installierte, um seinen Klienten möglichst schmutzige Bilder zu liefern.

Nicht, dass er abstoßend war. Er hatte schwarzes Haar, ein eckiges Kinn und volle Lippen. Aber seine Augen verrieten ihn. In ihnen brannte ein Feuer, bei dem es ihr heiß und kalt den Rücken runterlief. Er liebte seinen Job und er würde kein Schlammloch auslassen, bis er fand, was er brauchte, um seine Kunden glücklich zu machen.

Cassandra hatte er *sehr* glücklich gemacht. Claire konnte sich noch lebhaft an die heiseren Schreie ihrer Mutter erinnern, die das Haus gefüllt hatten, wenn Jack McConnally zu seinem wöchentlichen Meeting zu uns kam. Er war nicht der Einzige, der gekommen war, so viel hatte sie schon damals verstanden.

Es überraschte sie nicht, dass McConnally noch aktiv war. Bei dem, was er pro Stunde nahm, brauchte er das Geld vermutlich nicht mehr. Leuten wie ihm ging es um den Kick. Er liebte den Schmutz anderer Leute, suhlte sich darin und gab erst Ruhe, bis jeder in seiner Nähe so dreckig war wie er selbst.

Inzwischen hatte er die Kanzlei vergrößert, sich Partner an Land gezogen sowie zwei Scheidungsanwälte, mit denen er zusammenarbeitete – wie praktisch. Erst grub er die Leichen aus den Kellern, dann reichte er seine Kunden an die Kanzlei weiter, die kurzen Prozess mit den untreuen Partnern machte. Wie sie ihn einschätzte, war er vermutlich an der Sozietät beteiligt, immerhin brachte er einen nicht abreißenden Strom an Klienten in die Praxis.

Claire betrachtete McConnallys Foto und traf eine Entscheidung. Der Mann war ein widerwärtiges Dreckschwein, aber das war exakt, was sie brauchte. Denn wenn jemand Julin Petrow finden konnte, dann ein schmieriger Schnüffler wie Jack McConnelly, mit Verbindungen zum Abschaum.

Also nahm sie einen tiefen Atemzug und speicherte seine Nummer in ihrem Smartphone. Sie würde ihn später anrufen und ihm ein Angebot machen, das er nicht ablehnen konnte.

Doch es gab noch etwas, das ihr durch den Kopf ging. Die Tür zu Matteos Büro stand offen, darum hatte Claire Teile ihres Gesprächs mitbekommen. Vor allem den Part, als Matteo ihrer Freundin versprach, die Finger von ihr zu lassen. Zumindest so lang, bis er wusste, was er wollte.

Was bedeutete, dass Claire ihm helfen würde herauszufinden, was er wollte – oder besser gesagt wen. Sie war vielleicht nicht die Hellste, aber ihr war nicht entgangen, wie viel Zeit Matteo sich mit seiner Antwort gelassen hatte.

Das war etwas Gutes, oder? Wenn er zögerte, die Finger von ihr zu lassen, musste er etwas für sie empfinden, sei es auch nur ein klitzekleiner Funken Zuneigung.

Jetzt musste sie diesen Funken nur noch anfachen und in eine Feuersbrunst verwandeln. Er war ein Mann, wie schwer konnte das sein?

***

Matteo

Es war offiziell, er war ein Schwein. Obwohl er Sky wollte, dachte er ständig an Claire. Vor allem, wenn er wie jetzt unter der Dusche stand, eine Hand um seinen Schwanz, die Lider zusammengepresst. Matteo stellte sich vor, wie Claire vor ihm kniete, den Mund voll von ihm, während ihr Stöhnen das Bad füllte.

Fuck, er wollte sie. Für einen Moment überlegte er, in den Club zu fahren und eine der Thekenschlampen flachzulegen, doch er verwarf den Gedanken so schnell, wie er gekommen war. Es wurde immer schwieriger für ihn, eine der Clubmatratzen zu vögeln, in denen schon so ziemlich jeder seiner Brüder seinen Schwanz hatte. Da zog er seine Hand vor.

Mittlerweile musste er sich jedoch zweimal am Tag einen runterholen, um nicht mit einem permanenten Steifen durch die Gegend zu laufen. Es war an der Zeit, das Problem zu lösen, auch wenn er keinen Plan hatte wie. Es war nicht das erste Mal, dass er auf eine Braut scharf war. Bisher hatte er allerdings nie eine Abfuhr bekommen, was daran lag, dass ihm die Weiber nachliefen, nicht umgekehrt.

Doch Claire war keines seiner Betthäschen. Sie war Skys einzige Freundin. Jemand, der weinend zusammenbrach, wenn man ihm einen Klumpen Lehm gab.

Matteo ließ den Kopf sinken und drückte die Stirn gegen die Fliesen. Er stellte sich Claires sinnlich geschwungene Lippen vor, während seine Faust seinen Schwanz entlangglitt, von der Wurzel bis zur Spitze und wieder zurück. Er dachte an ihre prallen Titten, deren Spitzen sich durch den Stoff ihrer dünnen Shirts drückten. Und er dachte an ihren Knackarsch. Wie er in Jeans aussah und wie er aussehen würde, wenn er Claire aus den Klamotten geschält hätte. Im Geiste sah er sie vor sich. Wie sie nackt auf seinem Bett lag, ihre Schenkel für ihn geöffnet, die Lider auf Halbmast. Wie sie auf ihn warten würde, bereit für ihn und was er ihr zu geben hatte.

Verfickter Scheiß, er wollte sie! Sie spüren, in ihr sein, ihre Lippen auf seinen.

Er wollte sie im Arm halten. Haut auf Haut, ihr Atem, der sich mit seinem vermischte. Ihr wild pochendes Herz an seiner Brust, während er seinen Samen in sie pumpte. Er wollte sie vögeln, bis sie ihren Namen vergaß, aber vor allem wollte er, dass sie seinen Namen schrie, während sie in seinen Armen kam.

Bei dieser Vorstellung zuckte sein Schwanz und seine Eier zogen sich zusammen. Einen Herzschlag später kam er mit einem Stöhnen, das von den Kacheln zurückgeworfen wurde.

Nachdem sich sein Atem beruhigt hatte, wusch er sich, dann stellte er das Wasser ab und wickelte ein Handtuch um die Hüften. Er beugte sich zum Spiegel über den Armaturen und wischte mit einer Hand über die Oberfläche, um sie vom Kondenswasser zu befreien.

Er musste eine Entscheidung treffen.

Claire war nichts für ihn. Dass sie aus gutem Haus kam, strömte ihr aus jeder Pore. Und er war … er. Ein Bastard, der vom übelsten Mafiaabschaum abstammte. Sein Vater, Danilo Cross, war ein bekannter Psychopath, einer der drei großen Bosse in den Staaten. Er war der König von Vegas, bis er Sky gekidnappt und versucht hatte, über ihren Rücken einen Anteil an New York zu ergaunern. Matteos Mutter war eine Stripperin, die ihn an den Meistbietenden verschachert hatte. Zufällig war das Skys Vater gewesen, der Matteo zwölf Jahre in dem Glauben gelassen hatte, er wäre sein Sohn.

So viel zu seinem familiären Hintergrund.

Während er in den ersten Jahren kaum genug zum Überleben hatte, trug Claire Tausend-Dollar-Schuhe und pelzgefütterte Parkas, Zeug, das vermutlich mehr wert war als sein erstes Bike. Abgesehen davon, dass Claire eine Meile gegen den Wind nach Geld roch, besaß sie eine natürliche Anmut, die ihr etwas Ätherisches verlieh.

Eine überirdische Schönheit, neben der er sich wie ein räudiger Straßenköter vorkam.

Claire war zu gut für ihn, daran gab es keinen Zweifel. Sie war rein – er beschmutzt. Sie war wie ein Licht, während alles an ihm dunkel war. Dennoch kochte er innerlich, weil er sie nicht haben konnte.

Sky dagegen war wie er, sie waren von der gleichen Art. Sie verstand ihn wie niemand sonst. Kannte seine Wurzeln, wusste, aus welchem Stall er stammte und verurteilte ihn nicht.

Wie zum Teufel konnte er das seinem Schwanz erklären?

Kapitel 8
SKYLER

Matteos Geschmack in Ehren, aber Black Hawk sagt mir überhaupt nichts. Das ist ein künstlich hochgezogenes Nest irgendwo im Nirgendwo, das im Kern aus Casinos, Hotels und einem Motorcycle-Club besteht. Den Hauptverkehr bilden Biker und Hotelshuttles, die ihre Gäste vom Flughafen in Denver abholen und wieder zurückbringen. Das ist auch schon alles.

Die Casinos sind schick, keine Frage. Positiv ist auch der Fakt, dass man hier Wert auf Klassc statt Masse legt. Aber um ehrlich zu sein, kann ich mir beim besten Willen nicht vorstellen, warum sich jemand in den Flieger setzt, um in diesem abgelegenen Kaff sein Geld loszuwerden.

Auf der anderen Seite habe ich mich immer gefragt, was die Leute an Las Vegas anzieht.

Statt Wüstensand kriegt man hier Berge und Wälder und die gehen mir nach fünf Tagen gehörig auf den Zeiger. Allerdings sind wir hier auch nicht zum Wandern oder um die Natur zu bewundern. Wir haben einen Job zu erledigen und was das angeht, kommen wir die ganze Woche keinen Schritt weiter.

Ich bin drauf und dran nach Seattle zu düsen, um aus Julins Onkel die Scheiße zu prügeln. Vielleicht erfahre ich ja auf diesem Weg, was er mit Julin angestellt hat. Ich hasse die Tatsache, dass ich seit Tagen gegen Wände laufe, und ich hasse es noch mehr, hilflos zu sein.

Nachdem ich nach meiner Ankunft fast vierundzwanzig Stunden am Stück geschlafen habe, hab ich mich an den Rechner gesetzt und versucht, durch die Firewall zu kommen, die Cesare Jackson den Italienern verpasst hat. Keine Ahnung, wer dieser Slim ist, aber er versteht was von Programmierung. Mehr als das. Zuerst habe ich versucht, dezent unter die Tür zu schlüpfen, das funktioniert fast immer.

Während die meisten Hacker ihre Zeit damit verplempern, das Schloss zu knacken, schlängle ich mich durch die Lücken oder heble die Tür an den Scharnieren aus. Letzteres kann man machen, wenn man nicht vorhat wiederzukommen, denn eine ausgehebelte Tür fällt auf, darum bevorzuge ich die Lücken. Das ist nicht nur lautlos, sondern auch eleganter. Normalerweise gibt es in Netzwerken reichlich Lücken, aber nicht hier.

Slim Whoever hat die Türen nicht bloß verrammelt. Das ist ein beliebter Fehler von Programmierern, eine einseitige Überverriegelung. Sie schreiben kilometerlange Codes, um ein Netzwerk zu sichern, und hinterlassen dabei tonnenweise Plug-ins. Bildlich gesehen muss man sich das Ganze wie eine Tür vorstellen, die mit fünf Riegeln abgesichert wurde. Aber das Fenster daneben lassen sie dann einen Spaltbreit offen.

Slim dagegen hat Türen und Fenster hermetisch abgeriegelt. Das ist, als hätte jemand sämtliche Zugänge versperrt und danach mit Silikon abgedichtet. Ich möchte nicht arrogant rüberkommen, aber die Struktur der Firewall kommt mir wie eine Herausforderung von diesem Slim vor. Eine Art Armdrücken, bei dem der Stärkere zeigt, was er draufhat.

Er will wissen, was ich draufhabe, zumindest ist das mein Eindruck.

Und da ist noch etwas. Die Art, wie dieser Typ die Wall programmiert hat zeigt, dass er weiß, mit wem er sich eingelassen hat. Das wirft die Frage auf, wie weit er in Cesares Machenschaften involviert ist. Niemand bei Verstand, erst recht kein Hacker, schreibt eine Firewall fürs Syndikat. Jedem Vollpfosten muss klar sein, dass – sollte doch jemand durchkommen – er der Erste ist, der zur Verantwortung gezogen wird. Und was das bedeutet, muss ich nicht weiter kommentieren.

Umgekehrt kann Cesare die Sicherheit seiner Organisation unmöglich einem Hacker übertragen. Das wäre, als wenn er die Pest gegen Cholera eintauscht. Sie haben gesehen, was ich angerichtet habe und ich war eine von ihnen. Wie wahrscheinlich ist es, dass sie den gleichen Fehler noch mal begehen?

Was mich zum nächsten Punkt bringt. Ich habe die Vermutung, dass die Wall so etwas wie eine Kletterwand ist. Oliver und ich kraxeln uns die Finger wund, um am Ende nirgendwo zu landen. Selbst wenn wir einen Weg durch die Struktur finden, was erwartet uns dahinter? Eine Pappstadt wie in Hollywood, Fassaden ohne Inhalt?

Cesare wird nicht zweimal den gleichen Fehler machen, da bin ich mir sicher. Er wird mich erwarten, darum ist es Zeit, den Kopf aus dem Hintern zu ziehen und nach anderen Lösungen zu suchen. Im Netz werden wir keine finden. Wir wirbeln bloß Staub auf, machen auf uns aufmerksam und bringen alle in Gefahr, falls wir geortet werden. Und genau das wird passieren, sollten wir zu lange an einer Stelle der Wall verweilen.

Also habe ich Oliver abgezogen und nach Denver geschickt, damit er mal was anderes sieht als Einsen und Nullen und seinen Kopf freipustet.

Ich hätte mit ihm gehen sollen. Als ich meinen Rechner öffne, erhalte ich über die Alert-Funktion Bilder von Julin, die keine dreißig Minuten alt sind.

Und was ich sehe, gefällt mir nicht.

Ich bin nicht so blöd, die Bilder runterzuladen, stattdessen mache ich eine Million Screenshots. Laut Untertitel wurden die Fotos in einem Stripclub in Vegas aufgenommen. Zwei Tänzerinnen sitzen links und rechts von ihm, beide oben ohne, und beide drücken ihre Titten in seine Seite. Julin hat ihnen den Arm umgelegt, doch sein Gesicht ist in einem seltsamen Winkel. Halb abgewandt und nach unten gebeugt, sodass ich seine Augen nicht sehen kann. Ich kann nicht mal erkennen, ob sie offen oder geschlossen sind.

Ich ignoriere den Stich, der mich wie ein glühender Schürhaken beim Anblick der Aufnahmen durchbohrt. Das könnte Julin sein, es kann aber auch ein Julin-Doppelgänger sein, der dafür sorgen soll, dass ich mit der Kavallerie in Vegas einmarschiere und die Furie gebe.

Tatsächlich denke ich drei volle Sekunden darüber nach, eben das zu tun, bis mich mein Verstand einholt und zurück aus dem La La Land bringt.

Photoshop sei Dank muss man heute kein erstklassiger Fälscher mehr sein, um Bilder von Donald Trump in High Heels und Tutu aus dem Hut zu zaubern, wie er Putin den Schwanz lutscht. Niemand könnte feststellen, ob die Fotos gefälscht sind, weil die Technik heute so gut ist. Was ich auf den Bildern mit dem Julin-Darsteller jedoch erkenne, ist seine Uhr.

Hm. Wenn hier jemand mit Photoshop gespielt hat, sollte er es dann nicht einfacher machen, Julin zu erkennen?

Da ist noch etwas, das mich an den Aufnahmen stört, ich kann jedoch nicht den Finger drauflegen. Es ist fast, als ob …

Das Klingeln meines Handys holt mich aus meinen Überlegungen. Kurz glaube ich, dass es Matteo ist. Er wollte Claire vom Spa abholen, danach hatte er etwas im Clubhaus zu erledigen. Irgendwas sagt mir, dass es Ärger im Club gibt, der gärt schon die ganze Woche vor sich hin und zieht Matteo von Tag zu Tag mehr runter.

Doch die Nummer gehört Oliver.

„Was?", frage ich ohne Begrüßung. Dem Geräusch nach zu urteilen sitzt er im Auto.

„Hast du die Fotos gesehen?"

War ja klar, dass er sie ebenfalls entdeckt hat. Er ist in die Stadt gefahren, um sich die Kante zu geben, nicht um weiter im Netz zu surfen.

„Jep."

„Echt oder Fake?"

Wenn ich das wüsste.

„In jedem Fall hat sich jemand mächtig Mühe gegeben, sie echt aussehen zu lassen."

„Ist mir auch aufgefallen. Das Körnige gibt einen guten Authentic-Look. Und der Schwarz-Weiß-Stil sieht aus, als hätte eine Security-Kamera die Bilder geschossen." Pause. „Zumindest soll es so aussehen."

Ganz meiner Meinung.

„Was hältst du davon?", hakt er nach, nachdem ich schweige.

„Da legt sich jemand ganz schön ins Zeug, um uns zu verarschen", gebe ich leise zurück.

Ich habe gelernt, meine Gefühle im Zaum zu halten, aber Mann, ich hab die Schnauze voll von diesem Scheiß.

„Mit welchem Ziel?", fragt er. „Ich meine, wenn sie dich in eine Falle locken, wenn sie dich töten wollen, warum haben sie das nicht in Russland getan?"

Ich höre eine Autotür zuschlagen und bin kein bisschen überrascht, als ich Oliver auf den Eingang zusteuern sehe, das Smartphone gegen sein Ohr gedrückt.

„Ist dir mal die Idee gekommen, dass sie nicht nur hinter mir her sind?"

Dreißig Sekunden, nachdem er das Haus betreten hat, ist er in meinem Zimmer, beendet die Verbindung und wirft das iPhone aufs Bett.

„Wie meinst du das? Ich dachte, das wäre eine Sache zwischen Andrej Petrow und Julin."

Das dachte ich auch. Zumindest eine Zeit lang. Aber all diese Aktionen sind wie eine Oper komponiert. Jeder Akt baut auf dem anderen auf, sie sind perfekt aufeinander abgestimmt. Es fängt mit Julin an, der zu seinem Onkel gelockt wird, danach der Überfall auf die Villa, kaum dass Julin im Flugzeug war. Dann der Killer, den Silvio auf mich angesetzt hat, Cesares Kopfgeldjäger und nun der Hacker, der ihnen keine Firewall, sondern eine Festung gebaut hat, um die das FBI sie beneiden würde.

Sollen das wirklich alles Einzelaktionen sein?

So oder so wurden sie von langer Hand geplant. Während wir den Brotkrumen folgen, die uns Andrej und seine neuen Partner hinwerfen, zieht sich die Schlinge zu. Und ich habe keine Ahnung, wo sie als Nächstes zuschlagen werden. Fünf Tage in diesem Nest und wir fliegen immer noch blind.

„Wen außer dir wollten die deiner Meinung nach noch abmurksen?“

„Uns alle.“

Olivers Gesichtsfarbe nimmt einen gräulichen Ton an.

„Das kapiere ich nicht. Warum sollten die mich drankriegen wollen?“

Weil mein Vater ein rachsüchtiger Bastard ist. Er würde sich eher die Hand abhacken, als mich, und jeden, der an seinem Untergang beteiligt war, leben zu lassen. Für ihn ist das eine Frage der Ehre, eine Familienangelegenheit, die er als Oberhaupt der Rossis zu verantworten hat. Er hat nicht nur ein Vermögen verloren, sondern auch das Ansehen der anderen Familien.

Seit mehr als drei Generationen gehören die Rossis zum führenden Klan der Ostküste. Mein Großvater hatte die *Famiglia* groß gemacht, als Silvio das Zepter von ihm übernommen hatte. Und nun ist alles fort und Silvio ist erledigt.

Selbst wenn er wie durch ein Wunder wieder Land gewinnen sollte, würden ihm die verbliebenen Familien den Eintritt in den inneren Zirkel verwehren. Was er hatte, wird er nicht zurückbekommen und das ist wie Spiritus, der seinen Hass befeuert.

Doch mein Vater ist kein Teamspieler. Darüber hinaus ist das etwas Persönliches, was bedeutet, dass wir es mit mindestens drei Parteien zu tun haben.

Andrej lockt Julin in die Staaten. Silvio schickt mir seinen Killer. Was ist mit Cesare? Er heuert Slim an – zu welchem Zweck? Hier geht es nicht bloß um die Sicherheit, er will etwas von mir.

Wenn ich mir die zeitlichen Abläufe so ansehe, sieht es fast so aus, als wäre Andrejs Aktion mit Cesares abgestimmt. Ist es möglich, dass er mit Julins Onkel unter einer Decke steckt? Vor zwei Jahren wäre das undenkbar gewesen, die Russen und Italiener zusammen an einem Herd. Aber jetzt?

Welchen Grund könnte Andrej haben, denen zu helfen, das ergibt keinen Sinn.

„Skyler, ich rede mit dir. Warum sollten sie hinter mir her sein?“

„Sie wollen jeden, der an dem Coup beteiligt war. *Revenge* war zwar mein Baby, aber du hast bei der Programmierung mitgewirkt.“

Oliver fährt sich mit einer Hand durchs Haar. „Aber ich …“

„Du warst mein Partner“, unterbreche ich ihn.

„Ich wusste nicht, woran ich arbeite.“ Jetzt klingt er beinah wütend.

„Glaubst du, das interessiert die?“

Es stimmt, zu dem Zeitpunkt hatte Oliver keine Ahnung, in was ich ihn hineinziehe. Ich dachte, ich wäre clever, ihn im Dunkeln zu lassen und unter anderen Umständen hätte es funktioniert. Sie hätten nie herausgefunden, dass wir zusammengearbeitet haben, wie auch?

Doch nach der Operation haben *Dialer* und *BytMe* noch andere Dinger gemeinsam gedreht, darum sehen uns die

Italiener als Team und somit ganz oben auf ihrer Abschussliste.

„Und Claire?"

Arme Claire. Nun hat sie endlich eine Familie und die bringt ihr nichts als Scherereien.

„Die ist ein Bonus."

„So wie Matteo?" Jetzt ist er definitiv wütend.

„Der ist ein anderes Thema."

„Inwiefern?"

Ich kreuze die Arme vor der Brust und lehne mit dem Rücken gegen die Wand.

„Matteo ist mein Bruder, er gehört zur Familie. Er hat meinem Vater lange vor mir den Stinkefinger gezeigt. Für Silvio ist er genauso ein Verräter wie ich."

„Na schön, aber Claire und ich haben nichts mit deinem Vater zu tun. Trotzdem hast du uns da reingezogen."

Auf Claire trifft das in jedem Fall zu.

„Ach ja? Und was hast du geglaubt passiert, als du die *BOA* aufs Kreuz gelegt hast?" Die Bank of America war Olivers erstes Großprojekt, das er angegangen ist, nachdem ich meinem Vater das Genick gebrochen habe. „Die Mafia ist nicht die einzige Organisation, die hinter dir her ist, *Dialer!* Oder glaubst du, das FBI rollt dir den roten Teppich aus, weil du Gelder einer Staatsbank auf Privatkonten transferiert hast?"

„Du hast doch nichts anderes getan!"

„Ich habe keine Bank auseinandergenommen, sondern ein Syndikat. Für das springt weder der Staat noch der Steuerzahler ein, wenn die Kohle weg ist. Und ich hatte einen verdammt guten Grund. Was war deine Motivation?“ Ich gehe einen Schritt auf ihn zu. „Du hast es getan, weil du es konntest.“

„Wenn mich das FBI erwischt, werde ich wenigstens nicht exekutiert“, flüstert er.

Er hat Angst, das sollte er auch. Bisher war das ein Spiel für ihn, bei dem er sich für unverwundbar gehalten hat. Und dann – BÄM! – ohne zu wissen, wie es passiert ist, sitzen wir auf einem Floß und treiben einen reißenden Fluss entlang, mit direktem Kurs auf den Wasserfall. Niemand hat Lust, fünfzig Meter in die Tiefe zu stürzen, denn wir wissen beide, dass wir das nicht überleben können.

„Die bringen dich vielleicht nicht um. Dafür stecken sie dich lebenslänglich hinter Gitter. Das ist ja *so* viel besser.“

„Wenigstens lebe ich!“

„Das sagst du nur, weil du noch nie in einem Gefängnis warst.“ Ich kann nicht verhindern, dass ich bitter klinge. „Glaub mir, das ist keine Aussicht, die dir gefallen wird. Das ist Sterben auf Raten.“

Ich gehe zum Fenster und betrachte die Hügel der Colorado Mountains.

„Ich habe nicht vor, einen von euch zu verlieren“, sage ich leise. „Ihr seid meine Familie. Eher gehe ich drauf, als dass euch etwas passiert.“

„Skyler, wenn du recht hast, haben wir es mit drei Organisationen zu tun“, wispert er. „Die Italiener, die Russen und dein Vater, der solo fährt. Wenn die uns gleichzeitig angreifen, bleibt nichts von uns übrig.“

Oliver mag vor den Russen und der *Famiglia* zittern. Doch wenn er wüsste, wer Silvio ist, wenn er ihn kennen würde, wie ich meinen Vater kenne, würde er sich allein bei dem Gedanken, ihm in die Finger zu fallen, nass machen. Denn im Gegensatz zu den anderen hat mein Vater nichts zu verlieren. Aber das behalte ich für mich.

„Dann müssen wir cleverer als alle drei sein“, sage ich stattdessen. Skyler, die Mutmacherin. Keine Ahnung, ob mir diese Rolle gefällt.

„Wir können es nicht mit allen aufnehmen.“ Ich kann das Zittern in seiner Stimme hören und im Stillen stimme ich ihm zu. Oliver legt mir eine Hand auf die Schulter, wahrscheinlich, um sich Halt zu holen.

Er war immer so etwas wie eine Randfigur, zumindest hat er sich als eine betrachtet. Es ist eine Sache, ein Schwarzes Loch mit dem Teleskop zu betrachten und die Zerstörung aus sicherer Entfernung zu beobachten. Es ist etwas komplett anderes, wenn man plötzlich darauf zudriftet. Mit der Angst, die er in diesem Moment empfindet, bin ich aufgewachsen. Für Oliver ist das eine neue Erfahrung, darum versuche ich ihn zu beruhigen.

„Ich kenne Cesare Jackson, der macht mir keine Sorgen. Mein Vater steht auf einem anderen Blatt, aber zumindest weiß ich, wie er tickt“, sage ich, ohne den Blick von den Bergen zu nehmen. „Was mich beunruhigt, ist Julins Onkel.“ Er ist die unbekannte Variable in der Gleichung.

Andrej macht mich nervös, auch weil ich den Mann kaum kenne. Was ist seine Motivation und was zum Henker glaubt er, durch diese Aktion zu gewinnen?

Das Klingeln meines Handys reißt mich aus meinen Gedanken. Ein Blick aufs Display zeigt Claires Nummer.

„Süße, was gibt’s?“

„S-Skyler“, flüstert sie, „du musst k-kommen.“

„Wo zum Geier bist du?"

„I-im Clubhaus. Ich glaube, die haben was geplant, und Matteo ist a-allein da drin."

„Wo ganz genau bist du?", schnappe ich.

„Er hat mich beim Bike auf dem Parkplatz gelassen, a-aber dann habe ich gesehen, wie …" Der Rest geht in ihrem Schrei unter, dann ist die Leitung tot.

„Verfickter Scheiß!" Ich werfe das Smartphone gegen die Wand, doch statt in seine Einzelteile zu zerfallen, prallt es ab und bleibt mit einem dumpfen *Klong* auf dem Boden liegen. Das ist wieder typisch, nicht mal das blöde Telefon macht, was es soll.

„Was ist los?" Oliver sieht mich alarmiert an.

„Dieser Clubhausdreck fliegt Matteo gerade um die Ohren, das ist los!"

„Wohin gehen wir?", fragt er und läuft mir nach.

„*Wir* gehen nirgendwo hin."

„Aber ich …"

„Ich fahre zum Club und sehe zu, dass ich Matteos Arsch aus der Schusslinie hole. Und du hängst dich an die Strippe und versuchst Dex zu erreichen. Danach Blues, Ben und den Rest von Matteos Jungs."

„Und was sag ich denen?"

„Sie sollen sich bewaffnen und in den scheiß Club kommen", rufe ich über die Schulter und jogge aus dem Haus.

„Was ist mit den Bullen?"

„Die kannst du vergessen, die sind geschmiert."

Kapitel 9

Der Club befindet sich auf einer Parallelstraße zur Main Street, zwischen dem *Lady Luck Hotel* und dem *Canyon Casino*. Der Spa liegt auf dem Weg, von daher macht es Sinn, dass Matteo Claire dort aufgabeln wollte.

Als ich auf die Hauptstraße einbiege, klingelt mein Telefon. Das Teil ist nicht nur unzerstörbar, es funktioniert auch noch. Der Screen hat einen Sprung, aber dank der Silikon Skin ist der Rest unversehrt.

„Hast du Dex erreicht?“, frage ich ohne Einleitung.

„Jep. Devil hat ihn zu einem imaginärem Meeting nach Denver geschickt, das nie stattgefunden hat. Den Rest von Matteos Crew hat er mit Deppenjobs in die Pampa abkommandiert.“

„Und?“

„Dex war gerade auf dem Rückweg, als ich ihn erreicht habe. Er hat versucht Matteo anzurufen, weil er kein gutes Gefühl hatte, landet aber ständig auf der Mailbox. Er und der Rest der Jungs sind auf dem Weg.“

Immerhin etwas.

„Weißt du, wie viele von Devils Leuten im Clubhaus sind?“

„Moment, bin gerade dabei, mich an den Satelliten zu klemmen“, murmelt er. Ich kann hören, wie seine Finger über die Tastatur fliegen. Dann stößt er einen Fluch aus.

„Was?“, schnappe ich.

„Da sind mindestens zwanzig Harleys und vier SUVs.“

Na toll.

„Bist du wenigstens bewaffnet?“, fragt er ein bisschen heiser.

Nicht wirklich. Das ist auch nicht nötig, da es meine Gegner sein werden. Der Trick ist, ihnen die Waffen abzuknöpfen und darin bin ich gut.

Biker sind Raufbolde. Oft sind sie groß und wie Schränke gebaut. Sie sind jedoch nicht trainiert und wenn sie kämpfen, läuft das wie bei einer Kneipenschlägerei ab. Da fliegen Fäuste, ab und zu ein Messer, manche haben Schlagringe oder Baseballschläger dabei.

Unter Bikern findet man nicht selten Burschen mit Armee-Hintergrund. Das sind Typen, die in Afghanistan oder in irgendeinem Loch in Syrien gekämpft haben. Aber nur weil sie eine Waffe abfeuern können, macht sie das noch lange nicht zu Soldaten, wie die Kerle in Sankt Petersburg. Die waren ein anderes Kaliber.

Was mich beunruhigt ist, dass es so viele sind. Offensichtlich hat Devil seine Männer vollzählig antreten lassen. Das sind nicht Matteos Jungs aus New York, sondern Devils Schoßhunde.

Gott, wie ich diesen affigen Namen hasse. Wer bei Verstand nennt sich so?

„Ich bin jetzt da und melde mich später." Ohne eine Antwort abzuwarten, kappe ich die Verbindung. Vor dem *Canyon Casino* biege ich in die Bobtail Road und sehe schon von Weitem, dass das Tor zum Clubgelände geschlossen ist.

Netter Versuch.

Matteos Pick-up ist aus den Sechzigern, da wurden Autos noch wie Panzer gebaut. Wenn die glauben, sie können mich mit einem Maschendrahtzaun vom Grundstück halten, sind sie dümmer als ich dachte.

Ich trete das Gaspedal durch und habe das Vergnügen mit anzusehen, wie sich der Wachposten hinterm Tor mit einem Hechtsprung in Sicherheit bringt, während ich den Zaun wie einen Zahnstocher umniete und ungebremst Richtung Clubhaus rase.

Anhalten oder nicht, das ist hier die Frage. Das Haus ist größtenteils aus Holz, von daher würde der Wagen wie durch Klopapier da durchfahren. Das wäre nicht nur ein cooler Auftritt, sondern auch ein effektiver. Zum einen hätte ich das Überraschungsmoment auf meiner Seite. Gleichzeitig würde ich auf diese Weise ein paar der Männer ausschalten.

Blöderweise könnte ich Claire oder Matteo erwischen, darum ändere ich die Fahrtrichtung und fahre in die Harleys, die wie Dominosteine vor dem Gebäude aufgereiht sind, eine schöner als die andere.

Ein bisschen leid tut's mir schon um die Bikes, die Teile sind wahre Kunstwerke. Andererseits gehören sie feigen Arschlöchern, die eine Überzahl von 20:1 brauchen, um sich mit Matteo in einem Raum sicher zu fühlen. Jetzt sind wir 20:2 und was das plus eins ausmacht, demonstriere ich, indem ich einen Shopper nach dem nächsten auf die Hörner nehme. Ich ramme sie mit dem Kotflügel, pflüge durch Chrom und Metall, bis die Tür des Clubhauses auffliegt und die aufgebrachten Biker auf den Parkplatz stürmen.

Zu spät, ihr Pussys! Ich nehme den Fuß vom Gas, wende und halte auf die Motherfucker zu, die mit Metallketten und Baseballschlägern bewaffnet zu ihren Harleys rennen.

Ich sehe weder Matteo noch Claire, die müssen noch im Haus sein. Wo immer sie sind, Matteo ist gewarnt und wird sich und Claire aus der Schusslinie bringen.

Showtime.

Ich halte auf die Hütte zu, stelle den Tempomat ein und springe aus dem fahrenden Wagen, bevor er durch den Eingang kracht.

Noch wissen die Jungs nicht wohin, zu ihren Harleys oder zu mir. Ich mache mir ihre Verwirrung zunutze und kicke Loser Nummer eins den Baseballschläger aus der Hand. Das Gleiche mache ich mit Vollpfosten Nummer zwei, nur dass ich ihm die Kette abknöpfe, indem ich ihm eine Kostprobe meines erbeuteten Schlägers gebe.

Ab hier blende ich das Chaos um mich aus und gehe in Kampfmodus. Wenn man im Training bestimmte Abläufe wieder und wieder einübt, gehen sie einem irgendwann in Fleisch und Blut über. Vor allem, wenn man wie ich einen Trainer hat, der mich wie einen Pitbull ausgebildet hat.

Seine erste Regel lautet: Höre nicht auf zuzuschlagen. Eine gute Regel, an der ich eisern festhalte. Ich ramme meinen Absatz zwischen die Beine von einem Typen mit Bandana, der grunzend zusammenklappt. Gleichzeitig landet mein Ellbogen in der Kehle der Dumpfbacke hinter mir. Der Knüppel findet sein Ziel im Gesicht des Kerls, der sich mir in den Weg stellt, während sich die Kette um die Hand eines Gegners wickelt, der ein Combatmesser zieht. Mit denen kenne ich mich aus, also lasse ich die Kette los, nehme ihm die Waffe ab und ramme sie ihm in den Oberschenkel. Ich ziehe sie gleich wieder raus und werfe sie auf einen ganz Schlauen, der einen Revolver gezogen hat. Es landet in seiner Hand und pinnt sie gegen den Türrahmen. Die Waffe landet mit einem dumpfen Laut auf dem Boden.

Als mich jemand von hinten am Kragen meiner Jeansjacke packt, reagiere ich ohne nachzudenken. Ich werfe den Baseballschläger in die Höhe und benutze den Kerl hinter mir wie einen Kellner, der mir aus dem Mantel hilft. In einer fließenden Bewegung ziehe ich die Arme aus den Ärmeln, pflücke den Schläger aus der Luft, während ich mich umdrehe und lande einen Schlag ins Gesicht meines Angreifers.

Danach ziehe ich den Schläger zurück und ramme den Stiel ins Auge seines Kumpels schräg hinter mir, der ausholt, um mich mit einem Schlagring bekanntzumachen.

Nachdem ich mich mit einem zweiten Baseballschläger bewaffne, stürzen die Männer um mich herum wie Fallobst, während ich mir auf der Suche nach Matteo und Claire einen Weg ins Innere des Clubhauses bulldozere.

Hinter mir höre ich die Ankunft mehrerer Bikes. Das ist hoffentlich die Kavallerie, Dex und der Rest von Matteos Jungs. Doch ich drehe mich nicht um, mein Blick ist nach vorn gerichtet. In diesem Gebäude sind zwei der wichtigsten Menschen in meinem Leben.

Matteo ist mein Bruder und Claire die einzige Freundin, die ich auf dieser Welt habe. Sie hat ein Leben auf Wolken verdient, mit rosa Glitter und Regenbögen. Nicht mit stinkenden Bikern, Blut und Angst – sie hat mit alldem nichts zu tun. Ihr einziger Fehler ist es, mich zu mögen.

Mir ist klar, dass sie bei mir geblieben ist, weil sie sich in meiner Nähe sicher fühlt. Kein Wunder. Als ich sie zum ersten Mal getroffen habe, haben zwei Studentenverbindungs-Loser versucht, sie nach einer Party in eine Gasse zu zerren. Claire stand unter Schock, ich war megaangepisst.

Darum geht mein Puls durch die Decke, als ich sie zusammen mit Devil sehe. Claires Augen sind rot und geschwollen, sie hat geweint. Ich würde auch heulen, wenn ein hässlicher Kerl wie dieser Devil seine Flossen auf mir hätte.

Er hat meine Freundin an sich gedrückt und hält ihr ein Fred Perrin Messer an den Hals, den Blick seiner toten Augen auf mich gerichtet.

Ganz. Böser. Fehler. Niemand bedroht Claire mit einer Waffe und kommt mit dem Leben davon.

Niemand.

Ich kicke die Tür hinter mir zu und lege den Riegel vor. Doch die Jungs draußen haben andere Probleme als mich. Ihre Brüder sind eingetroffen und das ist der Moment, als die ersten Schüsse losgehen. Dem Klang nach Uzis.

Alle Achtung, das muss ich Dex lassen, er macht keine halben Sachen. Hätte nicht gedacht, dass er Maschinenpistolen in seinem Handschuhfach hat.

Mein Blick wandert durch den Raum, der wie eine stinknormale Kneipe aussieht, inklusive Theke und drei Billardtische im hinteren Teil. Von Matteo weiß ich, dass es weiter hinten einen großen Konferenzraum gibt sowie Büros. In der zweiten Etage befinden sich ein Dutzend Zimmer, die die Jungs benutzen, wenn sie zu Hause rausgeflogen sind oder sich mit einer der Clubschlampen amüsieren wollen.

Gegenüber von Claire und Devil sitzt Matteo, der mit Klebeband an einen Stuhl gefesselt ist. Auf dem Boden vor ihm liegen vier von Devils Männern, die sich nicht rühren, drei weitere liegen bewusstlos an der Theke. Sieht so aus, als hätte er mein Ablenkungsmanöver nicht ungenutzt verstreichen lassen. Hinter Matteo steht ein Typ, der ihm eine Schrotflinte gegen den Hinterkopf hält. Von Devil und dem Schrotflinten-Typ abgesehen mache ich nur noch ein Mädel aus, das wie ein zitterndes Häufchen Elend hinter der Theke steht, die Augen groß wie Radkappen. Zumindest das nicht zugeschwollene. Offensichtlich hat ihr jemand eine deftige Ohrfeige verpasst. Mascara hat sich über ihr halbes Gesicht verschmiert. Sie wirkt verängstigt und verstört.

Das ist vermutlich der Grund, warum ihr niemand Aufmerksamkeit schenkt. Das und der Fakt, dass sie eine Frau ist. Für Biker ist sie bloß Frischfleisch, das ihren Schwanz lutscht. Ich dagegen habe ihre volle Aufmerksamkeit. Ob das an den beiden Baseballschlägern oder meinem mordsmäßig angepissten Blick liegt, kann ich nicht sagen. Fest steht, dass diese Ärsche ihren Spaß mit dem Mädel hinter der Theke hatten.

Matteo sah aber auch schon besser aus. Er hat eine gespaltene Unterlippe und blutet aus der Nase und dem rechten Ohr. Seine Fingerknöchel sind ebenfalls blutig, was bedeutet, dass er ihnen einen Kampf geliefert hat.

Das würde Devils ramponiertes Äußeres erklären. Der Boss der Black Hawks kann nicht viel älter als Matteo sein, dennoch wirkt er wie sein Vater. Sein Salz- und Pfeffer-Haar ist strähnig und hat deutlich mehr Salz als Pfeffer, genau wie der ungepflegte Bart. Sein Jochbein ist aufgeplatzt und sein rechtes Auge schmückt ein Veilchen. Er hat die ledrige Haut der Biker, die ihre Zeit damit verbringen, durch die Gegend zu cruisen und so zu tun, als wären sie die Krone der Schöpfung.

Wenn nicht noch jemand irgendwo unterm Tisch hockt, habe ich es mit zwei Männern zu tun plus einer Wild Card hinter der Theke. Ich kenne das Mädel nicht, aber auch wenn sie offensichtlich Angst hat, ist mir der Hass, der hinter ihren Augen schimmert, nicht entgangen. Hier ist jemand, der einiges einstecken musste und der auf eine Gelegenheit wartet, sich zu revanchieren.

Woher ich das weiß? Ich kenne diesen Schimmer. Mein Vater hatte den gleichen Glanz in den Augen. Und wenn er sich revanchierte, war es laut und blutig.

„Mann, ihr seht vielleicht scheiße aus!"

„Wirf die Knüppel weg, Kätzchen."

Zu meiner Überraschung ist Devils Stimme ungewöhnlich sanft.

Mein Blick sucht Matteos, dessen dunkle Augen glühen. Was immer Devil sich heute geleistet hat, wird ihn das Leben kosten, so viel kann ich Matteos Blick entnehmen.

„Worum geht es hier eigentlich?", frage ich, ohne auf die Aufforderung einzugehen.

„Dein kleiner Schwanzlutscher hier glaubt, er wäre der Boss." Devil nickt zu Matteo. „Aber ich bin der Präz und solang ich lebe, gilt mein Wort." Sein Kiefer mahlt, als er fortfährt. „Und wenn ich sage, spring, fragst du wie weit und wie hoch, ist das klar?"

„Wenn du ins Drogengeschäft einsteigst und die Mädchen zwingst, sich zu prostituieren, hetzt du uns das FBI auf den Hals." Das kommt von Matteo, dessen Stimme gefährlich leise ist.

„*Ich* gebe die Befehle und sage wo's langgeht." Er nickt zu dem Mädel hinter der Theke. „Und wenn ich dieser Schlampe sage, dass sie für einen Kunden die Beine spreizen soll, will ich keine Widerworte."

„Sie hat einen Job hinter der Bar."

„Ginny ist zum Vögeln hier, nicht zum Bier zapfen." Er zieht Claire näher zu sich, die ein würgendes Geräusch von sich gibt. „Aber vielleicht sollte ich meine Zeit nicht mit Thekenschlampen verschwenden, sondern dieses Fohlen einreiten. Sie ist noch frisch und nicht so abgefuckt wie Ginny."

Das Mädel hinter der Theke schnappt nach Luft. Claire würde vermutlich gern nach Luft schnappen, doch das Messer ist ein gutes Argument, es zu lassen.

Zeit, das hier zu beenden.

„Dafür wirst du beschissener Hurenbock ins Gras beißen." Matteos Stimme ist ein Grollen.

„Mein Name ist Sandra", flüstert die Kleine an der Bar mit zittriger Stimme. Anscheinend nicht leise genug. Devils Augen verengen sich zu Schlitzen, als er sich zu ihr dreht.

„Wer interessiert sich für deinen verfickten Namen!", brüllt er und zieht es offensichtlich vor, Matteos Drohung zu ignorieren. „Du sollst die Beine breit machen und keine dicke Lippe riskieren. Wenn du das Maul nicht halten kannst, stopfe ich es dir mit meinem Schwanz."

Meine Wild Card sieht aus, als hätte er ihr in den Magen getreten. Ich dagegen würde am liebsten die Augen verdrehen.

Gibt es eigentlich ein Skript, das diesen Flachwichsern in der Highschool ins Hirn tätowiert wird? Wie oft muss ich mir diesen Bullshit von Losern wie Devil noch anhören? Macho-Ärsche mit dem IQ einer Thermoskanne, die seit gerade mal einer Generation nicht mehr aus Trögen futtern. Wie gern würde ich auf einen Gegner treffen, der mich überrascht, so wie Meister Aki. Der witzig, clever und schlagfertig ist und mehr drauf hat als lahme Sprüche, die man auf Klowände schmiert.

Draußen verändern sich die Geräusche. Die Schüsse haben aufgehört, stattdessen mache ich Kampfgeräusche aus. Knüppel, die auf Knochen landen, Männer grunzen, stöhnen, rufen.

„Gönn deinem Schwanz mal 'ne Pause", schalte ich mich in Devils Gelaber ein. „Da du dauernd mit ihm denkst, muss er gerade ziemlich verwirrt sein."

Claire gibt ein Wimmern von sich, da das Messer in ihren Hals schneidet. Devil scheint sich nicht mal bewusst zu sein, dass seine Hand zuckt. Sein hasserfüllter Blick liegt auf mir.

„Vorsicht –", setzt er an, doch ich komme ihm zuvor.

„Wenn nur ein Tropfen von ihrem Blut fließt, ramme ich dir den Baseballschläger in den Arsch. Da wird's dann vermutlich eng werden, da dein Kopf schon drinsteckt."

Dass ich diesen Schmierlappen richtig einschätze, erkenne ich daran, dass er Claire Richtung Theke schubst, während er wie ein wilder Stier auf mich losgeht.

Genau das meine ich. Ein Profi hätte Claire ohne zu zucken die Kehle durchgeschnitten. Schon um seinen Standpunkt klarzumachen und den Widerstand des Gegners zu brechen. Die Sankt Petersburger waren aus diesem Holz. Diese Freizeit-Rocker nicht.

Einen Anführer kann man nicht spielen, man muss einer sein. Jemand, der seine Leute hinter sich vereint und für sie durchs Feuer geht. Devil hat sich den Posten nicht verdient. Er wurde von seinem Vater zum Präsidenten ernannt. Was bedeutet, dass die Männer seinem Daddy treu waren. Dass sie Devil gegenüber übermäßig loyal sind, bezweifle ich. Sie sind wie Schafe, alles was sie wollen, ist Wasser und Gras. Oder in ihrem Fall Pussys und Kohle. Solang die Kasse stimmt und sie was für's Bett haben, beschweren sie sich nicht.

Doch dies ist nicht der Zeitpunkt für eine Pro-Matteo-Kampagne. Draußen wird es immer stiller, was bedeutet, dass sich der Kampf dem Ende zuneigt. Und ich hab keinen Schimmer, welche Seite gewonnen hat. Bevor das hier noch mehr den Bach runtergeht, muss ich zwei Saufbrüder ausschalten, und zwar so, dass sie meine Leute nicht verletzen.

Nummer eins hat gerade Claire gehen lassen und damit die Aufmerksamkeit des anderen auf sich gelenkt. Matteo nutzt das aus und macht mit dem Stuhl einen Satz nach oben. Die Schrotflinte fliegt durch die Luft und schlittert über den versifften Holzboden. Im nächsten Moment wirft sich Matteo auf den Typen und knockt ihn mit einer Kopfnuss aus.

Das Gerangel bekomme ich nur am Rande mit, denn Devil ist plötzlich bei mir und auch wenn er ungeschult ist, so ist er dennoch verdammt groß. Er holt mit dem Messer aus und so, wie er sich bewegt, macht er das heute nicht zum ersten Mal.

In den vergangenen Jahren habe ich einiges dazugelernt und könnte ihm vermutlich die Klinge abnehmen. Aber ich hab genug von diesem Scheiß und keinen Bock auf Raffinesse. Dieser Wichtigtuer verschwendet meine Zeit. Also trete ich ihm mit einem Roundhouse Kick das Fred Perrin aus der Hand und ziehe ihm den Baseballschläger über.

Problem gelöst.

Nachdem er wie ein Sack Mehl auf dem Boden liegt, wende ich mich Matteo zu und verpasse seinem Gegner einen Heel Kick in die Schläfe. Danach schneide ich mit Devils Messer das Klebeband von Matteos Armen und Beinen.

Ich öffne den Mund, um wie ich hoffe etwas Sarkastisches über seine *Brüder* zu sagen, als ein Knall die plötzliche Stille zerreißt. Mein Arm fühlt sich an, als hätte jemand einen glühenden Schürhaken darin versenkt. Ich wurde angeschossen. Shit.

Mein Blick landet auf Devil, der sich auf die Seite gerollt hat und einen Revolver mit beiden Händen hält. Doppelshit. Entweder habe ich ihn nicht richtig erwischt oder er hat einen Schädel aus Eiche. Ich tippe auf Letzteres.

„Was denn, Bitch, keine Klugscheißer-Bemerkung?“, keucht er. Seine Hände zittern, vermutlich hat er mich deswegen nicht richtig erwischt. Er zieht den Bügel des Revolvers nach hinten und zielt auf Matteo. „Verabschiede dich von …“

Weiter kommt er nicht. Ein zweiter Schuss lässt meine Ohren klingeln und Devils Kopf zerplatzt.

Zerplatzt!

Gott, das ist so was von ekelig. Meine Wild Card hat sich die Schrotflinte geschnappt und steht schwer atmend über Devil.

„Mein Name ist Sandra“, keucht sie. Ihre Brust hebt und senkt sich schnell. „Und Nein heißt Nein!“

„Musstest du ihm gleich die Birne wegballern?“ Jetzt müssen wir uns mit den anderen Arschwichsern auseinandersetzen, die es nicht zu schätzen wissen, dass ihr Boss den Kopf verloren hat. Und schätzungsweise fünf Liter Blut.

Sandra lässt die Waffe fallen und wirft mir einen mörderischen Blick zu.

„Was hättest du getan, wenn dir jemand den Schwanz zwischen die Beine rammt, obwohl du mindestens zwei Millionen Mal Nein gesagt hast!?“

Heilige Scheiße.

Sie muss meinen Ausdruck richtig deuten.

„Hab ich mir gedacht“, grollt sie, dann fliegt die Tür auf und bewaffnete Männer drängen in den Club.

Kapitel 10
MATTEO

What the fuckin' Fuck?

Der Tag hatte beschissen begonnen und er versprach, noch viel beschissener zu werden. Claire hatte darauf bestanden, in den Spa zu fahren, dabei wollte sie die ganze Woche nichts weiter als ihren Matsch bearbeiten.

Also hatte er Dex beauftragt, sie im Auge zu behalten, denn so wie Devil drauf war, ging Matteo kein Risiko ein. Und da Dex von Natur aus neugierig war, hatte er sich nicht damit begnügt, sie vor dem Hotel abzusetzen, sondern war ihr gefolgt. Dabei stellte sich heraus, dass sie keinen Termin im Wellnessbereich hatte, sondern einen Typen in der Casino Bar traf.

Nachdem Dex der Rezeptionistin einen Schein rübergeschoben hatte, erfuhr er, dass der Kerl am Morgen in Denver gelandet war und am Abend zurückfliegen würde. Er hatte das Flughafenshuttle für fünf Uhr nachmittags gebucht und bar bezahlt. Sie kannte keinen Namen, da er nicht eingecheckt hatte.

Statt ihm diese Infos sofort zu stecken, hatte Dex die beiden stundenlang beobachtet, Bilder geknipst und versucht, den Typen über die Gesichtserkennung zu identifizieren. Da Dex im Club gebraucht wurde, hatte er Claires Cayenne stillgelegt, bevor er zurückfuhr, damit sie sich bei Matteo meldete, wenn sie mit ihrem konspirativen Treffen fertig war. Also hatte er kurzerhand das Batteriekabel abgeklemmt und war zum Flughafen gefahren, um jemanden abzuholen.

Das hätte ihn stutzig machen müssen, da sie niemanden erwarteten. Doch er musste sich mit dem Julin-Bullshit rumschlagen, der ihn seit Tagen blockierte – Skys Lover und wo er sich aufhielt.

Er hätte die Falle in dem Moment wittern müssen, als er auf den Hof fuhr und keiner seiner Männer auf dem Gelände war, während Devils Crew vollzählig Spalier stand. Aber mit Claire auf seinem Bike, die ihren schlanken Körper an ihn gedrückt und die Arme um seine Mitte geschlungen hatte, war er abgelenkt gewesen. Sein Schwanz bettelte darum, rausgelassen zu werden, er wollte spielen. Und so, wie sich Claire an ihn schmiegte, war sie mehr als bereit, von ihm durchs Bett gescheucht zu werden.

Als er endlich kapierte, dass er in eine Falle getappt war, war es zu spät. Matteos Crew war in alle Winde verstreut, während Devils Leute bis an die Zähne bewaffnet waren und auf ihn warteten. Im Club erfuhr er dann den Anlass für Devils Aufstand. Der Funken, der die Lunte in Brand gesetzt hatte. Und der war Sandra, die stolz war, hinter der Bar zu arbeiten. Darum weigerte sie sich, mit Joker, einem von Devils Arschkriechern, aufs Zimmer zu gehen.

Soweit er das verstanden hatte, wehrte sie seine Avancen zuerst höflich ab, blieb charmant in dem Versuch, ihn nicht zu beleidigen. Das änderte sich, als er sie sich einfach schnappte. Dann war Devil dazugekommen und das Ganze war eskaliert.

Das musste gestern Abend gewesen sein, als Sky und er Kriegsrat gehalten hatten.

Devil war es gewohnt zu bekommen, was er wollte. Also hatte er Sandras Proteste ignoriert und sich genommen, was ihm seiner Ansicht nach ohnehin gehörte.

Von da an ging es steil bergab.

Devil hatte Sandras Widerstand zum Anlass genommen, den Scheiß, der seit Monaten im Club gärte, hochzukochen und den Männern als Niedergang des Clubs zu präsentieren. Dabei hatte er ihnen verschwiegen, dass es dem MC finanziell noch nie so gut ging, seit sie ihre *Chapter* vereint hatten. Der Gewinn hatte sich innerhalb von zwölf Monaten mehr als vervierfacht. Der Laden brummte und es kamen jede Woche mehr Aufträge und neue Aufgaben hinzu. Sie brauchten jeden Mann, um die Jobs zu erledigen, eine Spaltung des Clubs würde herbe Verluste bedeuten. Schon deswegen konnten sie sich diesen Bullshit zu diesem Zeitpunkt nicht leisten.

Doch zurück zur Gegenwart. Ein Blick auf Sandra hatte genügt zu wissen, dass er es verbockt hatte. Bevor sie ihn fassen konnten, hatte er drei Männer ausgeknockt, dann wurde er von Tack, Messy und Bear an den verdammten Stuhl geklebt. Danach hatte Devil seine Hass-Propaganda verbreitet, ihn des Verrats bezichtigt und ohne Ende Müll über ihn gekübelt.

Die Gesichter seiner Brüder verrieten ihm, dass sie gespalten waren. Die einen fraßen Devils Dreck aus der Hand, doch mehr als die Hälfte war zumindest skeptisch.

Danach hatten sie Claire reingebracht, die er vollkommen vergessen hatte. Das war der Moment, als die Angst einsetzte.

Claire.

Sollten sie ihr etwas antun, könnte er nichts dagegen unternehmen. Er würde hilflos mit ansehen müssen, wie sie sich über sein Mädchen hermachten, und er begriff, dass die Chancen gut standen, dass er das hier nicht überlebte. Devil hatte vor, ihn zu exekutieren, was bedeutete, dass der Typ ein größerer Irrer war, als er angenommen hatte. Wie konnte er die Situation – wie konnte er Devil – derart falsch einschätzen?

„Du bist tot." Matteo hatte keine Ahnung, ob Devil ihn gehört hatte, seine Stimme bebte vor unterdrücktem Hass.

„Sind wir das nicht alle irgendwann?", fragte Devil jovial.

„Aber dein Tod steht unmittelbar bevor, du verlogener Wichser."

Devil beugte sich über ihn, die Hände links und rechts auf den Stuhllehnen.

„Nein, mein Freund, *dein* Tod steht unmittelbar bevor." Ein Lächeln umspielte seine Lippen. „Weißt du, warum ich da so sicher bin?" Er zog ein Fred Perrin Shark aus der Kutte und hielt es ihm unter die Nase. „Weil ich es selbst erledigen werde. Aber vorher lasse ich dich dabei zusehen, wie dein Täubchen und ich uns amüsieren." Er packte das Messer wieder weg und runzelte die Stirn. „Na ja, *ich* werde mich amüsieren, bei ihr bin ich mir nicht sicher."

„Boss, ich weiß nicht …", setzte Bear an, doch Devil hob eine Hand.

„Ihr müsst mir vertrauen, Brüder."

„Ich finde nicht, dass wir …" Das kam von Tack. Der Typ war eins neunzig und wie ein Bulle gebaut, mit Stiernacken und Keulenarmen. Vor zehn Jahren war er *Tight End* bei den Denver Broncos. Doch er hatte ein Problem mit der Disziplin und flog nach nur zwei Saisons aus dem Kader.

„Ich bin der Präz und ich weiß mehr als jeder andere, was der Club braucht. Mein Vater hat den MC gegründet und aufgebaut, nicht Matt."

„Aber er hat …", setzte Bear abermals an. Bear war rund und massig und brachte mindestens hundertzwanzig Kilo auf die Waage, die Hälfte davon Fett. Dennoch war er kräftig und konnte zuschlagen wie ein Holzfäller. So sah er mit seinem Bart und den behaarten Armen auch aus. Dennoch war er bei den Mädels beliebt, denn mit ihnen war er sanft und großzügig. Er schätzte keine Gewalt gegen Frauen und damit war er nicht allein.

„Er hat den Deal mit dem Dallas-Chapter vermasselt!", unterbrach Devil ihn erneut. „Dieser Deal hätte uns eine halbe Mio in die Kassen geschwemmt."

„Du meinst wohl in deine Kasse", sagte Matteo ruhiger, als er sich fühlte. „Und während du in der Kohle schwimmst, hätte der Club das FBI am Bein, das ATF und die DEA." Er hob die Brauen und blickte den Männern einen nach dem anderen in die Augen. „Guter Deal, wenn man bedenkt, dass der Club noch nie so flüssig war."

„Ich scheiß auf das ATF und die DEA!", donnerte Devil. „Lass sie doch kommen!"

„Du hast gut reden, Boss, du hast keine Kinder", schaltete sich Messy ein. Den Namen hatte er, weil er seine Gegner ziemlich übel zurichtete – *messed up* eben.

Matteo hätte nicht sagen können, ob sich das Blatt gewendet hätte oder nicht. Vielleicht hätten seine Brüder zu ihm gehalten und sich gegen Devil gestellt, doch er hatte seine Zweifel.

Die Frage erübrigte sich, als Sky wie ein Bulldozer durch den Zaun fuhr und die Harleys vor dem Club ummähte. Danach brach Chaos aus und die Männer verließen den zweifelhaften Schutz des Clubhauses, um den Pick-up zu stoppen.

Matteo zögerte keine Sekunde. Er ließ sich samt Stuhl nach hinten fallen und landete auf Jack, den er mit einer Kopfnuss ausschaltete. Das gleiche Spiel mit Willy, der den Fehler machte, sich zu weit nach unten zu beugen und damit in Matteos Wirkungszentrum landete. Er schaffte es noch, zwei weitere Männer auszuknocken, bevor Devil ihn am Kragen hochzog und seine Faust in Matteos Gesicht versenkte.

„Matteo!“ Claires Schrei schien von weither zu kommen.

Sterne explodierten vor seinem inneren Auge und für einen Moment verlor er die Orientierung. Eine gute Gelegenheit für Devil, einen zweiten Punch zu landen, bis Claire sich auf seinen Rücken warf und wie am Spieß schrie.

„Lass ihn los, lassihnlos, *lassihnlos!*“

Matteo ging in die Knie, sprang nach vorn und erwischte Devil am Jochbein. Sandra warf sich ebenfalls ins Geschehen. Sie hängte sich an Devils Arm, der zu einem weiteren Schlag ausholte, und biss hinein.

„Schneid mich los!“, schrie Matteo, doch Sandra war im Blutrausch. Sie kratzte, biss und schrie wie am Spieß.

Devil fluchte und verpasste ihr eine Ohrfeige, die sie durch den Raum segeln ließ.

Claire, die ihn offenbar gehört hatte, ließ Devil los und machte Anstalten zu ihm zu gehen, doch Devil packte sie an den Haaren und zog das Fred Perrin abermals aus der Kutte. Hinter Matteo kam Willy knurrend auf die Beine. Er zog eine Schrotflinte hervor und hielt sie Matteo gegen den Hinterkopf. „Gib mir einen Grund", knurrte er. Einen Herzschlag später flog die Tür auf und Sky marschierte mit zwei Baseballschlägern bewaffnet in den Club.

„Mann, ihr seht vielleicht scheiße aus!"

Zwei Stunden später saß Matteo auf dem Rand der Badewanne, während Claire seine Wunden versorgte und ihn zusammenflickte. Sie hatten das, was von Devil übrig war, in Plastiksäcke gepackt und auf die Ladefläche seines Pick-ups geworfen. Dex und Blues würden sich darum kümmern. Sollte sich je ein Bundesbeamter mit einer Schaufel in die Rockys verirren und auf die glorreiche Idee kommen, dort zu graben, würde er mehr als einen Devil finden. Die Berge waren voll von Typen wie ihm.

Um Sandra aus der Schusslinie zu holen, hatte er vor seinen Brüdern behauptet, geschossen zu haben. Dass er in der Unterzahl und obendrein gefesselt war, daran schien sich plötzlich niemand mehr zu erinnern, denn die Männer stellten keine Fragen.

Von Devils zweiundzwanzig Männern lebten noch achtzehn. Sechs davon wollten den Club verlassen, der Rest schwor sich auf Matteo ein. Unterm Strich bedeutete das, dass sie zehn Männer verloren hatten, das waren zehn zu viel. Sie brauchten dringend neue Mitglieder, um die aktuellen Verträge zu erfüllen, was bedeutete, dass Matteo eine Fahrt nach Lafayette bevorstand. Falls der Club dort Schwierigkeiten machen sollte, konnte er noch den Brüdern in Castle Rock auf den Zahn fühlen, doch den MC-Club gab es seit den Siebzigern, die würden sich nicht so einfach übernehmen lassen.

Matteo ließ den Kopf hängen und stieß den Atem aus. Das Timing konnte kaum beschissener sein, diesen Mist konnte er jetzt nicht gebrauchen.

„Tue ich dir weh?"

Fast hätte er geschnaubt. Claire und ihm wehtun! Zugegeben, sie strich Jod auf die offenen Stellen und er ließ sie, weil das etwas war, das sie brauchte. Sie musste etwas tun, sich beschäftigen, um sich zu beruhigen. Also saß er still und ließ sie Pflaster auf die Cuts kleben, auch wenn er sie nachher wieder abreißen würde.

„Nein, Baby, deine Hände sind sanft wie die einer Fee."

Er hatte keinen Schimmer, warum sie daraufhin die Hände vors Gesicht schlug und in Tränen ausbrach.

„Babe!"

„E-e-es tut mir l-l-leid", brachte sie mühsam hervor. Matteo zog sie auf den Schoß und schloss sie in die Arme. Dummerweise verschlimmerte das ihren Zustand. Sie krallte die Hände in sein Shirt, vergrub das Gesicht in seinem Nacken und ließ ihren Tränen freien Lauf.

„Lass es raus, Honey", wisperte er und strich ihr beruhigend über den Rücken. Claires Körper bebte von Schluchzern, darum zog er sie fester an sich und hielt sie, während sie sich ausweinte. Sie trug nur ein dünnes weißes Trägerhemdchen und Pyjama-Shorts.

Als er diesmal die Augen schloss, geschah das nicht aus Frust, sondern um ihren zarten Lilienduft einzuatmen. Er legte ihr die freie Hand in den Nacken und murmelte beruhigend auf sie ein.

Obwohl sein ganzer Körper schmerzte, erwachte sein Schwanz wie durch Zauberhand zum Leben und drängte sich fordernd gegen den Reißverschluss seiner Jeans. Motherfucker.

Nicht zu fassen, dass Claire ihn selbst dann antörnte, wenn sie in seinen Armen lag und sein Shirt mit ihren Tränen durchweichte.

Vermutlich war das der Grund dafür, dass er den Kopf senkte und ihre Schulter küsste. Seine Nase fuhr über ihre zarte Haut, den Schwung ihres Halses entlang. Er küsste sie knapp unter dem Ohr. Dann ihre Lider und dann küsste er sie auf den Mund, was eindeutig ein Fehler war. Claire roch nicht nur nach Lilien, sie schmeckte auch blumig. Süß, ein Wort, das ihr ganzes Wesen zusammenfasste. Ihr fehlte jede Bosheit, jede Falschheit – sie konnte nicht mal lügen.

Sie war absolut perfekt.

Und ganz und gar die Falsche für ihn. Aber, Mann, er wollte sie so sehr, dass ihm alles wehtat. Er würde reichlich Gelegenheit zur Reue haben, doch im Moment war sein ganzes Denken auf die verbotene Frucht fixiert. Er wollte Claires Süße, ihre Reinheit und ihre Unschuld. Er wollte ihren Mund, wollte Claires Stimme hören, wenn er in sie drang. Ihr in die Augen sehen, während er sie nahm und ihr Stöhnen alles war, das er hören konnte, bevor sie seinen Namen schrie.

Matteos Hände glitten ihre Seiten entlang, über ihre Rippen, bis sie den Saum ihres Shirts erreichten. Er fuhr mit den Fingerspitzen darunter und nahm das Shirt auf dem Weg nach oben mit. Er zog es über ihren Kopf und schluckte, weil sein Mund mit einem Mal trocken war.

Verdammt, sie war schön. Während Skyler wie eine Kriegerin gebaut war, schlank und muskulös, war Claires Körper so weich wie ihr Wesen. Sie war an genau den richtigen Stellen rund, hatte makellose Haut und feste Brüste, die perfekt in seine Hände passten. Er beugte sich vor und presste seine Lippen auf das Zentrum ihrer Brust, strich mit der Zunge über die erigierte Brustwarze und saugte.

Claire gab einen erstickten Laut von sich. Ihre Arme umfingen ihn und drückten ihn an sich. Gleichzeitig wölbte sie sich ihm entgegen und vergrub das Gesicht in seinem Haar – fuck, sie wollte ihn.

Er erhob sich mit ihr im Arm, setzte sie auf die Granitablage vor dem Spiegel und trat zwischen ihre geöffneten Beine.

Sie sah zum Anbeißen aus. Ihre Wangen waren gerötet, die blauen Augen von Lust verschleiert und ihr Atem kam schnell.

„Matteo", flüsterte sie und biss sich auf die Unterlippe.

Fuck!

Sein Schwanz bohrte sich schmerzhaft gegen den Stoff seiner Jeans. Würde ihn nicht wundern, wenn er wie ein Alien durch den Reißverschluss brechen würde.

„Baby", gab er leise zurück. „Bist du dir sicher?" Eine Hand lag in ihrem Nacken, die andere umfing ihr Gesicht. Der Daumen seiner rechten Hand strich über ihre volle Unterlippe.

„In meinem ganzen Leben war ich mir noch nie so sicher", wisperte sie. Dann schloss sie die Augen und drückte ihre Wange in seine Hand. Mehr Bestätigung brauchte er nicht. Er legte seine Hände auf ihre Hüften, zog sie näher zu sich und küsste sie.

Der Kuss begann zart, wie eine Frau wie Claire es verdient hatte. Zumindest versuchte er es. Seine Zunge drang in sie, erkundete das Territorium, bis Claire sich an ihn presste, ihr Becken gegen seines, die nackten Brüste gegen sein Shirt.

Sie gab einen Ton von sich, ein Mix aus Stöhnen und Wimmern, der seinen Schwanz strammstehen ließ. Keine Ahnung, wie lang er diesen Druck noch standhalten konnte, vor allem nachdem ihre Finger an seinem Shirt nestelten. Sie versuchte es ihm auszuziehen – dagegen hatte er nichts.

Er packte den Saum und zog es sich kurzerhand über den Kopf. Claires Hände lagen auf seiner Brust, bevor es auf den Fliesen landete. Sie erkundete jede Wölbung, jeden Muskel und jede Narbe. Und ließ sich dabei Zeit. Ihre Fingerspitzen glitten forschend über seinen Waschbrettbauch, folgten der feinen Haarlinie, die im Bund seiner Jeans verschwand und hielten inne. Zögernd beugte sie sich vor und fuhr mit der Zunge über seine Brustwarze, während sie eine Hand auf die Wölbung seiner Jeans legte.

Sie strich über die Beule, erst vorsichtig, von oben nach unten und wieder zurück. Nachdem er sein Becken in ihre Hand drängte, wurde sie mutiger und übte genau den richtigen Druck aus, um ihn in den Wahnsinn zu treiben. Ihr Mund lag auf seiner Brust, leckte und saugte, bis er Sternchen sah.

Matteo stöhnte und legte den Kopf in den Nacken, als sich Claires freie Hand an seinem Reißverschluss zu schaffen machte.

Fuck ja, jetzt kamen sie weiter.

Trotz ihres Protests löste er ihre Lippen von seiner Brust und küsste sie. Das war kein zarter Kuss, sondern ein *Nehmt-keine-Gefangenen*-Kuss, bei dem sie Geräusche wie ein Streifenhörnchen machte. Vielleicht war es auch nicht der Kuss, sondern seine Hand, die in ihre Shorts wanderte und zwischen ihren Schenkeln liegenblieb. Oh Mann, sie war nicht feucht, sondern nass. Er führte einen Finger in sie ein, dann einen zweiten und schloss kurz die Augen. Claire stöhnte in seinen Mund. Ihre Nägel krallten sich in seine Schulter, doch er spürte sie kaum. Was er fühlte, war die Wärme ihrer Pussy, die ihn wie einen verlorenen Sohn willkommen hieß. Er drang tiefer in sie ein, krümmte den Mittelfinger und suchte nach der richtigen Stelle. Dass er sie fand, zeigte ihm Claires Reaktion.

Sie unterbrach den Kuss. Ihr Kopf fiel in den Nacken und sie gab ein langgezogenes Stöhnen von sich, das von den Fliesen zurückgeworfen wurde. Das war die Hintergrundmusik, die er hören wollte – sein Lieblingssong. Mit einem Keuchen drängte Claire ihr Becken gegen seine Hand, ihre gierige kleine Pussy wollte mehr.

Wollte ihn.

„Oh Jaaaaa!“, stieß sie hervor. Ihre Beine wickelten sich um seine Taille und drängten ihn näher zu sich, während sie sich an ihn klammerte, als wäre er ihr Rettungsring. Aber er war nicht ihre Rettung, er wäre ihr Untergang.

Seinen Verstand konnte er allerdings vergessen, der hatte sich vor fünf Minuten verabschiedet. Im Moment dachte er mit seinem Schwanz und der lief allmählich blau an.

Doch das war ihm schnuppe. Er wollte Claires Geschmack auf der Zunge, musste sie schmecken. Also machte er kurzen Prozess mit ihren Pyjama-Shorts und riss den Stoff in zwei Teile, bevor sein Mund zwischen ihren Beinen war. Claire stieß einen heiseren Schrei aus, als seine Zunge über den kleinen provozierenden Punkt strich, der ihr so viel Lust bereitete. Er saugte leicht, dann etwas fester, wanderte tiefer und drang mit zwei Fingern tief in sie ein.

Claire schrie abermals auf und drückte ihre Hüfte gegen seinen Mund, seine Hand, die sich zurückzog und abermals zustieß, bis Claire explodierte.

„Oh Jaaaaaa!“ Ihre Stimme brach und sie gab ein tiefes Seufzen von sich, als sich seine Finger aus ihr zurückzogen und durch seinen Mund ersetzt wurden. Matteos Mund lag auf ihrer Pussy, saugte, seine Zunge drang in sie und trank ihre Süße. Und fuck, sie war der reinste Honig.

Doch er hatte genug gespielt.

Claire hatte keine Kraft mehr, die brauchte sie auch nicht. Matteo zog sie wie eine Puppe von der Armatur, drehte sie, sodass ihr Oberkörper auf der Granitfläche lag und sie ihn im Spiegel ansah. Ihre Augen waren immer noch verschleiert, mal sehen, wie lange noch. Wäre interessant zu erfahren, wie viel sie einstecken konnte.

Matteo hatte gesehen, dass Claire die Pille nahm, sie steckte im Becher neben ihrer Zahnbürste. Sein letzter Check hatte gezeigt, dass er clean war, der Vorteil von Kondomen. Da Claire nicht durch die Gegend vögelte, vertraute er darauf, dass sie ebenfalls sauber war.

Er spreizte ihre Beine mit den Knien, öffnete sie weit und befreite seinen Schwanz, den er bis zur Wurzel in sie bohrte. Claires Körper bäumte sich auf. Sie war noch immer feucht, aber er wusste, wie er gebaut war, und sein Mädchen war verdammt eng. Ihm war klar, dass er ihr wehtat, doch er wusste auch, dass nach dem Schmerz die Lust einsetzen würde und sie bereit für die zweite Runde wäre.

Also stieß er zu. Claire keuchte auf. Ihr Körper ruckte nach vorn, sodass sie sich an den Armaturen festhalten musste. Matteo beugte sich ebenfalls nach vorn und umfing ihren Oberkörper mit einem Arm, die Hand auf ihrer Brust und drückte zu, während er seinen Schwanz rücksichtslos in sie hämmerte. Er konnte praktisch spüren, wie sich ihr zweiter Orgasmus formte, es war, als würde ihr Körper mit ihm sprechen. Ihre Pussy zog sich zusammen, während ihre Augen einen weichen Glanz annahmen.

Mann, er wusste, dass sie schön war, aber wenn er sie vögelte, bekam sie etwas Überirdisches. Das blonde Haar lag wie Gold um ihr Gesicht, die blauen Augen groß wie die eines Kindes. Die geschwollenen Lippen waren leicht geöffnet und ein überraschter Ausdruck lag auf ihren Zügen.

Ganz recht, Baby, du gehst gleich ab wie eine Rakete, dachte er und versenkte sich abermals in ihr. Seine freie Hand legte sich zwischen ihre Schenkel und wenn es überhaupt möglich war, wurden ihre Augen noch größer.

Shit! Wenn sie ihn so ansah, würde er ihr seine Ladung am liebsten ins Gesicht spritzen. Oder ihren Mund.

Claire stand kurz vor ihrem zweiten Höhepunkt, doch sie konnte noch nicht loslassen, sie brauchte ein bisschen Ermunterung. Also presste er seinen Mittelfinger auf den Punkt zwischen ihren Beinen, rollte mit der Fingerspitze darüber und erhöhte den Druck, bis Claire die Augen aufriss.

„Nein“, flüsterte sie.

„Oh doch, Honey!“

Offensichtlich hatte sie noch nie zwei Orgasmen hintereinander. Als er ein letztes Mal zustieß und ihr Körper nach vorn flog, rollten ihre Augen zurück und ihre Lider schlossen sich. Und dann mischte sich ihr Schrei mit seinem. Und Mann, sie waren nicht leise. Vermutlich hörte sie jeder im Haus – jeder in den Rocky Mountains. Doch das war ihm gleich. Sein Schwanz zuckte in ihr, Claires Pussy zog sich wie eine Faust zusammen. Ihr Pulsieren wurde zu seinem und sie wurden eins, während er seinen Samen in sie ergoss.

Er hatte zum ersten Mal ohne Gummi gefickt und er würde nie wieder mit Gummi ficken. Nicht, wenn es Claires süße Pussy war, und es war klar, dass er nach Claire keine anderen Pussys haben wollte. Endlich waren er und sein Schwanz sich mal einig.

***

CLAIRE

Das war kein Sex, das war ein Fest, etwas von einem anderen Stern. Auf der Uni hatte sie eine Zeit lang durch die Gegend gevögelt, weil sie dachte, das würden die Leute von ihr erwarten. Das änderte sich, nachdem sie beinah vergewaltigt wurde, seitdem hatte sie zwei Lover und weder der eine noch der andere besaß Matteos Talent oder sein Aussehen.

Matteo war wie ein Marine gebaut. Sonnengebräunte Haut spannte sich über Muskeln, Muskeln und noch mehr Muskeln. Seine Brust war behaart, kein Pelz wie bei einem Bären, aber genug, dass es supersexy aussah. Männlich. Sie mochte den Trend nicht, dass die Kerle sich rasierten. Überall. Sie fand Matteos Man-Bun heiß, seinen Bart und die feine Haarlinie, die in seiner Jeans verschwand und wie ein Versprechen war. Ein Versprechen auf wilden, schmutzigen Sex, den sie sich schon tausend Mal in tausend Nächten ausgemalt hatte. Aber keine ihrer Fantasien reichte auch nur annähernd an die Realität.

Es war schwierig für sie, einen Orgasmus zu bekommen, dazu war sie zu verkrampft. Mit Matteo war sie nicht nur einmal gekommen, sondern zweimal in Folge. Sie konnte die Höhepunkte in ihrem Leben an einer Hand abzählen und zwei davon hatte Matteo ihr innerhalb von Minuten geschenkt. Zwei!

Zuerst war er zart und katapultierte sie allein mit seinem Mund und zwei Fingern ins Nirwana. Kaum dass sie gelandet war, nagelte er sie gegen die Granitablage – und sah sie dabei die ganze Zeit im Spiegel an. Ließ sie nicht aus den Augen, während er seinen Schwanz bis zum Ansatz in sie versenkte.

Zuerst hatte sie das Gefühl zu bersten. Es tat weh. Auch noch, als er ein zweites und drittes Mal zustieß, und das obwohl sie feucht war. Aber Matteo war wie ein Ochse bestückt, sie konnte seinen Schwanz bis in die Fußspitzen fühlen.

Er vögelte sie brutal und rücksichtslos und sie liebte jede Sekunde. Das war wilder Monkeysex, selbst das, was sie von sich gab, war animalisch. Geräusche, die sie noch nie zuvor gehört hatte. Sie wusste nicht mal, dass sie so was in sich hatte.

Endlich konnte sie loslassen, gab die Kontrolle ab und Matteo hielt sie, bewahrte sie vor dem freien Fall. Das war ein wunderbares Geschenk. De facto war es der Blick seiner hungrigen Wolfsaugen, der sie an Ort und Stelle gehalten hatte. Sie waren ihr Anker in einem tosenden Ozean aus Gefühlen, die ihr neu waren und alles mit sich rissen, ihre Ängste, ihre Zweifel und die nagende Unsicherheit. Wenn sie mit Matteo zusammen war, fühlte sie sich schön und begehrenswert, nicht billig und leicht zu haben.

Sie vermutete, dass der brutale Sex mit Devil zu tun hatte sowie der Tatsache, dass er sie vor Matteo betatscht, sie bedroht hatte. Matteo hatte im Alleingang vier Männer ausgeknockt, bevor sie ihn überwältigt und an den Stuhl gefesselt hatten. Selbst dann hatte er noch mehr Männer ausgeschaltet, als sie es für möglich gehalten hätte.

Und dann war da noch Sandra. Das arme Mädchen hatte nicht so viel Glück wie sie. Devil hatte sich am Vorabend an ihr vergangen. Claire konnte sich nicht mal vorstellen, was sie durchgemacht haben musste. Auch diese Wut steckte Matteo in den Knochen und die hatte er beim Sex rausgelassen.

Und wie er das hatte.

Als sie schon dachte, der Höhepunkt des Abends wäre erreicht – buchstäblich – hatten sie ein drittes Mal Sex, diesmal in der Dusche. Sie konnte sich nicht erklären, wie er sich trotz der Prellungen und Cuts überhaupt bewegen konnte. Spürte der Mann keine Schmerzen? Falls ja, verbarg er sie gut.

In der Dusche war er sanfter mit ihr und sie genoss seine Zärtlichkeiten. Haut auf Haut, seine Hände, die ihren Körper erkundeten, während er sie schwindelig küsste.

Doch so sehr sie seine sanfte Seite genoss, sie wollte sich bei ihm revanchieren. Also ging sie auf die Knie, nahm seinen Schwanz in Augenschein und musste schlucken. Krass.

Sie wusste ja, dass Matteo gut gebaut war, aber als sie seinen Schwanz zum ersten Mal sah, fragte sie sich, wie er das Teil in sie … egal. Sie strich mit der Zunge über seine Spitze, kostete ihn und ließ den salzigen Geschmack auf sich wirken, doch Matteo hatte andere Pläne. Er zog er auf die Beine und küsste sie.

Okay, das war eine annehmbare Alternative. Sie wusste ohnehin nicht, was sie tat, da sie noch nie einen Blowjob gegeben hatte. Irgendwie hatte sie sich immer dagegen gesträubt, sie empfand schon die Idee erniedrigend. Bei der Vorstellung vor einem Mann zu knien, stellten sich ihre Nackenhaare auf.

Anscheinend gefiel Matteo ebenfalls nicht, dass sie vor ihm kniete, sonst hätte er sie nicht gestoppt. Er presste ihren Rücken gegen die Fliesen, hob ihr Becken an, sodass sie die Beine um seine Hüften schlang und drang vorsichtig in sie.

Unter dem heißen Strahl des Wassers liebten sie sich langsam und intensiv. Eine Hand hatte er unter ihrem Po, mit der anderen stützte er sich an der Wand ab, während er sie im wahrsten Sinne des Wortes liebte. Claire kam sich wie seine Nachspeise vor. Matteo nahm sich Zeit, kostete, schwelgte und küsste sie gründlich und tief, während er sie ein drittes Mal gegen die grauen Schieferfliesen der Dusche nahm. Vermutlich hätte sie morgen blaue Flecken auf dem Rücken, doch das war ihr einerlei.

In ihrem ganzen Leben hatte sie noch nie so viel gefühlt. So viele Emotionen und alle waren gut. *Wundervoll.*

Sie fühlte sich nicht bloß sexy. Sie kam sich begehrenswert vor, heiß und wunderschön. Die Art, wie er sie ansah, sie berührte – sie liebte. Als wäre sie sein Lebensmittelpunkt. Kein Mensch hatte sie je so behandelt. Als wäre sie wertvoll, eine seltene Kostbarkeit, und sie genoss die Aufmerksamkeit, jede Nuance, von brutal bis zu Matteos federleichten Küssen.

Nach der Dusche aßen sie eine Kleinigkeit im Bett, dann drückte er ihren Rücken gegen seinen Bauch, legte ihr einen Arm um die Mitte und so schliefen sie ein.

Obwohl das der vermutlich schlimmste Tag in ihrem Leben war, war dies die sinnlichste Nacht, eine, die sie niemals vergessen würde. Claire hoffte auf weitere Nächte dieser Art.

Denn eines war ihr klar, als sie vor Matteo im Bett lag und sich gegen seinen warmen Körper schmiegte: Sie könnte es nicht ertragen, wenn er jemand anderen so berühren würde, wie er sie berührt hatte. Davon abgesehen konnte sie sich nicht vorstellen, dass sie sich je wieder einem anderen Mann so hingeben könnte. Nicht nach dem, was sie mit Matteo erlebt hatte.

Sie vertraute ihm. Mit ihm konnte sie loslassen und kam drei Mal zum Höhepunkt, das war unfassbar.

Nichts und niemand konnte das toppen, das stand mal fest.

Kapitel 11
MATTEO

Matteo öffnete den Kühlschrank und zog den O-Saft aus der Türablage. Er setzte den Karton an und leerte die halbe Packung in einem Zug. Mann, er hatte Durst. Nach dieser Nacht war das allerdings keine Überraschung. Zweimal wachte Claire mit einem Schrei auf. Zweimal hatte er sie zurück in den Schlaf gevögelt. Sie war vor lauter Erschöpfung weggedöst, während er noch in ihr war. Shit, das war heiß.

Weniger heiß war der Grund für ihre Schlaflosigkeit – Albträume. Kein Wunder bei dem, was sie mit ansehen musste. Devil war schon so kein schöner Anblick, aber seinen Kopf explodieren zu sehen war nichts, das man so schnell vergaß. Als sie das erste Mal aus dem Schlaf hochfuhr, redeten sie. Schließlich weinte sie, danach küsste er sie und dann, nun ja, kam eines zum anderen …

Nachdem sie das zweite Mal wimmernd in seinen Armen hochschrak, murmelte er irgendeinen beruhigenden Bullshit, während er ihren zitternden Körper näher an sich zog, ihren Rücken gegen seine Brust. Eigentlich wollte er sie nur entspannen, als er seine Finger zwischen ihre Schenkel legte und seine Magie entfaltete. Und Mann, sie entspannte sich, so viel konnte er feststellen. Also nahm er sie von hinten, eine Hand zwischen ihren Beinen, die andere auf ihrer Brust, während er vorsichtig in sie drang. Er nahm sich Zeit, explorierte, bog ihren Kopf zurück und küsste sie, bis er die Kontraktion ihrer Pussy spürte und selbst loslassen konnte.

Kaum hatte sich ihr Atem beruhigt, fühlte er, wie ihr Körper in seinen Armen nachgab und sie abermals im Land der Träume versank.

Er war froh, dass sie nicht mitbekam, wie sehr ihn das antörnte. Er wurde hart, während er noch in ihr war. Während sie schlief! Was war nur aus der guten alten Selbstbeherrschung geworden? In Claires Gegenwart mutierte er zu einem pubertierenden Teenager, der noch nie Titten, geschweige denn 'nen Brazilian gesehen hatte.

Als Claire das dritte Mal aufwachte, lag sie halb auf dem Bauch, halb auf der Seite und war mehr oder weniger unter ihm begraben. Diesmal weckte ihn nicht einer ihrer Albträume, sondern ihre Hand, die sich um seinen Schwanz gelegt hatte. Er pochte, als hätte er ein Eigenleben.

„Ich will dich", flüsterte sie und klang dabei fast schüchtern.

„Du hast mich", wisperte er zurück. Er zog sie an sich, küsste sie und nahm sie zärtlich, vermutlich weil sie so zerbrechlich aussah. Diesmal dauerte es länger, wobei er den Verdacht hatte, dass sie ihren Höhepunkt hinauszögerte. Sie liebten sich mit mehr Leichtigkeit und einer Leidenschaft, die er nicht von sich kannte. Der Morgen dämmerte bereits, es musste fünf oder halb sechs sein. Das Gold der aufgehenden Sonne fing sich in Claires Haar und ließ sie wie einen Engel aussehen. Oder eine Fee.

Gegen acht war er abermals erwacht, mit Claire an seiner Seite. Seine Zunge klebte an seinem Gaumen und er war hungrig wie eine Armee nach der Schlacht. Dabei stand ihnen der Krieg noch bevor.

Was ihn zurück in die Küche brachte. Er nahm einen weiteren Schluck Saft und blickte zu Oliver, der am Küchentisch saß und wie ein Irrer auf sein MacBook einhackte.

„Warum könnt ihr ihn nicht finden?“, fragte er und stützte sich mit den Unterarmen auf der Frühstückstheke ab.

„Die Italiener benutzen keinen der üblichen Kommunikationswege“, murmelte Oliver, ohne von seinem Monitor aufzusehen.

„Egal, welchen Weg sie benutzen, alle Infos fließen durch ihre Rechner.“

„Ihre Rechner sind nicht mehr das, was sie mal waren.“

Matteos Brauen zogen sich zusammen. „Wie meinst du das?“

„Das Problem ist nicht, ins Netzwerk zu kommen, da sind wir längst drin. Die Schwierigkeit liegt darin, die Fallstricke zu erkennen und zu umgehen.“ Oliver zog eine Grimasse. „Dieser Slim hat deren Netzwerk mit Alarmmeldern verseucht. Eine falsche Bewegung und die können uns tracken.“ Endlich sah er auf und lehnte sich im Stuhl zurück. „Sobald wir im Netz sind, weiß er es. Unsere Bewegungen verraten ihm zudem, wonach wir suchen.“

„Und das kratzt uns weil …“

„Wenn dieser Slim sehen kann, was wir suchen, weiß er, was wir brauchen. Auf diese Weise ist er uns immer zwei Schritte voraus.“

„Es kann wohl kaum ein Geheimnis sein, dass wir Julin wollen.“

„Aber es ist eines, dass wir keinen blassen Dunst haben, wo wir mit der Suche beginnen sollen. Wir wissen nicht mal, ob er im Land oder in Australien ist."

Matteo schnaubte. Was nützte ihnen diese ganze Hackerei, wenn sie dabei mehr preisgaben, als sie den Gegner wissen lassen wollten?

„Ich hoffe, jemand hat Kaffee gemacht." Sky schlurfte in die Küche, das Haar zerwuselt, die Augen halb geschlossen.

Matteo legte ihr einen Arm um und drückte sie kurz an sich.

„Morgen, Kleines."

„M-hm", machte sie.

Er schob sie von sich und betrachtete ihr müdes Gesicht.

„Hast du nicht geschlafen?"

Oliver gab ein Grunzen von sich, Sky dagegen starrte ihn ungläubig an.

„Hast du sie noch alle?" Sie stieß ihn von sich und machte sich auf die Suche nach Kaffeebohnen.

„Was?", fragte er und blickte zu Oliver. „Hab ich was Falsches gesagt?"

„Mann, so wie du und Claire heute Nacht zur Sache gegangen seid, hat niemand in Black Hawk ein Auge zugetan."

Fuck.

„Ich hoffe du weißt, was du tust", brummte Sky, die mit gerunzelter Stirn die Espressomaschine betrachtete. „Kannst du das Ding dazu bringen, mir Kaffee zu machen?"

Er stellte sich hinter sie, drückte die entsprechenden Knöpfe und die *Gaggia* erwachte zum Leben. Matteo beugte sich vor.

„Ist das okay für dich?“, flüsterte er.

„Ich hab dir schon mal gesagt, was ich mit Typen mache, die Claire wehtun“, gab sie leise zurück, während ihr Blick auf der Maschine lag. „Wenn du sie verarschst, schneide ich dir ein Ei ab.“ Sie warf einen Blick über die Schulter und sah ihm fest in die Augen. „Das ist ein Versprechen.“

Matteo hielt ihren Blick und nickte langsam. Er hatte befürchtet, dass er am nächsten Morgen Reue empfinden würde. Spätestens bei Skylers Anblick, doch da lag er falsch. Er wusste nicht, was er fühlte, Reue war jedoch nicht in seinem Repertoire. Claire hatte ihn überrascht. Er hätte nie gedacht, dass sie ein Sex-Kitten war, das ihre Finger nicht von ihm lassen konnte.

Das war nicht das erste Mal, dass er die Nacht durchvögelte. Die Partys im Club waren wild und über die Stadtgrenzen hinaus bekannt. Sie zogen Bitches aus der ganzen Region an, darum hatten sie nie Pussymangel, wenn es was zum Feiern gab. Er landete regelmäßig mit einer von ihnen im Bett, oft genug mit mehreren. Aber nach dem Sex hatte er sich meist hohl und leer gefühlt und das Bedürfnis, sich hemmungslos zu besaufen.

Als er aufwachte, war Claires Körper an seine Seite gepresst. Ein Bein war über seinen Schenkel geworfen, ihr Arm umfing seine Brust. Er lag ganz still da und lauschte ihren tiefen Atemzügen, atmete ihren subtilen Chai Tea-Duft ein und fühlte etwas, das er seit einer Ewigkeit nicht mehr gespürt hatte. Zufriedenheit. Als wäre Claire ein fehlendes Fragment, das er nach der Geburt verloren und gestern wiedergefunden hatte.

Sky gehörte ebenfalls zu seinem Leben. Seit letzter Nacht hatte er jedoch nicht mehr das Bedürfnis, sie aus den Klamotten zu schälen und zu vögeln, bis sie ihren Namen vergaß. Es war, als hätte Claire ihn von einem Fluch befreit. Sky war Teil seines Lebens und das würde sich nicht ändern. Sie war seine Familie. Er wusste nicht, wer oder was Claire für ihn war, aber er würde sich die Zeit nehmen das herauszufinden.

Apropos.

„Wenn wir Julin nicht über die Italiener aufspüren können, müssen wir die Russen anzapfen“, sagte er zu Skys Rücken. Die schnaubte bloß, darum antwortete Oliver ihm.

„Nach dem, was den Italienern passiert ist, sind die Russen vom Netz gegangen.“

„Ist das überhaupt möglich?“

„Es ist schwer, aber machbar.“

„Und wie koordinieren die sich?“

„Prepaid-Telefone“, murmelte Sky. Sie schloss die Augen, atmete das Aroma ihres Espressos ein, dann kippte sie das Zeug in einem Zug runter.

„Noch einen!“ Sie hielt ihm die Tasse unter die Nase und nickte zur Maschine.

„Warum machst du dir nicht selbst einen?“, rief Oliver und schob den Stuhl zurück, um sich zu ihnen zu gesellen.

„Kaffeemaschinen hassen mich.“

„Und wie kommst du dann zu deinem Gift, wenn Matteo nicht in der Nähe ist?“

„Kellner?“, fragte sie und beobachtete Matteo, der ihr mit unbewegter Miene die Tasse abnahm und auf den Espresso-Knopf drückte.

„Und wenn keiner in der Nähe ist und du auf dich allein gestellt bist?“

„Dann brühe ich das Zeug auf, wie Gott es vorgesehen hat: per Hand durch einen Filter.“

„Old School“, murmelte Oliver und stützte die Unterarme auf der Frühstückstheke ab.

„Zurück zum Julin-Problem“, sagte Matteo und kreuzte die Arme vor der Brust. „Wir sind keinen Schritt weiter. Während wir mit dem Kopf voran durch Datenhighways rennen und Netzwerke ausspionieren, könnte er in einem Café in Europa sitzen und eine neue Identität angenommen haben.“

„Julin ist nicht …“, setzte Sky an.

„Er ist in New York“, sagte eine dünne Stimme von der Treppe. Alle Köpfe wandten sich zu Claire, die langsam die Stufen herunterkam, ohne Matteo aus den Augen zu lassen.

Bei ihrem Anblick erwachte sein Schwanz aus dem Koma und gab dem Begriff Morgenlatte eine ganz neue Bedeutung. Matteo presste die Zähne zusammen und atmete tief durch. Claire war nicht nur ein Sex-Kitten, sie sah auch wie eines aus.

Sie war barfuß und trug eines seiner ausgewaschenen Flanellhemden, das ihr fast bis zum Knie reichte. Im Stillen fragte er sich, ob sie darunter nackt war, oder hatte sie sich die Zeit genommen, in ein Pantie zu schlüpfen? Das von gestern Abend hatte er zerrissen.

Da ihr blondes Haar wie ein Vogelnest aussah, bezweifelte er, dass sie sich um Unterwäsche gekümmert hatte. Sie hatte nicht mal in den Spiegel gesehen, sonst wäre sie nie mit dieser wilden Mähne in die Küche gekommen. Was ihn zu seiner Eingangsfrage zurückbrachte, die er soeben beantwortet hatte: Sie war nackt.

Dieser Gedanke wärmte ihn, darum beugte er sich vor, als sie zögerte zu ihm zu gehen, schlang einen Arm um ihre Taille und zog sie gegen seine Brust.

Er wollte ihr einen Guten-Morgen-Kuss geben. Doch kaum lagen seine Lippen auf ihren, wurde daraus ein Softporno.

Oliver stieß einen Pfiff aus. „Nehmt euch ein Zimmer!"

„Vielleicht fragst du sie mal, was sie mit New York meint, statt ihr Gesicht zu essen!" Das kam von Sky.

Sein Blutkreislauf spielte sich in den unteren Regionen ab, darum brauchte sein Gehirn eine Minute, bis es nachzog und Claires Kommentar verarbeitet hatte.

Er beendete den Kuss und nahm ihr Gesicht in die Hände.

„New York?", fragte er heiser. Claire nickte.

„Woher weißt du das?" Wieder Sky.

„Von Jack McConnally."

„Jack – wer?"

„Er ist ein privater Ermittler."

„Im Ernst?" Oliver lachte auf. „Skyler und ich gehören zu den besten Hackern der westlichen Hemisphäre. Wie kommst du auf die Idee, dass ein Privatschnüffler Julin finden kann, wo wir versagt haben?"

Claire hob die Schultern.

„Nur keine falsche Bescheidenheit", murmelte Matteo und drückte Claire kurz, die sich nach Olivers Worten in seinen Armen versteifte.

„Aber lassen wir das mal beiseite." Oliver umrundete die Theke. „Du kannst nicht durch die Gegend rennen und Infos rausgeben, wenn die Mafia hinter uns her ist."

„Genau genommen sind die hinter Sky her", bemerkte Matteo gelassen. Olivers Hals färbte sich rot, genau wie seine Ohren.

„Schön, dass dich das amüsiert!" Er streckte den Zeigefinger nach ihm aus. „Aber ich hab keinen Bock, mit 'ner Kugel zwischen den Augen zu enden, weil Claire streng geheime Infos weitergibt. Es ist doch wohl klar, dass dieser Mist diesen Raum nicht verlassen darf."

Matteo öffnete den Mund, doch Sky kam ihm zuvor.

„Oliver hat recht", sagte sie leise. Ihr Blick lag auf ihrer Freundin. „Das war ein ziemliches Sicherheitsrisiko und könnte uns den Arsch kosten."

„Jack wird nichts verraten", versicherte Claire mit fester Stimme.

„Wie kannst du da so sicher sein?", fragte Sky.

„Und warum glaubst du, dass die Info korrekt ist und keine Falle?", hakte Oliver nach.

„Er hat zweihundertfünfzigtausend Dollar für die Information bekommen." Claire nahm einen tiefen Atemzug. „Und er bekommt weitere zwei Millionen, wenn seine Infos stimmen und wir Julin in Sicherheit gebracht haben."

Olivers Mund klappte auf. Matteo pfiff anerkennend und Sky grinste.

„Du hast diesem Kerl zwei Millionen geboten, um Julin zu finden?“ Oliver klang fassungslos.

Claire schüttelte den Kopf. „Er bekommt eine Viertelmillion fürs Aufspüren. Aber den Löwenanteil erhält er erst, wenn Julin aus der Gefahrenzone ist.“ Abermals hob sie die Schultern. „Mir ist klar, dass das ein Risiko war. Aber wenn wir nicht bald etwas unternehmen, finden wir Julin vielleicht nicht mehr lebend.“ Sie hielt Skys Blick gefangen und sagte leiser: „Du hast mich einmal aus einer schlimmen Situation gerettet.“ Diesmal versteifte Matteo sich, als er Claires Zittern spürte. „Ich bin froh, endlich mal etwas für dich tun zu können.“

„Du bist meine Freundin“, gab Sky zurück. „Wir verrechnen keine Gefallen, wir sind füreinander da.“

Claire nickte. „Genau. Ich wollte für dich da sein.“ Sie schluckte hörbar. „Du hast schon so viel für mich getan.“

Sky kreuzte die Arme vor der Brust. „Ich hab einen Scheiß für dich getan.“

„Ich bin nicht dumm, weißt du. Ich weiß, dass du irgendwas zu Melody gesagt hast.“

„Wer zum Henker ist Melody?“, fragte Matteo.

„Sie war meine Nemesis an der Uni. Sie hat keine Gelegenheit ausgelassen, mich zu demütigen und vor den Professoren und Kommilitonen zu blamieren. Ich weiß nicht, was Skyler getan hat, aber nachdem wir befreundet waren, hat Mel einen Bogen um mich gemacht.“

Sky schnaubte. „Diese erbärmliche Victoria Beckham-Kopie war ein Witz. Ein Klischee ohne Rückgrat.“

„Das du mir vom Hals gehalten hast.“

„Na und?“

„Ich weiß auch, dass du Professor Harris die Hand gebrochen hast, nachdem er mich begrapscht hat."

„Ich hab bloß …"

„Und du hast mich zu dir geholt, als ich Weihnachten nicht wusste wohin."

„Deine Eltern sind narzisstische Arschlöcher."

Darauf lächelte Claire.

„Mag sein. Du bist jedenfalls keines."

Matteo ließ sie los, als sie einen unsicheren Schritt auf Sky zuging.

„Ich wollte einfach nur Danke sagen."

Er konnte sehen, wie Sky tief durchatmete. Sie hatte es nicht so mit Gefühlen, vor allem, wenn sie sie offen zeigen sollte. Dennoch öffnete sie einen Arm und machte eine einladende Geste mit der Hand. Claire lief ohne zu zögern zu Sky und drückte sie an sich.

Sky sah ihn über Claires Kopf hinweg an. Er kannte diesen Blick und er verstand. Das war eine weitere Warnung, ihrer Freundin nicht wehzutun, darum nickte er. Wahrscheinlich würde er sein Versprechen brechen. Doch damit würde er sich beschäftigen, wenn es so weit war. Zuerst musste er nach Lafayette.

Falls Julin wirklich in New York war, brauchte er jeden Mann. Und der Übertritt des Lafayette-Chapters zum Black Hawk MC war kein Spaziergang, so was musste vorbereitet werden. Dummerweise hatte er keine Zeit, den Übertritt vorzubereiten.

Er zog das Handy aus der Jeanstasche und drückte Dex' Kurzwahltaste. Er hob nach dem zweiten Klingeln ab.

„Was gibt's?"

„Ich brauch dich, Blues und Tack. Kommt zum Club."
„Wohin soll's gehen?"
„Patch-over mit den Silver Dragons."
Pause.
„Shit."
Das hatte er schön zusammengefasst.

Kapitel 12
SKYLER

Während ich meine Abneigung gegen Vollautomaten überwinde und mir einen frischen Espresso zubereite, beobachte ich Matteo, der einige Worte mit Claire wechselt. Er beugt sich zu ihr hinunter und küsst sie leicht auf den Mund, bevor er sich vom Acker macht. Verdammt. Ich wollte mit ihm über letzte Nacht reden und was er mit Claire angestellt hat. Wieder und wieder.

Und wieder.

Matteo hatte nie etwas Festes, er hasst das. Beziehungen und die ganze Arbeit, die man investieren muss, damit es funktioniert. Die Gespräche, die Konflikte und Kompromisse. Nicht, dass ich eine Expertin wäre, aber Matteo ist mit dem Club zusammen, das ist sein Leben. Claire ist ein ideales Opfer für Typen wie ihn. Sie hat Sternchen in den Augen, sobald Matteo den Raum betritt und ist es on top gewohnt, schlecht behandelt zu werden. Sie wird sich nicht beklagen, egal wie beschissen er sich ihr gegenüber benehmen wird. Das kotzt mich jetzt schon an, dabei hat er noch gar nichts getan.

„Woher kennst du diesen McConnally und warum vertraust du ihm?“

Ich ziehe die Tasse aus der Maschine und setze mich zu Oliver und Claire an den Esstisch. Oliver hockt wie immer über sein Läppi gebeugt und findet alles über McConnally heraus, was es herauszufinden gibt, inklusive die Marke seiner Boxershorts.

„Er war der Scheidungsanwalt meiner Mutter.“

„Cassandra?“

Darauf nickt sie.

„Ich dachte, der wäre ein Dreckschwein."

„Er ist ein Dreckschwein, das den Job erledigt", ist Claires simple Antwort. Oliver grunzt hinter dem Monitor, ansonsten schweigt er.

„Du magst ihn nicht", stelle ich das Offensichtliche fest.

„Er hat meinen Dad mit Anschuldigungen überkübelt, nichts davon entsprach der Wahrheit. Dennoch hat allein die Menge der Unterstellungen den Richter irgendwie beeinflusst, denn in den wesentlichen Punkten hat er zugunsten meiner Mutter entschieden." Sie schüttelt den Kopf und seufzt. „Jack ist wie ein Pitbull, der sich festbeißt. Er hat Quellen, die in Spelunken abhängen und jedes Gerücht auf der Straße aufschnappen und an ihn weiterleiten."

„Das ist eine Ewigkeit her. Auf der Webpage kommt er wie ein Steuerberater rüber. Woher weißt du, dass er nicht seinen Touch verloren hat?"

„Jack ist nicht der seriöse Typ. Er ist ein Spieler und ein Jäger. Am Ende will er seine Zähne in jemanden schlagen, er mag den Geschmack von Blut."

Olivers Tippen setzt einen Moment aus und er linst über den Monitor zu uns.

„Ich weiß nicht …"

„Er hat meine Mom nicht bloß bezahlen lassen", unterbricht sie mich. „Und glaub mir, er hat fett abkassiert. Aber darum ging es ihm nicht. Er liebt es, Dreck auszugraben und er liebt Geheimnisse."

„Lieben wir die nicht alle?"

„Er hat meine Mutter auf jeder Oberfläche unserer Villa gevögelt“, platzt es aus ihr heraus. „Das Geld war bloß ein Bonus. Er wollte meine Mom.“

„Wenn du mir jetzt erzählst, dass du für den die Beine breit gemacht hast, ist er Toast.“

Fragt mich nicht, warum sie losgiggelt, doch Claire bricht in ihr Silberlachen aus, als wäre die Vorstellung urkomisch.

„Aber nein, ich interessiere ihn nicht.“ Sie winkt ab.

„Wenn es ihm nicht um die Kohle geht, was will er dann?“

Claire beißt sich auf die Unterlippe und wirkt plötzlich verlegen. Sie senkt den Blick und nimmt einen tiefen Atemzug.

„Er möchte dich kennenlernen.“

Abermals setzt Olivers Tippen aus. Er klappt den Monitor zu und runzelt die Stirn. „Hast du ein Rad ab?“

„N-nicht so!“, sagt sie hastig. „Keine Ahnung warum, aber aus irgendeinem Grund kennt er Skyler.“ Ihr Blick wechselt von Oliver zu mir. „Er, ähm, verehrt dich regelrecht.“

„Klar, damit er sie an Cesare Jackson verpfeifen kann. Oder diesen Petrow-Penner.“

„Das glaube ich nicht …“

„Das hat nichts mit Glauben zu tun.“

Keine Ahnung, was die beiden danach bequatschen. Ich schließe die Augen und blende sie aus.

Was für eine Scheiße läuft hier? Wir können nicht ins Netzwerk der Italiener, denn das ist vermint. Eine falsche Bewegung und sie haben uns am Arsch. Dann müssen wir die Zelte abbrechen und Matteo kann sich ein neues

Zuhause suchen. Am besten in Costa Rica. Im Darknet komme ich ebenfalls nicht weiter, es ist, als hätten plötzlich alle ein Schweigegelübde abgelegt.

Wir haben nichts, nicht das Geringste. Julin ist seit fast zwei Wochen spurlos verschwunden und das einzig Greifbare ist eine Kakerlake wie McConnally? Ich kenne diesen schmierigen Wichser nicht und habe keinen Grund, ihm zu glauben, dafür umso mehr, ihn für eine Ratte meiner Feinde zu halten.

Blöderweise gehen mir allmählich die Alternativen aus. Ich hab die Schnauze voll davon, hier rumzusitzen und in Matteos Bikermist reingezogen zu werden. Lieber ramme ich mir einen Bleistift ins Auge, als noch einen Tag länger tatenlos rumzuhocken und mir die verfickten Fußnägel zu lackieren.

Oder renne in eine Falle.

„Wie ist er an die Info gekommen?“, unterbreche ich die beiden. „Woher weiß McConnally, dass Julin in New York ist?“ Das wäre zu gut, um wahr zu sein. Der Big Apple ist praktisch mein Spielplatz, da bin ich aufgewachsen und kenne jede verdammte Straßenlaterne.

„Wie konnte er ihn überhaupt finden?“

„Als Jack vor zwanzig Jahren angefangen hat, hat er den Polizeifunk abgehört.“ Sie hebt eine Schulter. „Das war damals ganz normal, die Presse hat das auch gemacht. Auf diese Weise waren die zeitgleich mit den Cops am Tatort.“ Sie nippt an ihrem Chai-Tea Latte, von dem ich keine Ahnung habe, wie sie daran gekommen ist. Ich muss mich länger ausgeklinkt haben, als mir bewusst war. „Um Julin zu finden, hat er auf die alten Tricks zurückgegriffen.“

„Er hat den Polizeifunk abgehört?“ Oliver runzelt die Stirn.

„Das nicht.“ Claire knabbert an ihrer Unterlippe. „Ich verstehe nicht viel davon, aber soweit ich das mitbekommen habe, kommunizieren die Italiener seit einiger Zeit auf Ultrakurzwelle, einer Frequenz, die das Militär benutzt. Außerdem sind die Sachen verschlüsselt. Aber Jack kennt jemanden, der jemanden kennt.“ Sie rubbelt sich mit einer Hand über die Stirn. „Er ist Ire, aber seine Mutter stammt aus Italien. Er hat an der Ostküste einen Haufen Vettern, so genau hat er mir das nicht erklärt.“

„Kann ich mir vorstellen“, murmelt Oliver und verdreht die Augen. Er glaubt ihr kein Wort.

„Jedenfalls wird Julin in einem Lagerhaus in Manhattan festgehalten.“

Echt jetzt?

„Sie halten sich für besonders klug“, fährt Claire leise fort, „ausgerechnet New York auszuwählen, weil du nie darauf kommen würdest.“

Und Mann, da haben sie recht. Darauf wäre ich im Leben nicht gekommen.

„Wo in Manhattan?“, hake ich nach.

„Das will er dir persönlich sagen.“

Kann ich mir vorstellen.

„Hast du schon was?“, frage ich an Oliver gewandt, der den Rechner geöffnet hat und abermals in die Tasten haut.

„Ich hab zwanzig Sekunden für McConnallys Firewall gebraucht“, gibt er mürrisch zurück. „Das ist beleidigend.“

Er lugt über seinen Monitor zu Claire.

„Bist du scharf darauf, dem Typen die zwei Millis hinterherzuwerfen?"

Das lässt mich grinsen. Oliver hat Dreck gefunden – keine Überraschung.

„Ich hab seine Steuererklärung vom letzten Jahr ausgegraben."

„Und?", fragt Claire.

„Und ich hab seine Konten gecheckt. Alle, auch die auf Barbados und Singapore, von denen die IRS nichts weiß. Dieser McConnally muss nicht wirklich arbeiten, das ist bloß ein Zeitvertreib."

„Und was ist sein Fachgebiet?", frage ich.

„Erpressung, und Mann, der Typ ist gut. Er blutet seine Klienten in großem Stil aus und macht auch nicht vor der Politik Halt. Er hat einen Richter in Boston an der Angel, einen Sheriff in New Haven und den stellvertretenden Bürgermeister von New York!"

Wenigstens ist er fleißig.

„Oh nein", flüstert Claire und bedeckt ihren Mund mit der Hand.

„Oh nein? Oh ja!", gibt Oliver gut gelaunt zurück.

„Warum freut dich das?"

„Weil wir deinen Schnüffler bei den Eiern haben", gebe ich an Olivers Stelle zurück. „Wenn der nur einmal zuckt, schneiden wir ihm die Teile ab und schicken ein Ei an Andrew Cuomo, den Gouverneur von New York, und das andere an die IRS. Die Steuerbehörde wird ein Schleifchen darum binden und deinen Jack für die nächsten drei bis zehn Jahre einbuchten – wenn das mal hinkommt."

„Aber bedeutet das nicht, dass wir ihm nicht trauen können?“ Claire wirkt verwirrt.

„Warum sollten wir einem Wiesel wie ihm trauen?“

„Aber seine Info …“

„Das checken wir“, gibt Oliver zurück.

„Kopier seine Festplatte und lösch alles auf seinem Rechner, was du zu Julin findest.“

„Was glaubst du, mache ich die ganze Zeit?“, fragt Oliver genervt. „Bisher sieht alles gut aus. Er hat einen Cousin, der am Hafen arbeitet, der hat sich für McConnally umgehört.“

„Und?“

„An den Piers in *Hell’s Kitchen* war in letzter Zeit einiges los“, sagt er und wackelt mit den Augenbrauen.

Ich erstarre, gleichzeitig wird mein Mund trocken.

Manhattan. Hell’s Kitchen. Shit.

„Was ist los?“ Olivers Brauen fahren zusammen.

„Die Lagerhäuser an Pier 86 gehören Silvio“, gebe ich tonlos zurück.

Oliver flucht.

Ich nicht. Ich beiße die Zähne zusammen und zähle bis zehn. Dann bis fünfzig. Dann bis hundert.

Mein Vater hat Julin.

Schöne Scheiße.

Oliver hat jede Menge Siff über diesen McConnally ans Licht befördert, die Hälfte davon hätte ich lieber nicht gewusst. Nicht zu fassen, was manche Leute auf ihrem Rechner haben. Kapieren die nicht, dass das Teil für jeden Hacker ein offenes Buch ist, sobald es mit dem Internet verbunden ist?

McConnally hatte zwar keinen Kontakt zu Silvio, was gut ist. Dafür hat er ihn seit Jahren beobachtet. Mich übrigens auch. Ich scheine so was wie sein Hobby zu sein – oder Fetisch. Dieser Spinner hat eine Schwäche für Heimlichkeiten und ich bin wohl so was wie der heilige Gral der Geheimnisküche für ihn. Muss daran liegen, dass er aus Brooklyn stammt, denen scheinen die Stadtwerke regelmäßig was ins Wasser zu kippen.

Wie dem auch sei. Wenn McConnally glaubt, ich wäre so dumm seinen Köder zu fressen, kennt er mich schlecht. Und dann behauptet er, dass die Mafia über CB-Funk kommuniziert, auf der alten Frequenz des Militärs? Bullshit! Über Funk kann man sich wie weit entfernt verständigen, zweitausend Meilen? Selbst wenn es dreitausend sind, könnte Los Angeles nicht mit New York quatschen, das ist doch Schwachsinn! Da wären Prepaid Handys tausendmal besser. Und komfortabler.

Das Syndikat wird sich vermutlich über RetroShare austauschen oder über einen ähnlich verschlüsselten Weg, der serverloses Filesharing ermöglicht. Da ich in die Rechner komme, mich dort aber nicht umsehen kann, werden wir das wohl nie erfahren.

Ich weiß nicht, woher McConnally seine Infos hat, aber Julin in den Häfen zu verstecken, wäre ein kluger Schachzug. Obwohl ich nicht davon überzeugt bin, dass Silvio dahintersteckt. Möglicherweise arbeitet er mit Julins Onkel zusammen, aber warum sollte er? Silvio hat nichts, das er Andrej liefern kann, außer vielleicht …

Oh, Mist.

Ich lasse die beiden am Esstisch zurück und gehe raus auf die Veranda. Wenn Andrej Petrow und mein Vater wirklich einen Deal haben, stecken wir tiefer in der Scheiße, als mir klar war.

Am Pier 86 befindet sich Daddys altes Waffen- und Munitionslager. Dort treffen seine AKs ein, Kalaschnikows aus der Ukraine, genau wie seine Huren, die er in Containern aus Asien verschiffen lässt, um in der neuen Welt ein Leben als Sexsklaven zu führen.

Willkommen in den Staaten.

Was ich damit sagen will ist, dass dieser Bereich besonders gut gesichert ist. Da sind überall Funkkameras, Bewegungsmelder und Wachposten. Auf so etwas sind wir nicht vorbereitet. Selbst wenn Matteo ein paar Schläger aus Lafayette auftreiben kann, bleibt der Fakt, dass das ungeschulte Anfänger sind, die mit Keulen und Ketten bewaffnet gegen Hightech antreten. So was kann ich nicht gebrauchen.

Wir sind nicht nur hoffnungslos unterbesetzt, uns fehlen auch die Mittel, gegen diesen Gegner anzutreten.

Ich tigere auf der Veranda auf und ab und zermartere mir das Hirn, wie ich gegen Silvio gewinnen kann, der sich möglicherweise mit den Russen verbündet hat. Danach sieht es zumindest aus.

So oder so habe ich es mit einer Übermacht zu tun. Da ich mit ins Gebäude muss, fehlt mir jemand, der sich einen Überblick verschafft und uns den Rücken freihält. Oliver ist gut, aber er hat noch nie so ein Ding gedreht. Es ist eine Sache, im stillen Kämmerchen zu hocken und Amazon auszunehmen und seinen Kunden Gutscheine zuzusenden. Oder in den PC eines Privatschnüfflers zu steigen und ihn wie eine Weihnachtsgans auszunehmen.

Das hier ist eine Live-Action-Angelegenheit, bei der tausend Sachen schiefgehen können. Meistens ist das der Kram, an den niemand gedacht hat.

Es geht immer etwas schief und mein Bauchgefühl sagt mir, dass wir einen weiteren Mann brauchen. Jemand der quer denkt und Fallen erkennt, bevor wir sie ausmachen können.

Ich brauche ein Genie.

Es gibt nur einen, dem ich das zutraue und der ist wahrscheinlich nicht gut auf mich zu sprechen. Ich habe ihn vor mehr als vier Jahren in Berlin zurückgelassen. Tagsüber war er Sven, Programmierer bei einem renommierten Softwarehaus. Nachts nannte er sich *Sleak*, ein Crack und top Hacker, der mir mit seinem Wissen einen Riesenschub verpasst hat. Er hat mich die Finessen des Hackerbusiness gelehrt und mir beigebracht, wie man Lücken in der Codierung findet und Türen aushebelt, statt sie einzutreten. Er war genial – am Keyboard, aber auch im Bett. Seinetwegen war ich ungewöhnlich lang in Berlin, sechs Wochen statt der geplanten zwei Tage. Doch ich war auf der Flucht und der Boden wurde mir zu heiß, darum musste ich mich absetzen.

Er war arbeiten, als ich meine Tasche gepackt hab und weitergezogen bin. Kein Abschiedsgruß, keine Notiz oder sonst ein Hinweis, wohin ich verschwunden bin. Oder warum. Es war besser so. Zumindest dachte ich das damals.

Danach habe ich im Netz einen Bogen um ihn gemacht und meinen Namen von *Gemma* in *BytMe* geändert. Nur um sicherzugehen.

Ich habe viel von Sven gelernt und ich war damals schon gut. Sollte ich es schaffen, ihn auf meine Seite zu ziehen, haben wir eine reale Chance. Fragt sich, wie ich ihn nach all den Jahren dazu bringen kann, in den Flieger zu steigen und nach New York zu jetten.

Ich stoße die angehaltene Luft aus und mache mich auf den Weg zu meinem Zimmer. Dort angekommen fahre ich meinen Rechner hoch und öffne RetroShare.

Es geht nicht nur darum, *Sleak* zu kontaktieren. Olivers Zauberei auf McConnallys PC hat mir gezeigt, dass wir die Sache völlig falsch angegangen sind. Wir müssen weder in die Russenrechner noch ins Netz der Italiener. Es reicht, wenn wir die Handys der Soldaten hacken, die Befehlsempfänger. An diesen CB-Funk-Scheiß glaube ich keine Sekunde. Mag sein, dass der Schnüffler auf diesem Weg was abgefangen hat, aber die Kommunikation der Syndikate kann sich Funk-Umwege nicht erlauben. Das ist umständlich, unflexibel und alles andere als abhörsicher. Doch statt zur Quelle zu gehen, müssen wir uns bloß das Fußvolk vornehmen, einen nach dem anderen. Jetzt, da wir wissen, wo wir suchen müssen, haben wir bessere Chancen, verlässliche Infos zu Julins Aufenthaltsort zu bekommen.

Pier 86.

Wenn das wahr ist, kenne ich zumindest die Stärken und Schwächen des Sicherheitssystems. Das sollte ich auch, schließlich stammt es von mir.

Kapitel 13
CLAIRE

Als Matteo aus Lafayette zurückkam, war es kurz vor drei. Am Morgen. Claire hatte sich ein paarmal hingelegt, aber sie war zu unruhig. Sie wusste nicht, was ein Patch-over war, aber Matteo schien alles andere als glücklich darüber zu sein. Dex hatte ihr erklärt, dass die Mitglieder der Silver Dragons darüber abstimmen, ob sie die Clubs verbinden wollen. Da der Club hoffnungslos zerstritten war, standen die Chancen gut. Selbst wenn sie dem Patch-over nicht zustimmen sollten, bestand die Möglichkeit, dass sich ein Teil der Mitglieder Matteo anschloss.

Laut Dex war bei Gangs ein Clubwechsel undenkbar, bei den MCs dagegen passierte das ab und zu, auch wenn es selten war. Für die Black Hawks war es hilfreich, dass der MC einer der reichsten Biker-Clubs in einem fünfhundert Meilen Umkreis war, darum schätzte Dex die Chancen gut ein.

Da sie nicht schlafen konnte, setzte sie sich an die Tonscheibe. Oft wusste sie nicht, was sie machen würde, eine Skulptur, eine Büste oder etwas Praktisches wie eine Schale. Sie ließ sich vom Material führen, das war das Geheimnis ihres Erfolgs. Sie befeuchtete den Ton auf der rotierenden Scheibe und ließ ihre Hände die Arbeit tun.

Ihre Arbeit entspannte sie. Hier konnte sie abschalten und in eine ganz andere Welt eintauchen. Die Welt der Haptik, der Formen und der Weichheit. Darum liebte sie Ton. Er war nicht hart wie Speckstein, Ytong oder Holz. Wenn sie einen Fehler beging, konnte sie ihn im Nu korrigieren, ohne dass das Gesamtwerk Schaden nehmen würde. Sie fing einfach von vorn an. Das Leben bot einem nicht so viele Chancen, zumindest nicht, ohne Narben zu hinterlassen.

Bevor sie wusste, was sie tat, hatte sie eine hohe Vase geformt. Claire mochte Gefäße. Sie boten dem Besitzer die Möglichkeit, sich an ihrer Kunst zu beteiligen. Er allein entschied, wie er sie füllen würde, ob mit Obst oder Dekomaterial wie Zapfen oder Blumen. Claire lieferte nur die Möglichkeit, das Potenzial. Der Rest lag beim Betrachter.

Sie arbeitete blaue Glassplitter ein und fügte Applikationen aus Bronze hinzu. Sie hatte noch irgendwo rostige Nägel …

„Babe, was zum Geier machst du da?“, fragte eine müde Stimme hinter ihr. Claire gab einen spitzen Schrei von sich und sprang vom Schemel.

„Shit!“ Matteo war mit zwei langen Schritten bei ihr und nahm sie in den Arm. „Tut mir leid, Baby.“

„Schon gut“, murmelte sie und vergrub die Nase in sein Shirt. Matteo roch nach Rauch, Whiskey und Leder. Er roch nicht nach einer anderen Frau, ein Fakt, der sie so sehr erleichterte, dass sie am liebsten aufgelacht hätte.

„Warum bist du noch auf?“ Er bog ihren Kopf zurück, küsste ihre Schläfe, dann die Augenlider. Gott, sie könnte Stunden damit verbringen, einfach nur dazustehen und sich von ihm halten zu lassen. Seine Lippen auf ihrer Haut, die kräftigen Hände in ihrem Rücken … Ein Schauder schüttelte sie, der ihm nicht entging, denn er zog sie näher an sich.

„Babe, ist alles klar mit dir?“

„Ich hab mir Sorgen gemacht", flüsterte sie. Matteos Nase fuhr über ihre Wange.

„Ich habe Männer zum Schutz abgestellt, sie sind auf dem ganzen Gelände verteilt. Niemand wird dir etwas antun, Honey."

Claire war gefangen von seinen Lippen, die fragend über ihre strichen. Das fühlte sich gut an. Als er ihr spielerisch in die Unterlippe biss, setzte ihr Herz einen Schlag aus, um sich kurz darauf zu überschlagen, darum brauchte es eine Minute, bis seine Worte zu ihr drangen. Nachdem sie ihren Sinn verstand, flogen ihre Lider auf.

„Ich hatte keine Angst um mich", sagte sie und blickte ihm fest in die Augen.

„Ich kann auf mich aufpassen", gab er leise zurück.

Auch wieder wahr, aber trotzdem. Das Bild, wie er von Devil mit Klebeband an einen Stuhl gefesselt wurde, würde sie wohl nie vergessen.

„Wie ist es denn gelaufen?" Sie hatte keine Ahnung, warum sie flüsterte. Vermutlich war es besser so, denn wenn Matteo ihr so nah war wie in diesem Augenblick, traute sie ihrer Stimme ohnehin nicht.

„Die Black Hawks und Silver Dragons fliegen in Zukunft gemeinsam."

„Ehrlich?"

Eines seiner seltenen Lächeln blitzte auf und sein Blick erwärmte sich. „Hast du an mir gezweifelt?"

Sie erwiderte sein Lächeln, das schien ihm Antwort genug zu sein.

„Was ist mit dem Präsidenten?"

„Er hat eine Handvoll Leute genommen, die ihm folgen wollten, und ist abgezogen."

„Einfach so?“

„Einfach so.“

„Hast du deswegen blutige Handknöchel?“

Er verzog den Mund, schwieg jedoch. Das brachte ihre Aufmerksamkeit zurück zu seinen Lippen und sie unterdrückte ein Seufzen. Sie waren voll und dazu geschaffen, geküsst zu werden, genau wie sein stoppliges Kinn. Langsam wanderte ihr Blick über seine Züge. Sein Gesicht strahlte mit all seinen Ecken und Kanten eine brutale Schönheit aus, die sie überall fühlte. Besonders an dem pulsierenden Punkt zwischen ihren Schenkeln, den Matteo mit einem Blick zum Leben erweckte und der eine sengende Hitze durch ihren Körper jagte.

„Baby, wenn du mich noch zwei Sekunden länger so ansiehst, garantiere ich für nichts“, knurrte er. Ohne nachzudenken befeuchtete sie ihre Lippen – keine gute Idee. Matteo gab ein tiefes Grollen von sich, dann küsste er sie. Als sie sich ihm öffnete, hielt er seinen Hunger nicht zurück.

Er umfing ihre Taille und lotste sie durch den Raum, bis sie mit dem Rücken gegen die Wand stieß. Seine Hände legten sich um ihr Gesicht und dann erwiderte sie seinen Kuss mit dem gleichen Hunger, den er ihr entgegenbrachte.

Seine geschickten Hände glitten unter ihr Tanktop, schoben es nach oben, bis sie auf ihren Brüsten lagen. Claire unterbrach den Kuss, legte den Kopf zurück und stöhnte. Matteo beugte sich herab und presste die Lippen auf ihre Brust. Mit einer Hand hielt er Claire an Ort und Stelle, die andere wanderte zu ihren Pyjama-Shorts, glitt unter das Gummiband und blieb zwischen ihren Schenkeln liegen.

O Gott!

Aus dem Pulsieren wurde ein quälendes Pochen, ihr ganzer Körper stand in Flammen, als er zwei Finger in sie einführte.

Sie gab ein Wimmern von sich und presste ihr Becken gegen seine Hand.

„So ist es richtig, Baby", grollte er, „hol dir, was du brauchst." Sein Daumen übte genau den richtigen Druck auf ihre pochende Mitte aus. Es schockierte sie, wie gut er wusste, was sie brauchte und wie sie es brauchte.

Doch so sehr sie seine Aufmerksamkeit genoss, sie war hungrig nach ihm, wollte ihn schmecken. Ihre Hände waren tonverschmiert, doch das war ihr egal. Sie zerrte an seinem Shirt, riss es ihm förmlich vom Leib. Kaum lag es auf dem Boden, fuhr sie mit der Zunge über seine Haut, sein Schlüsselbein, dann seine Brust.

Matteo stöhnte in ihr Haar, während er die Finger tiefer in sie presste.

Und dann kam sie, schneller als sie wollte. Sie versuchte den Orgasmus zurückzudrängen, doch als sich Matteos Finger in ihr krümmten, berührte er einen magischen Punkt, der ihr die Kontrolle entriss und sie wie eine Sternschnuppe zerbersten ließ. Claire biss in seine Schulter, um zumindest den Schrei zu unterdrücken, der sich in ihrem Hals formte.

Sie brauchte einige Herzschläge, um zurück auf der Erde zu landen und Matteo hielt sie, bis sie so weit war.

Das musste ein neuer Rekord sein. Wie lang hatte er gebraucht, um sie zum Höhepunkt zu bringen, dreißig

Sekunden? Sie wusste nicht, ob sie jubeln oder beschämt sein sollte. Seit wann war sie so leicht zu befriedigen?

Aber es war nicht leicht, war es nie gewesen. Matteo ließ es bloß einfach aussehen und sie hatte keinen Schimmer, wie er es anstellte.

Er legte eine Hand unter ihren Po, hob sie auf, was gut war, denn ihre Beine schienen aus Wackelpudding zu bestehen, und trug sie zum Bett. Sie ahnte, was kommen würde. Er würde sie bis zum Morgengrauen vögeln, was im Grunde gar nicht so lang war, wenn man die Uhrzeit bedachte. Doch sie hatte genug von ihrer passiven Rolle. Matteo hatte ihr geholfen, ihr Selbstvertrauen zurückzugewinnen und das ermutigte sie, experimentierfreudiger zu werden.

Als sie mit Matteo auf sich auf dem Bett landete, drehte sie ihn, sodass sie rittlings auf ihm saß, und drückte mit einer Hand seinen Oberkörper zurück. Das Glitzern seiner Augen verriet ihr, dass es ihm nicht schmeckte, dass sie das Ruder übernahm. Doch er fügte sich und beobachtete sie, die Augen auf Halbmast.

Claire befeuchtete ihre Lippen, dann zog sie langsam ihr Tanktop aus, bis sie oben ohne auf ihm saß. Seine Hände machten Anstalten, nach ihren Brüsten zu greifen, doch sie nahm seine Handgelenke, beugte sich vor und legte sie über seinen Kopf. Dadurch gab sie ihm Gelegenheit, ihre Brustspitze in den Mund zu nehmen, was er sich nicht entgehen ließ. Er saugte an ihrer rechten Brust, doch es kam ihr vor, als könnte sie ihn immer noch in sich spüren. Sie fühlte die Spannung, die sich abermals zwischen ihren Beinen aufbaute und keuchte auf.

Es kostete ihre ganze Selbstbeherrschung, ihm ihre Brust zu entziehen. Seine Arme schossen hervor, schlossen sich um ihren Oberkörper und zogen sie zurück an Ort und Stelle. Doch sie löste sich aus seinem Griff und platzierte seine Arme erneut über seinem Kopf. Dann beugte sie sich zu ihm und küsste ihn hart. Er erwiderte ihren hungrigen Kuss, ließ sie jedoch das Tempo bestimmen. Das gefiel ihr. Sie genoss ihre Position sowie die Tatsache, dass sie die Oberhand hatte und beschloss, einen Schritt weiterzugehen.

Sie biss in seine Lippe, zog mit den Zähnen daran, neckte ihn, während ihre Hand südwärts fuhr, bis sie auf der Beule in seiner Jeans liegenblieb. Matteo gab einen Ton von sich, der einem Grunzen glich und wölbte sich in ihre Hand.

Sie konnte praktisch spüren, wie sie feucht wurde und schnappte nach Luft.

„Babe, ich komme gleich in meiner Jeans." Er schloss kurz die Augen und schluckte hart. „Du machst mich wahnsinnig!"

Falls sie noch unentschlossen war, besiegelte das ihr Vorhaben. Mit zittrigen Händen löste sie Matteos Gürtel, öffnete die Knöpfe seiner Jeans und befreite seinen Schwanz, der ihr bereitwillig entgegensprang.

Claire hatte es in der Vergangenheit vermieden, Schwänze zu lutschen. Es kam vor, weil die Kerle es von ihr erwartet hatten. Dass die Typen auf ihre Kosten kamen, bezweifelte sie nicht, sie fühlte sich dabei allerdings immer schmutzig – aber nicht im Sinne von sexy.

Das heute war eine Premiere, denn zum ersten Mal wollte sie jemandem einen Blowjob geben, darum war sie ein bisschen nervös. Zumal es nicht irgendjemand war, sondern Matteo, dessen Schwanz wahrscheinlich mehr gesehen hatte, als sie sich vorstellen konnte. Was, wenn sie mies darin war?

Ihr Puls ging durch die Decke, als sich ihre Hand um seinen Schaft schloss. Er war lang, dick und leicht gebogen. Sie spürte das sanfte Pulsieren in ihrer Hand und griff ein wenig fester zu. Matteo stöhnte und stieß einen Fluch aus, doch sie hatte nur Augen für sein Glied. Claire leckte sich die Lippen, dann beugte sie sich vor und fuhr mit der Zunge über die Spitze, die von seinem Sperma glänzte.

„Fuck!" Matteo bäumte sich auf und ihr Herz machte einen Satz. Das war so unglaublich heiß. Sie konnte das Zittern seines Körpers spüren, fühlte, wie er sich ihretwegen zurückhielt, auch wenn es ihm schwerfiel. Doch er erlaubte ihr, die Kontrolle zu übernehmen, ließ zu, dass sie ihre Grenzen testen konnte.

Vorsichtig legten sich ihre Lippen um die Spitze, während ihre Zunge über die dünne Haut strich. Sie blendete Matteos Flüche aus und nahm so viel wie möglich von ihm auf. Eine Hand lag auf seiner Brust, die andere umfing seine Hoden und massierte sie sanft. Matteos Hand legte sich auf ihren Hinterkopf. Er schob das Becken vor, sodass er tiefer in sie stieß, jedoch nicht so tief, dass der Würgereflex einsetzte. Sie höhlte ihre Wangen aus und saugte, nahm seinen Geschmack in sich auf, ein Mix aus Salz, Schweiß und Matteo. Sie ließ sich Zeit, zog sich langsam zurück und nahm beim nächsten Mal noch mehr von ihm auf. Vor und zurück, vor und zurück, immer schneller, bis sie einen Rhythmus fand, den Matteo aufnahm.

„Baby, ich explodiere jeden Moment“, presste er hervor und machte Anstalten sich zurückzuziehen. Doch das ließ sie nicht zu. Sie legte einen Arm um seine Mitte und zog ihn näher zu sich. Matteo kam mit einem heiseren Schrei, der etwas Urtümliches hatte.

„*FUCK!*“

Vor diesem Moment hatte sie Angst. Sie befürchtete, dass sie es hassen würde. Bisher hatte sie sich immer vorher zurückgezogen, doch diesmal nicht. Sie schluckte, saugte und schluckte noch mehr. Adrenalin schoss durch jede Faser ihres Körpers, der ohne Vorwarnung Glückshormone ausschüttete.

Matteo schmeckte gut, nichts davon war abstoßend, im Gegenteil. Ihn auf diese Weise zum Höhepunkt zu bringen, hatte eine Schönheit, die ihr fremd war. Schönheit, aber auch eine neue Freiheit, die sie vorher nicht besaß.

Es war ihre Entscheidung gewesen und in ihrem ganzen Leben war sie noch nie so angetörnt von einem Mann, seinem Schwanz oder dem Sex.

Als Matteo sie in seine Arme zog, wickelte sie die Beine um seine Mitte und vergrub die Nase in der Kuhle zwischen Schulter und Hals. Sie brauchte eine Minute, um den Moment abzuspeichern und zu konservieren. Eine Erinnerung, wie eine Tonarbeit, die sie brannte, damit daraus etwas Permanentes wurde.

Matteo legte seine Hand in ihren Nacken, hob ihren Kopf an und gab ihr einen sanften Kuss.

Gott, das war schön. „Ich liebe deinen Schwanz“, murmelte sie gegen seine Lippen. Sie konnte fühlen, wie sein Körper vor Lachen vibrierte. „Und ich liebe dich", ergänzte sie noch immer benommen von dem Gefühl, eine essenzielle Barriere durchbrochen zu haben.

Sie spürte, wie sich Matteo unter ihr versteifte und spulte kurz zurück. Was hatte sie gesagt …?

Mist! Shit! So ein Dreck!

Sie hatte das L-Wort genannt und dann auch noch als Erste! Wie konnte sie so blöd sein?! In ihrem Kopf ratterte es, je mehr Sekunden verstrichen, desto verzweifelter wurde sie, bis ihr Mund ihr Hirn abhängte und die Sache verschlimmerte.

„Ich meine, du bist eine Sexmaschine, die muss man einfach lieben … und dein Schwanz ist mir von allen am liebsten …"

O Gott, hatte sie das gerade wirklich gesagt?

„Babe?"

„Hm?"

„Halt die Klappe."

„Okay."

Sie wagte nicht zu atmen, bis sich seine Arme fester um sie schlossen und er sie drehte, bis er auf ihr war.

„Mal sehen, ob du meinen Schwanz noch liebst, wenn er mit dir fertig ist." Er beugte sich über den Bettrand, griff nach seiner Jeans und zog den Gürtel aus den Laschen.

Ehe sie wusste, was er vorhatte, lagen ihre Handgelenke zusammengebunden über ihrem Kopf. Was zur …

Als er ihren geschockten Gesichtsausdruck sah, grinste er und küsste ihren Hals.

„Wenn du Machtspielchen magst, wirst du das hier lieben."

Der Blowjob hatte nichts mit Macht zu tun, obwohl sie es zugegebenermaßen genossen hatte, die Oberhand zu haben. Ihr ging es dabei um die Freiheit das zu tun, wozu sie Lust hatte und nicht, was von ihr erwartet wurde.

Sie vertraute Matteo, allerdings hatte sie bisher keiner ihrer Lover gefesselt. Das war Neuland für sie und sie war sich nicht sicher, wie sie sich damit fühlte.

Das änderte sich, als Matteos Kopf zwischen ihren Schenkeln verschwand. Sein Mund legte sich über ihre pochende Klitoris, saugte leicht, im nächsten Moment spürte sie seine Zunge, die ihre Magie entfaltete.

Holy Shit!

Ihre Finger krallten sich in die Streben des Kopfteils, an die er sie gekettet hatte. Jetzt wusste sie auch warum. Claire bäumte sich auf und gab unartikulierte Laute von sich. Als sie kurz vor dem Höhepunkt stand, zog dieser Bastard sich zurück! Ihr Körper stand in Flammen und bettelte darum, von seinen Qualen erlöst zu werden.

Bevor sie sich beschweren konnte, drehte er sie auf den Bauch, Kopf ins Kissen, Hintern in die Höhe. Er gab ihrem Po einen kräftigen Klaps, der sie aufschreien ließ, kurz darauf war er in ihr.

Holy, holy Shit!

Ihr Schmerzensschrei ging in ein Stöhnen über, als Matteo ihr Becken anhob und ihre Beine weit spreizte, um tiefer in sie dringen zu können. Abermals landete seine Hand auf ihrem Hintern, gleichzeitig versenkte er sich bis zur Wurzel in sie.

Lust explodierte in ihrem Innern, sie konnte nicht mehr ausmachen, woher sie kam. Sie hatte nicht nur die Kontrolle über ihren Körper verloren, sondern auch über ihre

Gefühle. Ihr Orgasmus dehnte sich, sie kam und kam, darum nahm sie nur am Rande wahr, dass Matteo sie abermals drehte.

„Ich will dich sehen!“ Seine Worte klangen gepresst, wahrscheinlich da er seinen eigenen Höhepunkt zurückhielt.

Claire lag auf dem Rücken, die Augen halb geöffnet. Sie war kraftlos wie eine Puppe, als er eine Hand unter ihren Po schob und ihr Becken anhob. Die andere Hand glitt an der Außenseite ihres Schenkels entlang, bis sie ihre Kniekehle erreichte. Er schlug ihr Bein über seine Schulter, dann beugte er sich über sie und küsste sie, während er sich tief in ihr vergrub.

O. Mein. Gott.

Claire stöhnte in seinen Mund und wölbte sich ihm entgegen, während er ihr im wahrsten Sinne des Wortes den Verstand rausvögelte.

Als sein Schwanz mit ihr fertig war, liebte sie ihn sogar noch mehr, doch das behielt sie für sich.

***

MATTEO

Claire zu ficken war, wie ins Paradies zu kommen. Ins Schwanz-Paradies, denn ihre Pussy war purer Nektar, eng, feucht und schmeckte nach Honig.

Und erst ihr Mund. Er hatte schon einige wilde Ritte hinter sich, doch Claire war wie ein Engel, der im Bett zur Hure mutierte. Aber nicht wie diese Möchtegern-

Schlampen, die in den Club spazierten und auf Tramp machten.

Claire hatte Spaß im Bett und das zeigte sie ihm auf jede erdenkliche Weise. Sie vertraute ihm und er mochte es hart. Er band seine Mädchen gern fest und versohlte ihnen den Hintern. Das törnte ihn aber nur an, wenn sie ebenfalls darauf standen.

Er hatte angenommen, dass für Claire nur Blümchensex infrage kam, doch wie es aussah, lag er falsch. Noch hatte er nicht die großen Geschütze aufgefahren. Er hatte vor, sie langsam an die Sachen heranzuführen, die ihn anmachten. Obwohl es bei Claire nicht viel brauchte, bis er hart wie ein Brett wurde.

Dennoch. Die Vorstellung, sie an Händen und Füßen an die Bettpfosten zu zurren, die Beine gespreizt, ihr Zuckerarsch rot von seiner Hand, ihre Pussy feucht … Fuck, bei dieser Vorstellung hatte er einen Dauerständer.

Ursprünglich hatte er vorgehabt, sich ihr gegenüber zurückzuhalten. Aber als sie seinen Schwanz in den Mund nahm und wie eine Jungfrau lutschte, die noch nie einen Steifen gesehen hatte, brannten seine Sicherungen durch. Wenn sie auf Spielchen stand, würde sie welche bekommen.

Nachdem er sie durchs Bett gepflügt hatte und dann nochmals, während sie auf dem Bauch lag, den Kopf im Kissen, Arsch in der Luft, hatte er einen Großteil des Drucks abgebaut, der sich den ganzen Tag aufgebaut hatte und ihn rastlos machte.

Erst flog ihm der Club um die Ohren, jetzt war er nicht nur Präsident, sondern hatte gleich zwei Clubs an der Backe. Nicht weil er es wollte, sondern weil sie die Manpower brauchten, um dieses Arschloch aus New York zu befreien. Ein Arschloch, das er lieber im Hudson River ersäufen würde, als ihn aus dem Dreck zu ziehen, in den er sich selbst geritten hatte.

Er tat das für Sky, die Frau, die er seit Jahren liebte. Wie sich herausstellte, konnte man mehr als eine Frau lieben, doch er war nicht so weit, sich das bei Claire einzugestehen. Schon gar nicht laut, was ihn zum nächsten Punkt brachte.

Claire liebte ihn.

Sky würde ihm den Arsch aufreißen. Er hatte keine blasse Ahnung, was er für sie empfand. Sie war ein heißer Fick. Innerlich schüttelte er den Kopf. Über dieses Stadium war er längst hinaus. Er wusste, dass er etwas für sie empfand, doch sie stand in Skys Schatten.

Wenn man jemanden so lange liebte wie er Sky, konnte man dieses Gefühl nicht über Nacht abschütteln. So funktionierte das nicht. Allerdings stellte er mehr und mehr fest, dass er Sky weniger vögeln wollte, als sie im Arm zu halten.

War das krank?

Als sie gegen sechs unter der Dusche standen und Claire ihren letzten Orgasmus hinausschrie, dachte er nicht mehr an Sky. Wenn er mit Claire zusammen war – wenn er in ihr war – gab es keine Sky mehr. Dann gab es nur ihn, sein Mädchen, Lust und Frieden.

Was brauchte ein Mann mehr?

Kapitel 14
SKYLER

Jack McConnally war so scharf darauf mich zu treffen, dass ich Ort und Zeit diktieren konnte. Also bin ich mit Oliver nach New York geflogen, um mich mit Claires Schnüffler zu treffen und damit den Deal zu besiegeln.

Wahrscheinlich wäre es besser gewesen, das Meeting in Houston oder Baltimore zu vereinbaren, überall, nur nicht im Big Apple. Aber um ehrlich zu sein, hängt mir das Versteckspielen zum Hals raus.

Davon abgesehen treffe ich heute Abend meinen alten Freund Sven aka *Sleak*, den ich überreden konnte, Berlin zu verlassen, um sich New York anzusehen.

Es war überraschend einfach ihn herzuholen und das lag nicht nur an Claires Privatjet. Seit er zugesagt hat, werde ich das Gefühl nicht los, dass mein alter Freund eine eigene Agenda hat. Sven ist nicht der spontane Typ, erst recht nicht, wenn er seine Höhle verlassen muss. Zugegeben, wir waren nur ein paar Wochen zusammen, und ja, Menschen können sich ändern. Dennoch …

Davon abgesehen habe ich nicht mit seinem warmen Willkommen gerechnet. Sollte er nicht zurückhaltender sein, immerhin habe ich ihn abserviert. Das ist zwar ein paar Jahre her, trotzdem habe ich meine Zweifel, dass er bloß meinetwegen herkommt.

Wie auch immer, Sven muss warten. Im Moment habe ich es mit McConnally zu tun. Für unser Treffen habe ich das *5Pointz* ausgewählt, ein Café in Queens, dem ehemaligen Graffiti-Zentrum von New York. Das Gute an der Lage ist die Nähe zu Hell's Kitchen, das liegt wenige Kilometer im Westen. Sobald ich mit McConnally durch bin, sehen Oliver und ich uns die Gegend um die Piers an, danach treffe ich mich mit Sven in Chelsea.

Als McConnally ins Café marschiert, betritt er meine Bühne. Oliver sitzt draußen im Van, den wir am Flughafen gemietet haben. Er nimmt jedes Wort auf und kann dank der Wärmekamera erkennen, ob McConnally lügt oder nicht. Supergenau ist das natürlich nicht, aber es reicht, um einen Eindruck zu bekommen. Über den Knopf in meinem Ohr kann ich ihn hören, so hat er die Möglichkeit, mir Hinweise zu geben oder mich zu warnen, falls das notwendig sein sollte.

„Jack", grüße ich McConnally, als er zu meinem Tisch kommt und den Stuhl zurückzieht.

Anders als auf dem Foto auf seiner Webpage trägt er keine Brille. Er trägt auch keinen Anzug – nicht mal 'ne Krawatte. Stattdessen hat er sich für ein burgunderfarbenes Henley entschieden, Jeans, Biker Boots. Macht Sinn. Ich bin schließlich kein Klient, den er mit einem geschniegelten Auftritt beeindrucken muss.

Die Klamotten machen ihn nicht nur rund zwanzig Jahre jünger. Er hat es geschafft, auf teure Weise zwanglos zu wirken, ich schätze mal, um sich seiner Umgebung anzupassen. Um sich mir anzupassen. Mit seinem exklusiven Designerlabel fällt er im *5Pointz* allerdings auf wie ein rosa BiBaButzebär.

„Die Prinzessin von New York", begrüßt er mich, den Blick seiner brennenden Augen auf mich gerichtet, und nimmt mir gegenüber Platz. „Ich hätte nicht gedacht, dass Sie kommen."

Er faltet die Hände auf dem Tisch. Sie sind gebräunt, als würde er gerade aus dem Urlaub kommen – oder dem Sonnenstudio. Für Münzbräune ist er allerdings nicht der Typ. Laut der letzten American Express-Abrechnung war er bis vor Kurzem in Aruba schnorcheln. Bis Claire ihn angeheuert hat, um präzise zu sein. Danach hat er gepackt und ist zurück in die Staaten gedüst, um sich den Job zu angeln.

„Prinzessin war gestern. Heute bin ich die Königin von L.A." Das sollte ein Witz sein, doch nur Oliver kapiert ihn, er schnaubt in meinem Ohr. McConnally nicht.

„L.A. passt nicht zu Ihnen. Ich sehe Sie eher als Queen von Manhattan. Das hat auch einen besseren Klang."

Wo er recht hat. In jedem Fall hat er Humor, das gefällt mir.

„Ich nehme an, wir werden überwacht." Er sagt das nonchalant, ein Lächeln um die Lippen.

„Darauf können Sie Ihren Arsch verwetten."

Jetzt grinst er und beugt sich vor.

„Auf Sie ist ein hübsches Kopfgeld ausgesetzt, fünf Millionen Dollar."

„M-hm", mache ich und nippe an meinem Espresso. „Würde mich interessieren, wie Sie das eintreiben wollen."

„Dann glauben Sie also nicht, dass ich eine Rechnung stellen könnte?"

„Wollen Sie wissen, was Cesare mit Rechnungen macht?"

Darauf bricht er in Gelächter aus und ich muss gestehen, das steht ihm gut. Seine Züge entspannen sich, die dunklen Augen leuchten auf und die kleinen Fältchen darum lassen ihn geradezu sympathisch wirken. Aber ich weiß, wer der Typ ist und was er auf dem Kerbholz hat. Im Grunde ist er Cesare gar nicht unähnlich, allerdings ohne das Morden, die Drogen und Prostitution.

Was Betrug und krumme Touren angeht, kann er den Italienern das Wasser reichen. Dabei geht es nicht nur darum, dass er sich nicht selten von seinen Klienten doppelt bezahlen lässt: Vom betrogenen Ehemann, der seine Frau überwachen lässt, und der Frau, die zahlt, damit er dem gehörnten Mann falsche Infos steckt.

McConnally hat ein feines Erpressungsnetz in den Staaten aufgebaut, das durch alle Schichten geht. Kleinkriminelle sind ihm was schuldig, genau wie Bullen, selbst hochrangige Richter. Würde mich nicht wundern, wenn ihm die Mafia ebenfalls den ein oder anderen Gefallen schuldet.

„Vielleicht lasse ich es drauf ankommen", bemerkt er und zwinkert mir zu.

Dass er so relaxt ist, schmeckt mir nicht. Mal sehen, ob ich das ändern kann.

„Wenn Sie gerne Rechnungen schreiben, vergessen Sie die zwanzig Riesen nicht, die Sie Ryan Ramsfield an den Piers zahlen, damit er beide Augen zudrückt, wenn ab und zu eine Kiste vom Laster fällt." Ich beuge mich ebenfalls vor, die Unterarme auf der Tischplatte. „Von Lastern, die, wie ich betonen möchte, Cesare Jackson gehören."

Ich lehne mich wieder zurück und sehe mir an, wie die Farbe aus McConnallys Zügen weicht. Dass das Zeug Cesare gehört, ist gelogen, aber das weiß er schließlich nicht. Es reicht rüberzubringen, dass ich über seine Machenschaften im Bilde bin. Um den Sack zuzumachen, setze ich noch einen drauf.

„Oh, und Cesare wäre sicher nicht erfreut zu wissen, dass Sie den Croupier im MGM an den Eiern haben. Wie viel haben Sie bei Ihrem letzten Coup in Vegas abgesahnt, eine viertel Million?“ Ich schüttle leicht den Kopf. „Eine erstaunliche Glückssträhne, finden Sie nicht?“ Ich hebe einen Mundwinkel, was arrogant rüberkommen soll. „Aber ob Cesare das auch so sehen wird, wenn man bedenkt, was Sie gegen den Croupier in der Hand haben?“, wispere ich in gespielt-besorgtem Ton. „Und dass Sie immer dann gewinnen, wenn der gute Diego die Karten verteilt?“

Endlich bekomme ich den Ausdruck, den ich wollte: nackte, kalte Angst.

„Was wollen Sie?“ Das joviale Lächeln ist aus seinen Zügen verschwunden.

„Sie sind nicht wegen der fünf Mio hier.“ Das ist keine Frage.

„Nein.“

„Warum dann?“

McConnally lehnt sich zurück und reibt sich mit einer Hand über das eckige Kinn, das eine Rasur vertragen könnte.

„Ich wollte Sie treffen.“

„Das ist mir schon klar. Was ich nicht weiß ist, warum.“

Ich kann sehen, wie er tief durchatmet.

„Ich kannte Ihre Mutter“, sagt er schließlich und stößt den Atem aus.

„Bullshit!“

„Ist es nicht", murmelt Oliver in mein Ohr. „Jedenfalls nicht laut Wärmekamera."

„Na ja, kennen ist wohl zu viel gesagt", rudert McConnally zurück. „Die Schwester meiner Mutter war Hausmädchen bei den Rossis."

„Ich kenne jeden Angestellten in unserem Haushalt, von der Küchenhilfe bis zum Butler." Meine Stimme ist wie Stahl, kalt und hart.

„Das war vor dem Massaker, da waren Sie noch zu klein." Überraschenderweise ist sein Ton weich, geradezu einfühlsam. Als würde er mit einem verwundeten Tier reden.

In meinem Ohr höre ich Oliver leise fluchen, während er auf die Tastatur einhackt.

„Name?", frage ich tonlos.

„Wie bitte?"

„Wie ist ihr verdammter Name?"

„War", sagt McConnally leise. „Ihr Name war Melissa Brodie."

Da klingelt was, wenn auch sehr leise.

„Oliver?", frage ich.

McConnally wirkt verwirrt. „Nein, Brodie."

„Ich rede nicht mit Ihnen." Ich tippe auf mein Earpiece und mein Gegenüber deutet die Geste richtig. Er lehnt sich zurück und beobachtet mich.

„Bin dran … warte, ich hab's gleich … Brodie mit *y* oder *ie*?"

„Mit *ie*", gebe ich leise zurück, ohne McConnally aus den Augen zu lassen.

„Hab sie! Melissa Brodie. Sie war ein Aushilfs-Dienstmädchen bei euch, bis …"

„War?“

Eine kurze Pause entsteht. „Sie starb beim Angriff auf eure Villa.“

Da war sie nicht die Einzige. Ich schließe die Augen und massiere meine Schläfe. Wird das je aufhören? Jedes Mal, wenn ich glaube, meine Vergangenheit hinter mir zu lassen, schlägt sie mir ins Gesicht. Immer wieder läuft es auf den Krieg hinaus, den Silvio initiiert hat. Und wozu? Um einen Mord zu vertuschen. Mit Silvio hat alles begonnen und er hat bis heute nicht dafür bezahlt.

Zugegeben, ich habe ihm die finanziellen Mittel entzogen, aber wie ich ihn kenne, wird er sich wieder berappeln. Dann fängt er von vorn an und ich habe nichts weiter erreicht als eine kurzfristige Befriedigung.

Dafür war ich nicht jahrelang auf der Flucht und habe meine Freunde in Gefahr gebracht.

„Ich bin nicht hier, um Sie zu verraten.“ McConnallys Stimme holt mich zurück in die Gegenwart.

„Das hätten Sie auch nicht überlebt.“ Keine Ahnung, warum er grinst.

„Ich habe nichts anderes erwartet.“

Hm. Ich betrachte den Gauner vor mir und diesmal nehme ich mir Zeit. Das Glitzern in seinen Augen habe ich für Gier gehalten, doch es ist ein erwartungsvolles Glitzern. Vorfreude? Wenn ich nicht danebenliege, will der Mann Rache. Das sagt mir die Entschlossenheit hinter seinen Augen. Und ich bin der Schlüssel dazu, der Schlüssel zu Silvio.

„Ich bin kein Killer.“

„Ich suche auch keinen.“

„Was suchen Sie dann?“

„Einen Partner."
„Ich arbeite allein."
Er schürzt die Lippen. „Was würde *Oliver* dazu sagen?"
Der schnaubt in meinem Ohr. „Klugscheißer", murmelt er. „Aber der Typ scheint es ehrlich zu meinen. Hier auf der Straße ist alles ruhig und die Wärmekamera zeigt nichts Ungewöhnliches."
Sieht fast so aus, als wäre mehr an dem guten Jack dran, als ich dachte.
„Ich hab meinem Vater bereits einen Tritt in den Arsch verpasst."
„Und Sie glauben, das würde reichen?"
„Was glauben Sie?"
„Glauben ist für Anfänger. Ich *weiß*, dass er einen Killer auf Sie angesetzt hat."
Mal ehrlich, hat Silvio den Auftrag inseriert oder warum weiß jeder darüber Bescheid?
„Das scheint Sie nicht zu überraschen."
„Silvio überrascht mich selten."
Um Zeit zu gewinnen, signalisiere ich der Kellnerin, dass sie uns zwei Espresso bringen soll.
„Ich weiß nicht, was Sie vorhaben", beginnt McConnally. „Es interessiert mich auch nicht." Er streckt die Beine aus und kreuzt die Arme vor der Brust. „Was ich Ihnen anbiete, sind meine Kontakte und uneingeschränkte Kooperation, um Silvio Rossi ans Kreuz zu nageln."
„Was für Kontakte könnten Sie schon haben?"
„Nicht so voreilig, *Prinzessin*, wir brauchen jede Hilfe, die wir kriegen können." Oliver, wer sonst. Ich schließe die Augen und zische: „Kannst du vielleicht mal die Klappe halten!"

„Ich sitze hier nicht als Deko“, murrt er.

Als ich die Augen öffne, begegne ich McConnallys breitem Grinsen.

„Ärger mit Oliver?“

„Hauptsache, Sie haben Ihren Spaß“, murmle ich, was ihn zum Lachen bringt.

„Ich mag Sie“, verkündet er, als würde das irgendjemanden interessieren.

„Na toll, mein Leben hat wieder einen Sinn“, bemerke ich, ohne eine Miene zu verziehen. Zu meiner nicht geringen Überraschung wirft er den Kopf zurück und lacht aus vollem Hals.

Als die Kellnerin unseren Espresso serviert, leere ich meinen in einem Zug. Mir gefällt nicht, wie sich dieses Gespräch entwickelt. Ich wollte einem Schnüffler auf den Zahn fühlen, der mehr Dreck am Stecken hat als Donald Trump. Was ich nicht wollte, ist ein Möchtegern-Partner, dem ich nicht mal so weit traue, wie ich spucken kann.

„Auch wenn Sie es nicht glauben, ich verfüge über exzellente Kontakte in den Häfen und am Pier.“

„Was für Kontakte?“

„Gewerkschaft.“

Oliver in meinem Ohr pfeift anerkennend und im Stillen tue ich das Gleiche. Die Gewerkschaft ist eine potente Vereinigung in den Staaten. Wenn die entscheiden zu streiken, liegt der Handel lahm – buchstäblich.

Ich lehne mich in meinem Stuhl zurück. „Ich höre Ihnen zu.“

McConnally schmunzelt und nippt an seinem Espresso.

„Die Jungs haben sich für mich umgehört. Der Mann, den Sie suchen, ist …“

„… bei Pier 86“, unterbreche ich ihn. Er hebt die Brauen und nickt anerkennend.

„Gut kombiniert.“

„Dann wissen Sie auch, wem die Lagerhäuser gehören.“

„Ihrem Vater.“

Diesmal nicke ich. „Und wie wollen Sie mir helfen?“

„Ich nehme an, dass Sie bald zuschlagen werden, um den Russen zu befreien.“

Ich beantworte das weder mit einem Nicken noch sonst wie.

„Ich nehme weiter an, dass Sie einen hohen Personalbedarf haben, um das Gebäude so zu stürmen, damit Ihre Zielperson am Ende noch atmet.“

Abermals rühre ich mich nicht.

„Und da es heutzutage schwer ist, gutes Personal zu finden, könnte ich Ihnen Männer zur Verfügung stellen, die jedes Mauseloch in der Gegend kennen und die zudem eine Rechnung mit Rossi offen haben.“

Wer nicht.

Ich muss zugeben, dass das Angebot nicht ungelegen kommt. Klar, die Männer am Pier sind keine ausgebildeten Kämpfer, sondern Hafenarbeiter. Aber ihre Ortskenntnis wäre mehr als willkommen, zumal sie wissen, was in den letzten Tagen und Wochen am Pier los war. Welches Schiff hat kürzlich angelegt, welche Ladungen werden erwartet. Wie viele Männer befinden sich im Lagerhaus, wer ist gekommen, wer gegangen.

Das sind Fragen, die wir auf diese Weise beantworten könnten. Die Wärmekamera ist nützlich, doch sie hat weder Röntgenstrahlen noch kann sie in den Keller sehen. Eben dort vermute ich Julin.

„Was haben Sie davon?“ Von Claires zwei Millionen einmal abgesehen.

Er stellt die Tasse ab und betrachtet mich.

„Einen Gefallen“, sagt er schließlich.

War ja klar. „Ich bezahle meine Schulden lieber sofort.“

„Diese nicht.“ Der Stahl in seinem Blick verrät mir, dass ich seine Meinung nicht ändern kann. Er will, dass ich in seiner Schuld stehe, so funktioniert sein System.

„Damit das klar ist“, beginne ich und beuge mich vor. „Ich lasse mich nicht erpressen wie die Cops, Anwälte und Richter in Ihrem kleinen schwarzen Notizbuch. Und ich werde niemanden umnieten!“

Er hebt defensiv beide Hände. „Wer redet denn von so was? Alles was ich will ist, an Silvio heranzukommen.“

„Das wollen viele. Keiner hat das überlebt.“

„Dann nennen wir es eben eine Option auf einen Gefallen.“

Er zaubert ein Handy hervor und schiebt es über den Tisch zu mir. „Das ist ein Wegwerf-Telefon, meine Nummer ist einprogrammiert. Damit erreichen Sie mich Tag und Nacht.“

Ich drehe das Handy wie einen Propeller auf dem Tisch und denke nach. Wir brauchen Hilfe, keine Frage, aber muss es ausgerechnet dieser Typ sein?

„Also?“, fragt er, nachdem ich schweige. Oliver ist ebenfalls auffällig still. Ich schätze er möchte, dass ich die Entscheidung treffe, dann kann er es mir in die Schuhe schieben, wenn es in die Hose geht.

„Ich werde darüber nachdenken.“

„Tun Sie das." Er nickt zum Handy. „Da sind die Blaupausen drauf, die Grundrisse von Pier 86 und den Nebengebäuden. Ich erwarte Ihren Anruf."

Damit schiebt er seinen Stuhl zurück und nickt mir kurz zu.

„Danke für den Espresso und grüßen Sie mir Oliver!"

Scherzkeks.

Beim Treffen mit Sven kann Oliver nicht dabei sein. Dass er das nicht mag, steht ihm ins Gesicht geschrieben. Doch dabei bleibt es nicht.

„Wann hast du den Typen zuletzt gesehen? Wie gut kennst du ihn überhaupt, vielleicht ist das eine Falle! Was, wenn du Back-up benötigst?"

So und so ähnlich fährt er fort, bis ich genug davon habe und sein Gequatsche beende.

„Ich brauche dich am Hafen. Sieh dich um, mach Aufnahmen, in zwei Stunden fliegt der Rest des Teams ein. Wir treffen uns in unserem Quartier."

Ich werde heute Abend allein zum Pier fahren, bei Tageslicht wäre es zu riskant. Es ist schon ein Risiko, überhaupt nach New York zu kommen, ich möchte mein Glück nicht überstrapazieren. Im Grunde kenne ich den Pier in- und auswendig, schließlich habe ich das Sicherheitskonzept für die sensiblen Bereiche entworfen. Der Rest unserer Crew hat diesen Vorteil nicht, darum sind die Aufnahmen wichtig. Ganz zu schweigen von den Blaupausen und Grundrissen, die McConnally uns überlassen hat. Beides mailt Oliver nachher über eine Schleife an Matteo. Allerdings erst, nachdem er das Telefon auseinandergenommen und auf Herz und Nieren geprüft hat. Er sagt zwar, dass es sauber ist, dennoch spule ich auf dem Weg zu Sven eine App darauf, damit es nicht getrackt werden kann. McConnallys Angebot ist zu gut, um es abzulehnen, trotzdem möchte ich mit Matteo darüber sprechen – und ja, Oliver kann auch seinen Senf dazugeben, auch wenn ich seine Meinung bereits kenne.

„Du musst die Fotos schießen, solang das Licht günstig ist. Versemmel das nicht.“

„Wieso triffst du dich überhaupt mit dem Kerl, wir brauchen ihn nicht.“

Seinem Gesichtsausdruck nach zu urteilen weiß er, dass das eine Lüge ist. Doch er ist angepisst, weil ich ihn ausschließe. Kann ich verstehen, aber es ist nicht zu ändern.

„Er ist Teil meines Back-up-Plans“, sage ich, nachdem wir den Treffpunkt erreicht haben. „Und er traut niemandem. Er würde wissen, wenn ich nicht allein bin und das wäre das Ende der Unterhaltung.“

Olivers Kiefer mahlt, doch er schluckt die Kröte, wenn auch unter Protest.

Der Meetingpoint ist ein Hotdog-Stand am Union Square Park. Strategisch ist der Ort ideal. Wenn man verschwinden will, hat man die Metro im Süden, den Markt im Norden und die Taxistände auf der Park Avenue. In Nullkommanichts ist man im Gewühl der New Yorker, Pendler und Touristen untergetaucht.

In Denver war es für die Jahreszeit frostig, hier dagegen ist es geradezu warm, was für den Big Apple im April nicht unüblich ist, obwohl die Ostküste nicht durch den Golfstrom erwärmt wird. Das macht die Winter in der Stadt alle Jahre wieder zu einem klirrend kalten Erlebnis.

Im Sommer klettert die Temperatur auf über 30° und sorgt in den engen Straßenschluchten für eine unerträgliche Schwüle. Gott, wie habe ich das gehasst. Und geliebt. So was schafft nur New York, man liebt diese Stadt oder verflucht sie.

Während ich den Park durchquere, kommen Erinnerungen hoch und die Beklemmung, die mich seit Wochen nicht schlafen lässt, quetscht mein Herz wie eine Faust zusammen. Bisher habe ich sie mit eiserner Disziplin zurückgedrängt. Doch in den wenigen Sekunden, die ich allein bin und nicht für jemanden stark sein muss, kann ich mir eine Verschnaufpause gönnen.

Gott, ich habe Angst um Julin. Wenn mein Vater ihn hat, ist sein Leben keinen Pfifferling mehr wert und danach sieht es im Moment aus, richtig?

Ich halte einen Moment inne, nehme einen tiefen Atemzug und stütze mich mit einer Hand an einem Baum ab. Wenn man es logisch betrachtet, kann das nicht sein, denn es würde bedeuten, dass Andrej – sein eigener Onkel – ihn verraten hätte. Das ergibt keinen Sinn.

Es sei denn, nicht Julin ist das Ziel, sondern ich.

Was, wenn Andrej einen Deal mit den Italienern eingegangen ist? Die suchen mich verzweifelt und dem Russen bin ich schon länger ein Dorn im Auge.

Darüber lohnt es sich nachzudenken. In dem Szenario wäre ich das eigentliche Ziel und Julin bloß Mittel zum Zweck. Das macht Sinn, oder? Ich meine, sein Onkel würde niemals zulassen, dass ihm etwas geschieht. Aber verdammt noch mal, warum meldet er sich nicht? Was hat der Russe mit ihm angestellt, dass Julin keine Möglichkeit findet, mich zu kontaktieren? Hat er ihn an einen

Stuhl getackert oder was? Julin würde mich niemals im Ungewissen lassen, wenn er die Chance hätte, mir ein Lebenszeichen zu senden.

Blöderweise hat meine These einen Haken. Wäre ich das Ziel, hätten sie mich schon in Sankt Petersburg hopsgenommen, immerhin war ich eine Woche im Camp Knacki.

Obwohl sich meine Gedanken im Kreis drehen, lockert sich die Faust um mein Herz ein wenig. Der Backstein in meinem Bauch bleibt. Ich darf jetzt keine Schwäche zeigen, schon gar nicht, wenn ich Sven gegenübertrete.

Ein letztes Mal inhaliere ich die milde Aprilluft, dann stoße ich mich vom Baum ab und halte auf den Hotdog-Stand vor dem Starbucks zu. Davor steht ein Typ mit weißblondem Haar, der sich lebhaft mit Mike, dem Verkäufer, unterhält. Seltsam, ich kenne Mike seit Jahren, normalerweise ist er so gesprächig wie ein Hydrant. Aber was weiß ich schon, ich war eine Ewigkeit nicht in der Stadt.

Je mehr ich mich den beiden nähere, desto langsamer werde ich, bis sich der Kunde umdreht, als hätte er meine Gegenwart gespürt. Was lächerlich ist, wenn man bedenkt, dass über den Daumen gepeilt zweihundert Menschen auf dem Gehweg sind.

Ich hätte Sven nicht wiedererkannt, selbst wenn er unter einem blinkenden Pfeil stehen würde. Das blonde Haar ist ausgebleicht, er ist auch nicht mehr blass wie ein Vampir, sondern sieht aus, als würde er viel Zeit im Freien verbringen. Vorzugsweise auf dem Wasser, denn er hat muskulöse Unterarme und den festen Kern eines Surfers.

Einzig seine klaren grauen Augen und das freche Lächeln erinnern mich an den Mann, den ich vor vier Jahren in Berlin zurückgelassen habe. Und seine Größe, denn ich muss immer noch zu ihm aufschauen.

„*Gemma*“, flüstert er, als wir uns gegenüberstehen. Ich kann es mehr von seinen Lippen ablesen, als dass ich es verstanden hätte.

„*Sleak*“, gebe ich leise zurück und da ich nicht weiß wohin mit meinen Händen, stecke ich sie in die Taschen meiner Jeans.

„So nenne ich mich nicht mehr, Kleines.“

Kleines. Er benutzt den gleichen Kosenamen wie Matteo, warum ist mir das vorher nie aufgefallen?

„Und ich bin nicht mehr *Gemma*.“

Er lächelt und seine grauen Augen blitzen auf.

„Ich weiß, *BytMe*.“

War ja klar, dass er das rausgefunden hat. Ihm ist schon immer erstaunlich wenig entgangen.

Der Verkäufer – jep, es ist immer noch Mike – unterbricht unseren Austausch und reicht Svens Hotdog rüber, der es mit drei großen Bissen verschlingt. Wow, sein Appetit ist der gleiche. Ich versuche nicht zu starren, was gar nicht so einfach ist. Es ist Sven, aber irgendwie auch nicht.

Keine Ahnung, wen er sieht, wenn er mich betrachtet, aber er wirkt … reifer. Ruhig war er immer schon, auch der Humor ist noch in seinen Augen. Doch um ihn sexy zu finden, musste man dreimal hinsehen und auf Geeks stehen. In den zwei Minuten, die wir hier stehen, haben sich nicht nur Mädels zu ihm umgedreht, Sven ist zu einem Sahneschnittchen mutiert. Das ist wie die Geschichte vom hässlichen Entchen und der Gans. Oder war es ein Schwan? Egal.

„Und, Kleines, was machen wir jetzt mit diesem wunderschönen Apriltag?“, fragt er und wischt sich mit der Serviette den Senf vom Mund.

„Reden“, antworte ich und nicke zum Starbucks.

Abermals lächelt er, diesmal wirkt es allerdings melancholisch. Er legt eine Hand auf meine Wange und betrachtet mich.

„Über was?“, fragt er so leise, dass nur ich ihn hören kann. „Wie du der Mafia in den Arsch treten kannst, ohne mit einer Kugel im Kopf zu enden?“

Oh Shit, er weiß von meinem Virus.

Als hätte er meine Gedanken gelesen, wandern seine Mundwinkel nach oben.

„Die Signatur hat dich verraten, das hättest du eigentlich wissen sollen.“

Ich hätte vieles wissen sollen, aber hinterher ist man immer schlauer, richtig?

Ich öffne den Mund, um etwas zu sagen, doch kein Wort kommt heraus. Sven nutzt meine Sprachlosigkeit und zieht mich in seine Arme. Er vergräbt seine Nase in mein Haar und atmet tief ein.

„Verdammt, ich hab dich vermisst“, murmelt er. Ich schlucke die aufkommenden Emotionen runter, von denen ich keinen Schimmer hab, woher die plötzlich kommen. Mit einem Mal spüre ich den Druck von all den unvergossenen Tränen und räuspere mich. Wenn ich jetzt anfange zu flennen, kann ich nicht mehr aufhören, das ist mal sicher. Dafür erlaube ich mir, mich halten zu lassen, nur für einen Moment.

Fragt mich nicht, wie lang wir so dastehen. Nach einer Weile legt er mir einen Arm um und wir schlendern zu *Maoz*, einem vegetarischen Restaurant auf der anderen Seite des Parks. Ich wusste nicht, wie hungrig ich bin, bis wir das Lokal betreten und uns einen Platz zuweisen lassen.

Und dann reden wir.

Kapitel 15
CLAIRE

Claire hasste Streit. Als ihre Eltern noch zusammen waren, hatten sie nonstop gestritten. Es war jedes Mal schmutzig und endete damit, dass ihre Mutter in Tränen aufgelöst war und ihr Vater vor Wut schäumte. Dons Wut war echt, Cassandras Tränen nicht. Sie hatten den Zweck, ihren Vater zu manipulieren und dafür gesorgt, dass er sich ständig schlecht fühlte.

Auch wenn sie es sich nicht offen eingestand, verabscheute sie ihre Mutter dafür, dass ihre Gier Don vergrault hatte. Was er auch tat, es war nie genug. Sie wollte immer mehr: ein größeres Anwesen, mehr Personal, den Vorsitz im Frauenkomitee – mehr Macht.

War das der Grund dafür, dass er sich nach der Trennung nicht nur von ihrer Mutter abgewandt hatte, sondern auch von ihr? Darum verabscheute sie auch ihn. Sie war ein Kind und er hatte sie Cassandra überlassen, hatte nicht um sie gekämpft! Später hatte sie erfahren, dass er ein gemeinsames Sorgerecht nicht mal beantragt hatte. War es wirklich so einfach, sie wie Schuhe der letzten Saison auszusortieren und sich eine neue Familie anzuschaffen?

Claire konnte durchaus nachvollziehen, warum ihr Vater die Scheidung wollte. Ihre Mutter hatte einen regelrechten Kontrollzwang entwickelt und Don war kein Mann, der sich an die Leine legen ließ. Aber was hatte sie sich zuschulden kommen lassen, dass er keine Zeit mit ihr verbringen wollte?

Im Moment stritten nicht ihre Eltern, sondern Matteo und Skyler. Oliver mischte ebenfalls mit, genau genommen war er der Auslöser. Statt wie besprochen zum Hafen zu fahren, war er ihrer Freundin zum Union Square gefolgt. Claire kannte sich mit diesem Hacker-Kauderwelsch nicht aus, aber durch irgendwelche Tricks war es Oliver gelungen, Skylers geheimnisvollen Freund als *Slim* zu enttarnen, der Kerl, den die Italiener engagiert hatten, um ihre Freundin aufzuspüren, sollte der Kopfgeldjäger scheitern.

Skyler vertraute diesem Slim/Sleak/Sven-Typen, auch wenn Claire nicht verstand warum.

Andererseits. Die Art, wie Skyler von ihm sprach, ließ auf eine gemeinsame Vergangenheit schließen. Wahrscheinlich spürte Matteo die gleiche Verbundenheit, denn er war auf hundertachtzig, nachdem Oliver sein Handy zückte und ein Bild der beiden hervorzauberte. Sie standen vor einem Hotdog-Wagen, Arm in Arm. Skylers Augen waren geschlossen, was der Aufnahme eine seltsame Intimität verlieh.

„Du kannst nicht irgendeinen Pisser ins Team holen, so funktioniert das nicht!"

„Und was ist mit deinen Biker-Buddys? Von denen kenne ich nicht mal die Hälfte. Aber du vertraust ihnen, darum haben sie auch mein Vertrauen."

„Das ist etwas völlig anderes, das sind meine Brüder!"

„Spar dir die Propaganda für deine nächste Patch-Party! Du hast keine Ahnung vom Silver Dragons MC, der ganze Club ist ein Riesenfragezeichen."

„Ich …"

„Und was Sven angeht, ist er der Pisser, der unsere Ärsche retten kann. Oder bist du in der Lage, mit einem Klick einer Stadt den Saft abzuschalten?“

„Er ist nicht hier, um unsere Ärsche zu retten. Er will sie Silvio auf einem Silbertablett servieren und er hat fünf Millionen Gründe dafür!“, brüllte er und schlug mit der Faust auf den Tisch. Sein Kopf hatte einen tiefen Rotton angenommen und an seiner Schläfe pochte eine Ader.

„Du kennst ihn nicht so wie ich“, konterte Sky. Ihre Wangen brannten vor Zorn und ihre grünen Augen sprühten Funken. „Er ist kein Verräter, er steht auf unserer Seite!“

Sie standen nun Nase an Nase und sahen aus, als wollten sie sich die Köpfe einschlagen.

„Ich kenne ihn nicht, da hast du recht. Was ich weiß ist, dass er für die Italiener arbeitet, für Silvio und Cesare Jackson.“

„Das hat er getan, um mich zu finden.“

„Das sollst du glauben. Wie lang hast du ihn nicht gesehen, vier Jahre?“, fragte er sichtlich um Ruhe bemüht. Seine Nasenflügel bebten, seine Hände waren zu Fäusten geballt. „Hast du eine Vorstellung, was in dieser Zeit alles passieren kann? Er ist vielleicht nicht mehr der smarte Hacker, den du in Erinnerung hast. Wir kommen nicht an seine Daten, er hat seinen Kram bis auf das letzte Komma verschlüsselt. Er weiß alles, wir dagegen sind blind.“

„Ich weiß, dass …“

„Du weißt einen Scheiß über ihn! Er kann uns alle unter die Erde bringen und das mit einem verfickten Klick.“

So und so ähnlich ging es seit einer halben Stunde. Es war wie bei einem Pingpong-Spiel, von dem Hin und Her bekam sie allmählich ein Schleudertrauma.

Matteo deutete mit dem Daumen auf Oliver. „Er und ich sind dagegen, dass dieser *Slim* bei uns mitmischt, du bist überstimmt."

Das war ihr Stichwort. Claire räusperte sich und trat an Skylers Seite.

„Also, ich, äh, vertraue Skylers Urteil, ich stimme für Sven."

„Ach, ausgerechnet jetzt entdeckst du dein Rückgrat!", fuhr Matteo sie an.

Wie war das? Claire blinzelte.

„Du sagst doch sonst zu allem Ja und Amen."

Wow, hatte er das gerade wirklich gesagt?

„Ich tue nichts dergleichen!" Ihr Puls schoss in die Höhe, gleichzeitig versetzten ihr Matteos Worte einen gemeinen Stich. Für wen hielt er sich … für wen hielt er *sie?*

Sie streckte den Zeigefinger nach ihm aus und öffnete den Mund, um ihn eben das zu fragen, doch dazu kam es nicht.

Ob aus Reflex oder warum auch immer, in jedem Fall schlug Matteo ihre Hand fort. Bei Skyler war sie sich sicher, dass es ein Reflex war. Ihre Faust schoss hervor und landete in Matteos Gesicht. Einen Wimpernschlag später rollten sie über den Boden, Matteo grollend, Skyler fauchend. Sie erinnerten Claire ein bisschen an zwei Hunde, die sich um einen Knochen balgten.

***

SKYLER

Fuck! Shit! Kacke! Was hab ich getan?

Bevor ich weiß, was ich tue, haue ich Matteo eine rein und ramme ihm das Knie in die Eier. Im nächsten Moment reißt er mich zu Boden und wir balgen wie zwei Teenager auf dem Teppich unseres Hauptquartiers in Brooklyn. Weder Olivers Eingreifen noch Claires Zurufe können uns trennen, dazu sind wir zu weggetreten.

Fragt mich nicht warum, aber irgendwie scheinen wir das zu brauchen. Wie es aussieht, hat sich in den vergangenen Jahren eine Menge Ärger angestaut, der sich hier und jetzt entlädt. Ich lande mehrere Treffer, bevor er mich auf den Boden pinnt. Doch Meister Aki hat mich auf alle Eventualitäten vorbereitet, besonders auf diese.

Ich verpasse Matteo eine Kopfnuss, befreie meine Arme und …

Ein Schwall eiskaltes Wasser landet in meinem Gesicht und wir springen auseinander.

„Habt ihr den Verstand verloren?“ Das kommt von Claire. Sie hält eine tropfende Schüssel in der Hand und wirkt fassungslos.

„Wenn wir das durchziehen wollen, müssen wir an einem Strang ziehen.“

„Ganz meine Meinung“, meldet Oliver sich zu Wort.

Ich versuche meine Atmung zu kontrollieren, ich kann mich nicht erinnern, wann ich das letzte Mal so ausgerastet bin. Ist schon ’ne Weile her.

Mein Blick sucht Matteo. „Ich kann dich beruhigen. Auch wenn ich es mir gewünscht hätte, Sven ist nicht Teil des Teams."

„Wie meinst du das?" Matteos Stimme ist so angeschlagen, wie er aussieht.

„Damit meine ich, dass er mir eine Abfuhr erteilt hat."

„Er hat – was?" Das kommt von Oliver.

„Er hat mir das hier gegeben." Ich werfe ihm eine Serviette des *Maoz* zu, auf die ich den ewig langen Code gekritzelt habe.

„Heilige Scheiße", flüstert Oliver. „Mit der Sequenz kommen wir unbemerkt durch die Tretminen." Er trägt die Serviette wie den heiligen Gral zu seinem Rechner und fängt leise vor sich hinmurmelnd an zu tippen.

„Er lässt dich abblitzen?" Matteo klingt ungläubig. Seine Unterlippe blutet und an seinem rechten Auge bildet sich ein Veilchen. Oops.

„War das nicht, was du wolltest?", frage ich noch immer angepisst. „Was wir vorhaben, ist ihm eine Nummer zu groß." Das ist die Kurzfassung. Tatsächlich hat er mir gesagt, dass er zu sehr an seinem Leben hängt, als es für jemanden wegzuwerfen, den er nicht mal kennt. Er ist bloß nach New York gekommen, um mich dazu zu bringen auszusteigen.

Als ob ich Julin seinem Schicksal überlassen würde. Trotzdem war es irgendwie süß.

„Oh, und er hat gesagt, dass wir McConnally nicht trauen können. Claires Schnüffler spielt für beide Teams." So viel zu seiner CB-Funk-Theorie. Dass er ein Spitzel ist, überrascht mich nicht, aber gut zu wissen ist es schon.

„Dieser Mistsack." Claire wirkt ernsthaft empört. „Das war's ja wohl mit seinen zwei Millionen."

Matteo rubbelt sich mit beiden Händen übers Gesicht. „Wenn dieser Hacker dich hängenlässt, warum hat er dann einen Ozean überquert, nur um dich auflaufen zu lassen?"

„Er war noch nie in New York und na ja", ich hebe die Schultern, „er wollte schon immer ein Hotdog von einem dieser Straßenhändler essen. Das hat er hundertmal in Filmen gesehen und konnte nicht widerstehen." Lahm, ich weiß, aber ich hab nie behauptet, eine gute Lügnerin zu sein und was Besseres fällt mir auf die Schnelle nicht ein.

Matteo sieht mich an, als hätte ich nicht mehr alle Latten am Zaun. Im Stillen gebe ich ihm recht. Seufzend beuge ich mich vor und sage ihm die Wahrheit.

„Er wollte, dass ich mit nach Berlin komme und diesen ganzen Scheiß hinter mir lasse." Und Julin.

„Na toll." Matteo sieht aus, als hätte er die Ladung Wasser abbekommen, nicht ich.

„Ich tue einfach mal so, als hätte ich das nicht gehört."

„Das ist sooo romantisch", Claire legt sich eine Hand aufs Herz und blickt mich mit ihren babyblauen Augen an.

„Ja, irre romantisch. Vor allem die Stelle, an der Sky uns in diesem Sumpf hängenlässt." Matteo schließt für einen Moment die Augen und massiert sich die Nasenwurzel.

„Also schön, lasst uns loslegen", sagt er schließlich, sieht auf und nickt zum Konferenztisch. „Bevor du gekommen bist, hat Dex angerufen. Er und der Rest der Jungs treffen in einer Stunde ein."

Das ist auch ein Punkt, der mir nicht schmeckt. Matteos *Brüder* konnten nicht wie jeder normale Mensch in ein Flugzeug steigen, oh nein, das wäre ja zu einfach. Diese Weicheier können sich nicht mal fünf Minuten von ihren Harleys trennen, darum cruisen sie den ganzen Weg von Denver bis New York, als hätten sie alle Zeit der Welt. Haben wir aber nicht. Dieser Spaß kostet uns fast zwei Tage und dann kommen sie nicht mal ausgeruht hier an.

Wie ich das sehe, fängt unsere Befreiungsaktion nicht besonders gut an. Obendrein wissen wir, dass wir in eine Falle rennen und haben keine Ahnung, was uns im Innern des Gebäudes erwartet. Aber hey, was wäre das Leben ohne Herausforderungen, richtig?

On top fehlt uns jemand wie Sven, bei dem ich mir nicht sicher bin, welches Spiel er spielt. Natürlich ist es schön, dass er uns die Codes für die Firewall gegeben hat, aber die brauchen wir nicht mehr so dringend wie noch vor zwei Wochen. Und ja, er hat McConnally als Verräter enttarnt, aber auch das sind keine Neuigkeiten, die mich aus den Socken hauen. Das war mir auch ohne seinen Input klar. Auch hat er bestätigt, dass Julin am Pier ist, aber wo genau, wissen wir immer noch nicht. Es gibt drei große Lagerhäuser, zwei davon sind Silvios Warenlager, in dem anderen ist ein Videozubehör-Verleih.

Normalerweise kann ich mich auf mein Bauchgefühl verlassen und von Sven habe ich keine Vibes bekommen, die irgendwelche Warnglocken bei mir ausgelöst hätten.

Aber hier geht es nicht nur um mich. Ich setze mit dieser Aktion das Leben meiner Freunde aufs Spiel und allmählich frage ich mich, ob ich das Richtige tue.

Ich komme mir wie ein Goldfisch vor, den man ins offene Meer geworfen hat, das hier ist nicht mein Terrain. Weder bin ich ein Teamleader noch verstehe ich etwas von Befreiungsaktionen. Wahrscheinlich hab ich deswegen das Gefühl, mich auf dünnem Eis zu bewegen, und unter mir brodelt ein Vulkan. Für mich ist es okay, wenn ich untergehe, es ist meine Entscheidung aufs Eis zu gehen. Aber mit welchem Recht riskiere ich Claires Zukunft oder Olivers? Ganz zu schweigen von Matteos.

Diese und ähnliche Gedanken spuken mir durch den Kopf, als das Röhren von zwei Dutzend Harleys den Konferenztisch vibrieren lässt.

Die Kavallerie ist eingetroffen.

Kapitel 16
JULIN

Julin saß auf der dunkelbraunen Chesterfield Couch im Büro seines Onkels. Die schweren Vorhänge vor den Fenstern waren zugezogen, darum konnte er nicht sagen, ob es Tag oder Nacht war. Überhaupt hatte er jedes Zeitgefühl verloren. Es konnte eine Woche vergangen sein oder ein Monat. Heute war er zum ersten Mal weder gefesselt noch unter Drogen gesetzt, obwohl sein Kopf immer noch dröhnte von dem Zeug, das sie ihm gespritzt hatten.

Andrej hatte ihm gegenüber an seinem protzigen Schreibtisch Platz genommen, die Hände vor sich auf der Tischplatte gefaltet. Mit neunundfünfzig war er immer noch fit und sah erstaunlich gut aus. Das dunkelblonde Haar hatte er wie immer zurückgekämmt, die sturmgrauen Augen auf ihn gerichtet.

Andrej war kein Anzugträger. Wenn es sich nicht vermeiden ließ, hielt er sich an Zweiteiler von Zegna, die er wie eine Uniform trug. Ansonsten bevorzugte er Jeans und schwarze Shirts, so wie heute.

Zum Teufel, er sah wie sein Vater aus, dachte Julin und bemühte sich um einen gleichmäßigen Atem. Andrej würde jede Gemütsregung bemerken und bei diesem Pokerspiel ging es offensichtlich um seine Zukunft. Sein Onkel hätte ihn nicht in diese Lage gebracht, wenn es um weniger ging, aber bei Gott, dafür würde er bezahlen. Allerdings nicht jetzt. Im Moment blieb ihm keine andere Wahl, als Andrejs Spiel mitzuspielen, bis er sich befreien konnte.

„Hast du es dir überlegt?“, fragte sein Onkel und bot ihm einen Bourbon an. Dazu sagte er nicht Nein. Falls sie ihn abermals betäuben wollten, brauchten sie das Zeug nicht in seinen Whiskey zu kippen. Das mit den Spritzen funktionierte bestens.

Er nahm das angebotene Glas und leerte es in einem Zug. Fuck, das war gut. Wassili trat aus den Schatten des Büros und füllte sein Glas auf. Julin prostete Andrej zu und nahm einen großen Schluck. Dann schloss er kurz die Augen und überdachte seine Optionen.

Das war jetzt das vierte Mal, dass er bei Bewusstsein war, was bedeutete, dass mindestens vier Tage seit seiner Ankunft in Seattle vergangen sein mussten. Wahrscheinlicher war eine Woche. Andrej hatte ihn in seinem Arbeitszimmer erwartet und war gleich auf den Punkt gekommen.

„Ich habe dich nicht zu meinem Nachfolger herangezogen, damit du mir wegen einer Frau ins Gesicht spuckst, *moy syn*“, sagte er und legte seine ganze Verachtung in das letzte Wort. „Noch dazu einer Hure der Italiener, die bewiesen hat, wie wenig sie auf die Familie gibt.“ Andrej beugte sich vor. „Auf Werte.“

„Hast du mich deswegen kommen lassen? Um mir eine deiner Ansprachen zu halten? Das hätten wir auch telefonisch erledigen können.“

„Hier wird heute nichts erledigt.“ Andrejs Stimme bebte vor unterdrücktem Zorn. „Du wirst eine Entscheidung treffen.“

„Die habe ich bereits getroffen.“

„Dein Mädchen ist zum Abschuss freigegeben, die Tage von Skyler Rossi sind gezählt, *moy syn*.“

Schon wieder *moy syn*. Doch er war nicht Andrejs Sohn. Sein Vater war Nikolai Petrow und er war tot. Ermordet von Silvio Rossi, genau wie seine Mutter und Geschwister. Julin hatte mehr als jeder andere Grund, Skyler zu hassen. Und das hatte er. Sich ausgemalt, wie er Silvios Tochter vor dessen Augen ausweiden und das Imperium der Rossis an sich reißen würde.

Womit er nicht gerechnet hatte, war Skyler. Nichts und niemand hätte ihn auf Silvios Tochter vorbereiten können. Sie war eine Naturgewalt, die seine Welt buchstäblich aus der Umlaufbahn katapultiert hatte. Innerhalb weniger Wochen hatte er seine Rachepläne über den Haufen geworfen und sich in die Tochter seines Erzfeindes verliebt. Wobei es hilfreich war, dass Skyler ihren Vater mindestens so verachtete wie er.

Für sie hatte er sein Leben verändert und befand sich auf halbem Weg in die Legalität. So weit man das von einem Petrow behaupten kann. In seinen Clubs wurde gedealt, das konnte er nicht verhindern. Genauso wenig wie die illegalen Wetten im Hinterzimmer und die Prostitution. Er war Geschäftsmann, kein Heiliger.

Dennoch hatte er seine Energie mehr und mehr in den Weinhandel gesteckt, die Restaurants und seinen Gym. Dass er sich dabei von Andrej distanziert hatte, war anfangs ein Abfallprodukt, später kalkuliert. Darüber hatten sie zahllose Gespräche geführt, die standen ihm bis obenhin.

Mit dieser Nummer schoss er allerdings weit übers Ziel hinaus. Ihm eine Nadel an den Hals zu setzen und ihn ins La La Land zu spritzen, während Skyler ohne seinen Schutz in Sankt Petersburg festsaß … Er hatte ihr seine besten Männer dagelassen, Oleg und Dima, doch seit er hier war, hatte er weder Kontakt zu seinen Leuten aufnehmen können noch zu seinem Mädchen.

Um das zu ändern, musste er verhindern, dass man ihn abermals betäubte. Es war wichtig, dass er bei Bewusstsein blieb, um nachzudenken. Andrejs Taktik war klar. Er wollte ihn mürbe machen. Sein Onkel könnte alles behaupten. Dass Skyler tot war, dass ein halbes Jahr vergangen oder der verdammte Dritte Weltkrieg ausgebrochen war. Er musste Zeit gewinnen und ihn in ein Gespräch verwickeln.

Julin nippte an seinem Bourbon und betrachtete seinen Onkel über den Rand des Glases.

„Ich verstehe, dass du enttäuscht bist, *dyadya*“, begann er.

„Enttäuscht! Das trifft es nicht mal annähernd“, sagte er und erhob sich. „Du verrätst deine Familie, dein Blut!“ Er nahm sein Glas und warf es gegen die holzgetäfelte Wand hinter Julin. Es kostete ihn einiges, nicht mit der Wimper zu zucken. Doch er kannte Andrej und dessen Ausbrüche.

„Und wofür? Für eine italienische *suka!*“

Wenn er Skyler noch ein einziges Mal eine Hure nannte, würde er …

„Nicht mal ihr eigener Vater steht zu ihr!“, fuhr er in schneidendem Ton fort.

„Sind wir seit Neuestem ein Fan von Silvio Rossi?“, fragte Julin mit kalter Stimme.

Andrej wischte den Schreibtisch mit einer Handbewegung leer. Stifte, Blätter und Büroklammern flogen in alle Richtungen.

„Er hat meinen Bruder ermordet!", donnerte Andrej.

Julins Puls raste. Er ballte die Hände zu Fäusten, der einzige Hinweis, wie viel es ihn kostete, nicht über den Schreibtisch zu springen und Andrejs Gesicht mit der Platte bekanntzumachen.

„Ich weiß. Ich war dabei", grollte er.

„Und dennoch bumst du das Rossi-Flittchen!"

Das war's. Ehe er wusste, was er tat, war er auf den Beinen, sprang über den Tisch und landete auf Andrej. Er punchte ihm zweimal ins Gesicht, bevor Wassili ihn von seinem Onkel schälte. Zumindest versuchte er es. Julin warf den Kopf zurück und traf den Riesen am Kinn, der ein Grunzen von sich gab. Sein Ellbogen landete in Wassilis Solarplexus, woraufhin der Riese wie eine Puppe zusammenklappte.

Er hatte die Schnauze voll von Andrejs Spielchen. Julin packte ihn am Shirt, zog ihn auf die Beine und warf ihn in den massigen Bürosessel. Die Hände links und rechts auf der Lehne beugte er sich vor.

„Was willst du von mir, alter Mann?"

Es brauchte kein Genie, um zu erkennen, dass sein Onkel vor Wut kochte. Seine Unterlippe war aufgeplatzt, genau wie die Haut über dem Jochbein. Sein brennender Blick lag auf Julin und wenn Blicke töten könnten, hätte Julin sich in einer Wasserstoffwolke aufgelöst.

„Ich habe alles in dich investiert", flüsterte er mit rauer Stimme. „Alles! Du warst der Sohn, den ich nie hatte."

„Ich war dein Handlanger", zischte Julin. Er stieß Andrej tiefer in den Sessel, bevor er ihn losließ und eine Reihe russischer Flüche ausstieß. Er fuhr sich mit einer

Hand durchs Gesicht, während er versuchte, die aufkommenden Emotionen unter Kontrolle zu bringen.

„Ich habe die Drecksarbeit für dich erledigt. War dein Schläger, dein Zuhälter, dein Dealer."

„Das ist der Weg, den wir alle gehen müssen", grollte Andrej und wischte sich mit dem Handrücken Blut vom Mund. „Dein Vater und ich haben auf diese Weise das Geschäft gelernt. Er hätte gewollt, dass du es auf die gleiche Weise erlernst."

„Was Nikolai für mich wollte, werden wir nie erfahren." Julin richtete den Zeigefinger wie eine Anklage auf Andrej. „Du hast deinen Traum verwirklicht, aber das war nicht meiner. Ich hab das alles nie gewollt."

„Es war auch nicht deine Aufgabe!", donnerte Andrej. „Deine Brüder standen kurz davor, die Führung zu übernehmen, bevor die Italiener sie mit Kugeln durchsiebt haben! Du solltest Anwalt werden und uns die politischen Haie vom Hals halten." Er erhob sich aus dem Sessel und beugte sich vor. „Ich habe dir viel durchgehen lassen. Dein Boxen, den Weinhandel, diese lächerliche Trainingshalle. Solang du deine Pflichten erfüllt hast, habe ich geschwiegen. Aber ich ziehe die Grenze, wenn du deine Huren vor den Kodex stellst – deine Familie."

„Nenn sie noch einmal eine Hure und ich schwöre …"

„Dein Schwur gilt der Vory v Zakone!", brüllte Andrej.

„Was willst du?", fragte Julin ruhiger, als ihm zumute war.

Innerlich kochte er. Skyler war allein in Russland, sie kannte dort niemanden. Zugegeben, sie war schon einmal auf eigene Faust quer durch fünf Kontinente geflohen und konnte auf sich aufpassen. Damit das so blieb, hatte er täglich mit ihr trainiert. Als er ihr nichts mehr beibringen konnte, hatte er ihr den besten Trainer besorgt, den man mit Geld und guten Beziehungen bekommen konnte. Dennoch.

Andrej hatte diesen Coup von langer Hand geplant. Julin war sicher, dass er für Skyler Pläne hatte und das beunruhigte ihn mehr als seine eigene Lage. Julin war Andrejs Neffe, er würde ihm nichts antun. Skyler stand auf einem anderen Blatt. Sie war der Feind, noch dazu einer, auf den ein hohes Kopfgeld ausgesetzt war. Cesare Jackson wollte sie, doch mehr als der Oberboss der Italiener war Silvio hinter ihr her. Sollte Rossi seine Tochter in die Finger bekommen, wäre sie tot besser dran. Der Mann kannte weder Regeln noch Hemmungen, er hatte kein Gewissen.

Andrej war auf dem besten Weg, eine seelenlose Maschine wie Rossi zu werden und er hatte vor, ihn ebenfalls in eine zu verwandeln.

Es stimmte, am Anfang war das Boxen eine Flucht gewesen. Ein Weg, Druck abzulassen und den Frust loszuwerden, den sein Job an der Spitze der Russenmafia ihm regelmäßig einbrachte. Doch nach und nach hatte er angefangen, legale Zweige zu eröffnen. Es fing mit den Clubs und Bars an, die Restaurants folgten danach. Da ihm die Lieferanten Ärger mit dem Alk machten, gründete er ein Import-Exportunternehmen und fuhr das Zeug auf eigene Rechnung ein, woraus sich der Weinhandel ergeben hatte. Irgendwie war eins zum anderen gekommen und die Geschäfte liefen blendend. Julin brauchte weder Drogen noch Waffen, um ein gutes Leben zu leben.

„Du hast Angst", sagte er, als Andrej schwieg. „Du weißt, dass ich dich nicht brauche, aber ohne mich kannst du die Vory nicht führen."

„Da hast du verdammt noch mal recht!"

„Du kannst noch locker zehn Jahre unser Führer sein und dir einen Nachfolger heranziehen, der den Job will."

„Die, die ihn wollen, sind von Ehrgeiz zerfressen", gab er bitter zurück.

Damit hatte er nicht unrecht. Die Männer in Führungspositionen waren größtenteils ambitionierte Arschlöcher. Ausgewachsene Narzissten – gierig und machtgeil. Keine gute Mischung. Aber es gab Ausnahmen.

„Mit dem Mädchen lief alles aus dem Ruder, mit ihr fing alles an", sagte Andrej und klang jetzt etwas ruhiger. „Wie konntest du sie über deine Familie stellen?"

Julin nahm einen tiefen Atemzug. „Skyler ist ein Opfer ihrer Familie. Sie hasst ihren Vater mit jeder Faser, das kannst du mir glauben."

„Das ist unnatürlich."

„Nicht bei Rossi. Als sie von Danilo Cross entführt wurde und er gedroht hat, sie dir zu übergeben, hat Rossi keinen Finger gerührt, ihr zu helfen." Bei der Erinnerung lief es ihm kalt den Rücken hinab. „Hättest du mich Cesare Jackson überlassen?"

„Selbstverständlich nicht!"

„Obwohl ich dich enttäuscht habe", gab er mit ruhiger Stimme zurück.

„Du bist der Sohn meines Bruders!"

Julin nickte. Das war die Antwort, die er erwartet hatte. „Skyler ist Rossis Tochter. Cross hat gedroht, sie seinen Männern zum Fraß vorzuwerfen, dennoch hat Rossi

Verhandlungen zu ihrer Freilassung abgelehnt." Er trat einen Schritt auf Andrej zu. „Welcher verfickte Vater würde so etwas tun?"

„Sie will doch bloß, dass du das glaubst."

„Ich war dabei."

Andrejs Kiefer mahlte. „Kein Vater würde so handeln", stieß er schließlich hervor.

„Rossi ist kein Vater. Er ist ein Tier. Ich werde ihn jagen und ausweiden und mir seinen Kopf an die Wand nageln."

Er konnte den Kampf hinter Andrejs sturmgrauen Augen sehen, darum legte er nach.

„Skyler hat die italienische Mafia in den Staaten auf Jahre geschwächt. Welche Beweise willst du noch, bis du begreifst, dass sie auf unserer Seite steht?"

Nicht, dass er ihm das nicht bereits tausendmal gesagt hätte. Aber dieser sture Bock weigerte sich, die Wahrheit anzuerkennen. Er glaubte dem Gerücht, dass chinesische Hacker das Netzwerk der Italiener angegriffen hatten. Wie jedes Mal, wenn sie an diesem Punkt waren, wechselte er das Thema.

„Was ist mit deiner Familie, der Vory? Bedeutet dir das nichts?"

Julin schloss für einen Augenblick die Augen. „Du bist alles, was ich noch habe, *moy otets*. Hab ein bisschen Vertrauen zu mir." Julin trat auf ihn zu und ergriff seine Schultern.

„Ich habe dir vertraut. Und ich habe dich beobachtet." Andrej spiegelte Julins Geste. „Du bist nicht mit dem Herzen bei der Sache. Und das, *moy syn*, ist gefährlich."

„Mein Herz ist bei denen, die ich liebe.“ Er drückte Andrejs Schultern. „Lass uns zusammen einen Kompromiss finden, der alle zufriedenstellt.“

Andrej schüttelte den Kopf. „Wie stellst du dir das vor? Du kannst nicht mit einem Bein im Klan stehen und mit dem anderen im Abseits. Wenn du nicht für unsere Sache brennst …“ Abermals schüttelte er den Kopf. „So funktioniert das nicht.“

„Ich habe dich noch nie im Stich gelassen.“ Hinter ihnen kam Wassili allmählich wieder zu sich und machte seltsame Geräusche. „Ich werde die Vory in die Zukunft führen, aber nicht allein. Unter meinen Männern sind ein paar fähige Köpfe. Ich werde Zellen bilden und sie Führungspositionen einnehmen lassen. Dann sehen wir weiter.“

Er würde Skyler niemals aufgeben.

„Wen hast du im Sinn? Hoffentlich nicht Milan, diesen Schwachkopf.“

„Das kannst du mir überlassen.“ Milan war effizient, wo er war. Sascha dagegen brauchte neue Herausforderungen. Er managte seit vier Jahren die *Skybar* in Los Angeles. Er war gut darin, aber völlig unterfordert. Sascha brauchte mehr Verantwortung und wenn es nach Julin ging, würde er nicht mehr lange warten müssen.

Lew verfügte ebenfalls über Führungsqualitäten. Er war Manager des *Smirnow*, ein Nachtclub Downtown L.A. Lew war der geborene Diplomat und zu Höherem berufen, als Schlägereien aufzulösen und Inventur zu machen. Von den beiden abgesehen hatte Julin in seinem Security-Team gute Männer, wie zum Beispiel Jim, Oleg und Dima.

Die diktatorische Struktur der Vory war ein System der alten Männer, die es nicht besser wussten. Wenn man ein modernes Unternehmen erfolgreich führen wollte, musste man lernen zu delegieren. Der *Pakhan* sollte am Ende nur noch die Ergebnisse kontrollieren müssen. Dazu musste man seinen Männern vertrauen, denn Loyalität war der Mörtel, der das komplizierte Gebilde der Mafia zusammenhielt.

Die Verantwortung mit Männern zu schultern, die er zu seinen Freunden zählte, war Julins Vision für die Zukunft seiner Familie. Sollte er je Kinder haben, wünschte er ihnen keine Zukunft, die mit Waffen, Drogen, Prostitution und Mord gefüllt war. Sie sollten frei sein.

„Ich muss darüber nachdenken", sagte Andrej und trat zurück. „So wie es war, kann es nicht weitergehen. Ich brauche dich an meiner Seite. Die Italiener sind geschwächt, das ist unsere Zeit. Da muss jeder Mann an Bord sein, halbe Sachen sind nicht akzeptabel." Er nickte zu Wassili, der umständlich auf die Beine kam. „Die Männer wollen zu dir aufsehen, *syn*. Du musst ihnen ein Vorbild sein. Stattdessen zeigst du ihnen, dass sie an zweiter Stelle stehen."

Mit diesen Worten marschierte er aus dem Raum und schloss die Tür hinter sich. Julin zögerte keine Sekunde. Während Wassili seine Waffe überprüfte, hob er den Brieföffner auf, den Andrej vom Tisch gefegt hatte, und ließ ihn im Ärmel seines Shirts verschwinden. Im nächsten Moment öffnete sich abermals die Tür und drei von Andrejs Männern betraten das Büro. Julin kannte keinen von ihnen. Der Mittlere setzte ein Lächeln auf, das ihm nicht gefiel. Er hatte ein ausgemergeltes Gesicht und kleine, boshafte Augen. Julins Blick wanderte seinen hageren Körper entlang zu den Händen. Oh nein, nicht schon wieder. Dieser Wichser hielt eine Spritze.

„Mach keinen Aufstand, Petrow, wir haben unsere Befehle“, sagte der Typ, der Julins Körpersprache richtig las.

Nur über seine Leiche. Er würde sich nicht noch einmal den Verstand benebeln lassen, da mussten sie ihn schon überwältigen.

„Wer glaubt ihr, hat hier das Sagen, wenn Andrej nicht mehr ist?“

„Das ist ja das Problem“, bemerkte der dürre Kerl. „Du offensichtlich nicht.“

„Sagt wer?“

„Na, du!“

„Bullshit!“ Julin scannte den Raum. Es gab nur einen Ausgang und der wurde von drei Bullen ohne Verstand blockiert und dem dürren Elend mit der Nadel.

Julin war geschwächt, aber insgesamt gut in Form. Und er war motiviert. Wo war Skyler? Wie ging es ihr und was hatten sie mit ihr gemacht?

„Der Boss macht sich Sorgen.“ Das kam von Wassili.

„Das ist sein Job.“

Der mittlere Kerl war der Kleinste, den würde er als Erstes ausschalten. Wassili war angeschlagen, der wäre kein Problem, die anderen beiden konnte er nicht einschätzen. Es war jedoch nicht so, dass er die Wahl hatte. Er würde sich nicht von Andrej abhängig machen, obwohl er es vorziehen würde, wenn er auf seiner Seite stand. Andrej war eine Macht, mit der man rechnen musste und er hatte nicht das Bedürfnis, einen Krieg mit ihm anzufangen. Dennoch würde er nicht unter Andrejs Daumen landen.

Dass er die Dinge so lange hatte schleifen lassen, war ein Fehler gewesen, dafür zahlte er hier und jetzt den Preis. Der Punkt war, dass er keine Entscheidung treffen wollte, darum hatte er diesen Moment so lange wie möglich hinausgezögert. Skyler wollte nichts mit der Mafia zu tun haben und er hatte ihr versprochen, dass er die Verbindungen kappen würde. Dass das ein Kraftakt werden würde, wusste er vorher. Andrej hatte nie geheiratet und war ohne Nachkommen – nicht mal illegitime. Er setzte auf Julin und erwartete, dass er das Business im Sinne der Familie fortführte.

Nachdem Skyler das Netzwerk ihres Vaters geknackt und den Wurm platziert hatte, verkündeten die großen Zeitungen eine neue Ordnung. Sie feierten die chinesischen Hacker, denen sie den Virus zugeordnet hatten, und sagten voraus, dass sich die Verbrechensrate in den Staaten drastisch senken würde.

Nur ein Trottel konnte so einen Schwachsinn verfassen. Mit dem Wegfall der italienischen Mafia wurde das Gleichgewicht der Syndikate empfindlich gestört.

Oberflächlich gesehen sah es danach aus, als würden jetzt alle den fetten Reibach machen. Seine Leute hatten in Rekordzeit neue Gebiete erobert und waren für die Italiener eingesprungen. Doch sie waren nicht die Einzigen. Die Mexikaner drängten ebenfalls in die ungeschützten Gebiete, die Chinesen, Bulgaren und Albaner.

Das Problem war jedoch nicht, einen Bezirk zu besetzen, sondern ihn zu halten.

Der Kampf in den Straßen hatte begonnen, die Schlagzeilen in den Zeitungen wurden immer größer. Mehr Tote, mehr Razzien und noch mehr Tote.

Die Italiener hatten zur Balance der Syndikate beigetragen, sie waren ein essenzieller Stabilisator. Diese Balance war nun gestört und das war nicht gut. Überraschenderweise erholte sich die Mafia schneller als erwartet. Entweder verfügten sie über finanzielle Ressourcen, die Skyler übersehen hatte oder sie hatten neue Partner, die sie unterstützten.

So oder so ließen sie sich ihre Bezirke nicht einfach abnehmen und eroberten sich ihre Gebiete Straße für Straße zurück. Dabei nahm die Gewalt Ausmaße an, mit denen niemand gerechnet hätte, allen voran Skyler. Das wäre sein Hauptargument ihr gegenüber, wenn er für einige Jahre die Führung der Vory übernehmen musste und der eigentliche Grund, warum er sich um Andrejs Geschäfte kümmern würde. Um das Morden zu beenden.

Er würde die Dinge in die Hand nehmen und aufräumen.

Aber zuerst musste er Andrejs Lakaien loswerden und sei es nur, um seinen Standpunkt klarzumachen. Er würde sich nicht kontrollieren lassen. Weder von seinem Onkel noch von dessen Schlägern.

Also setzte er ein falsches Lächeln auf und wog seine Feinde in Sicherheit.

Und dann tat er das, was er am besten konnte.

Er war ein Fighter. Er war wütend. Und es hatte einen Grund, dass man ihn „*The Killer*“ nannte.

Kapitel 17
SKYLER

Das Lagerhaus, in dem Julin stecken soll, ist keines von Silvios. Es nennt sich *Video Equipment Rentals* und ist Teil eines komplizierten Firmenkonglomerats, was auf Russenmafia hindeutet. Früher stand der Kasten leer. Mit den verstärkten Wärmekameras konnten wir feststellen, dass im gesamten Videoschuppen Leute an strategischen Stellen verteilt sind. Zwei sind auf dem Dach, davon hat einer das gegenüberliegende Parkhaus im Blick, der andere die Straße. Die beiden müssen wir zuerst ausschalten und uns von dort nach unten durcharbeiten.

Zumindest sollen wir das glauben. Doch für mein Gefühl passt das alles zu gut, um echt zu sein. Spätestens, nachdem ich McConnallys Blaupausen mit unseren verglichen habe, war klar, dass der Kerl ein Blindgänger ist. Auf den ersten Blick sieht alles gleich aus. Auf unseren Grundrissen gibt es allerdings einen Durchbruch zum Nebengebäude.

Wenn wir also wie die Idioten, für die wir offensichtlich gehalten werden, den Video-Laden überfallen, warnen wir Julins Wachen eine Tür weiter. Die können ihn dann in aller Ruhe aus dem Gebäude schaffen, während wir uns mit dem Kanonenfutter herumärgern, das sie für uns zurückgelassen haben. Nein, danke.

Wenn wir schon ein Risiko eingehen und unseren Hals riskieren, warum dann nicht aufs Ganze gehen? Ich verwette meinen Arsch, dass Julin im Gebäude nebenan ist. Sie müssen die Etage mit Julin nur isolieren und unsere Kamera ist blind. Laut Blaupause gibt es keinen Keller, er muss also irgendwo zwischen dem Erdgeschoss und der zweiten Etage festgehalten werden.

Nach ein bisschen Hin und Her einigen wir uns auf eine Strategie, die vorsieht, dass Matteos Biker beim Video-Laden ordentlich Lärm machen. Die Jungs ziehen ihre Rauch- und Blendgranaten-Nummer ab, während wir auf der anderen Seite unbemerkt in Silvios Hütte eindringen. Für dieses Lager gibt es keine Security, von der ich wüsste. Das war auch nicht nötig. Vor vier Jahren wurden hier leere Ölfässer und riesige Kabelrollen gelagert. Es liegt unweit des Clinton Parks gegenüber Pier 86 zwischen der 47th und 48th Street. Das Gebäude ähnelt Julins Boxhalle, ein altes Industriegebäude mit hohen Fenstern aus Gusseisen. Im Grunde sieht der rote Backsteinbau wie ein verglaster Schuhkarton aus. Auf der Rückseite liegt ein Parkhaus, die ideale Stelle, um in die Lagerhalle zu kommen.

Das ist allerdings auch der Ort, an dem sie uns erwarten, darum fällt das Parkhaus flach.

Rechts vom Lagerhaus ist ein LKW-Hof. Die Trucks begnügen sich allerdings nicht mit dem Hof – die komplette Seitenstraße ist zugeparkt. Was praktisch ist, denn über das Dach der Laster gelangt man bequem in die erste Etage.

Hatte ich erwähnt, dass die Bude komplett verglast ist? Die Fenster sind alt und leicht zu knacken. Ich bin gut darin, Schwachstellen in Gebäuden zu erkennen und dieser Backsteinbau ist so marode wie ein Schweizer Käse. Der Bau bettelt geradezu danach, dass man dort einsteigt, was ihn umso sicherer macht. Die laxen Sicherheitsvorkehrungen signalisieren, dass es hier nichts zu holen gibt – dass sich der Aufwand eines Einbruchs nicht lohnt.

Manchmal ist das die beste Tarnung.

Die Halle hat jedoch einen entscheidenden Vorteil. Sie liegt am Hudson River Greenway, einer belebten Hauptstraße gegenüber der Piers. Hier werden Tag und Nacht Frachtschiffe be- und entladen. Die Lagerhallen am Greenway sind allein durch den regen Betrieb geschützt. Wenn hier Schüsse fallen, hört man die über den Fluss bis nach New Jersey. In jedem Fall werden Julins Aufpasser sie hören, darauf beruht der Plan.

Ich mag ihn, weil er die meisten Optionen bietet. Denn falls ich mich irre und Julin wird doch im Video-Schuppen festgehalten, können wir dank des Durchbruchs vom Schweizer Käse in die Nachbarhalle dringen und kommen auf diesem Weg zum Ziel. Vielleicht etwas umständlicher als durch die Vordertür, dafür sind die Aufpasser von dem Biker-Radau abgelenkt.

Für die Aktion haben wir drei Teams gebildet. Das erste bricht mit Krawall in Julins Fake-Gefängnis ein. Das zweite besetzt die Ausgänge des Nebengebäudes und das dritte geht rein. Für den Fall, dass sie über das Parkhaus flüchten wollen, haben wir dort zwei extra Männer abgestellt plus Olivers SUV. Er wird im Wagen bleiben und uns von dort aus dirigieren. Normalerweise wäre das mein Job, doch ich will in jedem Fall mit ins Gebäude.

Wäre ich ein besserer Mensch, hätte ich vor der Operation eine tränenreiche Ansprache gehalten und allen die Gelegenheit gegeben, hier und jetzt auszusteigen, bevor es zu spät ist.

Doch ich hab nichts dergleichen getan. Matteos Jungs wissen, mit wem sie sich anlegen und Oliver ist ein großer Junge. Er steckt ohnehin schon bis zu den Ohren drin, immerhin hat er mir mit *Revenge* geholfen, meinem Virus, der die Italiener zurück in die Steinzeit katapultiert hat. Und was Matteo angeht – niemand sagt ihm, was er tun und lassen soll.

Claire hat einen Aufstand gestartet, als klar war, dass sie nicht mitkommt. Was hat sie erwartet? Dass ich ihr 'ne Uzi und ein Combat Messer in die Hand drücke und ihr viel Glück wünsche? Soll sie sauer auf mich sein, so viel sie will und mich bis zu ihrem seligen Ende hassen. Ist mir egal. Unter keinen Umständen lasse ich sie auch nur in die Nähe des Piers. Aus diesem Grund habe ich sie, nun ja, eingeschlossen, damit sie nicht auf dumme Gedanken kommt. Bei ihr kann man nie wissen.

Nachdem Matteos Biker-Buddys den Video-Schuppen umstellt haben, sichert Team zwei die Rückseite, um zu verhindern, dass jemand rein- und rausgeht. Oliver benutzt einen Jammer, das ist so etwas Ähnliches wie ein Störsender, der die Kommunikation unterbrechen soll und verhindert, dass sie Verstärkung rufen. Deswegen kappen wir auch die Telefonleitung. Heutzutage telefoniert zwar niemand mehr übers Festnetz, aber sicher ist sicher.

Dex, Matteos engster und ältester Freund, und zwei weitere Biker, deren Namen ich vergessen habe, liegen auf den gegenüberliegenden Dächern mit M40ern. Das sind Scharfschützengewehre, die das Militär benutzt. Woher sie das Zeug haben, will ich gar nicht wissen, doch die *Silver Dragons* sind nicht für ihre Chocolate Chip Cookies bekannt. Das *Silver* in ihrem Clubnamen bezieht sich auf die verchromten Läufe ihrer 9mm Berettas. *Chrome Dragons* klingt aber nicht so sexy, darum haben sie sich für den Namen was ausgedacht. Biker und ihr bescheuertes Image – da fang ich gar nicht erst an.

Zurück zum Hafen. Dex und die anderen Jungs haben die Fenster im Visier und halten uns im Notfall den Rücken frei. Oliver ist unser Auge und Ohr und warnt uns vor dem, was wir nicht sehen können. Darum ist er im Parkhaus so gut aufgehoben, von da aus hat er einen idealen Überblick. Über Minikameras und Mikros sind wir mit Oliver verbunden, der in ein paar Minuten im ganzen Block das Licht ausgehen lässt.

Und ich? Ich versuche, mich auf den Job zu konzentrieren, aber Mann, das ist schwer. Es ist eine Sache, ein Gebäude zu sprengen, vom Dach zu hüpfen und sich ein Rennen mit ein paar Arschgeigen zu liefern. Da ging es nur um mich. Wenn das hier den Bach runtergeht, steht die Sauerei auf meinem Deckel. Gott sei Dank tragen die Biker Kevlars. Was das angeht, habe ich sie unterschätzt. Wie es aussieht, haben sie mehr zu bieten als Baseballschläger und Schlagringe. So gesehen war die Fusion mit den *Dragons* gar nicht so übel.

Die Ruhe vor dem Sturm ist für mich immer das Schlimmste, darum habe ich meine Gefühle wie einen Lichtschalter ausgeknipst. Wenn ich jetzt anfange darüber nachzudenken, was alles schiefgehen kann – was vermutlich schiefgehen wird – gehen mir die Nerven durch und ich springe schreiend in den Hudson. Stattdessen schließe ich die Augen und atme tief ein, halte meinen Atem einen Moment fest und lasse ihn langsam wieder raus. Das wiederhole ich ein paarmal, bis die Fledermäuse in meinem Magen Ruhe geben.

„Wie weit bist du, Oliver?“, murmle ich ins Mikro.

„Das Licht geht aus in vier, drei, zwei …“

Und dann wird es dunkel.

***

CLAIRE

Für wen hielt Skyler sich, ihre Mutter? Claire war auf hundertachtzig.

Du bleibst hier. Ende der Diskussion.

Von wegen! Skyler musste sie für einen totalen Trottel halten und was Matteo anging, hatte er ihr unmissverständlich gesagt, was er von ihr dachte.

Kein Rückgrat, von wegen! Sie hatte mehr Rückgrat als er und seine Saufkumpel zusammen und das würde sie ihm beweisen. Danach konnte er Leine ziehen.

Alle dachten, sie wäre auf dem Zimmer, doch sie war nach draußen gegangen, um sich abzuregen und eine zu rauchen. Vor zwei Jahren hatte sie aufgehört und nun das. Doch nachdem sie wie ein unartiges Kind auf ihr Zimmer geschickt wurde, hatte sie das unbändige Bedürfnis, eine Vase auf einem bestimmten Dickkopf zu zertrümmern – oder eine zu qualmen. Sie hatte die unspektakulärere Maßnahme vorgezogen.

Das war der Grund, warum sie in der Garage stand, sich den Arsch abfror und vor Wut schäumte. Sie war Teil des Teams, sie gehörte dazu. Sie hatte Jack ins Spiel gebracht, ohne ihn wüssten sie nicht mal, dass Julin in New York war. Sie konnten sie nicht ausschließen, nur weil sie nicht schießen konnte. Oder mit einem Messer umgehen. Oder sich leise anschleichen. Oder … ach, Mist.

Okay, dann war sie eben keine Kämpferin. Aber sie konnte verdammt noch mal die Augen aufhalten und Schmiere stehen. Jeder Idiot konnte das. Aber nööö, Skyler hatte entschieden, dass sie zu nichts nütze war und Matteo hatte den Nerv, sie aufs Zimmer zu schicken! *Aufs Zimmer!* Wie alt war sie, dreizehn?!

Claire inhalierte den Rauch und stieß ihn langsam aus. Wahrscheinlich hielt er sie für eines seiner Mäuschen, ohne Hirn und Verstand. In jedem Fall ohne Rückgrat. So jemand war gut genug fürs Bett, aber nicht gut genug, um ernst genommen zu werden. Für eine Partnerschaft, eine echte Beziehung.

Egal was sie von ihr dachten, sie würde sich nicht ausschließen lassen. Skyler war ihre Freundin. Bisher hatte sie keine Gelegenheit gehabt, sich zu revanchieren, dass sie sie vor zwei Arschlöchern gerettet hatte, die sie vergewaltigen wollten. Hinter Müllcontainern!

Wie wäre ihr Leben verlaufen, wäre Skyler nicht gekommen? Wäre sie daran zerbrochen? Möglicherweise. Zum Glück würde sie das nie erfahren, denn Skyler war gekommen und sie hatte nicht gezögert, die Jungs nach allen Regeln der Kunst zu vermöbeln. Danach hatte sie sie mit zu sich nach Hause genommen, ihr ein Bad eingelassen und sich ihr Gejammere bis in die Morgenstunden angehört. Kein Mensch hatte sich je so um sie gekümmert, weil niemand einen feuchten Kehricht um sie gab.

Skyler hatte ihr Leben verändert und dafür schuldete sie ihr etwas.

Claire warf die Zigarette auf den Boden und zertrat sie.

Sie war nicht nutzlos. Und sie war keine rückgratlose Gans. Vorsichtig öffnete sie die Tür zum Haus, schlich auf Zehenspitzen zu Skylers Zimmer und zog sich um. Sie entschied sich für schwarze Klamotten, Jeans und Pulli, und schnappte sich eine dunkle Wolldecke, die oben im Schrank lag. Im Bad band sie ihr Haar zu einem hohen Pferdeschwanz zusammen und bediente sich an Julins Waffenarsenal. Wahrscheinlich hatte alles einen Namen, sie sah bloß große Messer, kleine Messer und Messer, die wie Sägen aussahen. Sie nahm sich ein kleines Klappmesser, ein Fernglas und ein Headset. Sie zögerte einen Moment, bevor sie den Revolver ergriff. Sie wog die Waffe in der Hand. Es war ein kleiner Revolver, laut Aufdruck eine Smith & Wesson. Skyler hatte ihr zum letzten Geburtstag eine Woche auf dem Schießstand geschenkt, darum war sie in Sachen Waffen & Co. nicht ganz unerfahren. Dennoch. Wenn man einen Revolver bei sich trug, musste man bereit sein, ihn abzufeuern. War sie das?

Vorsichtig legte sie die Waffe zurück. Sie hatte nicht vor, sich auf eine Schießerei einzulassen. Sie würde die anderen bloß warnen, wenn ihr etwas Verdächtiges auffiel, das war alles.

Danach trippelte sie lautlos wie eine Katze zurück zur Garage, öffnete die Tür des SUVs und kroch in den Gepäckraum. Dort breitete sie die Decke über sich aus und schob zwei Kevlars über ihre Beine.

Na also, war doch gar nicht so schwer. Niemand hatte sie gesehen. Wenn sie im Hafen waren, würde sie einen Weg finden, ihnen zu helfen. Nachdem sie Julin befreit hätten, wäre sie ein Teil der Crew und sie würden sie endlich für voll nehmen. Danach würde sie niemand mehr aufs Zimmer schicken.

***

SKYLER

Nachdem der Pier in Dunkelheit fällt, stürmen Matteos Jungs den Video-Shop, angeführt von Blues und Bear. Das zweite Team wird von Matteo und mir geführt. In unserer Crew sind Tack, Messy, Zack und ein halbes Dutzend der Silver Dragon-Typen. Der mit der Narbe im Gesicht ist Jax und der mit dem Schlangen-Tattoo am Unterarm ist – Überraschung – Snake. Die anderen Namen habe ich vergessen, kaum dass sie ihn genannt haben.

Wir warten in der Seitenstraße, bis die Ballerei losgeht. Als der erste Schuss fällt, setzen wir unsere Nachtsichtgeräte auf und dringen ins Nebengebäude. Über die Dächer der geparkten Trucks klettern wir in die erste Etage und kicken die Fenster ein, die fast von selbst aus den porösen Rahmen fallen.

Drinnen teilen wir das Team in zwei Gruppen. Die erste sorgt dafür, dass der Weg aufs Dach frei ist, die zweite klärt die Etage und arbeitet sich nach unten durch.

Kaum sind wir drinnen, habe ich ein komisches Gefühl. Von dem Radau draußen abgesehen ist es hier zu ruhig, zu staubig und zu leer. Auf der Etage sind vier Räume, die wir ratzfatz gecheckt haben.

Messy, Tack, Zack und zwei von den Dragon-Leuten verkrümeln sich in den zweiten Stock, wir gehen nach unten, wo es ebenso leer ist. Hier ist kein Schwein.

„Oliver, rede mit mir."

„Keine Ahnung, was da los ist." Über die Kameras kann er sehen, was wir sehen, und das ist nichts. Zero. Tote Hose.

„Außen ist alles ruhig und die Wärmekameras zeigen nur euch." Ich kann ihn tippen hören. „Checkt mal, was das oben in den Ecken ist."

„Fuck." Das kommt von Matteo, doch ich hab es ebenfalls gesehen.

„Ist es das, was ich denke?", hakt Oliver nach.

„Kameras", bestätige ich. „Die Wärme kommt von den Batterien."

„Die bewegen sich." Matteos Stimme klingt beinah nachdenklich.

„Bewegungsmelder", sage ich leise.

„Wenn die funkgesteuert sind, sollten sie das nicht, der Jammer ist an."

Auch wieder wahr.

„Wirf mal einen Blick darauf." Matteo nimmt das Nachtsichtgerät ab und nickt zu der Kamera. „Ich gehe in die zweite Etage und hol die Männer zurück."

Was für ein Dreck, die verdammte Hütte ist leer, der Durchbruch zugemauert. Während ich auf die Kamera zugehe, schwingt sie zu mir und ich habe buchstäblich das Gefühl, dass sie mich einzoomt.

Meine Eingeweide ziehen sich zusammen, während meine inneren Alarmglocken schrillen. Das hier läuft ganz falsch.

Wo sind die Männer, wo die Wachen? Und wo verdammt noch mal steckt Julin?

Als ich unter der Kamera stehe, nehme ich das Sichtgerät ab und blicke aus dem Fenster. Gegenüber ist ein Lager von FedEx, deren Ship Center, um genau zu sein. Und dann sehe ich es. Oder besser gesagt sie. Ein halbes Dutzend Männer, die eine Bazooka aufbauen.

Das Blut gefriert in meinen Adern, das kann nicht sein. Dex und seine Leute liegen auf den Dächern und behalten die Gegend im Auge. Das ist ihr einziger Job. Offensichtlich ist was schiefgelaufen, denn immer mehr Männer kommen aufs Dach und schleppen eine zweite Bazooka hoch, die sie neben die erste stellen und auf das Lagerhaus richten. Auf mich, um genau zu sein.

Na toll.

„Alle raus! Wir müssen hier RAUS!", brülle ich und fange an zu laufen.

Kapitel 18
JULIN

Die vier Arschlöcher auszuschalten hatte ihn Kraft gekostet, doch er wusste, wie man sich auf einen Fight vorbereitet. Er war so motiviert wie vor keinem anderen Kampf zuvor, der Adrenalinschub half ebenfalls. Der hagere Motherfucker war erstaunlich zäh, aber das war bei den Marathontypen oft der Fall. Milan war ebenfalls ein Zwerg, aber er kämpfte wie der Terminator. Egal wie oft er zu Boden ging, er stand immer wieder auf und setzte nach.

Der Kleine war kein Milan, aber er war nicht schlecht. Ein Schlag mit dem Handrücken in die Kehle und eine ausgekugelte Schulter lösten das Problem und er stand nicht mehr auf. Wassili war angeschlagen, darum griff er ihn als Nächsten an. Er war bewaffnet, also nahm er ihm die Knarre ab und rammte ihm den Brieföffner in den Oberschenkel. Normalerweise würde er kurzen Prozess machen und alle vier umnieten. Aber sie gehörten zu Andrej und wenn er Frieden mit seinem Onkel wollte, durfte er seine Männer nicht töten. Also schoss Julin dem Koloss Nummer eins erst in den Fuß, dann ins Bein, danach ging er wie ein Sack Mehl zu Boden.

Zum Glück hatte Wassilis Waffe einen Schalldämpfer, sonst hätten sie gleich unerwünschten Besuch. Also, noch mehr.

Der zweite Klops war schneller als er und schoss ihm in die Schulter. Fuck! Er revanchierte sich, verpasste ihm eine Kugel ins Knie und versenkte anschließend die Faust in seinem Gesicht. Knock-out.

Während des Kampfes hatte er ein seltsames Gefühl. Er kannte Andrejs Büro, aber die Geräusche stimmten nicht. Er konnte einen Hall ausmachen, ein Echo, als wäre er in einer Blechbüchse.

Oder einem riesigen Container.

Als er die Vorhänge zurückzog, blinzelte er einmal, zweimal. Dreimal. Da war kein Fenster, sondern eine Luke.

Er war auf einem Schiff.

Ein Blick in den Hafen verriet ihm, dass er nicht in Seattle war. Die New Yorker Chelsea Piers waren berühmt. 1912 wurde am Pier 59 die *Titanic* erwartet, stattdessen legte die *Carpathia* am Pier 54 an und brachte die wenigen Überlebenden des Luxuskreuzers in die Staaten. Doch er kannte den Hafen nicht aufgrund seiner Geschichte. Er war regelmäßig im Fernsehen, da er als Kulisse für Serien wie *Law & Order* diente.

Aktuell war er wegen eines Großprojekts in den Schlagzeilen, in das Julin investieren wollte. Die Stadt plante einen Park, so groß wie zwei Fußballfelder, der vor dem Pier im Hudson River gebaut werden sollte. Das war ein_Multimillionen-Dollar-Deal, Geld, das in die Zukunft investiert würde.

Das hier war nicht Pier 54, das Schiff hatte weiter oben angelegt. Dennoch war die Kulisse eindeutig, er war im Hafen von New York City.

Während er versuchte sich zu orientieren, fiel am ganzen Pier das Licht aus. Kurz darauf gingen Blendgranaten im gegenüberliegenden Gebäude hoch. Die Lichtexplosionen ließen das Lagerhaus skelettartig aussehen. Der Rauch verdichtete sich immer mehr und verbarg, was sich dahinter abspielte. Den Geräuschen nach zu urteilen fand eine Schießerei statt.

Fuck!

Die Wunde an seiner Schulter pochte und brannte, doch es war bloß ein Streifschuss, er würde überleben.

In Andrejs Garderobe fand er das Spielzeug, das er brauchte, um hier rauszukommen. Eine 9mm Glock und ein MP5 von Heckler. Für eine Maschinenpistole war die MP handlich und erfreulich leicht. Er zog Andrejs Mantel über, stopfte sich die Taschen mit Munition voll und hängte sich zum Schluss den Granatwerfer um. Im Gegensatz zur MP5 war der Mk Striker scheißschwer. Doch sein siebter Sinn sagte ihm, dass er ihn brauchen würde. Er war allein und hatte keinen Plan von der Anzahl seiner Gegner.

Als die Tür zu Andrejs Fake-Arbeitszimmer aufflog, zögerte er keine Sekunde. Er zielte erst auf die Beine, dann die Schulter. Auf diese Weise erledigte er vier Wächter und wunderte sich, dass das schon alles war. Acht Aufpasser, mehr hatte Andrej nicht zu bieten?

Wo sich der Rest der Crew aufhielt, fand er heraus, nachdem er auf den Pier trat. Auch wenn der Strom abgestellt war, spendete der Mond genug Licht, um zu erkennen, dass auf dem FedEx-Gebäude Bewegung war. Er verengte die Augen, um besser zu sehen. Zwei Raketenwerfer waren auf das gegenüberliegende Lagerhaus gerichtet. Er tippte auf Bazookas, so genau konnte er das durch den Qualm der Granaten nicht ausmachen. Sein Verdacht wurde bestätigt, als der erste Schuss abgefeuert wurde und das Dach des Lagers explodierte.

Julin zögerte keine Sekunde. Er lud den Granatwerfer und richtete ihn auf die Angreifer, die bereits nachluden. Der Rauch war lästig, doch das Zielfernrohr der Striker war erste Sahne. Jep, einer der Fucker auf dem Dach bereitete den zweiten Angriff vor, dem Anschein nach diesmal auf die erste Etage. Daraus wurde nichts.

Julin hielt die Luft an, justierte den Granatwerfer und drückte ab. Der Mk Striker von General Dynamics hatte eine Reichweite von zwei Kilometern. Er war keine hundert Meter von seinem Ziel entfernt und pustete die Motherfucker samt ihrer Bazookas vom Dach.

Weiter unten wurde es hektisch. Die Männer vor dem Lager rannten zu zwei Vans, die mit quietschenden Reifen zum Stehen kamen. Ihrer Aufmachung nach Biker – das könnten Matteos Männer sein.

Als ein Helikopter mit lauten Whupp Whupp Whupp-Geräuschen über dem Fluss auftauchte, schoss er abermals eine Granate ab, diesmal eine Warnung. Es funktionierte, der Heli drehte unverzüglich ab.

Die Vans verschwanden ebenfalls, dann kreuzte ein weiterer Wagen auf, diesmal ein schwarzer SUV. Sein Herz machte einen Satz, als er Skyler ausmachte, die einen Verwundeten geschultert hatte.

Fuck!

Er ließ den Granatwerfer fallen und rannte in ihre Richtung. Als sich ihre Blicke trafen, hob sie die Waffe und … erstarrte.

Er blieb wenige Meter vor ihr stehen und betrachtete sie. Sie sah jenseits von erschöpft aus, geradezu ausgelaugt. Ihr Haar, das sie neuerdings kastanienbraun färbte, hatte sie zu einem Zopf zusammengebunden. Dadurch wirkte ihr ohnehin schon schmales Gesicht noch hagerer, sie hatte abgenommen. Staub bedeckte jeden Zentimeter ihres Körpers, der zerbrechlicher denn je wirkte.

Verfluchte Scheiße, sein Mädchen war nur noch Haut und Knochen!

„Julin." Er las die Worte mehr von ihren Lippen, als dass er sie verstand. Jemand nahm ihr den Verletzten ab und trug ihn zum Wagen.

Matteo trat hinter ihr hervor. „Soll das ein Witz sein?", fragte er und beäugte ihn misstrauisch.

„*Julin!*", schrie Skyler und warf sich in seine Arme. Er zuckte zusammen und taumelte einen Schritt zurück. Doch er ignorierte den Schmerz und vergrub die Nase in Skylers Haar, drückte sie fest an sich. Er schloss die Augen und atmete ihren Duft nach Aprikosen und Staub ein.

Ja, dachte er, sie hatte abgenommen. Aber sie war warm und lebendig und sie war seine Skyler. Er hielt sie einen Moment, schloss den Lärm um sie herum aus. Matteos Flüche und das Geräusch herannahender Sirenen. Das hier tat er für sich, er brauchte das. Brauchte die Gewissheit, dass es seinem Mädchen gut ging. Dass sie atmete und nicht mit verrenkten Gliedern unter dem Dach des Lagerhauses begraben war.

Dass sein Leben wieder Sinn machte.

„Du bist verletzt", wisperte sie.

„Streifschuss. Das wird wieder."

Streifschuss oder nicht, die Wunde an der Schulter brannte wie Hölle.

„Verdammt noch mal, wir müssen weg!", rief Matteo und klopfte gegen das Wagendach.

„Lass uns verschwinden.“ Skyler ergriff seine Hand und quetschte sich mit ihm auf den Rücksitz, der zur Hälfte von einem Typen eingenommen wurde, der aus einer Kopfwunde blutete. Oliver saß am Steuer, Matteo nahm auf dem Beifahrersitz Platz.

„Wir gabeln Claire auf, danach fahren wir zum Flughafen“, sagte Matteo und Oliver trat das Gaspedal durch.

Danach blendete Julin seine Umgebung aus und konzentrierte sich auf sein Mädchen. Er hatte ganz vergessen, wie fragil sie unter der harten Schale war. Im Moment sah er jedoch nur ihre Zerbrechlichkeit und sein Herz zerbarst in eine Million Einzelteile.

Er schloss sie in seine Arme, presste sie gegen seine Brust und wanderte mit den Lippen über ihre Lider, den Nasenrücken, ihre Lippen. Ihr Körper bebte von stummen Tränen, denen sie in der Dunkelheit des Wagens freien Lauf ließ. Das war so sehr Skyler. Sie wollte keine Zeugen ihrer Schwäche. Niemand durfte sehen, dass sie verwundbar war – ein Mensch aus Fleisch und Blut.

Julin liebte alle Facetten an ihr, das taffe Miststück, die leidenschaftliche Geliebte und ihre Zartheit, eine Seite, die sie viel zu selten zuließ. Das war Silvios Werk und allein dafür hasste er dieses Dreckschwein.

Er hielt sie während der Fahrt, ließ sie ausweinen, das war auch eine Art Stressabbau. Skyler brauchte seine Nähe und die Gewissheit, dass sie von nun an nichts und niemand trennen würde.

In den letzten beiden Jahren hatte er sie erst einmal weinen sehen, da waren sie allein. In Gegenwart anderer zeigte sie niemals ihre schwache Seite. Dass sie es dennoch tat, bewies mehr als alles andere, wie sehr sie unter der Ungewissheit gelitten haben musste. Und Mann, davon konnte er ein Lied singen, ihm war es nicht anders ergangen. Nicht zu wissen, ob der Mensch, den er mehr als alles auf der Welt liebte, noch lebte. Keinen Schimmer zu haben, ob sie gefangen war, womöglich gefoltert wurde … Julin biss die Zähne zusammen.

Er wusste nicht mal, ob sie in Silvios Hände geraten war oder ob Andrej sie hatte. Wäre es ihm möglich, würde er ebenfalls weinen, allerdings vor Erleichterung. Doch er war voller Adrenalin und brodelndem Zorn, der seit seiner Gefangenschaft an ihm genagt hatte.

Er hatte sein Mädchen zurück, doch die Drahtzieher waren davongekommen. Bei dem Gedanken, dass sie noch atmeten, ballten sich seine Hände wie von selbst zu Fäusten. Skyler schien seine Anspannung zu spüren. Sie legte eine Hand auf seine Wange, dann strichen ihre Lippen über seine. Er beantwortete ihre unausgesprochene Frage und küsste sie. Zuerst vorsichtig, denn fuck, er hatte sie noch nie so verletzlich gesehen. Doch es dauerte nicht lang und sein Hunger übernahm das Ruder.

Skyler schmeckte, wie sie duftete, nach Sommer und Aprikosen. Darunter lauerten Staub, Wut und Verzweiflung, die sie zusammen mit ihrer Leidenschaft in den Kuss legte. Als sie ihn unterbrachen, um Luft zu holen, trafen sich ihre Blicke und darin lag mehr, als er in Worte fassen konnte: die Schönheit bedingungsloser Liebe.

Skyler hatte nie gesagt, dass sie ihn liebte, das musste sie auch nicht. Er erkannte es in kleinen Gesten, Blicken und an vertrauten Lächeln, die einzig und allein ihm galten. An den Momenten, in denen sie sich gleichzeitig ansahen, wenn sie etwas witzig fanden und nicht lachen wollten. Daran, wie Skyler sich ihm gegenüber mehr und mehr öffnete, obwohl sie dagegen ankämpfte.

Oder Zeiten wie diesen, in denen es nur sie und ihn gab und sonst niemanden.

„Ich wusste nicht, ob du noch lebst“, flüsterte sie gegen seine Lippen. „Ob Silvio dich hat oder dein Onkel.“

Er nahm ihr Gesicht in die Hände und betrachtete es. Auch wenn es ihr nicht bewusst war, Skyler war eine Schönheit. Sie hatte ein Gesicht, halb Unschuld, halb Vamp. Helle Haut, voller Mund und ausdrucksstarke Augen, moosgrün mit einem türkisfarbenen Außenring, deren Blick er tief in seinen Eingeweiden spürte.

„Ging mir genauso“, erwiderte er und strich mit dem Daumen über ihre Unterlippe.

„Wo warst du?“

Bevor er antworten konnte, hielten sie vor einem Sandsteinhaus in den Brooklyn Hights.

„Wir reden später“, sagte er, öffnete die Tür und half ihr aus dem Wagen. Matteo joggte ins Haus und kam nach wenigen Minuten mit einem Gesichtsausdruck zurück, der nichts Gutes verhieß.

„Sie ist nicht da.“

„Wie meinst du das?“ Skyler wirkte verwirrt.

„Wie ich es sage, Claire ist nicht da.“

Sie löste sich aus seinem Arm und ging nun ebenfalls ins Haus, gefolgt von Oliver und Matteo.

Julin legte eine Hand an die offene Tür des SUVs und beugte sich in den Wagen.

„Wie heißt du?“, fragte er den Typen auf der Rückbank, der sich einen Mullverband auf die blutende Stelle presste.

„Jax."

„Hast du ein Telefon?"

„Im Handschuhfach", brummte er und ruckte das Kinn in die Richtung. „Sind alle Prepaid, also ziemlich sicher."

Julin öffnete das Fach. Darin lagen gut ein Dutzend Smartphones aller Marken und Modelle. Er zog ein iPhone heraus und wählte Jims Nummer.

Jim war sein Sicherheitschef und in gewisser Weise seine rechte Hand – und sein Freund. Der Anruf ging direkt zur Voicemail, darum tippte er Milans Nummer ein.

Der alte Giftzwerg war nicht bloß sein Buchhalter. Neben Andrej war er so etwas wie eine Vaterfigur für ihn. Er leitete Julins Gym und fädelte die ein oder anderen Deals für ihn ein. Er selbst nannte sich Mädchen für alles, was in gewisser Weise auch zutraf. Er hob nach dem vierten Klingeln ab.

„Fick dich, *Anonymer Anrufer*, willst du mich verarschen!?"

„Milan, ich bin's, Julin."

Pause.

„Verfluchter Dreck, Julin! Wo zum Teufel steckst du?"

„New York. Ich brauch ein Update."

„Wie tief steckst du in der Scheiße?" Das war Milan, wie er ihn kannte.

„Bis zum Hals."

„Ist das schon alles?" Er konnte hören, wie er auf seiner Zigarre kaute. „*Andrjuscha!*" Er schaffte es, aus dem Kosenamen seines Onkels ein Schimpfwort zu machen. „Ich habe ihm nie getraut."

„Milan, Update", drängte Julin.

„Jim ist verschwunden."

Fuck.

„Sascha und Lew lassen dich überall suchen, die anderen Jungs sind unterwegs, um dich zu finden. Aber es ist, als hätte dich die verfickte Straße verschluckt."

„Hat sich Andrej bei dir gemeldet?"

„Scheint die Sonne aus meinem Arsch?" Er konnte hören, wie Milan ausspuckte. Warum fragte er auch.

„Aber 'ne Menge Leute kreuzen plötzlich auf, nicht nur Italiener. Stellen Fragen. In deinen Clubs. Im Gym. In der Bar."

Er blickte auf, als er Schritte im Kies hörte. Skyler kam mit einem grimmigen Gesichtsausdruck auf ihn zu. „Claire ist verschwunden." Er konnte sehen, wie sie schluckte.

„Hör zu, Milan, ich muss Schluss machen. Schick mein Spezialteam, ich brauche die Jungs vollzählig und ich brauche sie gestern."

„Wohin?"

Er hielt einen Moment inne und dachte nach. Silvio war in New York. Mit ihm würde er zuerst abrechnen. Andrej hielt sich ebenfalls in der Stadt auf. Zwei Fliegen mit einer Klappe.

„JFK Airport, ich lasse sie abholen."

Eine Pause entstand.

„Weißt du, was du tust, Junge?"

Julins Blick landete auf Skyler. Sie hatte sein Leben verändert und war in den letzten beiden Jahren der Grund, warum er sich morgens aus dem Bett rollte. Ihre Stärke hatte ihn beeindruckt, ihre Schwäche berührt. Wenn sie für jemanden brannte, brannte sie lichterloh und kämpfte bis zum Ende. Sie hatte ihren Hals für ihn riskiert und wer weiß was durchgemacht, um aus Sankt Petersburg zu entkommen. Einer Stadt, in die er sie gebracht hatte, damit sie in Sicherheit war, während er seinen Scheiß mit Andrej regelte.

Geregelt hatte er gar nichts. Stattdessen hatte er Skyler in Lebensgefahr gebracht – also in noch größere, als sie ohnehin schon schwebte.

Aber damit wäre jetzt Schluss.

„Ich war mir noch nie so sicher", sagte er und beendete das Gespräch.

Kapitel 19
JULIN

Nachdem sie das ganze Haus auf den Kopf gestellt und auch das Gelände durchkämmt hatten, gab es keinen Zweifel, dass Claire verschwunden war.

Matteo sah aus, als würde er jeden Moment auf etwas einschlagen – oder jemanden – und Skyler wirkte komplett überfordert. Sie machte nicht den Eindruck, als könnte sie in den nächsten Stunden wichtige Entscheidungen treffen, darum übernahm Julin kurzerhand die Führung.

So wie er das sah, hatten sie seine Rettungsaktion stümperhaft geplant und noch stümperhafter durchgeführt. Zudem hatten sie keinen Plan B und falls doch, war er nicht zu erkennen. Ihr Team war in alle Winde zerstreut und Skylers Freundin, die ohnehin nichts in New York zu suchen hatte, war verschwunden. Ob sie verschleppt wurde oder bloß spazieren war, konnte er nicht sagen. Das Türschloss war intakt, auch sonst waren keine Einbruchspuren zu erkennen. Da es im Haus keine Kampfspuren gab, ging er davon aus, dass Claire aus dem Haus gelockt wurde oder abgetaucht war.

Vom Planungsdesaster abgesehen hatten sie einen Verletzten im Auto und nicht mal einen verdammten Erste-Hilfe-Kasten zur Hand. Dieser Jax musste versorgt werden und Matteo musste sich um sein Team kümmern, das laut Skyler zum ausgemachten Fluchtpunkt gefahren war und auf Anweisungen wartete.

Julin nahm einen tiefen Atemzug und drängte den Schmerz, zusammen mit der aufkommenden Übelkeit, mit eiserner Willenskraft zurück. Nachdem er wer weiß wie lang lahmgelegt war, rebellierte sein Körper gegen die plötzliche Belastung.

Allmählich sank der Adrenalinspiegel und er spürte seine Verletzungen. Die Rippen waren geprellt, das rechte Knie schmerzte und seine angeschossene Schulter brannte wie eine Bitch.

Davon abgesehen war er hungrig, durstig und bis ins Mark erschöpft. Er hatte keine Ahnung, wann er das letzte Mal feste Nahrung zu sich genommen hatte. Den Einstichen an seinem Arm nach zu urteilen hatte er am Tropf gehangen. Außerdem musste er aus den Klamotten. Er brauchte eine heiße Dusche und er brauchte Skyler. Er wollte endlich mit ihr allein sein.

Einen Anruf später hatte er ihnen ein neues Hauptquartier besorgt. Das Waldorf Astoria gehörte ihm seit zwei Jahren. Er hatte es über eine Strohfirma kaufen lassen, die einer Strohfirma gehörte – und so weiter und so fort – um anonym zu bleiben.

Es würde allerdings seltsam aussehen, wenn sie mit einem blutenden Biker durch die Lobby humpelten, während der Rest den Anschein erweckte, als wären sie der Apokalypse knapp entkommen. Aus diesem Grund dirigierte er Matteo in die Tiefgarage.

„Das Waldorf?", fragte er. Er sah aus, als hätte er in eine Zitrone gebissen. „Geht's noch auffälliger?"

„Hier sind wir geschützt", versicherte Julin ihm.

„In Brooklyn waren wir ebenfalls geschützt."

„Erzähl das Claire."

„Du arroganter Arsch!“ Matteo drehte sich zu ihm und hielt ihm den Zeigefinger entgegen. „Wir wissen nicht, was mit ihr passiert ist …“

„Und solange das der Fall ist, werde ich kein Risiko eingehen“, gab er mit einer Stimme zurück, die keinen Widerspruch duldete.

„Der Kasten gehört Silvio“, gab Skyler zu bedenken.

„Gehörte. Schon vergessen, dein Vater brauchte Kapital und hat alles verkauft, was er zu Geld machen konnte.“ Inklusive der Lagerhäuser am Pier, aber das behielt er für sich.

Julin tippte den Generalcode ein, mit dem sie nicht nur ins Parkhaus gelangten. Er öffnete zudem die Türen des privaten Aufzugs, der normalerweise für Promis und hochkarätige Politiker vorgesehen war. Auf diesem Weg gelangten sie unbehelligt bis zur Penthouse-Suite.

Oben angekommen packte Oliver seinen Rechner aus und Skyler kümmerte sich um Jax. Matteo war zu seinen Biker-Buddys gefahren. Er würde sie zurück nach Brooklyn bringen und dort auf Claire warten, falls sie auftauchen sollte.

Julin hatte andere Pläne. Kaum waren sie oben angekommen, bestellte er bei Gerald, dem suiteeigenen Butler, Essen für eine Armee und Sachen zum Wechseln für Skyler und sich. Danach schälte er sich aus den Klamotten und stellte sich unter die Dusche.

Mann, das tat gut.

Er schloss die Augen und lehnte mit der Stirn gegen die Fliesen, während das Wasser seine Arbeit tat. Er ließ den ganzen Dreck von sich abfallen und sah zu, wie Blut, Schmutz und Schweiß im Ausguss verschwanden. Das heiße Wasser hatte nicht nur einen belebenden Effekt, es katapultierte ihn aus seiner mentalen Lethargie und weckte seine Lebensgeister.

Und damit kam sein Zorn zurück.

Was hatte Matteo sich dabei gedacht, das Warenlager anzugreifen? Hatte niemand vorher überprüft, wo er war? Sie hatten eine erstklassige Zielscheibe für ihre Gegner abgegeben und wären jetzt vermutlich unter einer Tonne Schutt begraben, wäre er nicht eingeschritten.

Wie konnte dieser Motherfucker sein Mädchen derart in Gefahr bringen? Und wie zum Geier konnte Skyler so unvorsichtig sein und sich auf dieses Himmelfahrtskommando einlassen?

Er hasste es, die Kontrolle zu verlieren und seit Andrej diese Nummer abgezogen hatte, war nichts mehr unter Kontrolle. Er hatte seine Leute in Gefahr gebracht, allen voran Skyler.

Andrej wusste, was er für sie empfand und hatte damit gearbeitet. Er wollte Julin in die Knie zwingen und hatte die Zeit für ihn arbeiten lassen. Irgendwann wäre er eingeknickt, schon allein um Skyler aus der Gefahrenzone zu holen. Hätten die Bazookas heute Nacht ihr Ziel gefunden, wäre es unwahrscheinlich, dass sie noch am Leben wäre.

Julin schlug mit der Faust gegen die Kacheln.

Andrej. Das war ein Fehler, den er bitter bereuen würde. Doch er musste geduldig sein. Andrej stand auf seiner Liste, doch ganz oben waren Silvio und Cesare. Zuerst mussten sie allerdings Skylers Freundin finden.

Er kannte das Mädchen kaum, doch Skyler bestand darauf, dass sie unter keinen Umständen einfach verschwunden wäre. Also würde er ihr das einfach mal glauben. Das bedeutete, dass jemand sie geschnappt hatte und dieser Jemand war vermutlich kein Freund.

Nach einer gefühlten Ewigkeit drehte er den Hahn zu, trocknete sich ab und schlang ein Handtuch um die Hüfte. Auf dem Bett lagen frische Sachen. Boxershorts, eine Auswahl Jeans, Cargos, ein Stapel Shirts und drei Paar Boots – alles in seiner Größe. Auf der anderen Seite des Bettes fanden sich ähnliche Sachen für Skyler, nur die Girly-Version, mit Sneaker, auf die sie so stand und taillierten Jerseys.

Julin schlüpfte in Cargos, zog sich ein schwarzes Langarm-shirt über und lief barfuß in den Salon, den Skyler gleichzeitig mit ihm betrat. Sie war immer noch staubig und wirkte gereizt.

Ihm war klar, dass sie es ebenfalls nicht schätzte, die Kontrolle zu verlieren, und der heutige Abend war ihr um die Ohren geflogen. Nicht nur hatten sie am falschen Ort zugeschlagen und wären beinah dabei draufgegangen. Skyler hatte ihre Freundin verloren. Er kannte Skyler lang genug, um zu wissen, dass bei ihr Sorge und Angst in Zorn umschlugen. Er wusste es deshalb so genau, weil er ebenso tickte.

„Warum warst du nicht im Lager?“, fuhr sie ihn an.

„Warum wart ihr es?“

Sie machte eine wegwischende Handbewegung. „Wir hatten die Info, dass du dort festgehalten wurdest.“

„Und die habt ihr natürlich überprüft.“

„Spar dir deine Selbstgefälligkeit für deinen Onkel!“ Ihre Augen funkelten, als sie einen Schritt auf ihn zutrat.

Das war sein Mädchen. Sie brauchte ein Ventil und er war mehr als bereit, ihr Sparringspartner zu sein. Oder in diesem Fall ihr Punchingbag. Und danach wäre er da, um sie aufzufangen.

„Zumindest ist mein Onkel nicht wie eine lebende Zielscheibe durch den Hafen gerannt. Habt ihr deswegen das Licht abgeschaltet? Um mit Blendgranaten auf euch aufmerksam zu machen?"

„Das war ein Ablenkungsmanöver!"

Er wusste, wie sehr sie es hasste, in der Defensive zu sein. Unter dem grauen Staub konnte er Röte ausmachen, die ihren Hals hochkroch.

„Das war geplanter Schwachsinn. Jeder Idiot weiß, dass man die Nachbardächer besetzen muss, um die Gegend zu sichern. Wer hat euch überhaupt gesteckt, dass ich in dem verfickten Lagerhaus bin? Habt ihr das verifiziert? Habt ihr das Lager vorher beobachtet oder wieso seid ihr wie eine Horde hirnloser Volltrottel reingestürmt?"

„Entschuldige, wenn ich nicht perfekt bin!" Skyler hatte die Hände in die Hüften gestemmt und sah ihn mit brennenden Augen an. „Aber das war meine erste Aktion dieser Art. Und der '*Wie befreit man eine Geisel aus den Krallen der Russenmafia'-Kurs* war ausgebucht. Wochenlang wusste kein Schwein, wo du bist, und als wir endlich einen Tipp bekommen haben, haben wir nicht gezögert." Ihre Brust bebte, im Moment hielt sie nur ihre Wut zusammen.

„War diese Aktion für den Arsch?", fuhr sie mit zitternder Stimme fort. „Kann schon sein. Aber mit welchem Recht spielst du dich so auf? Du warst derjenige, der mich nach Russland geschleppt hat, wo ich ein hundert Jahre altes Gebäude in die Luft jagen musste, um meinen Arsch zu retten."

„Du hast meine Villa gesprengt?" Er konnte das Entsetzen nicht ganz aus seiner Stimme halten.

„Deine Villa, deine Kunstsammlung und den gottverdammten Weinkeller!", schleuderte sie ihm entgegen.

Fuck.

„Bist du noch ganz bei Trost? Allein die Gemälde waren Millionen wert!" Das traf zwar zu, doch hier ging es nicht um Geld. Scheiß auf das Zeug, in dem Haus waren seine Leute. Oleg und Dima waren seine besten Männer und Demjan und Alina kannte er, seit er laufen konnte. Demjan war Ende sechzig, Alina ein Jahr jünger. Das Paar hielt das Haus in Schuss, verwaltete das Grundstück und kümmerte sich um den Fuhrpark. Wie er die Situation einschätzte, waren sie allerdings nicht in der Explosion gestorben. Ein Profi lässt keine Zeugen zurück. Für Killer waren Demjan und Alina Ballast, so was wurde man als Erstes los.

„Nein, bin ich nicht!", schrie sie. „Ich bin krank vor Sorge. Ich kann mich nicht erinnern, wann ich das letzte Mal so viel Angst hatte." Das war eine Lüge und Skyler hasste die Tatsache, dass er es wusste.

Skylers Stärke war ein Panzer, den sie nach dem Mord an ihrer Mutter angelegt und nie wieder losgelassen hatte. Im letzten halben Jahr hatte sie ihre Deckung immer öfter sinken lassen, doch nun stand ihre Festung wieder – und alle Brücken waren hochgezogen. Das hier war das taffe Miststück, das er kennengelernt hatte. Und wie damals war ihm klar, dass das Fundament ihrer Härte blanke Angst war.

Angst, noch einmal einem Monster ausgeliefert zu sein. Sie war wieder das sechsjährige Mädchen, das nichts im Griff hatte und hilflos mit ansehen musste, wie ihre Mutter verblutete.

Ein paarmal hatte er versucht, mit ihr darüber zu reden, aber wann immer der Tod ihrer Mutter zur Sprache kam, machte sie dicht. Silvio hatte Emily erschossen und die Russen für ihren Tod verantwortlich gemacht. Er hatte die Gelegenheit genutzt, um einen Krieg gegen die Vory v Zakone heraufzubeschwören, besser bekannt als Russenmafia.

Als ihre Mutter starb, war Skyler ein Kind. Die Schlafzimmertür stand einen Spaltbreit offen, darum hatte sie den Mord gesehen und war von Toni, ihrem Bodyguard, vor Silvio versteckt worden. Silvio wusste bis heute nicht, dass es einen Zeugen gab. Skyler hatte diese Tatsache so tief in sich vergraben, bis sie selbst daran glaubte, die Russen hätten ihre Mutter erledigt. Doch sie wusste es besser.

Julin beschloss, das Eisen zu schmieden, solang es heiß war. Skyler war angeschlagen, das war der Moment für einen Neustart. Aber zuerst musste er ihr System dazu bringen abzustürzen.

„Wem willst du etwas vormachen, Angst ist doch deine Antriebskraft“, sagte er in einem Ton, der vor Verachtung strotzte. „Seit deine Mutter tot ist, versteckst du dich und lässt niemanden an dich heran. Auch mich nicht.“

„Ist die Aussicht gut auf den billigen Plätzen!“ Skyler sah aus, als würde sie jeden Augenblick auf ihn losgehen. „Meine Mutter ist nicht einfach gestorben. Mein Vater hat sie abgeknallt!“

Vor ihren Augen. Dieses Dreckschwein.

„Ich habe allen Grund, mich zu schützen. Silvio hat mich gehasst. Unser Zuhause war ein Knast und mein Vater hatte den Schlüssel, den er benutzt hat, wie er wollte.“

Sie schluckte, doch er konnte die aufkommenden Tränen sehen. Sie stand vor einem Abgrund, er musste vorsichtig sein. Ein Schritt zu viel und sie wäre für ihn verloren. Also schwieg er und ließ sie das Tempo bestimmen.

„Das hat meine Kindheit zu einem Limbo gemacht“, fuhr sie fort und klang erstickt. Er wollte zu ihr gehen, sie in den Arm nehmen, doch das musste warten.

„Ich wusste nie, wann ich gegen die Regeln verstoßen habe, denn mein Vater änderte sie täglich, sodass es unmöglich war sie einzuhalten.“

Sie nahm einen zittrigen Atemzug und strich sich eine dunkle Strähne zurück. „An einem Tag war ich zu stark geschminkt, obwohl ich gar nichts aufgelegt hatte, am nächsten war ich zu laut, auch wenn ich bloß am Computer saß. Mal war mein Haar zu lang, dann wieder zu kurz. Ich war zu vorlaut oder zu schweigsam.“ Sie schloss die Augen und atmete tief durch.

„Ich habe meine Mutter geliebt“, flüsterte sie. „Aber sie war schwach und keine Hilfe. Sie hatte Todesangst vor Silvio, doch ich hatte noch viel größere Angst, denn ich hab gesehen, wozu er fähig ist.“

Ihr Blick wurde unfokussiert und er wusste, dass sie in eine Vergangenheit blickte, die nur sie sehen konnte.

„Als Kind habe ich mich oft in seinem Büro versteckt, das war der einzige Ort, an dem er mich nicht gesucht hat. Ein Paneel der Vertäfelung seines Wandschranks war lose, ich passte gerade so rein. Dort lag ich und hab zugehört, wenn er seine Pläne geschmiedet hat. Wie er Menschen, Geschäftsleute – ganze Familien zerstört hat. Ich wusste, wer auf seiner Liste stand, wann sie sterben mussten und wie es erledigt werden sollte."

Eine Träne löste sich, doch sie bemerkte sie nicht.

„Ich habe in ständiger Furcht gelebt, dass ich irgendwann auf dieser Liste landen würde, denn ich hab früh verstanden, dass dieser Mann vor nichts zurückschreckt. Ich hatte keinen Namen dafür, kannte die Worte nicht, aber ich habe schon damals gefühlt, dass mein Vater innerlich tot war. Niemand mit einem Puls konnte Entscheidungen wie er treffen. Niemand."

Der Träne folgte eine zweite.

„Er ließ die Frau eines Geschäftspartners vergewaltigen, um dem Mann eine Botschaft zu schicken. Einmal hat er ein Gang-Rape der Tochter eines Richters organisiert, weil er sich ihm widersetzt hatte." Sie schüttelte den Kopf.

„Mein Vater ist kein Mensch, Julin. Aber ich musste mit ihm leben, bis ich in der Lage war, ihn und das Irrenhaus, in dem ich aufwuchs, zu verlassen. Meine Mutter hat das nie geschafft."

Hinter ihr trat Oliver in den Salon, ein Telefon in der Hand. Doch Julin schüttelte den Kopf. Was immer er hatte, musste warten. Dieser Dreck kam jetzt raus, sonst würde sie daran ersticken.

„Was war mit Matteo?", fragte er mit sanfter Stimme. Doch innerlich kochte er. Wo war dieser Hurensohn, als Skyler ihn brauchte? Einen Freund, irgendjemanden.

„Dass er da war half, aber er war selten zu Hause. Er hat bei jeder Gelegenheit die Flucht ergriffen und sich sein eigenes Leben aufgebaut. Zuerst waren es die Gangs, später die Biker."

Sie hob die Schultern. „Wahrscheinlich finde ich seinen Club deswegen zum Kotzen, weil ich immer das Gefühl hatte, dass seine Biker ihn mir weggenommen haben. Aber die Wahrheit ist, dass er es sich ausgesucht hat. Er hat sie gewählt und mich in gewisser Weise zurückgelassen, statt mir zur Flucht zu verhelfen, wie wir es uns als Kinder geschworen hatten. Am Ende hat er mich im Stich gelassen, zumindest habe ich es jahrelang so empfunden. Dabei hat er seine eigene Haut gerettet."

Er konnte sehen, wie die Anspannung aus ihr floss. Ihre Schultern sackten herab und ihr Atem normalisierte sich.

„Er war nicht für dich da." Er versuchte, die Emotionen aus seiner Stimme zu lassen, machte aber einen lausigen Job. Skyler zögerte keine Sekunde, Matteos Verhalten zu rechtfertigen.

„Du hast ja keine Ahnung! Matteo hatte seinen eigenen Horrortrip. Er kam aus einem Leben, das ich mir nicht mal vorstellen kann. Er wusste, dass ich nicht so weit war, alles hinter mir zu lassen. Nur deswegen ist er überhaupt so lang geblieben. Er hat sofort erkannt, wer Silvio war – *was* er war – und wollte nur noch weg. Er war an meiner Seite, so lange er es ausgehalten hat, doch jeder hat seine Schmerzgrenze. Heute kann ich ihn besser verstehen. Aber wenn du ein Teenager bist, bricht deine Welt zusammen, wenn der einzige Mensch, der dein Silberstreif am Horizont ist, sich als Ölspur entpuppt, auf der du ausrutschst und eine Bauchlandung hinlegst.“ Sie wischte sich mit dem Handrücken übers Gesicht.

„Ich habe Matteo geliebt, wie eine Schwester ihren Bruder lieben kann. Doch es gab eine Zeit, als diese Liebe in Abscheu umgeschlagen ist.“ Sie seufzte leise. „Im Grunde hat er nichts weiter getan, als für sich zu sorgen. Niemand, kein Schwein, hat je für ihn gesorgt.“

Genauso wenig wie für sie. Was hatte Skylers Mutter für sie getan? Seit wann ist Schwäche eine Entschuldigung, das eigene Kind dem Partner zum Fraß vorzuwerfen? Selbst als Märtyrerin taugte Skylers Mutter in seinen Augen nicht. Sie hatte ihr Leben weggeworfen. Matteo hatte einen Blick auf Silvio geworfen und wusste, was für ein Mensch er war.

Emily kam aus einer guten Familie, einer liebevollen Atmosphäre. Ihre Eltern haben für sie gesorgt und sie in ihren Entscheidungen unterstützt. Sie hatte alle Freiheiten und sich am Ende für Silvio entschieden. *Entschieden!* Das war das Zauberwort. Sie hatte gesehen, was sie sehen wollte: Geld, Macht und Glamour.

Julin hatte weder Respekt vor dieser Frau noch Mitleid. Skylers Mutter war keine Märtyrerin, sondern eine oberflächliche Gans. Besonders helle konnte sie auch nicht gewesen sein, sonst hätte sie Mittel und Wege gefunden zu verschwinden.

„Ich habe mir Nischen gesucht und mich Hackergruppen angeschlossen. Aber unterm Strich habe auf die harte Tour gelernt, dass ich mich niemals auf jemanden verlassen kann, der nicht Skyler Rossi heißt.“

Sie sah auf und der Blick ihrer moosgrünen Augen traf ihn irgendwo in der Magengegend.

„Und dann kamst du." Sie räusperte sich und versuchte vergeblich, die aufkommenden Emotionen zurückzudrängen.

„Ich wollte dich zerstören, wollte es so sehr." Skyler streckte die Hand aus und berührte seine Wange mit den Fingerspitzen. „Aber du bist, wer du bist, darum hat mich alles an dir angezogen, selbst dein Hass." Julin schloss für einen Moment die Augen. Die Berührung war beinah schmerzhaft zart.

„Du verstellst dich nicht, machst niemandem etwas vor. Du zeigst deine Gefühle und lässt dich nicht von deinen Dämonen beherrschen. Du bist immer du selbst." Sie trat näher und umrahmte sein Gesicht mit beiden Händen.

„Das liebe ich am meisten, dass du bist, wer du bist, mit all deinen Facetten. Die Sanftheit genau wie die Härte." Julins Arme legten sich um ihre Taille und er zog sie zu sich.

„Skyler", flüsterte er.

„Deine Männer sind loyal, sie verehren dich. Nicht, weil sie dich fürchten, sondern weil sie dich bewundern. Wenn ein Mann es geschafft hat, sich die Treue seiner Leute auf diese Art zu sichern, hat er alles richtig gemacht." Ihr Daumen strich über seine Wange.

„Aus welchem Albtraum du auch gekommen bist, er hat dich zu mir geführt. Und er hat dich zu dem Mann gemacht, der du heute bist. Er hat dich nicht zerbrochen." Sie befeuchtete ihre Lippen und ergänzte leiser: „Was mich angeht, bin ich mir nicht sicher."

„Skyler …"

Sie schüttelte den Kopf und brachte ihn zum Schweigen.

„Manchmal weiß ich nicht, was ich tue. Meistens habe ich keinen Schimmer, warum ich es tue, aber ich mach es dennoch. Oft reagiere ich einfach.“

„Baby, das ist normal …“

Doch sie hörte ihn nicht.

„Als ich klein war, musste ich ständig die Strategie wechseln, damit mich mein Vater nicht berechnen konnte. Denn wenn er jemanden berechnen konnte, brachte er ihn unter seine Kontrolle.“ Sie schüttelte vehement den Kopf. „Ich wollte mich nicht kontrollieren lassen, nicht von seinem Zorn oder der Furcht meiner Mutter – nicht mal von meinen eigenen Ängsten.“

Julin legte eine Hand in ihren Nacken. „Baby, sieh mich an.“

Ihr Blick fokussierte sich und der Schleier, der sich über ihre Augen gelegt hatte, verschwand.

„Hattest du zu Hause Verbündete?“

„Antonio. *Toni*, mein Bodyguard“, sagte sie leise. „Er war bis zu meinem vierzehnten Lebensjahr an meiner Seite und hat auf mich aufgepasst.“

„Hat er dich geschützt?“

Sie nickte. „In mehr als einer Hinsicht. Ich habe erst später erfahren, wie oft er meinetwegen seinen Hals riskiert hat.“ Ein leises Lächeln lag in ihrer Stimme, als sie fortfuhr. „Meinem Vater gegenüber hat er so getan, als würde er mich nicht mögen, hat mich mehr als einmal verpfiffen.“ Sie schüttelte den Kopf. „Heute ist mir klar, dass er mich dadurch vor ihm geschützt hat. Toni hat in jeder Hinsicht auf mich aufgepasst, selbst wenn es darum ging, mir meinen Vater vom Hals zu halten. Er wusste, dass er ein Psychopath war, der in Menschen nur Mittel zum Zweck sieht."

Skyler lehnte sich gegen ihn und gab ihm ihr ganzes Gewicht.

„Was ist aus ihm geworden?"

„Nachdem mein Vater herausgefunden hat, dass Toni jahrelang heimlich mit mir auf dem Schießstand war und mich ausgebildet hat, ist Toni verschwunden", murmelte sie gegen seine Brust. „Ich weiß bis heute nicht, ob Silvio ihn kaltgemacht hat oder ob er vorher abgetaucht ist. So oder so hatte ich keine Gelegenheit, mich von ihm zu verabschieden. Er war einfach weg."

Wie ihre Mutter. Ihre Brüder. Wie Matteo.

Sie nahm einen zittrigen Atemzug.

„Das scheint ein Muster bei mir zu sein. Irgendwann verschwinden die Menschen, die mir etwas bedeuten aus meinem Leben."

Julins Herz zog sich zusammen. Er küsste Skylers Haar.

„Und dann war ich fort."

Sie nickte und schmiegte sich an ihn. „Du warst wie vom Erdboden verschluckt. Und nun Claire."

Ja, dachte er und presste die Kiefer zusammen. Und nun auch ihre Freundin. All die Ängste, die sie über Jahre an der kurzen Leine hatte, kamen mit einem Mal zurück.

„Nachdem du Russland verlassen hast und die Wachen ausgetauscht wurden, bin ich in Überlebensmodus gegangen. Zurück in den Staaten bin ich irgendwann in Panik geraten."

Julin konnte nur ahnen, wie viel sie dieses Geständnis kosten musste und fuhr mit einer Hand ihren Rücken entlang.

„Endlich hatte ich dich gefunden, den einzigen Menschen, dem ich vertrauen konnte. Der tiefer blickt und mich versteht wie kein anderer und dann bist du plötzlich unauffindbar."

Er beugte sich vor und flüsterte: „Ich bin da, Baby. Ohne dich gehe ich nirgendwohin."

Julin kannte ihren Schmerz, darum wusste er, was in ihr vorging. Er hatte am eigenen Leib gespürt, wie sich das anfühlte, wenn man alles verlor. Menschen verlor, die einem die Welt bedeuteten, ohne die man nicht weiterleben wollte. Aber man musste, weil die Alternative noch schlimmer war. Er wusste mehr als jeder andere, was sie zurückgelassen hatte, doch anders als sie wurde er nicht täglich damit konfrontiert. Seine Eltern waren tot, genau wie seine Geschwister. Geblieben war ihm nur Andrej. Ausgerechnet der hatte den Nerv, ihm den einzigen Grund zu nehmen weiterzumachen.

Gott, was würde er darum geben, auf jemanden einzuschlagen. Er wäre nicht mal wählerisch. Doch da war nur Oliver, der blass wie ein Geist im Raum stand, das Smartphone in der Hand.

„Als Matteo mich verlassen hat, dachte ich mein Leben wäre vorbei. Ich hatte keine Ahnung, dass er damals erfahren hat, dass er nicht mein Bruder ist. Dass Silvio uns die ganze Zeit verarscht hat. Damals dachte ich, ich sei es nicht wert, dass irgendjemand auf dieser Welt bei mir bleiben will."

„Baby …"

„Wenn ich kopflos gehandelt habe, dann …"

„Schhhht."

„Ich habe …"

Und dann versiegelte er ihren Mund mit einem Kuss. Oliver hinter ihm räusperte sich und murmelte: „Ähm, Matteo, sie ruft zurück."

Fuck sei Dank.

Kapitel 20
SKYLER

Ich hab ja schon viel Scheiß erlebt, aber das heute toppt so ziemlich alles. Davon abgesehen scheint es ein Tag für erste Male zu sein, denn noch nie ist einer meiner Pläne so grandios gescheitert wie Julins Rettungsaktion. Am Ende musste er sich selbst befreien, um meine Crew und mich vor den Raketenwerfern auf dem Nachbargebäude zu retten. Eigentlich hatten wir Dex und zwei Silver Dragons auf den Dächern rundum platziert, aber die wurden ausgeschaltet. Kevlar sei Dank sind sie nur angeschossen und atmen noch. Matteo ist mit Zack und Bear rausgefahren, um sie einzusammeln.

Auch hatte ich noch nie einen Zusammenbruch. Ich kann mich nicht mal erinnern, wann ich das letzte Mal geheult habe. Ist schon ’ne Weile her. Und dann stülpe ich gleich mein Innerstes nach außen. Mein Image ist total hinüber, da fange ich bei null an.

Das Irritierende daran ist, dass ich mich deswegen nicht mal mies fühle. Wenn ich das nicht rausgelassen hätte, den Druck, die Angst und den ganzen Schmerz, wäre ich irgendwann wie eine tickende Zeitbombe explodiert. Ich gebe es nicht gern zu, aber seit das alles raus ist, fühle ich mich klarer und um einiges leichter. Es ist verdammt anstrengend, ständig stark zu sein, was mich zum nächsten Punkt bringt.

Ich bin zwar schon mal von Julin gefüttert worden, aber ich habe es noch nie so bereitwillig über mich ergehen lassen. Julin hat darauf bestanden, dass wir essen, bevor wir uns für ein paar Stunden aufs Ohr hauen.

Nachdem ich meinen emotionalen Nullpunkt erreicht hatte, war ich nicht mehr imstande, mit ihm zu argumentieren. Also habe ich mich auf seinen Schoß ziehen und wie eine Dreijährige füttern lassen. Erst mit Hühnerbrühe, dann Brot und zum Schluss Apfelkuchen, yum!

Julin hat ebenfalls ordentlich zugeschlagen, genau wie Oliver und Jax, die sich später zu uns gesellt haben.

Nach dem Essen hat Julin mir ein Bad eingelassen, das Haar gewaschen und dann … keine Ahnung, was dann passiert ist, ich bin einfach weggedöst. Auch das ist mir noch nie passiert.

Als ich aufwache, liege ich in einem kuschligen Bett und fühle mich wohlig warm. Mein Geist ist erfrischt und ich kann wieder klar denken. Licht dringt durch einen Spalt der zugezogenen Vorhänge. Ich habe jedes Zeitgefühl verloren. Es könnte sechs Uhr morgens oder abends sein.

In meinem Rücken spüre ich feste Muskeln – Julin. Er hat einen Arm um meine Taille geschlungen und mich gegen seine Brust gezogen.

Ich schließe die Augen und atme seinen unverwechselbaren Duft nach Karamell und Bourbon ein. Mann, das tut gut. Ich lehne den Kopf zurück und inhaliere Julin. Seine Wärme. Die Nähe und das Gefühl von Geborgenheit. Spüre seinen Atem in meinem Nacken, sein Gewicht in meinem Rücken.

Ich liebe das Gefühl seiner Hände auf meiner Haut.

Ich liebe *ihn*.

Gott, ich liebe diesen Mann. Ich habe die Worte noch nie laut ausgesprochen, aber wenn ich es könnte, dann in Momenten wie diesen.

Ich drehe mich in seinem Arm und bin nicht überrascht, dass er wach ist. Seine klugen silberblauen Augen betrachten mich im Dämmerlicht des Schlafzimmers.

„Baby." Seine Stimme ist so rau wie sein Gesicht, das im Halbschatten liegt. Doch ich brauche kein Licht, ich kenne es mit all seinen Ecken und Kanten in- und auswendig. Die scharf geschnittenen Wangenknochen. Die kleinen Narben, die sein Gesicht übersäen, die gebrochene Nase, die er nie hat richten lassen. Und die Tattoos, die an seinem Hals beginnen und seinen gesamten Oberkörper bedecken. Jeden Zentimeter, jede Wölbung, jeden Muskel – von denen hat er reichlich. Er wird nicht umsonst *The Killer* genannt.

Meine Finger berühren den Verband an seiner Schulter, den Streifschuss. Keine Ahnung, wer ihn verbunden hat, ich jedenfalls nicht.

„Babe. Von deinem Blick bekomme ich einen Ständer", murmelt er und küsst die Stelle zwischen Hals und Schulter. Als hätte er ihn gerufen, erwacht sein Schwanz zum Leben und ich kann das leise Lächeln nicht verhindern, das sich in meine Züge stiehlt.

„Du bist verletzt."

Seine Mundwinkel heben sich und ich kann praktisch dabei zusehen, wie das Blau seiner Augen in Grau wechselt und sich in einen Sturm verwandelt. „Mein Schwanz ist gesund und munter."

Zu gesund kann ich nichts sagen, aber munter – jep. Er steht stramm, als würde er salutieren und drückt sich wenig diskret in meinen Bauch.

„Ist das ein Wink mit dem Zaunpfahl?"

„Das *ist* der Zaunpfahl."

Lachen steigt wie Champagnerperlen in mir auf, im nächsten Moment liege ich auf dem Rücken und Julin ist auf mir.

„Du weißt doch, dass ich meine Dosis Morgensex brauche, sonst bin ich den ganzen Tag unausstehlich."

„Das wollen wir aber nicht riskieren", gebe ich grinsend zurück.

„Auf keinen Fall." Er beugt sich zu mir und fährt mit den Lippen über meine Wange. Sein Dreitagebart kratzt ein wenig, doch die Stoppeln sind erstaunlich weich. „Fuck, du riechst gut", murmelt er gegen meine Haut.

Meine Lider fallen zu und ich lasse meine Hände über seine skulpturierten Arme wandern. Nehme seine Kraft in mich auf, atme seinen Puls ein und öffne mich einer Flut von Emotionen. Glückshormone überschwemmen mich, gleichzeitig habe ich das Gefühl, dass sich mein Herz mit jedem Atemzug dehnt und streckt.

Ich lege eine Hand in seinen Nacken, ziehe ihn näher zu mir und küsse ihn. Sein Mix aus Bourbon und gebranntem Karamell nimmt mein ganzes Denken ein. Ich verliere mich in diesem Kuss, den ich mehr als alles andere herbeigesehnt habe. Den Kuss und die Vertrautheit, eine Intimität, die ich mit keinem anderen Menschen teilen kann. Das ist etwas, das nur Julin gehört.

Meine freie Hand wandert südwärts und bleibt auf seinem Knackarsch liegen. Julins Schwanz zuckt und bohrt sich drängender in meinen Bauch. Julin vertieft den Kuss und positioniert sich so, dass seine Spitze über meine Pussy streicht. Einmal, zweimal. Dreimal.

Holy Moly!

Lust flammt in mir auf und entfacht ein Feuer, das bis eben noch geschlummert hat. Julins Hand streicht an der Außenseite meines Schenkels entlang, bis sie meine Kniekehlen erreicht hat. Er spreizt meine Beine und legt ein Knie über seine gesunde Schulter. Die andere Hand findet meine Brust und er stöhnt in meinen Mund.

„Fuck, Baby, das wird ein harter Ritt."

Bevor ich weiß, was er vorhat, versenkt er sich der Länge nach in mir. Für einen Moment bleibt mir die Luft weg.

Julin legt seine Stirn auf meine und verharrt. Ich spüre das Pulsieren von seinem Schwanz in mir und weiß nicht, was mich mehr antörnt, dass ich seine Lust fühlen kann oder meine.

„Shit, Babe, das ist wie nach Hause kommen." Er nimmt mich fester in den Arm und sieht mich an. Der Blick seiner quecksilberfarbenen Augen dringt tief in mein Herz, das so wild in meiner Brust pocht, als wollte es herausspringen.

„Ich liebe dich", sagt er.

„Julin …" Meine Stimme ist kaum ein Flüstern.

„Du bist alles, was ich will, was ich mir immer gewünscht habe."

„Ich …"

„Setz nie wieder dein Leben aufs Spiel, schon gar nicht meinetwegen."

Bevor ich antworten kann, zieht er sich aus mir zurück, um kurz darauf erneut in mich zu dringen. Diesmal langsamer, dafür ist es intensiver. Ich hebe mein Becken an, wölbe mich ihm entgegen, während er mich mit langen, tiefen Stößen nimmt. Mittlerweile steht mein Körper in

Flammen, mein ganzes Sein ist auf die kleine pochende Stelle zwischen meinen Schenkeln reduziert. Ich will mehr, brauche mehr, brauche Julin.

„O Goooootť", stöhne ich in seine Schulter.

Als er das nächste Mal in mich dringt, habe ich das Gefühl auseinanderzubrechen. Ich versenke die Fingernägel in seine Haut, während sich mein Orgasmus langsam aufbaut. Der Druck steigt und steigt, das Pulsieren zwischen meinen Beinen wird unerträglich und schwillt zu einer süßen Qual an, bis Julin in meine Brustwarze beißt.

Meine Pussy zieht sich zusammen und ich explodiere mit einem Schrei.

„Aaaaaahhhh!"

Julin wirft den Kopf zurück und gibt einen archaischen Laut von sich. Sein Schwanz in mir kontrahiert und ich kann spüren, wie er seinen Samen in mich pumpt. Mein Orgasmus zieht und zieht sich, Schwerelosigkeit macht sich in mir breit und ich habe das Gefühl zu fliegen.

Doch ich bin fest verankert in Julins Armen und er ist immer noch in mir. Irgendwann während meines Höhepunkts habe ich die Beine um seine Mitte gewickelt, wie um ihn noch näher an mich heranzuziehen, obwohl das unmöglich ist.

Wir atmen beide schwer, als wir langsam wieder auf der Erde landen und unser Hoch nach und nach verklingt.

Vorsichtig legt Julin uns auf die Seite und presst seine Stirn auf meine. Ich halte ihn, spüre, dass er das braucht.

„Ich wusste nicht, ob ich dich noch mal sehen werde."

Ging mir auch so, doch ich schweige. Ich hatte meinen Zusammenbruch, jetzt ist Julin dran. Allerdings fällt er nicht auseinander. Stattdessen teilt er seine Ängste und Sorgen mit mir, auch das ist ein First.

„Ich war mir ziemlich sicher, dass ich überleben werde, aber ich hatte keinen blassen Schimmer, was mit dir passiert." Er nimmt einen tiefen Atemzug und so wie er ihn nimmt, ist mir klar, dass er sein Temperament zügelt. Ich lege meine Hand auf seine und sein Griff um meine Taille verstärkt sich.

„Ich dachte, in Russland bringe ich dich aus der Schusslinie, stattdessen habe ich dich von jeder Hilfe abgeschnitten."

Nicht ganz, immerhin ist Oliver nach Sankt Petersburg gejettet, aber ich weiß, was er meint.

„Warum hat dein Onkel das getan?", frage ich leise.

Julin schließt die Augen und stößt den Atem aus. „Er will seine verfickte Nachfolge regeln."

„Aber er ist doch erst …" Wie alt ist er eigentlich?

„Neunundfünfzig", beantwortet Julin meine Frage. „Das ist nicht besonders alt, aber in unserem Gewerbe …" Er beendet den Satz nicht. Muss er auch nicht. Die Wahrscheinlichkeit, mit einer Kugel im Kopf zu enden, ist bei der Mafia ziemlich hoch. Genau genommen ist es die Haupttodesursache. Ich kann die Oberhäupter, die in den letzten zehn Jahren an Altersschwäche gestorben sind, an einer Hand abzählen.

„Dann hat er deine Kündigung nicht akzeptiert?"

Julin öffnet die Augen und lächelt, doch es ist ein bitteres Lächeln.

„Sieht nicht danach aus."

Hatte ich auch nicht angenommen.

„Hast du die Villa wirklich gesprengt?" Der Themenwechsel irritiert mich einen Moment, doch ich kann ihn verstehen. Ich hasse es, über Silvio zu reden. Julin geht es bei seinem Onkel vermutlich nicht anders.

Ich ziehe eine Grimasse. „Sorry, ging nicht anders." Das Lächeln, das er mir diesmal schenkt, ist alles andere als bitter. Seine Augen leuchten auf und ich erhasche einen Blick auf den Humor dahinter.

Er beugt sich vor, streicht mir eine Haarsträhne hinters Ohr. „Ich hätte sonst was darum gegeben, Micas Gesicht zu sehen, als er es erfahren hat."

„Mica?"

„Mein Onkel in Moskau."

Ah, der unsichtbare Dritte. Andrej ist der Vorzeige-Bruder, doch obwohl seine Auftritte selten sind, ist er immerhin in der Öffentlichkeit präsent. Mica Petrow dagegen zeigt sein Gesicht so selten, dass viele schon glauben, er sei ein Gerücht.

„Das war sein Haus?"

„M-hm", macht er und zeichnet mit den Fingerspitzen Muster auf meinen Rücken. „Sein Haus, sein Wein, seine Kunstsammlung."

Oops. Ich schließe die Augen und genieße seine sanfte Berührung, die mir eine Gänsehaut beschert.

„Mica sollte dich abholen und nach Moskau bringen. Aber er steckte in Hongkong am Verhandlungstisch fest, um einen Deal mit den Chinesen auszuhandeln."

Das würde erklären, warum ich so lang festgehalten wurde.

Als ich die Augen wieder öffne, ist der Humor aus seinem Blick verschwunden. „Wir können froh sein, dass die Chinesen es nicht verzeihen, wenn man den Verhandlungstisch verlässt, solang man sich nicht einig ist. So was lassen die einem nicht durchgehen."

„Was für ein Typ ist Mica?"

„Einer, den du nicht kennenlernen willst. In Moskau kommt niemand an ihm vorbei und das, obwohl die Vory dort so präsent ist wie in keiner anderen Stadt."

Dass die Mafia in Russland die stärkste Kraft ist, wusste ich. Putin mag vor den Kameras den Staatsmann spielen, aber hinter den Kulissen wird das Land von den Syndikaten regiert. Der Petrow-Klan hat seine Finger überall: Rüstung, Militär, Banken, Erdgas, Politik – nicht zu vergessen Waffen und Erpressung. Einer von Micas Söhnen sitzt sogar im Kreml.

Julin streicht mit den Fingerknöcheln über meine Wange und lenkt meine Aufmerksamkeit zurück auf ihn.

„Wie knapp war es?", fragt er. „Und keine Märchen, ich will die Wahrheit."

Ich puste mir eine Strähne aus dem Gesicht und seufze.

„So knapp?", hakt er nach.

„Irgendwie schon." Macht sowieso keinen Sinn ihn anzulügen.

„*Ublyudok*", flucht er leise. Mein Russisch ist praktisch nicht vorhanden, aber *Bastard* verstehe ich gerade noch so.

„Wo warst du?", frage ich und stütze meinen Kopf auf eine Hand. „Wir haben überall nach dir gesucht."

„Ich kann es dir nicht sagen, dieser Wichser hat mich betäubt. Die meiste Zeit war ich weggetreten."

Das erklärt, warum er uns kein Lebenszeichen geben konnte.

„Glaubt dein Onkel ernsthaft, dass er dich auf diese Weise …"

Bevor ich den Satz beenden kann, hämmert jemand mit der Faust gegen die Schlafzimmertür.

„Werdet mal langsam fertig da drin, wir müssen reden."

Oliver.

Die Seifenblase, in der wir eben noch gesteckt haben, platzt und ich lande unsanft in der Gegenwart. Toll. Ich sinke stöhnend zurück ins Kissen und bedecke meine Augen mit dem Unterarm.

Für ein paar wertvolle Minuten konnte ich den ganzen Mist in den hintersten Winkel meines Bewusstseins drängen. Konnte mich auf Julin konzentrieren, auf uns. Doch diese Zeit war gestohlen. Als hätte er nur auf seine Chance gewartet, kommt der gestrige Tag mit voller Wucht zurück. Das Befreiungsdesaster. Der Hinterhalt. Die Explosion. Claire.

Claire.

Shit.

Meine Freundin ist verschwunden. Zumindest war sie es, vielleicht ist sie ja mittlerweile zurückgekommen. Möglich wär's, richtig?

Ich schlage die Decke zurück und marschiere zum begehbaren Schrank. Irgendwer hat mir Klamotten gebracht, alles in meiner Größe, selbst die Panties. Hm. Ich schlüpfe in Jeans, ein rotes Shirt und schwarze Sneaker. Danach gehe ich ins Bad, putze die Zähne und kämme mit den Fingern durch meine wilde Mähne.

Julin taucht neben mir am Waschbecken auf. Er trägt ein royalblaues Hemd und Jeans, ansonsten ist er barfuß. Er beugt sich über den laufenden Hahn und spritzt sich mit beiden Händen Wasser ins Gesicht. Danach rubbelt er sich mit einem Handtuch trocken und wirft es achtlos auf die Ablage. Als er meine Hand nimmt, sehe ich auf unsere zusammengefädelten Finger.

Auch das ist ein erstes Mal. Wir gehen Hand in Hand in den Salon, wo wir auf Oliver, Jax, Matteo und Dex treffen. Keine Claire. Matteos Gesichtsausdruck nach zu urteilen hat er keine guten Nachrichten für uns.

„Wo ist sie?“, frage ich ohne Einleitung. Als Antwort nickt er zum Smartphone in Olivers Hand, der es mir wortlos reicht.

Und da ist Claire. Gefesselt und geknebelt neben einem Mann, der wie Jim aussieht, Julins Sicherheitschef. Jim sah schon mal besser aus, dafür macht Claire einen unversehrten Eindruck. Ihr Gesicht ist blass, aber es sind keine Prellungen oder blaue Flecken zu erkennen. Ihre Augen sind rot unterlaufen, doch zu meiner Überraschung blickt sie weder verängstigt noch einer Panik nahe. Sie sieht direkt in die Kamera. Und sie ist stinksauer.

Die Kirsche auf der Sahne ist allerdings der Raum, den kenne ich bestens. Mein Hals schnürt sich zu, als ich die Textnachricht unter dem Foto lese und ein überwältigendes Déjà-vu-Gefühl überkommt mich. Nur, dass ich damals auf der anderen Seite saß. Da war ich die Gefesselte und Danilo Cross hat Lösegeld für mich verlangt. Bescheiden war er dabei nicht. Dieser Idiot wollte bloß New York City gegen mich eintauschen, mehr nicht.

Mein Vater will keine Stadt. Er will mein Leben.

Die Schlampe gegen meine Tochter

Echt jetzt? Allmählich habe ich die Schnauze voll. Silvio will mich? Schön, er kann mich haben und dann wird abgerechnet. Ich suche Julins Blick, dessen Kiefer mahlt.

„Weißt du, wo das ist?“, presst er durch zusammengebissene Zähne. Es ist Matteo, der antwortet.

„Das ist Skys Zimmer. Sie halten Claire in Silvios New Yorker Villa fest.“

„Nicht mehr lang“, grollt Julin und zieht ein Smartphone aus seiner Jeanstasche. Nachdem er eine Nummer eingetippt hat, hält er sich das Teil ans Ohr.

„Wo seid ihr?“, fragt er und was immer die Antwort ist, sie scheint ihm zu gefallen. „Gut. Ich schicke einen Wagen, der euch aufgabelt, wir haben zu tun.“

Nachdem er das Teil weggepackt hat, treffen sich unsere Blicke.

„Und jetzt, Baby, zeig ich dir mal, wie man eine Befreiungsaktion plant.“

Hm. Ziemlich machomäßig, wenn ihr mich fragt, aber machomäßig cool.

Kapitel 21
CLAIRE

Warum, warum, *WARUM?!* Claire presste die Lider zusammen und versuchte flach zu atmen. Wenn sie jetzt hyperventilierte, würde ihr niemand helfen. Nach dem widerlichen Fotoshooting hatten sie ihre Aufpasser mit Klebeband an einen Stuhl gefesselt und den Mann ans Bett. Sie hätte das Bett vorgezogen, der Stuhl war nicht mal gepolstert. Obwohl das aktuell ihr geringstes Problem war.

Sie atmete tief ein, hielt die Luft wenige Sekunden fest und atmete dann langsam aus. Das wiederholte sie ein paarmal und versuchte das Chaos in ihrem Kopf zu klären. Angst und Sorge rangen miteinander, von der Panik fing sie gar nicht erst an. Doch der Zorn gewann schnell die Oberhand. Tatsächlich stand sie kurz davor zu explodieren.

Einmal, nur ein einziges Mal, wollte sie ein Wagnis eingehen und etwas riskieren. Sie hatte vor, allen zu zeigen, dass sie mehr drauf hatte, als sie ihr zutrauten und am Anfang hatte es so gut geklappt. Während Oliver zum Parkhaus fuhr, lag sie unbemerkt unter den Decken. Zuerst hatte sie befürchtet, dass er den Wagen nicht verlassen würde. Aber um das Nebengebäude mit dieser superduper Wärmekamera zu scannen, musste er seinen Hintern aus dem SUV schwingen. Das war ihre Gelegenheit.

Sie war vom Gepäckraum auf die Rückbank gekrochen. Dort hatte sie das Fernglas hervorgekramt und das Headset angelegt, während sie Oliver durch die Windschutzscheibe beobachtete. Er war auf das Lagerhaus fokussiert und scannte jede Etage ab. Sie hatte es unbemerkt ins Treppenhaus geschafft, doch auf dem Dach des Parkhauses war dann alles schiefgelaufen.

Während des Ablenkungsmanövers suchte sie die Dächer nach Dex und den anderen Bikern ab. Als sie sie endlich fand, wurde auf die Männer geschossen. Nicht von einem der Häuser aus, sondern von einem Containerschiff, das am Pier hinter ihnen lag. In den Rücken! Als Messy und die restlichen Biker auf dem Dach des Lagerhauses aufkreuzten, wurden sie ebenfalls mit gezielten Schüssen vom Schiff außer Gefecht gesetzt. Messy und Zack wurde ins Bein geschossen, Tack in die Schulter.

Sie hatte eine Minute gebraucht, um sich vom Schock zu erholen, vielleicht waren es auch bloß Sekunden. In jedem Fall war es zu lang, denn als sich ihr Hirn wieder einschaltete und sie den Mund öffnete, um die anderen zu warnen, wurde ihr etwas über den Kopf gestülpt, danach wurde ihre Welt dunkel.

Als Nächstes war sie hier aufgewacht, in diesem riesigen Zimmer mit einem Mann, der in sich zusammengesackt am Kopfende des Bettes saß.

Claires Herz pochte wie verrückt, sie durfte keinen Fehler machen. Vor allem konnte sie jetzt nicht die Nerven verlieren. Dass sie am Leben war bedeutete, dass die Männer sie für irgendwas brauchten. Sie hatte also etwas Zeit, um sich zu überlegen, wie sie fliehen konnte, um Hilfe zu holen. Denn selbst wenn sie ihre Fesseln lösen konnte, mit dem Mann auf dem Bett würde sie es nicht mal aus dem Zimmer schaffen.

Ihr Magen zog sich zusammen. Sie hatte keine Ahnung, was am Hafen geschehen war, doch es brauchte kein Genie, um zu wissen, dass ihre Entführer sie gegen Skyler einsetzen würden. Wozu sonst brauchten sie die Fotos?

Claire schloss die Augen. Sie wollte doch bloß nicht zurückgelassen werden. Ihr Vater hatte ihr den Rücken gekehrt und nachdem ihre Mutter festgestellt hatte, dass Claire ihr kein Geld mehr brachte, hatte sie sich nie wieder bei ihr gemeldet. Nicht mal an ihrem Geburtstag.

Skyler war jetzt ihre Familie und sie würde sie nicht im Stich lassen. Im Stillen gratulierte sie sich, dass sie den Revolver nicht mitgenommen hatte, sondern nur das kleine Klappmesser. Ihre Kidnapper hatten keine Gefahr in ihr gesehen und sie nur oberflächlich durchsucht.

Während sie den Mann an das Kopfende klebten, hatte sie das schmale Messer von der Jeans in ihren Ärmel befördert. Ihre Hände hatten zu stark gezittert, um die schlüpfrige Klinge auszuklappen, doch für den Korkenzieher hatte es gereicht.

Skyler hätte sich nicht fesseln lassen. Sie hätte den Kerlen den Korkenzieher sonst wohin gebohrt und sich in Nullkomma-nichts befreit. Doch Claire war keine Heldin. Sie war auch kein Superhirn, sie war Künstlerin. Erschaffte Dinge mit den Händen, fühlte ins Material und ließ die Tonerde zu sich sprechen. Im Moment sprach jedoch ihr Überlebensinstinkt zu ihr und der riet ihr, schnellstens die Kurve zu kratzen. Und genau das hatte sie vor. Sie würde sich nicht mehr benutzen lassen, wie ihre Mutter sie ihr ganzes Leben lang benutzt hatte. Diesmal würde sie sich wehren. Seit die Männer den Raum verlassen hatten, perforierte sie mit dem spitzen Ende des Korkenziehers das

Klebeband, stach wieder und wieder hinein, bis das Tape nachgab und schließlich riss.

Endlich! Ihr Herz hämmerte so laut in ihrer Brust, dass sie befürchtete, ihre Aufpasser könnten es hören.

Nachdem die Hände befreit waren, benutzte sie das Messer, um das Band an ihren Füßen zu lösen. Sie schälte das Tape von den Stiefeln, wandte sich dem Bett zu und hätte beinah einen überraschten Schrei ausgestoßen. Der Mann hatte sich ebenfalls befreit – zumindest eine Hand. An der zweiten arbeitete er gerade. Sie huschte zu ihm und schnitt seine Fesseln durch.

„Ich dachte, Sie sind bewusstlos", flüsterte sie.

„Darauf basiert mein Plan", flüsterte er zurück.

„Aber wie haben Sie …"

„Ich habe eine Überdosis vorgetäuscht."

„Eine Überdosis?"

Er war aufgestanden und sah sich im Raum um. „Schüttelfrost, Schweißausbruch – die Symptome sind simpel." Er überprüfte die Fenster, die zu ihrem Unmut mit Brettern zugenagelt waren. Insgeheim fragte sie sich, wie man allein mit seinem Willen einen Schweißausbruch auslösen konnte.

„Ich hab die Augen nach hinten gerollt und war stundenlang nicht ansprechbar. Danach haben sie mir eine geringere Dosis verabreicht, die es mir ermöglicht hat, so weit bei Bewusstsein zu bleiben, um … ah, fuck!" Er schwankte und stützte sich mit einer Hand an der Wand ab. Claire hatte gesehen, dass nebenan ein Bad war. Sie lief hinein, füllte einen Zahnputzbecher mit Wasser und kehrte zurück zu dem Mann, der schwer atmete. Offensichtlich war er immer noch benommen.

„Trinken Sie das.“ Er leerte den Becher mit einem Zug, darum huschte sie abermals ins Bad und kam mit einem vollen Becher zurück. Diesmal trank er langsamer.

„Ich bin Claire.“

„Jim.“

„Julins Jim?“

„Live und in Farbe.“

Eine Sorge weniger. „Geht's wieder?“

Statt zu antworten, ging er mit langen Schritten ins Badezimmer, drehte den Wasserhahn auf und hielt seinen Kopf darunter. Das war dann ja wohl die Antwort.

Anscheinend half das kalte Wasser, denn nachdem er sich das Haar mit einem Handtuch trockengerubbelt hatte, bombardierte er sie mit Fragen, während er den Raum systematisch durchsuchte.

„Was für einen Tag haben wir heute?“

„Donnerstag, ähm, der 23. oder 24. April.“

Er fluchte leise und zog die oberste Schublade des Schreibtisches auf.

„Wo sind wir?“

„Ich glaube, noch immer in New York.“

Er hielt in der Bewegung inne und sah zu ihr. „Du glaubst?“

„Da war ich, bevor sie mir einen Sack über den Kopf gestülpt haben.“

„Weißt du, ob Julin lebt?“

„Ich wurde während seiner Rettungsaktion gefangen“, gab sie leise zurück. „Wonach suchen wir eigentlich?“

„Nach Waffen.“

Oh.

Als sie Wäsche aus der Kommode warf, stieß sie auf ein gerahmtes Foto von Matteo und erstarrte. Auf dem Bild war er ein Teenager, fünfzehn oder sechzehn, doch er sah schon damals zum Niederknien aus und war wie ein Mann gebaut, nicht wie ein Junge. Es war ein Schnappschuss und Matteo war sich nicht bewusst, dass er fotografiert wurde. Er saß auf einem Bike, eine halb gerauchte Zigarette im Mundwinkel und ein Lächeln so arrogant, als gehörte ihm die Welt.

Zu ihrem Schrecken schossen ihr Tränen in die Augen, die sie schnell fortblinzelte. Sie blickte sich im Zimmer um, doch diesmal sah sie genauer hin und erkannte die Kleinigkeiten, die ihr vorher entgangen waren. Die ganzen Kabel, die überall verlegt waren, die Anschlüsse, die spartanische Ausstattung. Die Sneaker.

Das hier war Skylers altes Zimmer. Das bedeutete …

„O Gott, wir müssen in Rossis Villa sein!“

„Ja“, knurrte Jim, „das ist auch meine Vermutung.“

Sie nahm das Foto aus dem Rahmen, schob es in ihren Ärmel und leerte das Schubfach. Der Boden war zu hoch für die Lade, darum fing sie an zu ziehen und zu drücken, bis sich das Fach öffnete. Darunter lagen in Schaumstoff eingelassen zwei Pistolen.

„Ähm, ich glaube, ich hab was.“

Eine Sekunde später war Jim an ihrer Seite und nahm eine der Waffen aus dem Schaumstoff. Jim war ein großer Mann, vermutlich um die eins neunzig. Er war durchtrainiert, mit dunklem Haar und dunklen Augen, die beim Anblick der Pistolen aufleuchteten. Er checkte die Magazine, die leer waren, Mist. Dennoch grinste er, was sie ein bisschen seltsam fand.

„Kluges Mädchen", murmelte er und ging zurück zum Schreibtisch, den er eben durchwühlt hatte. Obwohl sie diejenige war, die die Waffen gefunden hatte, wusste Claire, dass das Kompliment nicht ihr galt, sondern Skyler.

„Aber wir haben keine Munition."

„Ihr Vater muss das Zimmer regelmäßig mit einem Metalldetektor durchsucht haben."

„Aber die Waffen sind doch …"

„Das sind zwei Glock 17, die sind aus Polymer. Sie muss die Patronen irgendwo … ahh!"

Er hatte einen Kugelschreiber aufgeschraubt, der zwei Patronen enthielt. Jim warf den Stifthalter um und zusammen machten sie sich daran, die Patronen aus den Kulis zu schütteln. Während Jim die Pistolen lud, keimte Hoffnung in ihr auf. Vielleicht kamen sie ja doch lebend aus diesem Schlamassel raus. Jim, das wusste sie von Skyler, war Julins Sicherheitsmann, ein Experte für Waffen, Sprengstoffe und den ganzen Technikkram.

Nach dem Fiasko auf dem Dach hatte sie befürchtet, einmal mehr zur Belastung zu werden, doch jetzt sah es so aus, als könnten sie tatsächlich entkommen. In jedem Fall waren ihre Chancen soeben mächtig gestiegen.

„Sollten wir nicht versuchen, mit dem Messer die Verkleidung an den Fenstern zu lösen?", fragte sie zaghaft, nachdem die Magazine gefüllt waren.

„Nein, Schätzchen, die Fenster haben Kontaktmelder. Sobald wir sie öffnen, ist hier die Hölle los."

Mist.

„Wir werden durch die Vordertür gehen müssen und auf dem Weg dorthin alles abknallen, was sich uns entgegenstellt."

„W-wie viele Schuss haben wir denn?", fragte sie mit Blick auf die Glocks. Sie hatten wirklich viele Patronen aus den Stiften geholt, aber sie war so in ihre Aufgabe vertieft gewesen, dass sie nicht gezählt hatte.

„Das Mädchen ist nicht dumm. Sie benutzt 17er Magazine, das gibt uns vierunddreißig Gelegenheiten, uns für die Gastfreundschaft zu bedanken."

Vierunddreißig Schuss! Claire hatte immer geglaubt, dass nur eine Handvoll Patronen in ein Magazin passen, aber damit lag sie wohl falsch.

„Kannst du mit einer Waffe umgehen?", fragte Jim und sah ihr tief in die Augen. Sie wollte eine Pistole, um sich zu verteidigen. Aber sie war so aufgeregt, dass sie wahrscheinlich nicht mal eine Wand treffen würde, wenn sie davorstand.

Claire ließ die Schultern hängen und da Jim kein Idiot war, hatte er seine Antwort.

„Das Messer zu verstecken war clever", sagte er und hob ihr Kinn mit zwei Fingern an. „Behalte es und halt mir den Rücken frei." Er nahm ihre Hand und führte sie zum Saum seines Shirts. „Du hältst dich hier fest, greif ordentlich zu."

Das ließ sie sich nicht zweimal sagen und krallte ihre Finger ins Shirt.

„Wenn sich etwas bewegt, warnst du mich." Er streckte den Arm nach vorn. „Zwölf Uhr." Danach bewegte er den Arm im Uhrzeigersinn. „Drei Uhr, sechs Uhr, neun Uhr, verstanden?"

Claire nickte. Er hielt sie mit seinem Blick gefangen. „Egal was passiert, du lässt nicht los, ist das klar!“ Obwohl er es nicht wie eine Frage formulierte, nickte sie abermals.

„Wir kommen hier raus, Schätzchen, das ist ein Versprechen.“

Wieder Nicken. Ehe sie wusste, was er vorhatte, beugte er sich zu ihr und gab ihr einen fetten Schmatzer auf den Mund.

„Let's dance“, sagte er und wandte sich zur Tür. Er lauschte, öffnete sie einen Spaltbreit und erledigte den Posten davor mit dem Lauf der Glock. Er fing den bewusstlosen Mann auf und zog ihn ins Zimmer. Dann zwinkerte er ihr zu.

„Da waren's nur noch neun“, murmelte er und der Tanz begann.

Kapitel 22
MATTEO

Matteo konnte sich nicht erinnern, wann er das letzte Mal so unter Strom stand. Nicht nur hatte er sich Claire gegenüber wie ein Riesenarsch verhalten, er hatte sie im Stich gelassen. Und jetzt war sie bei dem Tyrannen, der sein Leben in eine sprichwörtliche Hölle verwandelt hatte.

Obendrein war nach der abgefuckten Befreiungsaktion mehr als die Hälfte seiner Männer verletzt. Dex war angeschossen, genau wie Bear, Zack, Jax und Tack. Blues hatte 'nen Streifschuss abbekommen, Ben und Snake Prellungen und Schürfwunden. Es grenzte an ein Wunder, dass niemand unter den Trümmern begraben wurde.

Das Schlimmste war, dass er vor Wut nicht klar denken konnte. Sein Hirn war wie benebelt und bevor er wusste, wie es passiert war, hatte Julin das Ruder übernommen.

Höchste Zeit, dass er seinen Kopf aus dem Arsch zog und zur Teambesprechung ging. Julins Männer waren vor einer Stunde gelandet und ließen seine Crew wie blutige Anfänger aussehen.

Sie waren organisiert, strukturiert und technisch bestens ausgestattet. Und sie begrüßten Julin wie einen verlorenen Bruder, nicht wie einen Boss.

Er verabscheute den Russen, weil er, nun ja, Russe war. Vor allem aber hasste er die Tatsache, dass er seine Kleine bumste. Seit zwei Jahren. Doch gerade der Zeitfaktor führte ihm vor Augen, dass Sky ihre Entscheidung getroffen hatte, die sie offenbar nicht bereute.

Obwohl er sich dagegen wehrte, drang allmählich die Tatsache zu ihm durch, dass Claire für ihn nichts Vorübergehendes war. Sie war kein One-Night-Fuck. Er wollte sie und wer immer Hand an sie legte, würde sich bei ihm dafür verantworten. Ob er Devil hieß oder der Teufel höchstpersönlich war, wie Skys herzloser Motherfucker von einem Vater. Allein würde er Claire nicht retten können. Silvios Anwesen war eine Festung. Kameras, Elektrozäune und mindestens zwanzig Wachen im Haus. Er ging eher von dreißig aus, denn für das, was Silvio vorhatte, brauchte er buchstäblich jeden Mann.

Skys Vater mochte nicht mehr reich sein, aber er besaß noch genug Macht, um ein Team zusammenzustellen, das die Villa in ein Bollwerk verwandelte. Der alte Mann wollte wahrscheinlich nicht mal überleben. Er wollte nur in Würde abtreten. Das hier war sein letzter Auftritt und er galt allein Sky.

Er war hinter seiner Tochter her, die mit einem Klick sein Imperium zertrümmert hatte. Er wollte sie lebend, damit er ihr eigenhändig ein Ende bereiten konnte. Und dazu würde er Claire benutzen.

Matteo rubbelte sich mit beiden Händen durchs Gesicht. Mann, es wurde Zeit, Frieden mit dem Russen zu schließen. Claire brauchte ihn und er war kein Stratege wie Petrow. Zudem waren Matteos Männer nicht trainiert wie das Team des Russen. Und auch wenn Skyler ihnen den ganzen Technik-Schnickschnack besorgt hatte, so war das nichts gegen die Hightech, die Julins Männer im Gepäck hatten. Sie waren auf alles vorbereitet und dem C4 nach zu urteilen, wären sie in der Lage, halb Manhattan in die Luft zu jagen.

Matteo nahm einen tiefen Atemzug. Dann noch einen. Dann legte er die Hand an den Türknauf und betrat die Höhle des Löwen.

***

SKYLER

Während Julin und seine Männer im Konferenzraum über Karten und Grundrisse gebeugt sind, hacke ich mich in die Elektronik meines ehemaligen Zuhauses. Das Sicherheitssystem ist mein Design, das kenne ich in- und auswendig. Ich weiß, wo Kameras sind, kenne die toten Winkel und Knotenpunkte.

Dank Svens Code halte ich so etwas wie einen Generalschlüssel in Händen, mit dem ich mich unbemerkt ein- und ausloggen kann.

Oliver hat sich für ein paar Stunden aufs Ohr gehauen. Diesmal wird er nicht mitkommen, sondern uns vom Hotel aus assistieren. Ich möchte nicht riskieren, noch jemanden meiner Freunde an Silvio zu verlieren. Davon abgesehen hat Julin zwei Geeks in seinem Team, die mit Jammern vertraut sind und wissen, wie man damit umgeht. Ich muss nur den äußeren Sicherheitsring deaktivieren, damit wir nah genug ans Gebäude kommen. Der Rest ist schnuppe, denn wenn wir anklopfen, wird das so laut, dass Oliver uns in seiner Hotelsuite hören kann. Obwohl er dann vermutlich schon im Van sitzt, um uns aufzugabeln.

Ich hab den Timer so eingestellt, dass der Strom wenige Minuten vor unserem Zugriff ausfallen wird. Silvio hat ein Back-up-System installieren lassen, das ebenfalls abgeschaltet wird.

Nachdem mein Job erledigt ist und ich ein halbes Dutzend Systembomben abgelegt habe, für den Fall, dass ein ganz Schlauer meine Befehle rückgängig machen will, gehe ich ins Esszimmer und überprüfe die Ausrüstung. Wir schlagen zu, sobald es draußen dunkel wird, bis dahin sind es noch ein paar Stunden.

Also checke ich die Technik, die Batterien und die Munition, bis es nichts mehr für mich zu tun gibt. Als ich anfange, die Headsets zu testen, schneit Julin ins Esszimmer und kreuzt die Arme vor der Brust. Es ist ihm nicht bewusst, dass diese Geste seinen Bizeps betont, der sich durch den Stoff seines Thermo-shirts drückt und mir den Mund wässrig macht. Seit dem Briefing weiß ich, dass das kein normales Shirt ist, sondern die feuerfeste Variante, die wir alle tragen werden.

Innerlich mutiere ich zum Kreischfan. Selbst in den Klamotten mit nur wenigen Stunden Schlaf sieht Julin so sexy aus, als wäre er vom GQ-Fotoshooting geflohen. Und zwar für die Bad Boy-Ausgabe, immerhin ist er der amtierende Champ der *Underground Combat League.*

Seine silberblauen Augen liegen wie flüssiges Feuer auf mir und brennen ein Loch in meine Haut. Den vollen Mund hat er zu einem überheblichen Lächeln verzogen. Wie von selbst wandern meine Gedanken zur letzten Nacht und was er alles mit diesem Mund getan hat und ich kann nicht verhindern, dass Hitze in mir aufsteigt. Vielleicht will ich es auch nicht.

Die gebrochene Nase hilft bei seinem Bad Ass-Image und ist der Grund dafür, dass er nicht schön ist. Aber gerade das finde ich mit am anziehendsten. Diese Unperfektion, wie die vielen kleinen Narben, die sein Gesicht durchziehen oder die zahllosen Tattoos, die Arme und Oberkörper bedecken. Die hohen Wangenknochen verleihen seinem Schlägergesicht etwas Aristokratisches, ein Kontrast, der so gar nicht zu den harten Zügen passt. Der goldene Bartschatten, der seine Wangen überzieht, mildert die Ecken und Kanten seines Gesichts ein wenig. Ich liebe es, mit den Lippen über die Stoppeln zu streichen, liebe ihre unerwartete Zartheit.

Das blonde Haar ist noch feucht von der Dusche und steht palisadengleich leicht nach vorn gestellt ab. Es ist oben länger als an den Seiten und schimmert im gedimmten Licht golden.

„Was treibst du hier?"

„Ich checke alles noch mal."

„Babe, das hast du schon vor zwei Stunden getan."

Als Antwort hebe ich die Schultern. Ich würde mir eher die Zunge abbeißen als zuzugeben, dass ich nervös bin. Seit ich weiß, dass Claire bei meinem Vater ist, habe ich einen Knoten im Magen, der sich mit jeder Minute fester zuzieht. Das ist so, als wäre meine kleine Schwester zum Babysitten bei einem Pädophilen. Gar nicht gut.

„Komm her."

So wie er mich ansieht, will er mir nicht die Schnürsenkel zubinden. Eher das Gegenteil.

„Für so was haben wir keine Zeit."

„Dann nehmen wir sie uns."

„Wir müssen in einer Stunde los!"

„Komm. Her." Sein Blick verdunkelt sich, es sieht beinah so aus, als würde ein Orkan aufziehen.

„Julin, ich …“ Mit einer Bewegung, die ich nicht kommen sehe, packt er mich am Handgelenk und zieht mich zu sich. Sein Arm liegt wie ein Stahlring um meine Taille, die freie Hand wandert unter mein Shirt. Bevor ich weiß, was los ist, hat er meinen BH geöffnet und bedeckt meine Lippen mit seinen, während er die Anspannung aus meinen Muskeln knetet. Ich schmelze gegen ihn und werde ganz weich.

Julin schmeckt nach Espresso und Zuhause, yum! Ich hebe die Arme, damit er mein Shirt über den Kopf ziehen kann. Sneaker und Jeans folgen. Julins Hemd reiße ich ihm förmlich vom Leib, dann presse ich meinen Körper gegen seinen und spiegle seinen Hunger.

Wir küssen uns und küssen uns … und küssen ein bisschen mehr. Obwohl es wahrscheinlich eher so aussieht, als würden wir uns gegenseitig auffressen. Aber verdammt, kann der Mann küssen! Erst als wir Luft holen müssen, lassen wir voneinander ab und sehen uns an. Aus dem Orkan in seinen Augen ist eine Sturmflut geworden, sie sind verhangen und voll dunkler Versprechen.

Er hebt mich an und setzt mich auf den Esszimmertisch. Ich stütze mich mit den Ellbogen auf der Tischplatte ab und beobachte ihn, wie er die Tür verschließt und zu mir zurückkommt. Doch statt sich auszuziehen, wandert sein Blick über meinen entblößten Körper. Seine Hände gleiten von meinen Knien zu den Schenkeln und wieder zurück. Dann spreizt er meine Beine – weit.

Mittlerweile atme ich schwer, meine Brust hebt und senkt sich rasend schnell, während ein unerträglich quälendes Pulsieren von dem kleinen quälenden Punkt zwischen meinen Beinen ausgeht, der mein ganzes Denken einnimmt.

„Julin!“ Meine Stimme vibriert vor Ungeduld und Lust.

„Babe.“ Julin klingt so roh, wie ich mich fühle. „Du bist die verdammt schönste Frau, die ich je gesehen habe.“ Und er hatte einen ganzen Harem. Doch die Betonung liegt auf *hatte*.

„Julin, bitte!“ Diesmal ist mein Ton drängender.

„Fuck, Baby, ich wollte mir diesmal mehr Zeit nehmen.“ Er beugt sich über mich, eine Hand neben meinem Kopf. Die andere befreit seinen Schwanz und setzt die Spitze an meine Öffnung. „Das holen wir nach.“

Als er in mich dringt, bäume ich mich auf, mein ganzer Körper hebt ab. Julins Arme legen sich um mich, seine Lippen suchen meine Brust und ich biege mich ihm instinktiv entgegen.

„O Goooootl!“

Ich fühle mich voll und komplett. Es gibt nur noch ihn und mich, keine Mafia und keine Sorgen. Wenn wir zusammen sind, kommt mir alles richtig vor, wie zwei Magnete, die man nicht trennen darf. In seiner Gegenwart sind meine Sinne offener, ich spüre einfach alles.

Und ich bin hungrig nach seiner Nähe. Seiner Brutalität und Rücksichtslosigkeit. Seiner Zartheit. Seiner Authentizität.

Ich liebe seine ungezügelte Lust, genau wie den süßen Schmerz, wenn er in mich dringt. Sein Schwanz fickt mich, aber sein Mund liebt und seine Hände verehren mich – alles zur gleichen Zeit. Ich hebe das Becken an und lege mein Bein über seine gesunde Schulter, damit er besseren Zugang zu mir hat. Um ihn tiefer zu spüren, überall.

Mein Körper ist ein brennendes Inferno, der Druck so stark, dass ich das Gefühl habe zu zerbersten. Und immer noch baut sich mehr Druck auf. Ich schließe die Augen und lege den Kopf in den Nacken, als Julins Daumen die wild pochende Stelle zwischen meinen Schenkeln findet und den Druck einmal mehr erhöht.

Als Sterne vor meinem inneren Auge explodieren, komme ich mit einem heiseren Schrei. Ich spüre den Orgasmus bis in die Zehenspitzen. Er ist wie ein reißender Fluss, der alles mitnimmt, was sich ihm in den Weg stellt, und er reißt auch Julin mit, der über mir mit einem Laut, halb Brüllen, halb Grollen, zusammenbricht.

Holy Fuckin' Moly.

Julins Arme liegen wie Taue um mich, so fest, dass ich Schwierigkeiten habe zu atmen. Aber eher verschlucke ich meine Zunge, als dass ich ihn bitte, seinen Griff zu lockern.

Ich trinke seine Nähe, das enorme Glücksgefühl, ihn bei mir zu haben. Ihn zurückzuhaben.

Fragt mich nicht, was ich getan hätte, wenn er immer noch in den Händen seines Onkels wäre. Wenn er sich nicht befreit hätte. Ich weiß nicht mehr, wie ich ohne ihn leben kann, weil ich nicht mehr ohne ihn leben will.

Und das bereitet mir eine Heidenangst.

***

JULIN

Hingabe. Das war sein Mädchen, *seine* Skyler. Hingabe und Glut und blindes Vertrauen. Sie hielt sich nicht mehr zurück, verbarg ihre Gefühle nicht länger vor ihm. Wie oft hatte er in den letzten beiden Jahren versucht sie zu öffnen? Hatte gehofft, dass die Zeit ihre Widerstände auflösen würde.

Er musste erst spurlos verschwinden, damit sie ihre Barrieren überwand, ihn einließ und sich ihm hingab wie in diesem Augenblick. Er kostete den Moment aus, zog ihn hinaus und barg ihn schließlich in sich wie einen kostbaren Schatz. Das war Skyler für ihn – seine Queen.

Er würde für sie töten – fuck, er würde ihretwegen in den Krieg ziehen. Sie hatte ihn mit ihrem Virus gestartet, ohne die Konsequenzen abzuwägen. Nicht, dass er sie nicht verstehen konnte. Er wünschte, es wäre so einfach, Menschen mit einem Klick aus seinem Leben zu verbannen. Oder sie auf diese Weise zurückzuholen. Doch so funktionierte das nicht.

Sie hatte Entscheidungen getroffen, die ihre Familie betrafen, ihre Freunde - jeden, der ihr nahestand. Ihren Tod vorzutäuschen hatte offensichtlich nicht funktioniert. Silvio wusste, dass sie lebte und er würde nicht ruhen, bis er sie zerschmettert hätte.

Doch Silvio bereitete ihm keine Kopfschmerzen. Seine Gedanken kreisten um Andrej sowie die Frage, wie er Frieden mit seinem Onkel schließen konnte. Wollte er überhaupt Frieden, nachdem was er getan hatte?

Allein dafür, dass er Skyler in Gefahr gebracht hatte, verdiente er eine Kugel im Knie. Oder in den Kopf, je nachdem welchen Standpunkt er einnahm. Aber Andrej war nicht irgendjemand, er war seine Familie. Sein Blut.

Auf der anderen Seite hatte er ihn verraten und das nur, damit er zurück in den Schoß der Familie kehrte. Als ob das nach diesem Stunt noch möglich wäre.

Was immer er entschied, er musste vorsichtig vorgehen. Andrej frontal anzugreifen kam nicht infrage. Das würde die Organisation zerreißen und seine Männer spalten. Julin würde die Führung übernehmen müssen, anders konnte er Andrej nicht besiegen. Doch zum ersten Mal, seit er denken konnte, wollte er nicht gewinnen. Er wollte Frieden. Ob das möglich war, stand in den Sternen.

So oder so musste das Andrej-Problem warten. Sie hatten einen Job zu erledigen und der sah vor, Jim und Claire zu befreien und Silvio ein für alle Mal zu eliminieren.

Julin drückte Skyler fest an sich und vergrub das Gesicht in ihrem Haar. Sie war warm, weich und entspannt. Genauso wollte er sie haben. Im Gegensatz zu ihm war sie den ganzen Tag angespannt gewesen. Der Sex hatte geholfen, sie auf andere Gedanken zu bringen. Außerdem war er scharf auf sie, seit er sich aus dem Bett gerollt hatte. Zwei Wochen ohne sie waren nicht spurlos an ihm vorbeigegangen. Er würde nicht noch einmal zulassen, dass sie getrennt wurden. Ohne Silvio im Bild würde er diesem Vorhaben näher kommen. Danach würde er sich mit Andrej beschäftigen.

Kapitel 23
SKYLER

Während der Fahrt zu Silvios Anwesen werde ich das Gefühl nicht los, dass die vergangenen Jahre auf diesen Moment zugelaufen sind. Die ganze Zeit habe ich die Vergangenheit wie eine Bugwelle vor mir hergewälzt. Ich wollte sie vergessen, sie auslöschen, indem ich mein Haar färbe, den Namen ändere und aufs College in L.A. gehe. Das Problem ist, dass du deine Geschichte nicht vergessen kannst, denn sie vergisst dich nicht.

Selbst nachdem ich den Wurm in Silvios System implementiert hatte, habe ich die Vergangenheit nicht losgelassen. Sie war immer bei mir, Teil meiner Gegenwart. Wie ein Schatten, den man nicht loswird, ganz egal, wie schnell man vor ihm davonläuft.

Im Gegensatz zu mir hat Matteo Fragen gestellt. Er wollte das Warum hinter allem wissen und hat Silvios Motive in einer Tour hinterfragt. Das hat meinen Vater rasend gemacht. Doch selbst Matteo ist nicht mit unserer Geschichte durch, sonst wäre er nicht annähernd so zornig. Jemand, der mit sich im Reinen ist, kann sich der Geschichte stellen – kann sich seinen Gefühlen stellen. Dazu sind weder Matteo noch ich in der Lage. Matteo ist nicht weit genug gegangen und ich habe es nicht mal versucht.

Keine Ahnung, worauf ich gewartet habe. Vielleicht auf ein Zeichen von Schwäche oder Reue, irgendwas, das andeutet, dass mein Vater mich vermisst. Dass er mich auf eine schräge, grausame Art doch geliebt hat und es sich endlich eingestehen kann. Ich weiß, das klingt in

Anbetracht der Umstände lächerlich. Mein Vater ist ein kranker Bastard und das ganze Bla. Davon abgesehen war er nie ein Vater, denn er hat nichts Väterliches an sich. Er war ein Diktator, der uns für seine Zwecke benutzt hat. Aber Kinder sehen diese Dinge nicht. Sie wollen Liebe und Anerkennung und würden alles dafür tun, sie zu bekommen.

Tief in meinen Wurzeln bin ich immer noch ein Kind, auch wenn ich weiß, wer mein Vater ist – *was* er ist. Bis zum Schluss habe ich auf ein Zeichen gewartet, darauf, dass Silvio mich in seinem Leben will. Und immer wieder hat er mir gezeigt, wie unwichtig ich für ihn bin. Es interessiert ihn einen Scheiß, wer ich bin, was ich brauche und wie sehr ich mir einen Vater wünsche, der mich liebt. Und wenn er mich schon nicht lieben kann, dann wenigstens respektiert.

Bis zu diesem Augenblick habe ich die zahllosen Verletzungen, die er mir zugefügt hat, in die hinterste Ecke meines Unterbewusstseins gedrängt. Den Schmerz über Silvios Ablehnung. Über das, was er getan hat, das Blut an seinen Händen sowie die Tatsache, dass er nichts dabei empfindet.

Aber ich empfinde etwas. Ich wollte es nicht, aber ich kann nicht länger so tun, als würde mir diese Sache am Arsch vorbeigehen.

Denn Mann, das fühlt sich wie ein glühender Schürhaken in meiner Mitte an, der mir ein Loch in den Bauch brennt.

Ich bin das ungeliebte Kind, das ist die bittere Wahrheit. Damit könnte ich leben, denn von meiner Art gibt es viele. Worüber ich allerdings nicht hinwegkomme, ist der verdammte Profikiller sowie die Tatsache, dass mein Hurensohn von einem Vater sich einen Dreck geschert hat, nachdem ich von Danilo Cross gekidnappt wurde. Das war der Auslöser, warum ich *Revenge* überhaupt auf den Weg geschickt habe. Ursprünglich war der Virus für die Russen gedacht, nicht für meinen Vater.

Aber das ist eine andere Geschichte. Der Punkt ist, dass ich Silvio heute Abend endgültig aus dem Weg räumen werde. Offensichtlich hat es nicht gereicht, ihm alles zu nehmen. Hätte ich es zu Ende gedacht, hätte ich mir das denken können. Jemand wie Silvio wirft nicht das Handtuch, nur weil er plötzlich in Boxershorts dasteht. Er macht eine Mode daraus und zwingt den Rest der Welt, ebenfalls die Hosen runterzulassen. Das ist mein Vater.

Als der Wagen in Sichtweite unseres Anwesens hält, öffnen sich die Türen der Vans und Julins Männer laden das Equipment aus. Es braucht keinen Experten zu erkennen, dass das ein eingespieltes Team ist. Jeder Handgriff sitzt, jede Bewegung ist effizient und koordiniert.

Es ist offensichtlich, dass Julin weiß, auf wen er sich einlässt. Er ist verdammt gut vorbereitet, aber das bin ich auch. Nach der letzten versemmelten Aktion habe ich gelernt, dass ich nicht noch einmal ohne Back-up in eine Falle spaziere.

Ich schließe kurz die Augen und atme die warme Aprilluft ein. Das ist also der Showdown, der Moment, den ich so lange gefürchtet und doch herbeigesehnt habe.

Julin neben mir ergreift meine Hand. „Bist du bereit, Babe?“

„Absolut.“

„Und du willst wirklich mit rein?“

Als Antwort lege ich den Kopf schräg. Er nickt.

„Also schön“, brummt er. Sein Mobiltelefon vibriert, er zieht es mit gerunzelter Stirn aus der Tasche seiner Cargos.

„Milan, ich habe keine Zeit für … *was?* Wann? Wo ist er … Gib mir seine Nummer. Ja, mach ich, bis später.“

„Was …“, setze ich an, doch er hebt eine Hand und ich schlucke meine Frage runter. Der typische Signalton einer eingehenden Nachricht ertönt. Julin tippt auf die App und presst das Handy gegen sein Ohr.

„Ja?“ Pause. „Gib mir den Code.“ Eine weitere Pause voller Anspannung entsteht. Schließlich stößt Julin den angehaltenen Atem aus und schließt die Augen. „Fuck, Jim, du bist es wirklich.“

Jim, sein Security-Chef? Ich dränge mich gegen Julin, in der Hoffnung etwas vom Gespräch mitzubekommen.

„… sind um die dreißig Männer, schwer bewaffnet …“

„Wir kommen rein“, unterbricht Julin ihn. „Haltet euch vom vorderen Bereich fern.“

Was Jim als Nächstes sagt, kann ich nicht verstehen, da Julins Crew die leeren Kisten zurück in die Vans bringt.

„Kannst du sie hinten rausbringen?“, fragt er. „Jim, ich …“ Schüsse fallen auf der anderen Seite der Leitung, dann bricht die Verbindung ab und Julin flucht.

„Mischa, wie weit seid ihr?“

„Startklar, Boss!“

Julin spricht in sein Mikro am Revers. „Mike, ist Team Beta in Position?“

„Alles roger“, höre ich über den Knopf in meinem Ohr.

„Ilja, was ist mit Team Gamma?“

„In Position."

„Jim und Claire waren zuletzt auf der Rückseite im Erdgeschoss." Julins entschlossener Blick fällt auf mich.

„Lasst uns anklopfen."

Zwei Sekunden später explodiert das Eingangsportal meines ehemaligen Zuhauses. Holzsplitter und Gesteinsbrocken wirbeln durch die Luft und eine riesige Staubwolke weht uns entgegen. Kurz darauf lassen vier weitere Detonationen die Erde vibrieren. Das Geschoss eines Raketenwerfers sprengt das Gästehaus, Silvios logistische Zentrale für diese Aktion. Eine weitere Rakete landet in den Garagen, um die Fluchtwagen auszuschalten. Eine schlägt im Eckzimmer des ersten Stockwerks ein, Silvios Arbeitszimmer und die letzte fliegt durch die offene Haustür, sozusagen als Nachschlag, für jeden, der noch nicht kapiert hat, dass die Gäste eingetroffen sind.

Matteo führt zusammen mit Lew das Alpha-Team an, die Crew, die als Erstes ins Gebäude eindringt und die erste Etage sichert. Er hat darauf bestanden. Genauso, wie er darauf bestanden hat, dass ich erst dann nachrücke, wenn sein Team grünes Licht gibt.

„Ich hab bereits mein Mädchen da drin. Ich will nicht noch meine Schwester in den Händen dieses Psychos wissen." Das ging eine Weile hin und her, aber am Ende habe ich mich seinem Wunsch gefügt, schon allein, weil die letzte Aktion für die Tonne war. Das ging auf meine Kappe, weil ich so getan habe, als wüsste ich, was ich tue. Dabei wurde ein Großteil seiner Männer verletzt, dafür trage ich die Verantwortung.

Und da ich weiß, dass Matteo sich wegen Claire schuldig fühlt, erhebe ich keinen Einspruch, als er mit der Uzi im Anschlag mit einem halben Dutzend von Julins Leuten ins Gebäude trabt. Rückendeckung bekommen sie von den Bazookas, die die Jungs im Innenhof aufgebaut haben. Deswegen musste ich die Kameras und den Strom ausschalten, um sie reinzulassen und ihnen Zeit zum Aufbau zu verschaffen. Außerdem befinden sich Männer auf den Dächern der Nachbarhäuser, die den Luftraum beobachten und alles abknallen, was sich der Villa auf hundert Meter nähert.

Kaum ist das Team im Eingang verschwunden, geht das Geballere los. Über mein Earpiece kann ich die Warnungen hören, die Rufe und die Schüsse. Meine Hand schließt sich um meine Waffe.

„Sie brauchen Verstärkung.“ Meine Stimme klingt wie ein Knurren, doch das ist mir egal. Julin nimmt mich bei den Schultern und dreht mich zu sich. „Du willst da rein?“ Ich nicke. „Dann bleibst du an meiner Seite, ist das klar?“

„Glasklar.“

Der Mann kennt mich so gut, dass es schon gruselig ist. Er weiß genau, dass ich kurz davorstehe, einfach loszurennen und Matteos Rücken zu stärken. Ich bin lang genug weggelaufen und jetzt, da die Entscheidung gefallen ist, in den Angriff zu gehen, möchte ich nicht länger zurückstehen und die anderen machen lassen.

Ich möchte dabei sein, wenn sie Silvio stellen. Gleichzeitig ahnt Julin, wie schwer das für mich sein muss. Es ist eine Sache, den Mann in den Ruin zu treiben. Ihm das Leben zu nehmen steht auf einem anderen Blatt. Und darauf läuft es hinaus. Es gibt keine Sicherheit für mich in einer Welt, in der mein Vater noch atmet, das habe ich mittlerweile verstanden. Wenn er nicht an mich rankommt, schnappt er sich meine Freunde.

Julin legt mir eine Hand in den Nacken und zieht mich zu sich, bis sich unsere Lippen treffen. Sein Kuss ist drängend und intensiv und ich erwidere ihn mit der gleichen Intensität.

Er unterbricht den Kuss und legt seine Stirn auf meine.

„Bleib. Bei. Mir.“, sagte er leise. „Verlass nicht meine Seite, hast du das verstanden?“

„Mir passiert schon nichts.“

Er legt eine Hand auf meine Wange und sieht mich an. „Das ist keine Antwort.“

Ich unterdrücke den Impuls, die Augen zu verdrehen.

„Also schön, ich werde nicht von deiner Seite weichen. Zufrieden?“

Julin hält meinen Blick noch einen Moment gefangen, wie um zu prüfen, ob ich die Wahrheit sage. Dann ergreift er meine Hand und signalisiert unserem Team, dass wir reingehen.

„Team Beta rückt vor“, murmelt Julins leise Stimme in meinem Ohr.

„Das Erdgeschoss ist noch nicht gesichert!“ Das kommt von Matteo.

„Roger, wir kommen zur Unterstützung. Team Alpha dringt tiefer ins Haus, wir übernehmen die Parterre.“

Ich kann Matteos Verwünschungen hören, was vermutlich der Grund dafür ist, dass Lew an seiner Stelle antwortet. „Roger, wir dringen weite…“

Der Kontakt bricht unvermittelt ab und diesmal flucht Julin.

„Sie benutzen einen Jammer, um unseren Funkkontakt zu stören."

War ja klar. Das bedeutet, wir können auf Brieftauben zurückgreifen, denn weder Handys noch Walkie-Talkies noch sonst ein Gerät, das über Funksignale läuft, helfen uns jetzt weiter. Julin scheint jedoch nicht besonders beunruhigt zu sein. Ich nehme an, er hat damit gerechnet.

Innen ist es stockdunkel, doch ich brauche kein Licht, um mich zurechtzufinden. Ich hab die ersten zwanzig Jahre hier verbracht, ich kenne jede verdammte Besenkammer. Das Haus hat zahlreiche Verstecke, alle sind mir bestens vertraut. Denn wer wissen will, was in diesem Haus läuft, bleibt besser im Verborgenen. Silvio schätzt es nicht, dass man seine Gespräche mithört.

Julin geht voran, die Uzi voraus. Er deckt die linke Seite ab, ich die rechte. Das Team folgt uns, fünf handverlesene Männer. Wie ich Julin kenne, hat er sie allesamt zu meinem Schutz abgestellt.

Mit jedem Schritt ins Haus kommen Erinnerungen zurück, Flashbacks, die ich lieber vergessen hätte. Denn je weiter wir vordringen, desto dunkler werden meine Gefühle.

Die lächerliche Scarlett O'Hara Treppe im Foyer ist mit Staub und Trümmerteilen bedeckt. Als ich zehn war, lag am Fuß der Treppe Fred, der Welpe, den mir mein Bodyguard Toni zum Geburtstag geschenkt hatte. Freds Genick war gebrochen, jemand hatte ihn die Treppe runtergekickt. Obwohl der kleine Jack Russel nur drei Wochen bei mir war, habe ich ihn mehr geliebt, als sonst was.

Das Problem mit Fred war, dass er quengelte, wenn ich nicht bei ihm war, und wenn Matteo und ich Unterricht hatten, durfte der Hund nicht dabei sein. Anscheinend hat er meinen Vater genervt, der ihn kurzerhand über die Brüstung geworfen hat.

Danach hat Toni mir nichts Lebendiges mehr geschenkt, da klar war, wie das enden würde.

Heute würde ebenfalls etwas enden, und zwar eine beschissene Ära. Allerdings nicht mit einem Genickbruch. Ich würde meinem Vater in die Augen sehen, wenn ich ihn erledige, das ist das Mindeste, das ich meiner Mutter schulde.

Als sich zu meiner Rechten etwas bewegt, schieße ich ohne nachzudenken. Ich habe keine Uzi, sondern eine Sig Sauer mit 15 Schuss sowie eine Browning mit einem 13er Magazin. Eine Pistole ist handlicher als die Uzi, außerdem kann ich damit besser zielen. Die Uzis sind auch weniger zum Zielen da, sondern sollen die Gegner durch die schiere Feuerkraft einschüchtern. Davon abgesehen kann man sich mit den Dingern einen Weg freischießen und das ist exakt, was Julin gerade macht. Ich stoße meinen Ellbogen in seine Rippen und nicke Richtung Esszimmer. Wobei Saal wohl passender wäre.

Das Haus hat vier Eingänge. Den Haupteingang, einen Seiteneingang, der zu den Garagen führt, einen über die Terrasse im Wohnbereich sowie einen Kücheneingang für das Personal und Lieferanten. Wenn Jim und Claire im hinteren Teil des Hauses waren, bevor die Verbindung unterbrochen wurde, ist es am wahrscheinlichsten, dass sie in der Nähe der Hauptküche im Erdgeschoss waren.

Mit beiden Händen an der Waffe bahne ich mir einen Weg durch das Haus, als das Licht plötzlich wieder angeht. Oops, Oliver hätte ich fast vergessen.

Mein Blick sucht Julin, der mich hinter sich schiebt und die Führung übernimmt. Während wir uns vorarbeiten, schießt er wahllos durch die Wände und scheint auch zu treffen, denn wann immer wir einen Raum passieren, liegt dort jemand in einer Blutlache.

Bei dem Anblick blitzt das Bild meiner Mutter vor meinem inneren Auge auf, die ebenfalls in ihrem Blut am Boden lag, als ich sie das letzte Mal gesehen habe. Bei der Erinnerung krampft sich mein Magen zusammen. Ich wünschte, ich könnte meinen Zynismus wie eine Lampe anknipsen, um besser mit der Situation klarzukommen. Doch das hier ist zu persönlich, zu nah. Meine Hand krampft sich um die Sig. Ich versuche, in die Stille zwischen den Schüssen zu horchen, doch alles was ich höre ist mein wild pochendes Herz.

Nachdem wir die Küche durchqueren und das pompöse Esszimmer betreten, zerreißt ein einzelner Schuss die Stille.

Und dann sehe ich ihn. Silvio sitzt am Ende des wuchtigen Esstischs. Hinter ihm steht ein Dutzend Männer, seine Leibgarde. Einer von ihnen hält Claire den Lauf eines Revolvers gegen die Schläfe, ein anderer hat Jim.

Na toll.

Während sich mein Vater langsam erhebt, habe ich Gelegenheit, ihn in Augenschein zu nehmen. Silvio ist nicht groß, er hat nur wenige Zentimeter mehr als ich. Dafür besitzt er die Figur eines Ringers mit kräftigen Händen, die zupacken können. Er hat rabenschwarzes Haar, das an den Schläfen ergraut ist, olivfarbene Haut und dunkle Augen, die mich in diesem Moment fixieren.

Und dann fängt er an zu klatschen. Langsam, beinah träge.

„Bravo, Bellissima!“ Seine Stimme ist tief und voll und vermutlich das Beste an ihm. „Du bist in jede Falle getappt, die wir dir gestellt haben.“ Sein breiter Mund verzieht sich zu einem grausamen Lächeln. „Die Intelligenz musst du von deiner Mutter haben.“

„Du beschissener Hurensohn“, zische ich und richte die Waffe auf ihn. Zu meinem Ärger scheint ihn das kein bisschen zu beunruhigen. Glaubt er etwa, ich würde nicht abdrücken? Nach allem, was er getan hat?

„Nein, Bambina, das ist der Mann neben dir.“ Er legt den Kopf schräg. „Hast du vergessen, wer der Feind ist?“ Er streckt den Zeigefinger aus und deutet auf Julin. „Seine Familie hat deine Brüder ermordet!“

Das reicht. Ich trete einen Schritt vor und ziele mit der Sig zwischen seine Augen. „Spar dir diesen Mist für deinen PR-Berater. Du hast den Krieg gestartet, bei dem mehr als hundert Menschen draufgegangen sind.“

Silvio breitet die Arme aus. Die Geste soll hilflos wirken, doch ich weiß es besser. Nichts an ihm ist echt, schon gar nicht seine Körpersprache.

„Diese Säuberungen passieren alle zwanzig Jahre, Bellissima, das gehört zum Geschäft. Auf diese Weise stellen wir sicher, dass sich das schmutzige Blut auswäscht und verunreinigte Blutlinien nicht fortgesetzt werden.“

„So wie Nico und Thoma?“ Bei der Erwähnung seiner Söhne zuckt ein Muskel an seinem Kiefer. „Und Paolo?“, fahre ich fort. „Er war vierundzwanzig, als er von vier Kugeln getroffen wurde. Zwei davon steckten in seinem Hirn.“

Silvio beugt sich vor, die Hände auf die blankpolierte Tischplatte gestützt. „Sie waren Kriegsopfer." Seine Stimme klingt grimmig – endlich mal ein echtes Gefühl.

„Es war *dein* Krieg und das sind *deine* Opfer. Ihr Blut klebt an deinen Händen, wie kannst du damit leben?"

Silvios Faust landet auf dem Tisch. Seine Nasenflügel beben, die dunklen Augen funkeln. Ich kenne keinen Menschen, der wie er seine Emotionen wie einen Schalter umlegen kann.

„Wie kannst du von meinem Blut sein, wenn du die simpelsten Zusammenhänge nicht verstehst?" Er hebt eine Hand und macht eine Geste, die den ganzen Raum einschließt. „Glaubst du, das hier ist alles, was ich für uns wollte?" Seine Stimme vibriert vor Zorn. „New York ist ein Juwel, aber es war nur der Anfang. Miami sollte das Vegas der Ostküste werden! In Baltimore haben wir mit dem Bau des ersten Edelbordells begonnen, das erste einer ganzen Reihe, die es in dieser Art noch nicht gegeben hat. In Jacksonville haben wir ein Drogenlager errichtet, so gut getarnt, dass sich das FBI mit all seinen Ressourcen daran die Zähne ausbeißen …"

„Halt die Klappe!", gehe ich dazwischen. Ich bin nicht gekommen, um mir seine dämlichen Pläne zur Eroberung der Weltherrschaft anzuhören.

„Du erschaffst nichts, baust nichts auf. Alles, was du tust, ist zu zerstören. Leben, Perspektiven, die Zukunft ganzer Familien."

„So redet jemand, der keine Visionen hat!"

„Vielleicht hättest du mal mit mir reden sollen, statt mich wie einen deiner Soldaten zu behandeln."

„Es hat dich stärker gemacht, oder? Kinder müssen stark sein, sie zu verhätscheln verweichlicht sie und macht sie zu einem leichten Gegner."

„Denkst du dir diesen Müll eigentlich aus oder hast du das von einem Kalenderblatt?"

Er schüttelt den Kopf. „Du warst meine größte Enttäuschung."

„Nein, Silvio, die warst du."

„Du hattest alles, was sich ein Kind wünschen konnte. Ein großes Haus, Kleider, Diener. Unsere Feinde haben uns gefürchtet, du hattest Macht, Geld und Einfluss."

„Ich hatte keine Mutter. Keine Brüder. Keinen einzigen Freund."

Diesmal landet seine Faust auf dem Tisch. „Du konntest dir alles kaufen, was man für Geld bekommen konnte!"

„Liebe kann man nicht kaufen."

„Ah, die Liebe!" Seine Stimme strotzt vor Spott. „Liebe ist für die Dummen und die Ziellosen. Sie ist eine Illusion, die ihrem erbärmlichen Dasein einen Sinn geben soll."

„Liebe ist etwas, das du nie begreifen wirst, denn es bedeutet machtlos zu sein."

„Sag ich doch, die Dummen und die Ziellosen."

„Du bist so ein …"

Er macht eine wegwischende Handbewegung. „Von Liebe wird man nicht satt", fällt er mir ins Wort.

„Liebe ist das Einzige, das satt macht. Dass du das nicht begreifst, macht dich zu einem verdammt armen Mann."

Keine Ahnung, wie lang ich ihm das schon sagen wollte. Das und noch viel mehr.

Silvios Blick verdunkelt sich. „Liebe ist eine Wahnvorstellung der Schwachen und Abhängigen. Der Liebe wegen tun sie irrationale Dinge – an wen glaubst du, verkaufen wir Drogen? An Menschen, die gebrochen sind. Zerbrochen an der Liebe, die du so preist. Liebe hat mehr Leben gekostet als jeder Krieg, den wir geführt haben."

„Das ist Schwachsinn!"

„Das ist die Realität."

„Vielleicht die Realität eines Psychopathen mit einem Gottkomplex!" Das kommt von Matteo, der sich bisher im Hintergrund gehalten hat. Wie ich hat er seine Waffe gezogen und zielt damit auf Silvio.

„Ah, der verlorene Sohn."

Matteo überrascht nicht nur mich, als er abdrückt und meinen Vater mitten in der Brust trifft.

Kapitel 24

Der Knall ist ohrenbetäubend. Silvio fliegt zurück und für einen Wimpernschlag herrscht Totenstille, bevor Chaos losbricht. Mindestens vier Männer werfen sich auf meinen Vater, der Rest der Crew duckt sich und nimmt Matteo ins Visier. Er und ich sind die Einzigen, die sich nicht vom Fleck bewegt haben – und Julin, der mich hinter sich geschoben hat. Netter Versuch.

Ich trete vor, bis wir Seite an Seite stehen.

„*Giù le mani!*“, brüllt mein Vater und rappelt sich auf. In seinen Augen brennt ein Feuer, das ich nur zu gut kenne. Er steht kurz davor zu explodieren. Diesmal hat er sogar einen triftigen Grund, denn in seinem anthrazitfarbenen Jackett ist ein qualmendes Loch. Kein Scherz, da ist ein Loch, aus dem ein wenig Rauch quillt. Dass er eine Weste trägt ist neu, aber keine Überraschung, wenn man die Umstände bedenkt.

„Ich wollte nur sichergehen“, murmelt Matteo neben mir.

„Du undankbarer *Stronzo!* Ich hätte dich nie in unser Haus lassen sollen!“

„Nein, das hättest du nicht.“

Im Stillen bewundere ich Matteos Ruhe. Seine Waffenhand zittert kein bisschen, ich dagegen bin ein einziges Bündel Nerven. Mein Herz pocht wie verrückt und meine Knie fühlen sich wie Grütze an.

Nicht weil ich Angst habe. Die Begegnung mit meinem Vater habe ich mir ungefähr fünf Trilliarden Mal ausgemalt. Aber jetzt, da ich ihn endlich vor der Flinte habe, bin ich mir nicht sicher, ob ich abdrücken kann. Erst recht nicht so cool wie Matteo. Ich meine, er hat ihm mitten ins Herz geballert! Klar, Silvio ist nicht sein Vater, aber trotzdem. Offensichtlich hat er weniger Skrupel als ich.

„Lass sie sofort los." Matteos Stimme ist aus Granit. Sein Blick liegt auf Silvio, doch seine Waffe zielt auf den Gorilla, der Claire an den Haaren hält, den Lauf gegen ihre Schläfe gerichtet.

„Noch so eine Nummer und das Letzte, das du sehen wirst, ist ihr Gehirn auf der Esszimmertapete, bevor wir dir eine Kugel verpassen", sagt der Typ ungerührt.

„Niemand rührt den Jungen an, der gehört mir", grollt Silvio und streckt den Finger nach ihm aus.

Matteo lacht leise. „Ja, das hast du immer in mir gesehen, nicht wahr? Einen dummen Jungen, den du nach Lust und Laune manipulieren kannst."

Das war Silvios Plan. Doch Matteo hat sich als harte Nuss entpuppt und war gegen die faulen Annäherungsversuche meines Vaters von Anfang an resistent.

„Ich hätte dich bei deiner *Sciattona* von einer Mutter lassen sollen."

Matteo lässt ein Lächeln aufblitzen, doch es ist düster.

„Daran kannst du sehen, dass du nicht halb so schlau bist, wie du denkst."

Das Gesicht meines Vaters läuft rot an. Wäre der Hammer, wenn er jetzt an einem Herzinfarkt stirbt.

„Sie hat dich wie ein Pfund Fleisch an den Höchstbietenden verkauft. Vielleicht hätte ich sie zum Metzger schicken sollen."

„Meine Mutter konnte mit Kindern so gut umgehen wie du. Doch im Gegensatz zu dir war sie verzweifelt."

Was sie von Silvio unterscheidet ist, dass sie von Männern benutzt wurde. Aber das entschuldigt ihr Verhalten in meinen Augen nicht. Keine Mutter sollte ihrem Kind das antun, was sie Matteo angetan hat. Was konnte er dafür, dass sie schwanger wurde?

„Hast du eine Ahnung, was du weggeworfen hast, du *cretino arrogante*?"

„Was zählt ist, was ich überlebt habe. Dass ich mich dir nicht gebeugt habe." Matteo macht einen Schritt nach vorn. „Dass du mich nicht besiegt hast." Er ruckt das Kinn in Claires Richtung. „Und jetzt sag dem Affen, dass er sie loslassen soll, sie hat damit nichts zu tun."

Silvio beugt sich vor, die Augen zu Schlitzen verengt. „Glaubst du ernsthaft, dass sie diesen Abend überleben wird?"

„So langsam reicht mir dieser Scheiß." Julin, der sich bisher im Hintergrund gehalten hat, schiebt mich abermals hinter sich. Ich vermute, dass Matteo und ich der Grund für seine Zurückhaltung sind. Er weiß, dass wir noch eine Rechnung mit Silvio offen haben, und hat uns die Zeit für ein paar letzte Worte gegeben. Doch wir sind nicht die Einzigen, die unter diesem Psychopathen zu leiden hatten.

Silvio hat Julins Vater getötet. Um den Mord an Nikolai und Emily zu vertuschen, hat er einen Mafiakrieg forciert, der Julins Geschwister das Leben gekostet hat. Sie waren kein Kollateralschaden wie viele andere. Sie waren das Ziel, um zu verhindern, dass sie den Mord an ihrem Vater rächen.

„Du hast zehn Sekunden, das Mädchen und Jim gehen zu lassen. Ansonsten wirst du sterben, alter Mann."

„Ich gehe so oder so drauf.“ Silvios Stimme klingt bitter. „Aber bist du bereit zu sterben?“ Er zieht einen Revolver aus einem Schulterholster unter seinem Jackett, zielt damit auf Julin und schüttelt langsam den Kopf. „Doch das wäre viel zu milde. Vorher solltest du zusehen, wie Skyler verblutet.“

Und dann blicke ich in die Mündung seines Revolvers.

„Cesare will sie lebend, Rossi“, sagt eine Stimme aus dem Hintergrund. Eine ziemlich vertraute Stimme. Mein Blick wandert zur Küche und … mein Mund klappt auf.

Sven steht im Durchgang zum Esszimmer. *Mein* Sven, der mir eine Absage erteilt hat, weil ihm die Sache zu heiß war. Und jetzt steht er hier, im Auge des Sturms und erteilt meinem Vater Befehle?

„Schön, dass du dich auch mal blicken lässt“, fährt Silvio ihn an.

„Ich bin Kopfgeldjäger, kein Killer.“ Das hellblonde Haar sieht aus, als wäre er zu oft mit den Händen durchgegangen. Die grauen Augen sind auf meinen Vater gerichtet.

„Ich glaub’s nicht!“ Dieser doppelzüngige Wichser! Kann man heute eigentlich niemandem mehr trauen?

„Das Luder wird heute sterben. Ich habe zu lang darauf gewartet.“

Jep, das ist mein Vater, wie ich ihn kenne.

„Du kennst Jacksons Befehle.“

Ich bin schockiert, wie gefasst Svens Stimme klingt. Mir geht der Arsch auf Grundeis und er macht auf Ganove.

„Skyler kommt nach Chicago. Ich bin hier, um sie abzuholen.“ Und er ist nicht allein. Hinter ihm stehen vier von Cesares bis an die Zähne bewaffneten Elitesoldaten.

„Wie kannst du nur für diese Ärsche arbeiten?“

Svens Blick landet auf mir wie ein Gewicht, das mich einen Schritt zurücktreten lässt.

„Es war die einzige Möglichkeit, dich lebend hier rauszubekommen.“ Er hebt die Schultern. „Und die Bezahlung ist auch nicht schlecht.“

„Wie haben sie dich gefunden?“

„Wer hat gesagt, dass sie *mich* gefunden haben?“ Er fährt sich mit einer Hand durchs Haar und seufzt. „Ich habe den Kontrakt im Netz gefunden. Die Fahndung nach dir und dein Todesurteil.“

Eine Hand landet auf Svens Schulter und einer der Soldaten schiebt ihn nach hinten. „Genug geplaudert. Wir nehmen das Mädchen mit, die anderen werden eliminiert.“

Das ist der Augenblick, als ich begreife, warum ich die Hälfte der Männer nicht kenne. Das hier sind Cesares Leute, nicht Silvios! Ich schätze mal, dass ihm die Kohle ausgegangen ist, sie zu bezahlen. Dennoch, eine Handvoll treuer Gefolgsleute ist ihm geblieben und die stellen sich schützend vor Silvio, als mich ein Schuss zusammenzucken lässt.

Danach geschehen mehrere Dinge gleichzeitig. Irgendwie ist Claire an ein Messer gekommen, das sie ihrer Wache in den Oberschenkel rammt. Matteo feuert seine Waffe ab und erledigt zwei Aufpasser. Eine Sekunde später hält er Claire im Arm und trägt sie Richtung Salon, raus aus dem Chaos. Jim hat sich selbst befreit. Er nimmt seinem Aufpasser die Heckler ab und verpasst ihm einen Kopfschuss.

Mehr kann ich nicht erkennen, denn Julin reißt mich zu Boden und schützt meinen Körper mit seinem, während er sein Magazin leert.

Oh nein, Freundchen, so weit kommt's noch! Ich winde mich aus seinem Eisengriff und richte meine Sig auf Silvio. Wie es aussieht, galt der erste Schuss ihm und diesmal hilft ihm auch die Weste nicht. Eine Kugel hat ihn am Hals getroffen, dem Anschein nach ein Streifschuss. Er bedeckt die Stelle mit einer Hand und sinkt auf ein Knie. Gute Entscheidung. Jetzt, da die Kugeln die Seiten wechseln, ist niemand mehr sicher.

Ich habe jedes Zeitgefühl verloren, keine Ahnung, wie lang der Schusswechsel dauert. Wahrscheinlich bloß ein, zwei Minuten, aber mir kommt es wie eine halbe Stunde vor.

Nachdem der Boden mit Körpern übersät ist, breitet sich eine unheimliche Stille aus, die durch gelegentliches Stöhnen und Silvios stoßartigen Atem unterbrochen wird.

„Ich habe absichtlich danebengeschossen." Das kommt von einem Mann, der in diesem Moment das Esszimmer betritt. Er ist von Kopf bis Fuß in Schwarz gekleidet, hat kurze dunkle Haare und eine gebrochene Nase, die ich von irgendwoher kenne. Überhaupt kommt er mir bekannt vor, doch bei dem Tumult, der mich umgibt, kann ich ihn nicht gleich zuordnen. In der Rechten hält er eine 9mm Browning – gute Waffe, ich hab die gleiche.

„Das nächste Mal hast du nicht so viel Glück."

Die Stimme kenne ich ebenfalls, wenn auch vage. Diesmal ist es eine Stimme aus der Vergangenheit, die mein Herz höherschlagen lässt.

„Bastardo", knurrt Silvio. Er hat seine Krawatte gelöst und drückt sie auf den Hals, um die Blutung zu stoppen. „Ich habe mich schon gefragt, wann wir uns wiedersehen." Er schüttelt den Kopf und lacht ein Lachen, das gruselig klingt. Es ist heiser, aber auch bitter und es schwingt noch etwas anderes darin. Mordlust.

„Ich wollte dir in die Augen sehen, wenn ich dich erledige." Der Typ in Schwarz geht langsam auf meinen Vater zu und je näher er kommt, desto besser kann ich ihn im gedimmten Licht des Esszimmers erkennen.

Oh, Shit.

„T-toni?" Das kommt als ein Flüstern raus, dennoch hört er mich.

„Ich bin sofort bei dir, mio piccola."

„Du bist es wirklich …"

„Du klingst so erfreut." Der Ton meines Vaters ist pures Gift. „Dieser *traditore* wurde von Cesare angeheuert."

„D-du bist der Profikiller?" Antonio, mein ehemaliger Bodyguard, der mich bis zu meinem vierzehnten Lebensjahr wie seinen Augapfel beschützt hat? Der von einem Tag auf den anderen spurlos verschwunden ist, ohne ein Wort und ohne Abschied. Ohne eine Erklärung.

Ich dachte, er wäre tot.

„Cesare hat ein Kopfgeld auf dich ausgesetzt, mio piccola. Er will dich lebend." Er nickt zu meinem Vater, dem Abscheu übers ganze Gesicht geschrieben steht. „Silvio dagegen hat zwei Killer auf dich angesetzt."

„Sie haben versagt!"

„Ich habe sie getötet." Toni steht jetzt über meinem Vater. „Petrow hat mich angeheuert. Er wollte sichergehen, dass du das hier nicht überlebst. Ihm war klar, dass ich für diesen Job kein Geld verlangen würde. Mein Preis war dein Tod."

Er tippt mit dem Lauf der Browning gegen Silvios Stirn.

„Auf die Knie, den Kopf nach vorn."

„Ich gehe vor niemandem auf die Knie, *pezzo!*"

Toni löst das Problem, indem er meinem Vater zwei Kugeln verpasst, in jeden Oberschenkel eine. Silvio jault auf und rollt sich auf den Rücken.

„Dann stirbst du eben wie ein Wurm." Eine weitere Kugel landet in Silvios Abdomen. Toni scheint absichtlich die wichtigen Arterien zu verfehlen, dann wäre mein Vater innerhalb weniger Herzschläge Geschichte. Stattdessen durchsiebt er ihn, damit er leidet, während er langsam verblutet.

Er beugt sich über Silvio, der wie ein Fisch auf dem Trockenen nach Luft schnappt.

„Du hast die Liebe meines Lebens getötet."

„Sie war meine Frau!"

„Sie war meine Geliebte."

Silvios Augen sehen aus, als würden sie ihm jeden Augenblick aus dem Kopf poppen.

„*Bugiardo!*"

„Das hättest du wohl gern."

Toni und meine Mutter waren ein Paar? Wow. Darauf wäre ja wohl kein Schwein gekommen. Andererseits. Wenn man mit jemandem wie meinem Vater verheiratet ist … Ob Toni der Grund dafür war, dass sie es so lang bei Silvio ausgehalten hat?

Im Stillen wundere ich mich über meine Erleichterung, immerhin behauptet Toni, dass er mit meiner Mutter geschlafen hat - wer weiß wie lang. Doch wenn ich ehrlich bin, finde ich diese Nachricht beruhigend. Ich habe nie verstanden, wie meine Mutter Silvios Nähe ertragen konnte. Das hat sie mir immer ein wenig entfremdet.

Jetzt habe ich meine Antwort.

Wenn sie Toni hatte, war sie zumindest nicht allein. Das ist das erste Mal, dass ich das Gefühl habe, meine Mutter besser zu verstehen. Wenn auch nur ein wenig. Ich meine, wer bei Verstand heiratet jemanden wie Silvio? Und selbst wenn, spätestens nach ein paar Monaten musste ihr klar geworden sein, was für ein Riesenarsch er ist. Wieso ist sie all die Jahre bei ihm geblieben?

Okay, sie wurde schwanger, aber spätestens, als wir älter waren, hätte sie gehen müssen, richtig? Andererseits war ich noch klein, als sie starb, in jedem Fall zu jung, um ohne Mutter aufzuwachsen …

Moment mal. Wenn sie mit Toni zusammen war, was war dann mit ihr und Nikolai? Angeblich hatten die beiden ein Verhältnis, deswegen hat Silvio ihn schließlich erschossen. Der ganze Krieg, nur um den Mord zu vertuschen und dann liebte sie den Russen nicht mal?

Hatte Emily ihn nur benutzt? Hatte sie womöglich alle benutzt, Nikolai *und* Toni?

Es tut mir leid.

Galten ihre letzten Worte am Ende gar nicht mir, sondern Toni? Aber warum hatte sie ihren Liebhaber mit Silvios Erzfeind betrogen? Oder war es umgekehrt?

Das würde zumindest einen Sinn ergeben. Emily musste versucht haben, Nikolai zu benutzen, doch wenn nur die Hälfte von Julin in Nikolai steckte, hat er den Spieß vermutlich umgedreht. Irgendwann musste ihr klar geworden sein, dass Julins Vater ihr nicht helfen würde, darum hatte sie sich Toni zugewandt.

Gott, ich hoffe, ich irre mich, das wäre so was von berechnend. Toni war verheiratet! Hatte sie wirklich keine andere Möglichkeit, sich gegen Silvio zu wehren?

„Bevor du verreckst, solltest du wissen, dass Emily vorhatte, dich zu verlassen.“ Er beugt sich tiefer über ihn. „Meinetwegen.“

Silvio stößt eine Reihe italienischer Flüche aus. Toni geht vor ihm in die Hocke.

„Wir hatten vor, zusammen mit Skyler nach England zu gehen, zu Emilys Eltern.“

„Erst stiehlst du mir meine Frau, dann meine Tochter“, keucht Silvio. Schweiß bedeckt sein Gesicht, aus dem alle Farbe gewichen ist.

„*Deine* Tochter? Du meinst wohl meine.“

Und dann, ohne ein weiteres Wort und ohne eine Miene zu verziehen, setzt er den Lauf der Browning auf Silvios Stirn und beendet sein Leben.

Kapitel 25

Als Silvios Kopf zurückfliegt und Blut die Tapete hinter ihm besprenkelt, empfinde ich weder Genugtuung noch Triumph. Ich fühle überhaupt nichts. Ich bin wie erstarrt und erwache erst aus meiner Schockstarre, als der Knopf in meinem Ohr rauscht.

„Leute, ich unterbreche eure Party nur ungern, aber meine Sensoren schlagen wie wild an."

Anscheinend konnte Oliver den Jammer deaktivieren, in jedem Fall haben wir wieder Funkkontakt.

„Was zum Henker soll uns das sagen?", fragt Julin.

Doch es ist nicht Oliver, der diese Frage beantwortet, sondern Sven. Er steht im Durchgang zur Küche und ist blass wie ein Gespenst. Ein Geschirrtuch ist um seinen linken Oberarm gebunden, auf dem sich ein roter Fleck ausbreitet.

„Die Hütte ist verkabelt und fliegt in neunzig Sekunden in die Luft", sagt er schwach und stützt sich mit einer Hand an der Wand ab.

„Fuck!" Das kommt von Matteo, der zurück ins Esszimmer gekommen ist. Da Claire nicht bei ihm ist, nehme ich an, dass er sie in Sicherheit gebracht hat.

„Okay", sage ich zu niemand Bestimmtem. Zeit, die Biege zu machen. „Jeder, der noch stehen kann, schnappt sich einen Verwundeten und bringt ihn hier raus." Und genau das tun wir. Julin hilft Jim, der ziemlich angeschlagen ist und aus einer Schusswunde am Bein blutet. Sven und ich tragen einen von Cesares Männern aus dem Haus. Lew, Sascha, Matteo und der Rest von Julins Crew checken den Puls mehrerer Männer, bevor sich jeder einen über die Schulter wirft und rausträgt. Ich scanne den Raum auf der Suche nach Toni, doch der ist wie vom Erdboden verschluckt.

Draußen stehen zwei Vans mit laufendem Motor. Oliver sitzt am Steuer des ersten, Claire auf dem Beifahrersitz.

Als ich Anstalten mache, zu ihr zu gehen, legt sich eine Hand auf meine Schulter und Toni dreht mich zu sich.

„Kommst du mit?“, frage ich.

„Nicht heute, mia piccola.“

„A-aber wir sehen uns doch wieder, oder?“ Gott, ich komme mir vor, als wäre ich wieder acht Jahre alt, als ich versucht habe, ihn davon zu überzeugen, mich zum Schießstand mitzunehmen.

„Darauf gebe ich dir mein Wort.“ Er beugt sich zu mir und küsst meinen Scheitel.

„Ich will nicht, dass du gehst“, flüstere ich.

„Wir werden uns wiedersehen. Und dann reden wir.“

Ich nicke, weiter zu protestieren wäre ohnehin sinnlos.

„Skyler“, sagt er leise. „Fürchte dich nicht vor der Freiheit.“

„Was?“

„Du lebst immer noch in der Vergangenheit. Lass los.“

Er hat gut reden.

„Hab keine Angst davor, du selbst zu sein.“

„Ich weiß nicht, wer das ist.“ Keine Ahnung, was mich mehr überrascht, dass ich das glaube oder dass ich es laut ausspreche.

Er nickt, als hätte er nichts anderes erwartet. Doch es stimmt. Ich habe mich so viele Jahre durch Silvio definiert – was er braucht, was er will, *wen* er will – dass ich keine Ahnung habe, wer ich bin und was *ich* will. Nachdem ich meinem Zuhause entkommen bin, lag mein Fokus auf der Flucht. Danach ging es darum, den Virus zu perfektionieren, bis ich Julin getroffen habe. Und dann, na ja, habe ich meinen Fokus aus den Augen verloren und mich treiben lassen.

Unterm Strich bin ich davongelaufen. Aber sich selbst kann man nicht entkommen. Wohin ich auch gehe, ich schleppe mich und meine ungelösten Konflikte überallhin. Und nun stehe ich einmal mehr an einem Scheideweg und frage mich, was ich mit dem Rest meines Lebens anfangen will.

Lautes Hupen reißt mich aus meinen Gedanken und als ich mich zu Toni umdrehe, ist er verschwunden. Bevor ich Piep sagen kann, hält der Van neben mir. Die Seitentür fliegt auf und Julin schubst mich regelrecht ins Innere. Matteo folgt, dann Sven, Jim, Sascha und Lew.

„*Los, los, LOS!*“, brüllt Julin und Oliver zögert keine Sekunde.

Ähnlich wie in Sankt Petersburg kann ich die Detonation fühlen, bevor ich sie höre. Der Boden unter uns vibriert, während wir mit durchgetretenem Gaspedal vom Grundstück rasen, die anderen Vans im Kielwasser. Als uns die Druckwelle erfasst, fliegen wir förmlich auf die Straße und ich sehe mit angehaltenem Atem dabei zu, wie mein ehemaliges Zuhause am East River auseinanderbricht.

Und endlich fühle ich etwas.

Trauer, Zerrissenheit und Schmerz – alles zur gleichen Zeit. Und eine Sehnsucht, die ich in dieser Form noch nie zugelassen hab. Nach Frieden und dem Wunsch, sesshaft zu werden.

Außerdem habe ich den Drang, meiner Geschichte auf den Grund zu gehen. Wie es scheint, habe ich nicht mal die Hälfte von dem verstanden, was zwischen meinen Eltern vorgegangen ist. Ganz zu schweigen von Toni. Ich dachte, ich kenne ihn, aber damit lag ich offensichtlich falsch.

Hat er mich wirklich vor den Killern geschützt oder war er auf mich angesetzt? Nein, das ist Quatsch, er hat selbst gesagt, dass Andrej ihn engagiert hat. Silvio hätte nie meinen ehemaligen Bodyguard beauftragt mich kaltzumachen, so verzweifelt war selbst er nicht.

Wie hat Toni das überhaupt gemeint, dass ich nicht Silvios Tochter bin. War das metaphorisch gemeint oder was? Ich habe eine Tonne Fragen und keine Antworten in Sicht. Doch statt frustriert zu sein, bin ich erschöpft.

Als Julin mich in seine Arme zieht, schließe ich die Augen und atme das Gefühl ein, angekommen zu sein.

Ich hab noch viel Arbeit vor mir, aber jetzt, in diesem Augenblick, kann ich einfach nur da sein. Denn in Julins Armen bin ich so sicher, wie ich nur sein kann. Ich vertraue ihm bedingungslos und das ist etwas, das ich noch vor einem Jahr für unmöglich gehalten habe.

***

MATTEO

Während sie zum Flughafen rasten, zwängte sich Matteo auf den Beifahrersitz und hob Claire auf seinen Schoß, die sich an ihn klammerte. Sie zitterte immer noch am ganzen Körper, darum legte er beide Arme um sie und strich ihr beruhigend über den Rücken.

„Es ist vorbei, Sweetheart“, flüsterte er. „Du hast es diesen Flachwichsern gezeigt.“ Und wie sie das hatte. Es brauchte Eier, einem bis an die Zähne bewaffneten Gewichtheber ein Messer in den Schenkel zu rammen. Und dann noch ein Klappmesser – dieser Motherfucker hätte Claire wie einen Zahnstocher in zwei Teile brechen können.

„Ich wollte dir beweisen, dass ich Rückgrat habe.“ Ihre Stimme war so leise, dass er sie beinah nicht gehört hätte.

Fuck, er war so ein Idiot.

„Ich war ein Idiot“, sagte er das Offensichtliche. „Dein Rückgrat reicht für eine ganze Armee.“

„Wirklich?“

„Babe, du hast einem ausgebildeten Soldaten der Mafia gezeigt, wer die Hosen anhat.“

„Habe ich ihn umgebracht?“ Die Sorge in ihrer Stimme war unüberhörbar.

„Nein, Sweetheart, das habe ich erledigt.“

„Oh.“ Nach kurzem Zögern lehnte sie sich an ihn und schloss die Augen.

Sie hatten sich für *LaGuardia* als Flugplatz entschieden, da der kleine Airport besser zu erreichen war als JFK. Vor allem lag er näher.

Auf dem Weg kamen ihnen zahlreiche Einsatzwagen der Cops entgegen, Feuerwehrautos und Ambulanzen, die in Richtung des zerstörten Rossi-Anwesens fuhren. Ihr Jammer hatte verhindert, dass Nachbarn die Bullen alarmieren konnten, als sie sich einen Weg in die Hütte gesprengt hatten. Doch die letzte Explosion konnten sie wahrscheinlich vom Empire State Building aus sehen, von daher mussten sie zusehen, dass sie die Biege machten, bevor jemand auf die Idee kam, sie anzuhalten.

Während Sky auffallend still war, fragte Oliver diesem Slim/Sleak/Sven Löcher in den Bauch. Matteo hatte keine Ahnung, dass dieser Typ im Netz so etwas wie eine Legende war. So oder so war Oliver total aus dem Häuschen, ihn zu treffen. Von ihrer Unterhaltung verstand Matteo allerdings nicht mal die Hälfte. Er hasste diesen Hackerslang, wer sollte diesen Scheiß verstehen? Also blendete er die beiden aus und zog Claire fester an sich. Mann, sie roch gut. Nach Zimt und diesem Chai-Tea-Latte-Gedöns, das sie immerzu trank.

„Woher hattest du das Messer?", wisperte er, die Lippen an ihrem Ohr.

„Ich hab's Julin gemopst."

Seine Lippen bogen sich nach oben. „Gut gemacht."

Als sie daraufhin seufzte, küsste er ihre Schläfe. Dann ihre Augenlider und schließlich ihren Mund. Claire schmeckte wie sie roch – ein bisschen wie Weihnachten.

Als vor seinem inneren Auge das Bild von ihr in roten Strapsen, roten Heels und rotem Lippenstift aufpoppte, presste er die Lider zusammen. Verdammt. Woher zum Geier kam dieser Scheiß so plötzlich? In seiner Fantasie war das alles, was sie trug und er wurde hart wie Granit. Glücklicherweise war Claire durch den Kuss abgelenkt, sonst würden sie wahrscheinlich hier und jetzt übereinander herfallen.

Doch es ging nicht nur um Sex, das hatte er mittlerweile begriffen. Ausgerechnet Silvio hatte er diese Erkenntnis zu verdanken, war das zu fassen? Claire musste erst verschwinden, bis er kapierte, dass seine Gefühle weit über das Körperliche hinausgingen.

Der Frieden, den er in Denver gefunden hatte, hatte nichts mit einem Ort zu tun. Er hatte mit einer Entscheidung zu tun und die hielt er in diesem Augenblick im Arm. Matteo nahm ihr Gesicht in die Hände und sah ihr tief in die Augen.

„Ich liebe dich, Sweetheart.“ Es sollte nicht wie ein Grollen rauskommen, doch es erfüllte den Zweck. Claires Augen füllten sich mit Tränen, doch er war noch nicht fertig.

„Aber wenn du noch einmal verschwindest und deinen süßen kleinen Zuckerarsch aufs Spiel setzt, lege ich dich übers Knie, hast du verstanden?“

Shit, schon wieder ein Bild, das er nicht brauchte. Claire in Strapsen und Heels über seinen Schenkel gebeugt mit rotem Arsch. Diesmal spürte sie seine Härte und biss sich auf die Unterlippe, bevor sie wortlos nickte.

Verfluchtes Luder. Wusste sie, wie sehr ihn das antörnte und wollte ihn provozieren? Sein Schwanz drängte gegen seine Jeans und bettelte um ihre Aufmerksamkeit. Dass sie auf seinem Schoß hin und her rutschte, machte es nicht besser.

Als sie ins Parkhaus des Flughafens fuhren, atmete er erleichtert auf. In wenigen Stunden wären sie in Denver und dann würde er sein Mädchen ins nächste Millennium vögeln.

***

CLAIRE

Unglaublich! Nach allem, was sie durchgemacht hatte und trotz der unfassbaren Erschöpfung hatte sie das Gefühl, über Wasser gehen zu können.

Matteo hatte das L-Wort benutzt und es kam völlig unerwartet, wie aus dem Nichts. Eben noch wollte sie wie ein Schlosshund heulen, im nächsten Moment platzte er damit heraus.

Er wollte sie, Claire Jennings, nicht Skyler. Wie oft hatte sie sich diesen Moment vorgestellt! Ausgerechnet an diesem Horror-Abend stand er zu seinen Gefühlen.

Aber vielleicht lag es gerade an dem Horror, den Toten, dem Blut und den ungewöhnlichen Umständen. Anders konnte sie sich sein Geständnis nicht erklären. Er wirkte nicht glücklich darüber, dennoch war er aufrichtig. Das war ein Anfang, der würde ihr für den Moment genügen. Matteo war ein Mann, der meinte was er sagte und was er sagte, hatte Hand und Fuß.

Er hatte für sie getötet!

Ein Schauder schüttelte sie und sie kuschelte sich tiefer in seine Arme. In der letzten Stunde war sie sich nicht sicher gewesen, ob sie lebend aus dieser Situation rauskommen würde. Sie wusste, dass sie Jim aufhielt. Ohne sie hätte er die Männer, die sie im Flur aufgegriffen hatten, überwältigen können. Doch er wollte ihr Leben nicht riskieren und hatte keinen Widerstand geleistet, obschon seine brennenden Augen etwas anderes sagten.

Sie war froh, dass sie das Messer benutzt hatte, froh, dass sie ihre Angst überwunden und Initiative gezeigt hatte. Sie hatte nicht vor, sich als Druckmittel gegen Skyler benutzen zu lassen – sie würde sich nie wieder instrumentalisieren lassen.

Nachdem sie den Flughafen erreicht hatten, ließ sie zu, dass Matteo sie in die schlanke Gulfstream trug. Das war nicht ihr Flieger, der gehörte Julin.

Matteo brachte sie in die Schlafkabine in den hinteren Teil der Maschine. Anstatt sie abzusetzen, legte er sich zu ihr auf das schmale Doppelbett und küsste sie, bis sie ihren Namen vergaß. Als der Jet vom Boden abhob, war seine Hand in ihrem Pantie und als sie in der Luft waren, hatte sie ihren ersten Höhepunkt. Doch sie kam nicht einfach bloß, sie explodierte, während Matteos geschickte Finger ihre Magie entfalteten. Sie konnte sich nicht daran erinnern, wann und wie sie ihre Kleidung losgeworden war, doch ihr fiel auf, dass Matteo noch komplett bekleidet war, während sie sich wie eine rollige Katze in den Laken wälzte.

„Ich liebe dich“, keuchte sie, als sich ein zweiter Orgasmus anbahnte.

„Und ich liebe dich, Sweetheart!“

Und dann füllte er sie aus und erstickte ihren Lustschrei mit einem Kuss, während sie abermals in tausend Stücke zerfiel.

Kapitel 26
SKYLER

Im Flugzeug kümmert Marco sich um uns, als wäre er Peter Pan und wir die verlorenen Kinder. Er schenkt Kaffee ein, verteilt Kissen, verarztet Jim, scherzt mit Lew und geht ganz in seiner Rolle als Flugbegleiter auf. Als er Sven einen Schmatzer auf den Mund gibt, brechen die Männer in Gelächter aus, während mein alter Freund in fünfzig verschiedenen Rotschattierungen anläuft.

Da Julin mich kennt, überlässt er mich im Flieger meinen düsteren Gedanken. Er nimmt mit seinem Team den Konferenzraum im Bug des Fliegers in Beschlag und kommt erst wieder raus, als wir im Landeanflug auf Denver sind. Ich hätte gedacht, dass wir ein paarmal zwischenlanden würden, um unsere Spuren zu verwischen, doch wie es aussieht, ist die Zeit des Versteckspiels vorbei. Oliver kaut Sven ein Ohr ab, während er einen Mullverband um seinen Arm wickelt. Sven scheint ihm seinen Enthusiasmus nicht übel zu nehmen. Ich glaube sogar, dass er die Aufmerksamkeit genießt. Also, Olivers, nicht Marcos. Der setzt sich zu mir und tätschelt meine Hand.

„Schätzelchen, ich weiß ja nicht, mit wem ihr gerauft habt, und ich will es auch nicht wissen. Aber wenn du dem guten Marco das Herz ausschütten willst, bin ich da und hör dir zu."

Hm.

„Aber dann müsste ich dich töten." Es sollte als Scherz rüberkommen, doch Marco tut so, als wäre das eine ernst gemeinte Warnung.

„Das ist völlig überflüssig", sagt er im Plauderton und winkt ab. „Ich bin wie ein Priester. Kein Mensch tötet Priester, die müssen die Klappe halten, dazu gibt es sogar ein Gesetz."

„Du meinst nicht zufällig das Schweigegelübde?"

„Das auch." Er nickt enthusiastisch und wirkt kein bisschen beunruhigt. Da er auf eine Antwort wartet, räuspere ich mich.

„Also, ähm, ich werd's mir überlegen."

„Mach das, Schätzchen. Und immer dran denken, *aus*drücken, nicht *unter*drücken!" Mit diesen Worten erhebt er sich und stöckelt in die Kitchenette, um mehr Kaffee aufzubrühen.

Fragt mich nicht warum, aber Marcos Anteilnahme und seine unbekümmerte Art nehmen meiner düsteren Stimmung die Schwere. Tatsächlich fühle ich mich besser und döse weg, nachdem er mir eine Decke bringt und mich wie ein Baby darin einwickelt.

Claire sehe ich erst, nachdem die Gulfstream auf dem Boden ist. Der Just Fucked-Look steht ihr gut. Das Haar ist zerzaust, ihre Wangen gerötet und ihre Augen haben dieses Strahlen, das nur Frischverliebte haben. Meh!

Als mein Blick auf Matteo fällt, erkenne ich den gleichen glorreichen Glanz und atme auf. Wurde auch Zeit, dass er klar Schiff macht und sich der Tatsache stellt, dass er Claire mit Haut und Haaren verfallen ist. Jetzt muss ich das Gleiche tun und das Chaos regeln, das ich hinterlassen habe.

Silvio ist tot, es lebe Cesare oder wie soll ich mir das vorstellen? Wer übernimmt jetzt New York und bin ich damit endlich aus dem Schneider? Bei meinem Glück eher nicht. Ich hab den Italienern zu große Verluste eingefahren, als dass die mich von der Leine lassen werden. Und noch einmal meinen Tod vorzutäuschen, kann ich mir abschminken. Das nimmt mir niemand mehr ab.

Dennoch habe ich keine Angst mehr vor dem, was sie mir antun könnten. Ich fürchte mich nicht vor dem Sterben, stelle ich überrascht fest. Mein Problem ist das Leben. Die ganze Zeit war ich darauf fokussiert davonzulaufen, zu überleben. Nun, da die Hauptgefahrenquelle ausgeschaltet ist, hab ich keinen Plan, was ich tun soll. Es kommt mir fast so vor, als hätte jemand die Luft aus mir rausgelassen.

Was zum Henker will ich mit dem Rest meines Lebens anfangen?

Während sich Julins Crew in Matteos Haus breitmacht, hauen sich Oliver und Sven aufs Ohr. Matteo schwingt sich auf sein Bike und fährt zum Clubhaus, um irgendeinen Scheiß zu regeln. Da seine Männer am letzten Coup nicht beteiligt waren, sind sie zurück aus New York und ärgern sich mit den Silver Dragons herum. Wie ich das sehe, ist der MC ein Mix aus Kindergarten und Flohzirkus – irgendwas ist immer.

Während ich meinen Gedanken nachhänge, setzt sich eine frisch geduschte Claire zu mir auf die Couch und ergreift meine Hand.

Gott, sie sieht wie eine Blume aus mit ihrer rosigen Haut, den leuchtenden Augen und ihrem unvermeidlichen Chai-Tea-Duft.

„Wie geht's dir?“, fragt sie, beugt sich vor und streicht mir eine Strähne zurück. Keine Ahnung, warum mich diese Geste so rührt. Sie hat etwas Intimes. Ich kann die

Menschen, denen ich diese Nähe erlaube, an einer Hand abzählen.

„Ich fühle mich …" Verloren? Ziellos? Total durcheinander? „… neben der Spur."

„Kann ich mir vorstellen."

„Und was ist mit dir? Man wird nicht jeden Tag gekidnappt und Zeuge eines Blutbads." Mal grob zusammengefasst.

„Ich gebe zu, das war …", sie zögert und legt die Hände in den Schoß, „heftig."

„Das kannst du laut sagen."

„Trotzdem habe ich nie gezweifelt, dass ihr kommen würdet." Sie zuckt mit den Schultern, als wäre das keine große Sache. Aber wir wissen es besser.

„Es hilft, dass ich mich gewehrt habe", ergänzt sie nach einer kurzen Pause. „Dass ich nicht bloß Opfer war." Sie blickt auf ihre ineinander verschränkten Hände. „Macht das Sinn?"

„Absolut."

„Und du?", fragt sie und ergreift abermals meine Hand.

„Ich muss dauernd daran denken, was Toni gesagt hat."

„Dass du nicht Silvios Tochter bist?"

Ich nicke. „Wie hat er das gemeint?"

„Ich könnte mir vorstellen, dass er geblufft hat." Sie hält kurz inne. „Dass er Silvio den Tod so schwer wie möglich machen wollte."

Das wäre eine Möglichkeit. Dennoch habe ich mich immer gefragt, wie es zu dem Altersunterschied zwischen meinem jüngsten Bruder Paolo und mir gekommen ist.

„Ich würde mir darüber keine Gedanken machen“, unterbricht Claire meine Überlegungen. „Wichtig ist nicht woher du kommst, sondern wer du bist.“

Jetzt muss ich nur noch herausfinden, wer das ist. „Ich war mein ganzes Leben Silvios Tochter, die Prinzessin von New York.“

„Das ist aber nicht, was dich definiert, Skyler.“

„Und was wäre das?“

„Deine Taten“, sagt sie, als wäre damit alles klar. „Du hast ganz allein der Mafia die Mittel entzogen. Hast das Oberhaupt von New York gestürzt und dabei dein Leben riskiert.“

„Meins und das der Menschen, die mir nahestehen“, murmle ich.

„So läuft das eben, wenn man Freunde hat.“

Darauf seufze ich. „Claire, ich habe keine Ahnung, wie dieses Freundschafts-Ding funktioniert. Ich weiß nicht mal, wie man eine Freundin ist.“

Claires Augen werden rund. „Machst du Witze? Du bist die beste Freundin, die ich je hatte! Du bist praktisch meine Familie.“

„Schöne Familie“, brumme ich. „Meine versucht ständig mich abzumurksen. Ist das wirklich, was du willst?“

„Jetzt mach aber mal einen Punkt.“ Claire wedelt mit ihrer Hand vor meinem Gesicht herum. „Du kümmerst dich um mich wie die Schwester, die ich nie hatte. Ich liebe dich mehr als meine Mutter!“

„Du verabscheust deine Mom.“

„Siehst du, da hast du es!“

Ich fürchte, ich muss ein bisschen deutlicher werden.

„Verstehst du das nicht? Du wärst beinah draufgegangen, was für eine Art Freundin soll das sein?"

„Dass sie mich geschnappt haben, war nicht deine Schuld. Ich hab mich im Wagen versteckt und bin danach …"

„Ich rede von deinem Condo, das diese Wichser abgefackelt haben."

Claire hat den Nerv, die Augen zu verdrehen.

„Aber Matteo war doch rechtzeitig da und hat mich rausgeholt", sagt sie, als würde sie mit einem Kind reden, dem man erklären muss, wie die Welt funktioniert. Dabei spielt sie den Brand ihres Apartments herunter, als hätte sie ihr Geld an der Kasse vergessen: *„Aber Matteo ist doch gekommen und hat mir ausgeholfen, du Dussel!"*

„Du scheinst nicht zu begreifen, dass ich …"

Claire hebt eine Hand und fällt mir ins Wort. „Und du scheinst nicht zu verstehen, dass ich mit niemandem tauschen möchte. Ich liebe dich, so wie du bist. Du hast mich gemocht, bevor du von meinem Trustfond wusstest, und als du davon erfahren hast, war es dir schnurzegal."

„Na ja, dein Flieger ist schon ganz nützlich dann und wann …"

„Und er braucht regelmäßig Bewegung", ergänzt sie und zwinkert mir zu.

„Wir wollen ja nicht riskieren, dass die Kiste Rost ansetzt", nehme ich den Ball auf und grinse.

„Das wäre schrecklich!" Claire reißt die Augen auf und macht auf schockiert. Mein Mundwinkel zuckt, einen Moment später fallen wir in helles Gelächter.

„Jetzt mal ehrlich“, sagt sie, nachdem sie wieder Luft bekommt. „Weißt du wirklich nicht, wie wunderbar du bist?“

Ich geb’s auf. Eher würde sie Spülmittel trinken, als zuzugeben, dass ich ihr Leben vermurkst habe. Nicht zu vergessen das von Esther und Gerald. Zum Glück leben meine Großeltern auf einem gut bewachten Gelände in der Nähe von London. Davon abgesehen hat Gerald als ehemaliger Diplomat in England bessere Kontakte als Silvio und Cesare zusammen.

Claire zieht die Beine auf die Couch und dreht sich im Schneidersitz so, dass sie mich ansieht.

„Es ist in Ordnung, dass du trauerst, weißt du.“ Das Lachen ist aus ihrer Stimme gewichen. „Auch wenn Silvio ein Schwein war, so war er doch dein Vater.“

Vermutlich. Im Moment bin ich mir zwar nicht mehr sicher, was das angeht, aber mir ist klar, was sie meint.

„Ehrlich gesagt weiß ich nicht, was ich fühlen soll. Ich bin so …“, ich suche nach den richtigen Worten, „leer.“

„Das ist doch normal“, ruft sie und wirft die Hände in die Luft. „Was du brauchst ist ein neues Projekt, das deine Gedanken auf etwas Konstruktives lenkt.“

„Meine Gedanken auf etwas Konstruktives lenkt? Das ist ein Spruch, den man auf ein Kissen stickt!“

Claire macht eine Handbewegung, als wollte sie eine Mücke verscheuchen. „Hast du nicht eine Webpage zu programmieren oder einen Trojaner, mit dem du die Weltherrschaft an dich reißen kannst?“

„Bring mich nicht in Versuchung“, murmle ich. Tatsächlich habe ich vor der Reise nach Sankt Petersburg ein Computerspiel entwickelt. Die Betaversion befindet sich gerade in der Testphase, der Arbeitstitel lautet sinnigerweise „Hitman“. Dabei geht es um einen Killer, der sich durch ein Manhattan der Zukunft ballern muss, das ein bisschen so aussieht wie das Setting zu dem Streifen *Das fünfte Element.* Ziel ist es, die Tochter des Mafiapaten zu retten. Auf dem Weg dorthin kann man Treasures sammeln, die man auf dem virtuellen Schwarzmarkt gegen Waffen und Sprengstoffe eintauschen kann.

Ich weiß, ich weiß, alle Ähnlichkeiten zu lebenden Personen sind zufällig und das ganze Bla. In jedem Fall fliegt 'ne Menge Zeug in die Luft, was bei den Testern ziemlich gut ankommt. Sony hat bisher nur die Demoversion gesehen und mir zwei Millionen dafür geboten. Peanuts, wenn man den Markt kennt. Sobald ich die Bugs raushabe und die Performance aufpoliere, kann ich das Angebot mit Sicherheit verdoppeln.

Abgesehen von der Kohle macht es mehr Spaß ein Spiel zu schreiben, als die Security eines Onlineshops, einer Anwaltskanzlei oder Autoteile-Zulieferers zu programmieren. Auf Dauer ödet mich das an.

„Also, du und Matteo, hm?“ Auch eine Art das Thema zu wechseln, aber ich hab nie behauptet, geschickt in diesen Dingen zu sein.

Wie auf Kommando färben sich Claires Wangen. Sie blickt auf ihre Hände und beißt sich auf die Unterlippe. Meine Herren, sie hat es wirklich voll erwischt.

Auch wenn ich es nicht gern zugebe, aber das Gespräch mit ihr hat mir gutgetan. Läuft das so, wenn man eine Freundin hat? Die eine heult sich an der Schulter der anderen aus und am Ende fühlt man sich nicht mehr zum

Kotzen? So oder so bin ich entspannter und komme mir stärker vor, statt verloren und klein.

Hm. Vielleicht ist dieses Freundinnen-Ding ja doch nicht so übel.

„Und er?", hake ich nach. „Hat er endlich Arsch in der Hose gezeigt und dir seine unsterbliche Liebe gestanden?" Das sollte ein Scherz sein, doch wenn es überhaupt möglich ist, läuft Claire noch mehr an.

Sie nickt und knibbelt sich einen imaginären Fussel vom Shirt.

„Wie jetzt, im Ernst?"

„M-hm", murmelt sie.

Wow. Das ist mal ein Schritt für Mister All-You-Can-Fuck.

„Gut." Diesmal ergreife ich ihre Hand. „Wenn er sich danebenbenimmt, sag mir Bescheid. Ich hab mir eine neue Glock bestellt und hatte noch keine Gelegenheit sie auszuprobieren."

Darauf kichert sie, was Sinn der Übung war.

„Oh, ich hab etwas für dich." Claire beugt sich zur Seite und zieht ein gefaltetes Foto aus der Hosentasche ihrer Jeans. Sie streicht es glatt und reicht es mir. Ich kenne das Bild. Das ist eine Momentaufnahme von Matteo auf seinem Bike.

„Ich hab's in deinem Zimmer gefunden und dachte, du hättest es gern."

„Oh Mann, das ist ja eine Ewigkeit her."

„Es gibt wohl nicht viele Bilder von Matteo, als er noch jünger war."

„Damit liegst du richtig."

„Wo war das?"

„Das Bild hab ich in Port Morris aufgenommen. Das war Matteos erstes Bike, er war stolz wie Oskar.“ Ich gebe ihr das Foto zurück und sie macht große Augen.

„Willst du es nicht?“

„Wie du schon sagst, es gibt nicht viele Fotos von ihm. Und bei mir lag es ohnehin nur in der Schublade.“

„Danke!“ Sie drückt es wie einen Schatz gegen ihre Brust und strahlt wie ein Honigkuchenpferd.

„Dann wirst du nicht zurück nach New York gehen?“

Sie schüttelt den Kopf. „Erst mal nicht.“ Claire legt das Foto auf den Couchtisch und macht eine ausholende Bewegung. „Ich liebe es hier und die Ruhe ist himmlisch.“

Das stimmt. New York heißt nicht umsonst *die Stadt, die niemals schläft.* Aber wenn man ’ne Mütze Schlaf haben will, kann der Lärm ganz schön nerven.

„Außerdem hat Matteo mir dieses schicke Studio eingerichtet.“ Ihre Augen leuchten, als sie fortfährt. „Und auf dem Gelände ist genug Platz für einen Anbau, da könnte ich ein Lager einrichten, von daher …“ Sie hebt die Schultern und beendet den Satz nicht.

„Ich sehe schon, du hast dir ein paar Gedanken dazu gemacht.“

„Weißt du, eigentlich ist es mir egal, wo ich bin. Wichtig ist doch, dass Matteo und ich zusammen sind. Arbeiten kann ich überall.“

Auch wieder wahr.

„Und du? Gehst du zurück nach L.A.?“

Darauf seufze ich laut und lang. „Vorerst ja. Aber irgendwann will ich zurück nach Manhattan.“ Ich hatte keine Ahnung, wie sehr ich diese laute, dreckige, rastlose

Stadt vermisst habe, bis ich mein Zuhause in die Luft gejagt habe.

„Zuerst möchte ich nach London zu Esther und Gerald.“ Die beiden wissen nicht mal die Hälfte von dem Mist, der in den letzten Wochen den Bach runtergegangen ist. Ich hab’s nicht übers Herz gebracht, sie ins Bild zu setzen, bis ich meinen Krempel sortiert habe. Sie haben den Tod meiner Mutter nie überwunden. Wenn Claire etwas zugestoßen wäre, hätte Esther der Schlag getroffen. Sie liebt Claire wie ihr eigen Fleisch und Blut.

„Wann fliegt ihr nach L.A.?“, unterbricht Claire meine Gedanken.

„Ich hau mich erst mal ein paar Stunden aufs Ohr.“ Ich nicke zum Konferenzraum, wo Julin und seine Männer Pläne schmieden. „Sobald die Jungs fertig sind, wird es Julin eilig haben nach Hause zu jetten, um seinen Onkel mit Anlauf in den Arsch zu treten.“

„Glaubst du, er wird mit ihm brechen?“

Diesmal hebe ich die Schultern. „Das kommt auf Andrej an. Ginge es nach mir, würde ich ihn ein paar Tage an den Eiern auf die Leine hängen, bis ich sicher wäre, dass er keine Gefahr mehr darstellt. Aber kein Schwein interessiert sich dafür, was ich will.“ Ich zwinkere Claire zu. Sie kichert erneut und diesmal falle ich mit ein.

***

In L.A. bekomme ich Julin tagsüber kaum zu sehen. Kein Wunder. Er war zweieinhalb Wochen aus der Welt und konnte sich nicht ums Geschäft kümmern. Nachts jedoch gehört er mir, egal um welche Uhrzeit er zu mir ins Bett fällt. Und dann lieben wir uns, langsam und intensiv und atmen die Nähe des anderen ein. Wenn ich aufwache, ist er bereits fort, doch das stört mich nicht. Ich überlasse ihm nur zu gern die Drecksarbeit mit seinem Onkel, außerdem ist es nicht so, dass ich nichts zu tun hätte.

Oliver und Sven sind uns nach L.A. gefolgt. Die zwei sind wie eineiige Zwillinge, die man nach der Geburt getrennt hat – ich sehe sie nur noch zusammen. Wenn sie nicht an irgendwas tüfteln, tauschen sie Codes aus oder brüten über Bugs. Sie wollen in den Playstation-Deal einsteigen und arbeiten an den Features und der Funktionalität. Sven hat einen Blick auf die Programmierung geworfen und die Bugs auf Anhieb gefunden. Den Code hat er an einem Tag geändert, das hätte mich Wochen gekostet. Angeber.

Gestern hab ich Sony die neue Version rübergeschickt zusammen mit meinem Preis. Heute kam der Vertrag. Fünf Millionen Dollar plus zwei Updates zu je 1,5 Millionen. Obwohl sie protestiert haben, sind Sven und Oliver mit zehn Prozent an dem Deal beteiligt. Wir arbeiten schon am Nachfolger und diesmal bekommt jeder den gleichen Teil vom Kuchen.

Wer hätte gedacht, dass es mir einen Riesenspaß bereitet, Dinge in die Luft fliegen zu lassen? Zumindest virtuell. Das Intro haben wir bereits skizziert: Unser Hitman auf dem Dach einer Villa in Sankt Petersburg. Der Zeitzünder für die Bomben tickt. Der Killer muss die Treasures einsammeln, die Männer im Haus töten, ohne selbst verletzt zu werden. Und das alles in unter fünf Minuten. Extrapunkte gibt es, wenn er den Sprengsatz entschärft.

Zumindest hat mich meine Stippvisite in Russland inspiriert, wenn der Trip auch sonst nichts gebracht hat. In jedem Fall bin ich beschäftigt.

Julin ist gestern in den Flieger gestiegen, um seinem Onkel einen Besuch abzustatten. Ich wäre ja mitgeflogen, aber um ehrlich zu sein, habe ich nicht das geringste Bedürfnis, diesen Penner wiederzusehen. Nicht nach der Nummer, die er abgezogen hat. Ich hab die Glock immer noch nicht eingeweiht und die Versuchung wäre zu groß, als dass ich widerstehen könnte. Und da Julin sein Eliteteam bei sich hat, mache ich mir um ihn nicht allzu große Sorgen …

Okay, das ist gelogen. Ich mache mir Sorgen, aber ich hab gelernt, dass das normal ist, wenn man jemanden liebt. Ja, liebt, ihr habt richtig gehört. Sobald er zurück ist, werde ich ihm das so oft sagen, bis seine Ohren bluten.

Ich bin ein richtiges Weichei geworden. Mittlerweile werde ich sogar nervös, wenn Claire sich nicht einmal die Woche meldet und das soll was heißen. Immerhin reden wir hier von mir – ich hasse Menschen! Na ja, meistens.

Doch zurück zu Julin. Ich weiß, dass er auf sich aufpassen kann. Außerdem hat er gewartet, bis Jim wieder fit ist, denn seine rechte Hand hat ebenfalls ein Hühnchen mit Andrej zu rupfen. Wer nicht. Trotzdem. Nach allem, was geschehen ist, schmeckt mir die Trennung nicht. Und dann schlägt Julin auch noch vor, dass ich nach London fliege, um Esther und Gerald zu besuchen. Kein Scherz. Ich meine, hat er nichts aus Sankt Petersburg gelernt? Da wollte er mich auch in Sicherheit bringen, um seinen Klimbim mit Andrej geradezuziehen. Noch mal falle ich darauf nicht rein.

Oliver und Sven kommen auch ohne mich bestens zurecht, und Claire hat angekündigt, nach London nachzukommen, sobald sie ihre Aufträge abgearbeitet hat. Sollen sie glauben, was sie wollen. Ich lasse Julin nicht noch einmal die Superman-Nummer durchziehen, damit er am Ende für zwei Wochen spurlos verschwindet. Ohne mich.

Ich kenne jemanden mit 'nem Flieger und ich habe mir sagen lassen, dass die Dinger Bewegung brauchen.

Kapitel 27
JULIN

Für Aktionen wie diese hatte Julin ein Spezialteam. Ehemalige Militärs, die wussten, wie man unbemerkt in Hochsicherheitsgebäude ein- und wieder ausstieg, ohne ein Staubkorn zu hinterlassen.

Jim war sein Mann, wenn es darum ging, Securitysysteme zu knacken, ohne dass ein stiller Alarm losging. Er war gut in dem, was er tat, genau wie sein Bruder Jack, der wie Skylers Geek-Freunde ein Ass darin war, sich in Netzwerke zu hacken. Mit dem Messer konnte er auch gut umgehen, all seine Männer waren Experten im Nahkampf und an der Waffe. Dazu gehörten Danil, Ilja, Mischa sowie Jack. Oleg und Dima hatte sein Onkel in Sankt Petersburg durch seine Männer erledigen lassen, heute würde er dafür bezahlen.

Er hatte nicht vor seinen Onkel umzubringen, aber alles hatte seinen Preis und Handeln zog Konsequenzen nach sich. Andrej hatte den Bogen mehr als überspannt. Bei der Erinnerung, dass er Julin vierzehn Tage unter Drogen gesetzt hatte, während Skylers Leben an einem seidenen Faden hing, biss er die Zähne zusammen, während er die Stufen ins erste Stockwerk nahm. Leise wie eine Raubkatze bewegte er sich die Treppe hinauf. Er kannte das Haus in- und auswendig. Auch wenn jeder in Andrejs Diensten mit einer Waffe umgehen konnte, vom Küchenjungen bis zum Hausmädchen, würde er weder Wachen noch Hauspersonal umbringen, sondern lediglich außer Gefecht setzen. Darin unterschied er sich von seinem Onkel. Er tat das nicht aus humanitären Gründen, oh nein. Nach dieser Nacht würde jeder im Haus wissen, wem er sein Leben verdankte. Andrej hätte eine Crew, deren Loyalität einen Knacks hatte und irgendwann würde Julin einen Gefallen einfordern.

Er schlich den Gang entlang, während seine Leute das Erdgeschoss und die erste Etage sicherten. Am Ende des Flurs öffnete er die Flügeltür, die zu Andrejs Schlafzimmer führte. Und da lag er.

Es wäre so einfach, ihn hier und jetzt zu erledigen. Das Ganze zu beenden und seinen Platz als *Pakhan* einzunehmen. Aber so funktionierte das nicht. Andrejs Männer waren ihm treu ergeben, außerdem hatte sein Onkel eine wichtige Funktion und war ein geachteter Mann, der der Organisation Reichtum und Frieden gebracht hatte. Er gehörte dem gemäßigten Flügel an, der Politiker lieber bestach, als sie zu erledigen. Das war weniger messy und hielt ihnen das FBI weitestgehend vom Hals, das sich mehr für die Italiener und Hispanier interessierte als die Russen.

Als er neben dem Bett stand, schnellte Andrejs Hand vor und hielt ihm eine 9mm Makarow unter die Nase. Doch Julins Reflexe waren exzellent. Er schlug seinem Onkel die Pistole aus der Hand und drückte den Lauf seiner Heckler gegen seinen Hals.

„Bist du sicher, dass du weißt, was du tust?"

Julin bewunderte seinen Onkel für dessen Ruhe. Jeder andere würde sich durch ein Vibrieren der Stimme verraten, erweiterte Pupillen oder Angstschweiß. Doch Andrej hatte nicht umsonst einen Platz an der Spitze der Vory. Er war ein hervorragender Spieler und fürs Pokern hatte er ein besonderes Talent.

„Wie fühlt sich das an, Onkel?“, sagte Julin, ohne auf Andrejs Frage einzugehen. „Von dem Menschen betrogen zu werden, dem du am meisten vertraust.“

„Seit wann bist du so sentimental?“ Sein Ton war brüsk. Er setzte sich auf und lehnte mit dem Rücken gegen das Kopfende. „Es geht ums Geschäft, nicht um verletzte Gefühle. Hast du denn gar nichts gelernt?“

„Es geht um Vertrauen“, wiederholte Julin.

„Unsinn! Wenn überhaupt geht es um Loyalität. Wo hast du deine gelassen?“

„Du hattest meine Loyalität, bis du sie durchs Klo gespült hast. Was hast du geglaubt passiert, wenn du mich zu dir zitierst und wie einen Feind behandelst? Kennst du mich so wenig?“

„Ich habe dir mein Imperium zu Füßen gelegt und was hast du getan? Es mir zurück ins Gesicht geworfen.“ Andrej hielt es nicht mehr im Bett. Er schlug die Decke zurück und lief im Schlafzimmer auf und ab. „Und wofür? Für eine Frau!“, donnerte er.

„Und was würdest du für Danik geben?“ Er konnte praktisch dabei zusehen, wie die Farbe aus Andrejs Gesicht wich. „Dein Vermögen, deinen Platz in der Vory? Dein Leben?“

„Ich weiß nicht, was du …“

„Komm mir nicht so. Ich weiß schon lange, dass ihr zusammen seid und es ist mir scheißegal.“ Es gab wohl keine homophobere Organisation als die Mafia. Wer schwul war starb, Ende der Diskussion.

Danik war zehn Jahre jünger als Andrej und führte seit mehr als zwanzig Jahren die Bücher. Wie konnte sein Onkel annehmen, dass ihr Verhältnis über einen so langen Zeitraum unentdeckt blieb, zumal Andrej nicht verheiratet und obendrein kinderlos war.

Niemand würde es wagen darüber zu reden, nicht mal hinter vorgehaltener Hand. Dennoch machten sich die Männer Gedanken. Nach außen lebte Andrej wie ein Mönch, verkaufte Sex, hatte aber anscheinend nie welchen. Er hatte keine Geliebte, von der die Männer wussten – und sie wüssten es, wenn er ein Betthäschen hätte. Er besuchte auch keine Bordelle oder ließ sich Edelnutten bringen, wie es seine Männer taten, wenn sie Grund zum Feiern hatten. Oder einfach so.

Andrej lebte zurückgezogen und trat nur dann in Erscheinung, wenn es sich nicht vermeiden ließ. Zu offiziellen Treffen, Hochzeiten oder sonstigen Anlässen, die seine Gegenwart erforderten. So was fiel auf.

„Ich sag dir jetzt, was wir tun werden." Die Heckler lag in Julins Hand, der Lauf auf den Boden gerichtet. „Du wirst dich als *Pakhan* zur Ruhe setzen und nur noch als Berater auftreten, wenn wir dich brauchen sollten."

„Und wer soll die Vory deiner Ansicht nach führen?"

„Ich." Andrejs Augen leuchteten auf, doch Julin war noch nicht fertig. „Vorerst. Ich werde unser Gebiet in vier Sektionen teilen und in jedem Bereich einen *Brigadier* einsetzen, der mir Rede und Antwort steht."

„Es ist schwer genug, einen Mann zu finden, dem man vertrauen kann. Wie willst du gleich vier dieser Musterexemplare auftreiben?"

„Ich brauche nur drei, einen Bereich werde ich selbst verwalten." Zumindest war das der Plan. Was die drei Musterexemplare anging, so würde er Lew, Sascha und

Jim jederzeit sein Leben anvertrauen. Andrej dagegen gehörte diesem exklusiven Kreis nicht länger an.

„Und solltest du noch einmal auch nur in Skylers Richtung atmen, kann es passieren, dass du eines Tages nicht mehr aufwachst."

„Drohst du mir?"

„Das ist keine Drohung. Das ist ein Versprechen."

Andrej machte Anstalten, den Morgenmantel zu ergreifen, der am Bettende lag. Stattdessen glitt seine Hand darunter und brachte eine Tokarew zutage, ein Relikt aus dem Kalten Krieg.

„Du kommst in mein Haus und wagst es mich zu bedrohen, mich, der ich zwanzig Jahre die Hand schützend über dich gehalten habe!"

„Das ist der einzige Grund, warum du noch lebst", grollte Julin. Sie standen sich mit steinerner Miene gegenüber, die Waffen aufeinander gerichtet.

„Klopf. Klopf. Ich störe nur ungern, aber ich hab auch noch was, das ich loswerden möchte."

Skyler. Und wie immer war ihr Timing perfekt. Julin nutzte die Ablenkung und entwaffnete Andrej, ohne einen Schuss abzufeuern.

„Wo war ich stehen geblieben?", fragte er und warf Skyler die Tokarew zu, die sie mit einer Hand auffing. „Ach ja. Ich und du", er deutete mit der Heckler von sich auf Andrej, „gehen ab heute getrennte Wege. Du wirst mich nicht mehr einbestellen und es gibt auch nichts Geschäftliches mehr, das wir persönlich besprechen müssten. Wenn du Fragen zum Business hast, wendest du dich an Lew. Falls es um die Security geht an Jim."

Er steckte sich die Pistole in den Hosenbund im Rücken und trat auf seinen Onkel zu. „Das ist deine letzte Chance. Versau es nicht, ich würde es hassen, dich zu töten."

„Meine Männer werden dir nicht folgen", presste Andrej zwischen zusammengebissenen Zähnen hervor.

„Dann liegt es an dir, sie zu überzeugen. Es sei denn, du legst Wert darauf, die Vory zu zerreißen."

„*Konechno net!*", rief Andrej. „Dein Vater und ich haben zu viele Opfer gebracht, um uns am Ende gegenseitig zu zerfleischen."

Davon abgesehen war Andrej zu alt, um noch mal von vorn anzufangen. Doch das sprach er nicht aus.

„Dann stell dich nicht gegen mich." Julin schüttelte den Kopf. „Ich liebe dich, dyadya, weißt du das nicht?"

Andrej ballte seine Hände zu Fäusten. „Ist das deine Art, sie mir zu zeigen?"

„Das ist meine Art, dir zu zeigen, dass du dich nicht mit mir und Skyler anlegen sollst." Sein Blick suchte sein Mädchen. „Wie bist du überhaupt hierher gekommen?"

„Da ich keine Einladung zur Party bekommen habe, hab ich mir Claires Jet geliehen."

Julin schüttelte den Kopf. „Kannst du nicht einmal das tun, was man dir sagt?"

„So wie beim letzten Mal? Als du mich in Russland gelassen hast, um dich mit diesem Arsch hier zu treffen?" Sie ruckte das Kinn zu Andrej, dessen Miene sich verfinsterte. „Außerdem bin ich kein Hund. Mir muss niemand sagen, wo ich Platz machen soll, damit ich nicht im Weg bin."

„Niemand hat gesagt, dass du …"

Jemand räusperte sich. Lew stand mit einem amüsierten Gesichtsausdruck im Türrahmen. „Wir sollten gehen, Back-up ist unterwegs."

Julin hatte keine Ahnung, wie Andrej es geschafft hatte, einen stillen Alarm auszulösen, doch er musste ihn dafür bewundern. Bei einem Killer würde ihm das nichts nützen. Wenn seine Männer eintreffen würden, wäre er bereits tot. Trotzdem.

„Ja, also, wie bereits erwähnt, möchte ich noch etwas loswerden." Bevor er wusste, was sie vorhatte, holte Skyler aus und schlug Andrej mitten ins Gesicht.

„Das ist für Sankt Petersburg, du Wichser!" Ehe Andrej sich von dem Schlag erholt hatte, verpasste sie ihm eine weitere Ohrfeige, bei der sein Kopf zurückflog. „Und das für die Fake-Fotos von Julin in Vegas und dafür, dass du ihn betäubt hast."

Andrej machte Anstalten sie zu fassen, doch sein Mädchen war schneller. Sie ergriff den Kragen seines Pyjamas, zog ihn zu sich heran und rammte ihm das Knie in die Eier. Hart. „Und das ist für Oleg und Dima!"

Andrej gab einen würgenden Laut von sich und landete auf dem Boden. Der Rest Farbe war aus seinem Gesicht gewichen und er sah aus, als würde er sich jeden Moment übergeben. Skyler sank neben ihn auf ein Knie.

„Und wenn du deinen Kumpel Cesare wiedersiehst, richte ihm von mir aus, dass ich den nächsten Trojaner nach seinem Erstgeborenen nennen werde, bevor ich ihn bei ihm einpflanze", wisperte sie.

„Suka!", keuchte er.

Skyler winkte ab. „Das kannst du sehen, wie du willst, das ist ein freies Land." Sie erhob sich und wandte sich an Julin, der mit Mühe ein Lächeln unterdrückte. „Können wir jetzt gehen, oder was?"

Er legte einen Arm um ihre Taille und zog sie an sich. „Du bist unglaublich, weißt du das?"

„Ich hab so was gehört", murmelte sie.

Er bedeckte ihren Mund mit seinem und flüsterte gegen ihre Lippen: „Ich liebe dich, Baby. Versprich mir, dass du dich nie ändern wirst."

„Deal", sagte sie. „Und, ähm, ich liebe dich auch."

„Fuck, Babe!"

Und dann küssten sie sich.

Und küssten sich ein bisschen mehr.

Und noch mehr. Aber Mann, sie schmeckte gut.

Abermals räusperte sich Lew. „Leute, Zeit zu verschwinden."

Julin ließ sich Zeit. Schließlich löste er sich von ihr und flüsterte: „Das will ich jetzt jeden Tag mindestens zweimal hören."

„Okidoki."

Er hielt ihren Blick noch einen Moment gefangen, dann traten sie den Rückzug an und ließen einen fluchenden Andrej zurück.

„Wird der uns noch Scherereien machen?", fragte Skyler und nahm auf dem Beifahrersitz Platz.

„Wir werden sehen", gab Julin leise zurück und fädelte sich in den nächtlichen Verkehr von Bellevue ein, dem Nobelviertel von Seattle.

„Was wirst du mit Toni machen?"

Skyler seufzte und sah aus dem Seitenfenster. „Wir werden sehen."

Epilog

Cesare Jackson saß in seinem Büro in Downtown Chicago und trommelte mit den Fingern auf die polierte Tischplatte seines Schreibtisches. Heute Morgen hatte er via Retroshare ein höchst unerfreuliches Gespräch mit Andrej Petrow gehabt.

Nun lag ein weiteres unerfreuliches Gespräch vor ihm, nur dass sein Gegenüber es noch mehr verabscheuen würde als er.

Vor einer Stunde sah Jack McConnally noch gut aus. Jetzt … weniger. Von den Cuts und Prellungen abgesehen war er weiß wie eine Wand. Beide Augen waren zugeschwollen und von der Unterlippe tropfte Blut auf seinen Seidenanzug.

„Du hast versagt“, begann er das Gespräch ohne Intro. Da er nicht mehr stehen konnte, hatten seine Männer ihn in den Besucherstuhl gewuchtet. Dort hockte er nach vorn gebeugt und suchte nach einer Position, in der er keine Schmerzen hatte. Vergebliche Mühe, dachte Cesare und lehnte sich in seinem Sessel zurück. Falls er dachte, dass er jetzt Schmerzen hatte, konnte er sich auf morgen freuen, wenn er Blut pinkelte und ihm die gebrochenen Rippen das Atmen so sehr erschwerten, dass er das Gefühl haben würde zu ersticken.

Cesare kannte sich mit Schmerzen aus. Als er jung und dumm war, hatte er mehr als einmal auf McConnallys Platz gesessen – definitiv der falschen Seite des Schreibtisches. Heute war er alt und töricht und vermied Situationen wie diese. Dazu waren seine Männer da, davon abgesehen hatte er Besseres zu tun. Doch diese Angelegenheit hatte Vorrang und allmählich fraß das Massenversagen seiner Kontakte in der Skyler-Angelegenheit ein Loch in seinen Geduldsvorrat.

Er war es nicht gewohnt, sich zu wiederholen. Schon gar nicht war er es gewohnt, gegen eine Wand zu laufen und seine Ressourcen sinnlos zu vergeuden.

„Ich sollte das Mädchen ins Lagerhaus lotsen, das habe ich getan."

Das stimmte. Aber irgendjemand musste bezahlen und heute hatte der gute Jack das kurze Ende der Stäbchen gezogen.

Er respektierte einen interessanten Kampf, das hatte er immer schon. Doch dieses Spiel geriet außer Kontrolle und er verstand einen Dreck von Firewalls und Sicherheitslücken. Cesare lenkte die weltweit größte kriminelle Organisation und hatte herbe Verluste hinnehmen müssen. Rossis Tochter war der Schlüssel zu seinem Vermögen, doch was er auch anstellte, sie schlüpfte ihm ständig durch die Finger. Und nun auch durch die des Russen.

Petrow hatte nur einen Job, eine einzige lausige Aufgabe zu erledigen. Wie schwer konnte es sein, eine junge Frau einzufangen und zu ihm zu bringen? Stattdessen hatte er sie in Russland festgehalten, außerhalb seines Einzugsgebiets, um sie wie ein Ass im Ärmel zu halten, für den Fall, dass er sie noch brauchte.

Doch Skyler dachte nicht daran klein beizugeben, auch dafür hatte er Respekt. Dieses Mädchen hatte mehr Schneid und Kampfgeist als all seine Söhne zusammengenommen und sie war bloß eine Frau.

Cesare erhob sich halb aus seinem Sessel und schlug die Hand auf den Tisch.

„Ich will das Mädchen lebend!“, donnerte er. „Lebend heißt nicht, die Lagerhalle mit Raketenwerfern zu bombardieren, *stupido!*“

„Das war dieser Russe“, keuchte McConnally. „Keiner meiner Männer hat das Equipment für so eine Aktion. Ich bin Ermittler, kein Killer!“

Auch das traf zu. Cesare wusste bereits, dass Petrow die Halle zerstört hatte, zusammen mit Rossi, diesem cretino. Nur gut, dass er tot war, das bewahrte Cesare davor, ein Mitglied der *Famiglia* zu eliminieren. So etwas wurde heute nur noch dann angewandt, wenn jemand mit dem FBI redete. Mit Bullen sprach man nicht, es sei denn, sie standen auf der Gehaltsliste, basta!

„Du wirst sie mir bringen, Jack. Das heute war nur ein kleiner Vorgeschmack. Wenn meine Leute mit dir fertig sind, wirst du dein Grillfleisch in Zukunft durch einen Strohhalm schlürfen. Haben wir uns verstanden!“

„Ich könnte versuchen, über Claire Jennings an sie …“

„No!“ Cesare nahm wieder Platz und faltete seine Hände auf dem Tisch. „Ihre Freundin ist im Haus dieses Bikers zu gut bewacht. Er lässt sie nirgendwohin allein gehen und umgibt sie ständig mit seinen Leuten. Auf diesem Weg kommen wir nicht an Rossis Tochter.“

Er wollte sein Vermögen zurück. Und er wollte, dass sie bezahlte, Strafe musste sein. Und dann, nachdem etwas Zeit vergangen war, würde er sie mit Alessandro verheiraten. Er brauchte endlich Enkel.

„Was ist mit diesem Oliver Parker?“

„Dem Hacker?“

Cesare nickte und schob McConnally ein Taschentuch zu, damit er sich das Blut aus dem Gesicht wischen konnte.

„Das kann ich herausfinden."

„Was ist dein letzter Stand?"

„Er und dieser Geek aus Berlin sind nach London geflogen. Skyler besucht dort ihre Großeltern."

„Bene! Halte mich auf dem Laufenden, ich möchte über jede ihrer Bewegungen informiert sein."

McConnally drückte das Tuch auf seine Unterlippe. Er verzog das Gesicht und nickte langsam.

Die Tür öffnete sich. Drei von Cesares Leibwächtern betraten das Büro. Zwei von ihnen packten McConnally unter die Achseln und trugen ihn hinaus.

Mickey, der Dritte, sah seinen Boss erwartungsvoll an.

„Bringt ihn zurück nach New York. Sagt Benito Renzo, dass er ein Auge auf ihn haben soll. Sollte er aus der Reihe tanzen, tötet ihn."

„Geht klar, Boss." Er nickte ihm kurz zu und verschwand. Mickey hatte ihn noch nie enttäuscht, er würde den Job erledigen. Und dann hätte er Skyler dort, wo er sie haben wollte. Das war der einzige Vorteil des Alters. Man hatte mehr Geduld als die jungen Hitzköpfe, die mit dem Kopf durch die Wand wollten.

Cesare hatte gelernt zu warten und bisher hatte es sich am Ende immer ausgezahlt.

***

Antonio Bellagio ließ das M40 sinken. Er lag auf dem Dach gegenüber von Cesare Jacksons Büro und schüttelte innerlich den Kopf. Das Präzisionsgewehr war für große Distanzen gedacht und verfügte über ein ausgezeichnetes Zielfernrohr. Es wäre so einfach, den Mann auszuschalten. Nicht einmal das Panzerglas konnte seinen Patronen widerstehen, die eine Spezialummantelung hatten. Ursprünglich war die Munition dafür gedacht, durch Stahl zu dringen. Dagegen wäre Jacksons Glas ein Klacks.

Aber auch wenn Jackson ein ausgemachter Hurensohn war, so hielt er doch den Klan zusammen. Seine Söhne waren zu schwach für den Posten und Silvio Rossi war Geschichte. Die alten Patriarchen fingen an sich Sorgen zu machen, allen voran Jackson.

Und da kam Skyler ins Spiel. Sie war nicht seine leibliche Tochter, doch er hatte sie immer wie eine betrachtet, zumal eine reale Möglichkeit bestand, dass sie sein Kind wäre, die Chancen standen 50:50. Doch es sollte nicht sein. Das hieß aber nicht, dass er sie nicht weiterhin beschützen würde.

Die Nachbeben ihres Virus wollten nicht aufhören. Köpfe waren gerollt – buchstäblich – und die Führungselite traute niemandem mehr, nicht mal der eigenen *Famiglia*.

Skyler wäre niemals sicher, nicht solange Cesare Jackson lebte. Von Andrej Petrow ganz zu schweigen. Ihm hatte sie kein Geld gestohlen, dafür seinen Neffen. Dabei hatte Petrow nicht verstanden, dass Julin bereits vor Jahren seinen Ausstieg geplant hatte, lange bevor er Skyler kannte. Wozu sonst hätte er sein Geld in Clubs, Bars, Restaurants und in einen Weinhandel investieren sollen? Alles legale Geschäfte, zu klein, um zur Geldwäsche genutzt zu werden. Das war Absicht, kein Versehen.

Der Junge hatte Zeit und Geld investiert, um aus den Stripclubs sukzessive ein Franchise-Unternehmen zu entwickeln, das mittlerweile an der gesamten Westküste vertreten war und ihm ein komfortables Leben ermöglichte. Das alles hatte er unter dem Radar seines Onkels aufgebaut, während er nach außen den Kämpfer gespielt hatte. Julin „The Killer", der nichtsnutzige Spross der Russenmafia, der einen heruntergekommenen Gym irgendwo in der Pampa von L.A. unterhielt.

Seine Strategie war aufgegangen. Kein Schwanz hatte bemerkt, dass Julin ein kleines Imperium aufgebaut hatte, das wuchs und gedieh. Den Alk importierte er inzwischen selbst. In San Francisco hatte er ein Möbelhaus gekauft, das die Ausstattung für seine diversen Clubs und Restaurants lieferte.

Jeder hatte den Jungen unterschätzt, er selbst war keine Ausnahme.

Wenn jemandem der Ausstieg aus der Mafia gelingen konnte, dann Julin. Doch ihm stand ein steiniger Weg bevor und er befand sich ganz am Anfang.

Es würde interessant werden, die beiden zu beobachten und mit Skyler würde es sicher nicht langweilig werden.

Antonio hatte geschworen, das Mädchen zu beschützen und das würde er bis zum letzten Atemzug tun. Er hatte Emily geliebt, wie man eine Frau nur lieben konnte. Skyler würde ihr Schicksal nicht teilen. Ihr war ein erfülltes Leben vorherbestimmt und sie hatte gerade erst damit begonnen, ihre Flügel auszubreiten.

Langsam erhob er sich und schraubte den Schalldämpfer vom Gewehr. Danach zerlegte und verstaute er die Waffe und rollte die Decke ein, auf der er gelegen hatte.

Er würde Jackson vorerst leben lassen. Noch mehr Unruhe im Milieu würde die Gangs auf den Plan rufen und es würde abermals Chaos ausbrechen. Noch war Jackson ein Anker. Sollte sich das ändern, wusste Antonio, wo er den alten Knaben finden würde.

Aber jetzt musste er sich beeilen. Sein Flieger nach London hob in einer Stunde ab, er war spät dran. Er wollte Skyler wiedersehen, wenn sich die Gelegenheit ergab, auch mit ihr reden.

Er lächelte, als er die Feuertreppe nach unten nahm. Endlich etwas, worauf er sich freuen konnte. Skyler war jemand, für den es sich zu kämpfen lohnte. Jetzt musste sie das nur noch selbst erkennen.

~ Ende ~

Danksagung

„Die Prinzessin von New York“ war ursprünglich als Stand-Alone konzipiert. Monatelang hatte ich die Geschichte einer Mafiaprinzessin im Kopf, die sich gegen ihre Familie stellt, um herauszufinden, wer sie wirklich ist. Nachdem die Story im Kasten war, blieben jedoch Fragen offen und es gab reichlich Potenzial für eine Fortsetzung. So ist „Die Queen von Manhattan“ entstanden.

Zuerst war die Geschichte bloß in meinem Kopf. Nach dem Überraschungserfolg der Prinzessin und den vielen Anfragen nach einem 2. Band habe ich letzten Herbst mit dem Konzept begonnen. Aus diesem Grund gilt mein Dank zuallererst meinen Lesern, Fans und Followern. Den Bloggern und Rezensenten. Den Kritikern und den vielen Menschen, die mich unterstützen und mir helfen, besser zu werden. Danke für eure Begeisterung, eure Mails, PNs, Kommentare und Tweets. Ich schätze mich unglaublich glücklich, so eine starke Fanbase zu besitzen, ihr macht mich sprachlos!

Danken möchte ich auch meinen drei K’s, allen voran Karin, die mich vom ersten Buch an begleitet und unterstützt hat und die ich mittlerweile zu meinen Freundinnen zähle. Ka, jeder Kontakt mit dir ist eine Bereicherung. Ich bin so happy, dass ich dich finden durfte! Und eine unverzichtbare Testleserin bist du auch ,-)

Kerstin danke ich für das klasse Korrektorat und die unkomplizierte Zusammenarbeit. Danke, dass du nicht müde wirst, Kommas zu setzen und Dudenauszüge zu posten. Ich liebe das, kein Scherz. .-)

Was mich zu Kathi bringt. Das war unser erstes Projekt, ich hoffe, es war nicht das letzte. Ich danke dir für dein Adlerauge, dein Superhirn und dass du kein Blatt vor den Mund nimmst. Ich kenne niemanden, der ein derartiges Gedächtnis für die Details hat wie du. Wie machst du das?!

Jan darf in meiner Danksagung niemals und unter keinen Umständen fehlen! Jan, du bist und bleibst mein Superjan, mit Cape & Kostüm und allem Drum und Dran. Ohne dich hätte ich meinen Mac in einem Anflug von Wahnsinn mehr als einmal aus dem Fenster geworfen. Und ja, wir sind uns einig, dass es mit Apple den Bach runtergeht, seit Steve Jobs nicht mehr da ist. Danke, für deine Zeit und dein Herzblut, ich weiß das wirklich zu schätzen!

Zum Schluss möchte ich noch Tina, Julia, Jessica und Jaqueline von *Phinchens FantasyWorld* danken, Susy & Michelle von *Frauenstamm*, Tine, Elena, Dany, Alexandra, Petra, Katherine und Jasmin von *Das Lesesofa* sowie meinen Mädels aus dem *Hexenclub*.

I love you guys, danke für eure Unterstützung!!

Und jetzt muss ich erst mal tief Luft holen und über das nächste Projekt nachdenken. Sagt euch der Name Avery Cunningham etwas? Nein? Dann habt noch etwas Geduld. Der 3. Band der „Act of Passion"-Reihe wird ein Stand-Alone und soll im Sommer erscheinen. Mehr dazu poste ich auf meinem Blog und meiner Facebook-Seite:

facebook.com/author.jc.thomas

heartbeat-books.blogspot.de

Über die Autorin

Jane Christo aka Christine Thomas ist verrückt nach Latte Macchiato und American Football. Sie liebt Lakritz, lange Spaziergänge und das Meer. Einc Sache gibt es allerdings, die sie noch mehr mag, und das sind Happy Endings. Da es im wahren Leben oft zu wenige gibt, schreibt sie ihre eigenen.
Ihre Romane handeln von Freundschaft, Leidenschaft, Familie und der großen Liebe. Zusammen mit ihrem Schatz und einem albernen Goldfisch lebst sie abwechselnd in Köln und Frankreich.

Mehr über die Autorin unter:
facebook.com/author.jc.thomas
instagram.com/autorjcthomas
twitter.com/AutorJC_Thomas

Auf www.heartbeat-books.blogspot.de könnt ihr übrigens Banner für euren Blog sowie kostenlose Desktop-Hintergründe runterladen. Buchtrailer findet ihr auf der JC Thomas YouTube-Seite:
youtube.com/user/HeartbeatBooks

17198812R00210

Printed in Poland
by Amazon Fulfillment
Poland Sp. z o.o., Wrocław